La ciudad del alma dormida

Novela

Félix G. Modroño

La ciudad del alma dormida

DESTINO

Certificado PEFC

Este libro procede de bosques gestionados de forma sostenible y fuentes controladas

PEFC
PEFC/14-38-00305

www.pefc.es

Avda. Diagonal, 662-664, 08034 Barcelona (España)
www.planetadelibros.com

Diseño de la cubierta: Booket / Área Editorial Grupo Planeta
Fotografía de la cubierta: © Lee Avison / Trevillion Images
Primera edición en Colección Booket: octubre de 2023

Depósito legal: B. 15.368-2023
ISBN: 978-84-233-6415-2
Composición: Realización Planeta
Impresión y encuadernación: CPI Black Print
Printed in Spain - Impreso en España

Biografía

Félix G. Modroño (1965, Vizcaya) es un escritor vizcaíno, de orígenes zamoranos, afincado en Santander. Tras licenciarse en Derecho por la Universidad de Salamanca, trabajó durante más de dos décadas en el sector financiero, que abandonó para dedicarse en exclusiva a la literatura, después de un fructífero paso por la fotografía, donde tuvo como maestros a Alberto García-Alix, Humberto Rivas o Atín Aya. Un accidente le obligó a guardar reposo absoluto, lo que le impulsó a escribir su primera novela tras haber ganado varios concursos de relatos cortos. En 2007 publicó *La sangre de los crucificados*, protagonizada por el doctor Zúñiga, un peculiar investigador del siglo XVII, que también es el protagonista de su siguiente obra: *Muerte dulce* (2009), y de *Sombras de agua* (2016). Con *La ciudad de los ojos grises* (2012) cosechó un gran éxito de ventas y el reconocimiento definitivo de los lectores. En 2014 obtuvo, con *Secretos del Arenal*, el XLVI Premio de Novela Ateneo de Sevilla, uno de los galardones más prestigiosos en lengua castellana. En 2019 publicó *La fuente de los siete valles*, ambientada en La Rioja del siglo XIX y que es un homenaje a los libros. También de corte histórico fue su siguiente novela: *La ciudad del ama dormida* (2020), en la que continua la saga dedicada a la ciudad de Bilbao. Con su novela *Sol de brujas* se adentra en el género negro contemporáneo.

A los que sonríen cuando pasean por el Arenal, a los que brindan en alguna taberna de las Siete Calles, a los que vibran con el Athletic, a los que sienten suya la plaza Nueva, a los que se maravillan al contemplar el Guggenheim, a los que respiran con orgullo desde Artxanda, a los que caminan bajo la lluvia... A todos los amantes de Bilbao, la ciudad de los ojos grises

1

En aquellas Navidades de 1935 los comercios bilbaínos aún destilaban la luz y la alegría de siempre. Ignacio Segurola se subió el cuello de la gabardina y se ajustó bien el sombrero antes de abandonar la redacción del periódico *Euzkadi* en la calle Correo, muy transitada a pesar de la lluvia, sin saber que estaba a punto de enamorarse.

Se sonrió al pensar que su prodigiosa memoria le traicionaba sin remedio a la hora de acordarse de recoger sus paraguas, los cuales dormían fugazmente en los rincones olvidados de las cafeterías bilbaínas hasta ser rescatados por sus nuevos dueños de circunstancias. No en vano, el bueno de Juan Leoz le hacía descuento cada vez que asomaba la nariz por su paragüería de Belostikale. Al pasar por La Oriental dudó si adquirir uno de urgencia, pero al final decidió guarecerse bajo los escasos aleros y marquesinas que le separaban de su destino.

Se sacudió el agua de su gabardina antes de empujar la puerta de la flamante librería de don Emeterio

Verdes Achirica. Enseguida vio a su dueño, sentado en su puesto de mando, atento a cuanto acontecía a su alrededor. Aunque ya estaba retirado y delicado de salud, se negaba a quedarse en su casa y disfrutaba acudiendo al negocio en el que empezó de aprendiz de la mano de su antiguo dueño, el ilustre impresor y librero don Juan Eustaquio Delmas.

En su negocio, don Emeterio no se limitaba a vender libros sino que, tal y como rezaba en sus rótulos exteriores, ofrecía objetos de dibujo y artículos de papelería; además, en sus talleres se realizaba todo tipo de impresiones, incluidos los títulos que acreditaban los derechos en cualquiera de las pujantes empresas establecidas en la villa y sus alrededores. Sin embargo, lo que más popularidad y réditos le proporcionaba eran las publicaciones de libros de temas locales, así como los folletos y carteles relacionados con el Partido Nacionalista Vasco, al que pertenecía desde su fundación en 1895. Para poder atender a tanta demanda, tuvo que ampliar sus instalaciones adquiriendo la antigua librería de Agustín Emperaile en la cercana calle de la Cruz.

A pesar de que se sabía bien sucedido por sus hijos, a don Emeterio le gustaba formular un comentario o hacer algún gesto puntual, un poco por no dejar de sentirse imprescindible, un mucho porque llevaba tinta en las venas. Al ver entrar al periodista, el viejo librero susurró algo, rozándose la chapela. A Ignacio Segurola le pareció leer un «aúpa» en sus labios y le sonrió, máxime al comprobar que sobre el regazo de don Emeterio descansaba un ejemplar del *Euzkadi*. Quizá hasta hubiese leído su crónica del último partido del Athletic, que, tras un comienzo titubeante de temporada, ya se encontraba líder de la liga con el Madrid F. C. pisándole los talones.

El hecho de que el *Euzkadi* fuese un periódico de ideología nacionalista, en el que la política cobraba un innegable protagonismo, no impedía que sus páginas se ocuparan de temas sociales, económicos e incluso deportivos. Su director, Pantaleón Ramírez de Olano, se dio cuenta enseguida de la relevancia que adquiría el deporte y se encargó de que su diario recogiese noticias de montañismo, pelota, ciclismo y, por supuesto, de fútbol. Ignacio Segurola se ocupaba de cubrir algunos de estos eventos. De vez en cuando, don Pantaleón accedía a acompañar estas crónicas con alguna fotografía tomada por el propio Ignacio, que también colaboraba en el *Excelsius*, el periódico deportivo del grupo, por lo que su nombre iba adquiriendo cierta popularidad entre los bilbaínos, a pesar de su juventud. Suya era la crónica del último partido del Athletic en Sevilla, en el que Gorostiza había marcado los dos goles de la victoria tras haber pasado la noche entera de juerga.

Como cliente habitual de la librería conocía a todos sus empleados, al menos de vista y saludo. Sin embargo, aquella tarde descubrió por primera vez a una chica pelirroja de aspecto frágil que vendía un ejemplar de *Marxismo y antimarxismo*, de Julián Besteiro, a uno de sus clientes bajo la atenta mirada de Tere, una de las hijas de don Emeterio. Ignacio se hizo el distraído a la espera de que la muchacha quedase libre y, después de que el cliente abonara las cinco pesetas y se marchara con su libro bajo el brazo, se acercó al mostrador donde ella se encontraba. Tere Verdes se percató de la maniobra del periodista y se situó junto a la joven al tiempo que esta le sonreía con timidez.

—*Arratsalde on*, Ignacio —saludó la hija del dueño, arreglándose el lazo con el que se aseguraba que su vestido oscuro quedase totalmente ceñido al cuello—. Ya veo que prefieres que te atienda Irene.

El comentario de Tere Verdes provocó que ambos se azoraran, aunque apenas se apartaron la mirada.

—*Arratsalde on* —atisbó a decir Ignacio, contrariado consigo mismo por no haber podido esconder su turbación. Quiso creer que su reacción fue instantánea—. No quería molestar a la jefa —murmuró, ladeando las comisuras de sus labios.

Su sonrisa resultó más franca que sus palabras.

—Ya —rio Tere de buena gana, esta vez comprobando al descuido que su moño se encontraba en su sitio—. No seas adulador. De sobra sabes que aunque sea la hija del dueño, el jefe es mi hermano Pepe.

—Para mí siempre serás la jefa, Tere —respondió Ignacio ante la atenta presencia de Irene.

La librera fijó sus ojos tristes en el periodista durante unos instantes antes de que sus finos labios esbozaran una sonrisa condescendiente. Su corta estatura no era óbice para aparentar una fortaleza fuera de lo corriente que se extendía a sus ideas políticas, identificadas con las de su padre y su hermano, hasta el punto de que pertenecía a Emakume Abertzale Batza, la asociación femenina del Partido Nacionalista Vasco.

—¿No vas a preguntarle qué se le ofrece al caballero? —dijo Tere, dirigiéndose a Irene, impostando una voz modulada con sorna cariñosa—. Te advierto, Ignacio, que esta niña se encuentra bajo mi protección.

—Señorita inquisidora —contestó el periodista, imitando el tono de Tere—, yo solo pretendía comprar un libro.

La respuesta de Ignacio provocó una tenue risita en Irene que no pasó inadvertida para su jefa.

—¿Vas a reírle las gracias a este sinsorgo? No te dejes embaucar, que los periodistas tienen mucho pico.

—¿Tienes algo contra los periodistas? —Su pregunta denotó cierta guasa.

—Nada, nada —replicó Tere del mismo modo—. Y menos si son del *Euzkadi*.

—¿Qué desea, señor? —quiso saber la muchacha sin poder disimular su retraimiento inicial, mientras se preguntaba si todos los periodistas serían tan apuestos, después de haber conocido a un colega suyo en su primer día de trabajo. No obstante, este parecía menos cultivado; eso sí, más atractivo.

—¡Vaya! Así que Irene tiene voz. —Pensó en añadir un «y muy bonita, por cierto», pero consideró que debía guardarse los halagos para una mejor ocasión—. Pues deseo que me tutees, Irene. Ya has oído que me llamo Ignacio —añadió el periodista, ofreciendo su mano a la muchacha. A ella le sorprendió la calidez de su piel a pesar del frío húmedo de la calle.

—Bueno, como ya os conocéis, voy a ver qué quiere mi *aita*, que veo que me está haciendo una mueca la mar de disimulada. Irene lleva con nosotros algo más de dos semanas. Es de Gernika. Trátamela bien o tendrás que vértelas conmigo —bromeó la librera mientras se alejaba del mostrador.

Irene e Ignacio trataron de dominar sus pudores, aunque el modo en que se miraron no ayudó a normalizar la situación. A Ignacio le costaba apartar la mirada de aquellos preciosos ojos grises que destellaban como las chispas que se escapan de la lumbre.

—¿Qué deseas? —repitió Irene, procurando esconder su acento por considerarlo demasiado aldeano.

El periodista la miró y volvió a guardarse su primera respuesta para sus adentros. De buena gana le habría contestado que deseaba invitarla a dar un paseo y tomar un café en el Gayarre... o mejor en La Granja, más refinado para una dama. Sin embargo, una vez más, optó por la prudencia, si bien decidió cambiar el propósito de su visita. Su intención inicial era adquirir un ejemplar de *Entre la libertad y la revolución*, recién impreso en la propia librería, escrito por José Antonio de Aguirre, un joven abogado dedicado a la política, más carismático aún por sus arengas nacionalistas desde su alcaldía de Getxo que por haber jugado en el Athletic; no obstante, pensó que la lectura de aquel libro podía esperar.

—Buscaba algo de poesía, pero estoy dudando —respondió escuetamente, quizá pretendiendo evidenciar su sensibilidad.

—¿Te gusta la poesía? —preguntó ella, timorata, con un atisbo de asombro en la voz.

—Me gusta la buena poesía.

—Dime cuál es tu duda. Estoy aquí para ayudarte —dijo Irene, no sin cierta coquetería en su mirada miope parapetada tras sus gafas de pasta.

—Este año se rindió homenaje a Lope de Vega en la Feria del Libro de Madrid por el tercer centenario de su muerte y...

—Eso sí que no lo entiendo —lo interrumpió ella—. Habría que celebrar el nacimiento de los genios, no su muerte.

—Visto de esa manera...

—¿No tengo razón?

—No seré yo quien te la quite, además...

—Bien, así me gusta —sonrió satisfecha, consciente de que se había iniciado algo parecido a un flirteo mientras se apartaba de la frente un mechón de su flequillo—. ¿Vas a decidirte a contarme tu duda?

—¡Claro! —rio Ignacio—. En cuanto me dejes terminar una frase.

—¡Oh! No me estarás llamando charlatana...

—¡No! ¡Jamás se me ocurriría! —exclamó el periodista con aire jocoso.

—¡Vaya! Lo siento. Vas a pensar que soy una descarada.

—En absoluto —respondió Ignacio, regocijado por la candidez de la muchacha.

—A ver, dime, Lope de Vega o...

—*Llanto por Ignacio Sánchez Mejías*. Me gusta mucho García Lorca —puntualizó el periodista.

—¿De verdad? ¡A mí me encanta!

—Entonces, duda resuelta.

—¡Uf! Estoy enamorada tanto de sus poemas como de sus obras de teatro. Hace unos días se estrenó en Madrid *Doña Rosita la soltera*. ¡Qué lástima no haber estado allí! Aunque me daría igual ver *Yerma*... ¡o *Bodas de sangre*!

Sin darse cuenta, la librera envolvía de timidez sus momentos más desenvueltos.

—¿Pues sabes que se representan aquí el mes que viene? Actuará la compañía de Margarita Xirgu en el Arriaga.

—¿En serio? Nunca he ido al teatro —confesó Irene, sin atreverse a decantarse por la ilusión o por la decepción.

—¿Te gustaría ir? —Esta vez, a Ignacio le pudo el instinto y se arrepintió enseguida de no haberse mordido la lengua.

—¿Me estás invitando? —preguntó ella, arrobada—. Quiero decir... ¿Ir al teatro tú y yo solos?

—Bueno, no creo que estemos solos —respondió él, temeroso ante una más que probable negativa—. Te aseguro que el teatro estará a rebosar.

—No creo que sea una buena idea —dijo Irene, sin excesivo convencimiento—. Es que...

La presencia de Tere Verdes interrumpió la frase de la muchacha.

—Veo que habéis hecho buenas migas —comentó jocosa la librera—. ¡Y hasta te vas a llevar un libro de poesía!

—Eres un caso —sonrió él, tratando de disimular su contrariedad—. La verdad es que tengo la intuición de que os va a ir muy bien con Irene.

—No te quepa la menor duda —ratificó Tere.

Tras pagar y despedirse de las dos mujeres, Ignacio Segurola salió a la calle medio aturdido. Había dejado de llover y aún clareaba. El periodista alzó la mirada para comprobar que las nubes eran del mismo color que los ojos de la muchacha de la que se acababa de enamorar a primera vista.

2

Con su libro de García Lorca bajo el brazo, Ignacio Segurola se dirigió hacia el estanco de la calle Bidebarrieta. La buena de doña Milagros Hurtado le despachó el tabaco para su pipa casi de forma mecánica, aunque sin desprenderse de su gesto afable. Al salir a la calle miró tímidamente a su derecha, pero no se vio con ánimo de acercarse al portalito en el que doña Julia Galiana y su esposo, don Eladio Iváñez, vendían su turrón.

A esas horas, las mujeres curioseaban las cortinas y las alfombras de Gastón y Daniela, los preciosos vestidos infantiles de Tomasa y Carolina o los pendientes de la joyería Delgado; los hombres miraban de reojo los trajes en la camisería del Andorrano y los niños pegaban la nariz en los escaparates de las pastelerías, suspirando por los bombones de Los Pirineos, por los bollos de mantequilla del café Suizo, por los caramelos de malvavisco de Santiaguito o por las anguilas de mazapán y los turrones de Soconusco de Martina de Zuricalday.

En realidad, aquel gesto de comprar dulces navideños a aquellos comerciantes que venían desde Jijona cada mes de diciembre constituía un pequeño homenaje a su madre y a su hermana pequeña, porque este era uno de los pocos recuerdos que guardaba de ellas antes de que se las llevara la gripe de aquel maldito otoño de 1918. En la primavera siguiente los afectados fueron su padre y él mismo, si bien esta vez la epidemia se presentó algo menos virulenta y los cuidados del doctor Entrecanales resultaron suficientes para que ambos sobrevivieran.

Sin embargo, el padre de Ignacio no supo afrontar la pérdida de la mitad de su familia más que trabajando en su comercio de textiles de la calle Tendería y ahogando las penas por las tabernas del casco viejo de la ciudad. Y si, a pesar de las desgracias, la infancia de Ignacio no le supuso un tormento fue gracias a su innato instinto de adaptación y porque, en el fondo, su padre nunca dejó de administrarle sucedáneo de cariño; eso sí, a su manera, que no era otra que dedicarle parte de los domingos para ir juntos a ver al Athletic a San Mamés o presenciar algún partido de pelota en el frontón Euskalduna. Para los anales quedaría aquella inolvidable final de Copa del Rey en 1921 contra el Athletic Club de Madrid, equipo hasta hacía bien poco filial del bilbaíno, en un ambiente de éxtasis que no se recordaba; o la victoria de Atano III frente a Mondragonés, el hasta entonces campeón de pelota mano, aquel primero de enero de 1927. A partir de ese día, el enclenque jugador de Azkoitia, que jugaba con una chapela calada sobre las orejas para ocultar su calvicie, se convertiría en un ídolo de masas que llenaba los frontones cada vez que su mal de manos le permitía disputar un partido.

Con el discurrir de los años, Ignacio dedujo que las ausencias de su padre se debían en parte a un afán de huir de los recuerdos hogareños, en parte a que no sabía cómo relacionarse con él, por lo que no le quedaba más alternativa que evitarle. Ignacio solía aguardarle leyendo en la cama y no apagaba la luz en tanto no escuchara cerrarse la puerta, hasta que un día ocurrió lo que llevaba demasiado tiempo temiendo. La puerta no se abrió en toda la noche. Y es que aquellos largos peregrinajes por las tabernas de las Siete Calles, primero a base de chacolís y luego de chiquitos, acabaron con la salud del castigado tendero, quien fallecería en el hospital de Santa Marina, víctima de una tuberculosis, al poco de empezar los años treinta.

Imágenes de antaño asaltaban a Ignacio de forma intempestiva y traicionaban efímeramente su cordura. Por suerte, se iban con la misma fugacidad con la que llegaban.

Casi por instinto, se palpó el bolsillo de la gabardina para cerciorarse de que su Leica seguía en el mismo sitio. Este era un gesto que repetía de manera inconsciente en los ratos que no llevaba la cámara colgada en el cuello, lo que, a pesar de su afán por tomar imágenes en cualquier situación, sucedía con frecuencia porque le podía la prudencia de proteger su querida Leica de la pertinaz lluvia por muy sutil que esta pretendiese manifestarse.

Su afición por la fotografía comenzó cuando con catorce años acudió, junto con su amigo Kepa, al Salón Olimpia para presenciar *Edurne, modista bilbaína*, un melodrama interclasista ambientado en la Bilbao de la época, dirigido por Telesforo Gil del Espinar. Aquel domingo, al llegar a casa, pidió a su padre que lo sacara del Instituto Vizcaíno para aprender el arte de la fotografía en alguno de los estudios que proliferaban por la ciudad. Tuvo la suerte de que don Manuel Torcida, un célebre fotógrafo santanderino afincado en Bilbao, necesitara aprendices para su flamante local ubicado precisamente frente al Salón Olimpia en la Gran Vía. En Casa Lux, Ignacio Segurola no solo se formaría en las técnicas de revelado, sino que pronto descubriría su talento natural para atrapar los momentos más allá de las instantáneas inmóviles. No le interesaban tanto los posados como lo que podía captar en la calle. De aquellos días, conservaba la amistad de Luis Torcida, el hijo de don Manuel, quien fallecería incluso antes que su padre no sin antes dejarles un legado de enseñanzas, ejemplaridad, profesionalidad y buenos consejos.

Encendió su pipa recodado en la barandilla del puente que unía la vieja ciudad con el Ensanche. Si cerraba los ojos, aún percibía la silueta enjuta de Manuel Torcida aguardando tras su trípode a que la luz adecuada tamizara la estampa. A esas horas, la actividad de las gabarras en la ría se iba apagando con el día. Ignacio echó un vistazo al cielo encapotado desde hacía más de un mes. Sin duda, aquella pantalla natural de nubes contribuía a la fotogenia de la ciudad, a despoblarla de sombras. Luego, dirigió la mirada hacia la desembocadura de la calle Correo, acaso esperando que la joven librera que acababa de conocer hubiese concluido su jornada laboral y apareciera sonriente entre los tilos del parque.

Quizá por su figura desgarbada o por sus facciones angulosas, que le conferían cierto aire andrógino, aquella muchacha le recordaba a una joven actriz a la que había descubierto ese mismo año en el cine Progreso de Madrid acompañado de nuevo de su amigo Kepa, quien cada vez se molestaba menos en esconder su homosexualidad. En su última visita a la capital de España, Kepa se empeñó en ver una película que la prensa anunciaba de fundamental trascendencia para todas las mujeres. Se trataba de la versión de una vieja novela de Louisa May Alcott, bautizada para la pantalla hispana con el nombre de *Las cuatro hermanitas.* A pesar de los recelos iniciales, Ignacio se quedó prendado del espíritu rebelde de Jo, interpretada por una tal Katharine Hepburn.

Desde la iglesia de San Nicolás llegaron siete tañidos y el periodista se dijo que era pronto para que la librería echara el cierre. Incluso si se daba prisa, todavía podía llegar a Marzana para llevarse algún libro de la Biblioteca Popular Pérez Galdós.

No dejaba de ser una más de las paradojas con las que se estaba construyendo Bilbao. La biblioteca más popular de la villa, por la que ese año habían pasado casi veinticuatro mil lectores, se hallaba entre un rosario de salones de alterne, tabernas y lupanares mucho más concurridos que la propia biblioteca. No resultaba extraño, pues, que la fauna urbana de la calle San Francisco se transformara por arte de vicio al caer la noche. Si algo apenas había cambiado en los últimos tiempos con el crecimiento inaudito de la ciudad, que consiguió doblar su población durante los veinticinco años de vida de Ignacio Segurola hasta alcanzar los ciento setenta mil habitantes, era el carácter libertario del barrio de La Palanca, que vivía aislado del desarrollo económico de la ciudad si bien se aprovechaba tanto de los jornales de los mineros que trabajaban en los yacimientos cercanos como de los réditos burgueses de los comerciantes y empresarios que habitaban en lugares de más alcurnia. No obstante, unos y otros pululaban por las calles de La Palanca con idéntico propósito: divertirse con unos tragos de más en solitario, en cuadrilla o acompañados de alguna de las mujeres que sustentaban su vida mediante el alquiler de sus cuerpos.

El periodista del *Euzkadi* conocía a la perfección la oferta de cada local, si bien jamás se había dejado tentar carnalmente por ninguna de las muchachas que le brindaban cariño de circunstancias, y eso que en algunas ocasiones en las que la soledad le embargaba se habría dejado embaucar por cualquiera que le hubiera ofrecido una caricia con visos de sinceridad, aunque luego hubiese tenido que pagarla. Sin embargo, sí que se regocijaba con las actuaciones subidas de tono de las canzonetistas que actuaban en el Salón Vega, en Las Columnas o en el Salón Vizcaya, quizá contagiado por la euforia de sus paisanos, en especial si la chica de turno ofrecía el número de *La pulga* sobre el escenario. Más de una vez estuvo tentado de fotografiar el ambiente que se vivía en aquellas noches reñidas con el amanecer; no obstante, su prudencia le dictaba que la mayoría de los hombres que bebían, cantaban y jaleaban a las artistas no perdonarían un atentado contra su intimidad.

En cierto modo, a pesar de que Bilbao aprendía a ser una ciudad cosmopolita, no dejaba de ser una villa en la que la burguesía se conocía. Sin embargo, todo lo que ocurría en La Palanca quedaba dentro de la confidencialidad entre caballeros y rara vez trascendía al otro lado de las vías férreas alguna juerga, por mucho que esta se les fuera de las manos.

Nada más cruzar el puente de Cantalojas, Ignacio Segurola se topó con un nutrido grupo de curiosos arremolinados entre el Salón Vizcaya, conocido en el barrio como el Chegas, y el humilde bloque de edificios de enfrente. Unos cuchicheaban entre sí, tratando de enterarse de los detalles de lo ocurrido, otros miraban expectantes hacia una de las ventanas del segundo piso y dos chicas lloraban apoyadas junto al portal sin que nadie pareciese dispuesto a prestarles consuelo. Ignacio, sin pensárselo dos veces, sacó su cámara y tomó un par de panorámicas y luego se acercó para fotografiar a las muchachas con la discreción que le otorgaba la multitud. Por unos instantes solo se preocupó de disparar su Leica, antes de interesarse por lo acontecido. Al fin y al cabo, él no era un periodista de sucesos y debía reconocer que le atraía más la estética de las imágenes captadas que el estar cubriendo una noticia.

No tardó en llegar una pareja motorizada de la policía municipal a bordo de una flamante Harley-Davidson con sidecar. Antes de que les hubiese dado tiempo a subir los peldaños hasta el segundo piso, ya se había presentado una segunda unidad que trató en vano de dispersar a los curiosos.

Ignacio se acercó a una señora de luto de aspecto circunspecto, pero que conservaba su entereza.

—¿Qué ha ocurrido? —quiso saber el periodista, ya con su cámara de nuevo en el bolsillo de la gabardina.

—Algo horrible. Ha aparecido una chica muerta en su cama —contestó la mujer, en tono pausado para que la voz no se le quebrara.

—¿Un asesinato? —insistió Ignacio.

—Eso es, señor. Y, por lo que dicen, tan espantoso que lo ha debido de cometer el mismísimo diablo.

3

Al salir de la librería, Irene se llevó una pequeña desilusión. En cierto modo, confiaba que aquel apuesto periodista no hubiese ido muy lejos. En la hora y pico que transcurrió antes del cierre ensoñó que la estaría esperando, quizá con un pequeño ramo de pensamientos tan coloridos como los que ella albergaba. Claro que tampoco estaba segura de que aquello fuese lo que deseaba. ¿Qué le hubiera dicho? Por otra parte, ¿qué le hacía creer que podía haberse fijado en ella? No era más que una aldeana de caserío con la cabeza llena de quimeras, que ni siquiera dominaba el idioma castellano porque su lengua materna era el euskera. También hablaba algo de inglés, gracias a que su abuelo había sido un marinero irlandés que optó por afincarse en Bizkaia tras conocer a una preciosa *baserritarra* en el mercado de Gernika, sin importarle que estuviese embarazada.

Precisamente, era su madre quien le decía que la culpa de sus delirios de fantasía la tenían todos esos libros que ella a veces debía leer a escondidas para evitar que la riñeran. Ahora, además de las lecturas, disfrutaba con las películas de sus actrices favoritas y ensayaba con un lápiz frente al espejo los gestos fumadores de Greta Garbo o de Marlene Dietrich en *La Venus rubia* mientras Cary Grant le decía «si es un sueño, Helen, espero no despertarme nunca». A continuación, al tumbarse en su cama iluminada por las estrellas que se colaban por el ojo de buey de su alcoba, se sentía ridícula; más aún al darse cuenta de que no se le borraba la sonrisa de los labios.

Ignacio Segurola era lo más parecido a Cary Grant con que se había topado nunca. Le acababa de hablar con la prestancia de quien se siente seguro de sí mismo. Desde luego que no se asemejaba a los muchachos con los que ella acostumbraba a tratar, tan tímidos, tan hoscos y, no obstante, tan nobles; incapaces de expresar sus sentimientos, y mucho menos a una mujer. Koldo, el hijo de los inquilinos de un caserío vecino, que le tiraba del pelo para llamar su atención cuando eran niños, lo más que llegó fue a acompañarla en una excursión clandestina que acabó como el rosario de la aurora, pero que ninguno de los dos olvidaría nunca. Con el tiempo, ya de adolescentes, el muchacho se esforzaba en los juegos de las fiestas locales, sobre todo si Irene los presenciaba. En cierto modo, ella, sin saberlo, contribuyó a que el bueno de Koldo se convirtiese en un admirado pelotari en las temporadas que no se enrolaba de *arrantzale* en alguno de los bacaladeros que la compañía PYSBE enviaba a faenar a Terranova.

Con ello no quería suponer que Ignacio no fuese noble. Detrás de la picardía de su mirada adivinó la transparencia de las buenas personas. Claro que Tere Verdes se había encargado de advertirle sobre los peligros que escondían los hombres de mundo, aunque esa retahíla de consejos le sonaba fútil porque tenía la sensación de que su jefa se veía obligada a ejercer su papel de protectora sin excesivo convencimiento. Y es que, ¡ay!, Ignacio llevaba tan bien el sombrero...

A esas horas, quizá ya estuviese recostado en su sillón con el libro que ella le acababa de vender entre sus manos. Unas manos velludas de dedos largos que transmitían la delicadeza de quien no ha tenido que usarlas como herramienta de trabajo, más allá de teclear la máquina de escribir. Por un instante sintió su suavidad al rozarse en el intercambio del libro por el dinero, en ese amago de caricia ahogada antes de percibir la calidez de una piel deseada. Confiaba en que él no hubiese reparado en la aspereza de las suyas.

Mientras aceleraba el paso para llegar a la estación de Atxuri en busca del último tren que la llevara a Gernika, volvió a repasar la conversación mantenida, a interpretar cada gesto, cada palabra, intentando discernir entre la amabilidad y el coqueteo. Tal vez Tere Verdes llevaba razón y esa clase de hombres estaban acostumbrados a relacionarse con todas las chicas por igual, a engatusarlas con un tono meloso a la espera de una reacción que les permitiera avanzar en el desconcertante juego de la seducción. Pero, entonces, ¿por qué la invitaba al teatro? A lo peor no se trataba más que de un gesto de cortesía o de un farol de *muslari*. Y si fuera una propuesta sincera, ¿se encontraba ella dispuesta a aceptar? ¿Cómo iba a explicar a sus padres que se quedaba en Bilbao para ir al teatro acompañada por un hombre al que acababa de conocer?

¡Qué ilusa! Al final, las madres tenían razón y por su cabeza rondaban demasiadas historias ficticias que se entremezclaban hasta obligarla a soñar despierta. Sin embargo, estos pensamientos no la abandonaron durante el trayecto del tren que la llevó a casa, ni durante una cena en la que apenas abrió la boca ensimismada en su mundo de ilusiones.

Esa noche soñó que caminaba del brazo de Ignacio sobre una alfombra roja. Una majestuosa lámpara de araña iluminaba su vestido largo mientras, al fondo de la estancia, un sonriente García Lorca los aguardaba para saludarlos. Cuando iba a comenzar la función, Irene se despertó temblorosa. No, aquello no era un sueño, sino una premonición.

4

Con el aumento de población, la ciudad otrora apacible sufría ahora de innumerables delitos, curiosamente más contra las personas que contra la propiedad. En las dependencias de la Guardia Municipal se habían denunciado en todo el año menos de doscientos cincuenta robos y hurtos; sin embargo, las denuncias por lesiones se acercaban al millar. Quizá porque el vino envalentonaba incluso a los menos bravucones y ayudaba a que las discusiones se solventasen a guantazos.

No obstante, y a pesar de que las muertes violentas por accidentes —y algún que otro suicidio— fuesen frecuentes, ese 1935 registraba un único homicidio, el de un joven en Deusto. Por eso, don Pantaleón Ramírez de Olano, que no solía prestar demasiada atención a los sucesos en su periódico, se removió en su silla cuando Añibarro —su jefe de redacción— le informó de la noticia que acababa de traer Ignacio Segurola.

—Revela ese carrete y escríbela tú —le pidió, tras hacerle pasar a su despacho.

—Don Pantaleón, usted sabe que lo mío son las fotos... y los deportes.

Claro que el director del *Euzkadi* lo sabía. Y también sabía que ese joven muchacho que había reclutado en persona en la barra del Pacho, adonde acudía don Manuel Torcida en busca de un café clandestino que le negaban en casa por culpa de su avanzada enfermedad, tenía capacidad suficiente para llegar lejos en su profesión.

—Por supuesto que lo sé. Estos siete años con nosotros te han convertido en un magnífico reportero, pero no pensarás estar siempre escribiendo sobre dónde van las pelotitas —habló con vehemencia don Pantaleón.

Aunque la fiebre le estuviese obligando a protegerse con una manta, le costaba abandonar su despacho hasta no estar seguro de que la edición del día siguiente saliera en condiciones a la calle. No es que el crimen de una mujer le apasionara, pero las extrañas circunstancias en que había aparecido el cadáver, y que no se tuviese pista alguna del asesino, le empujaron a querer saber más sobre los hechos. Quizá emergiera en su interior su fugaz pasado como abogado criminalista antes de embarcarse en el apasionante mundo del periodismo. En cualquier caso, se veía obligado a informar de lo acontecido y pretendía que Ignacio llegara donde la Guardia Municipal no pudiera.

—Me gusta lo que hago, don Pantaleón. Mucho —trató de replicar el periodista.

—Y por eso te estás convirtiendo en un buen profesional. Lo siento, no estoy dispuesto a desperdiciar tu talento. No querrás que le encargue esto a Elorza... Todavía es mejor fotógrafo que tú —le respondió el director del *Euzkadi*, lo que provocó la sonrisa sarcástica de Añibarro.

Si don Pantaleón le azuzaba tratando de avivar su amor propio, lo acababa de conseguir. Sin embargo, Ignacio procuró disimularlo. Su amistad con Germán Elorza no menoscababa su sana rivalidad. Ambos habían coincidido en el estudio de Manuel Torcida, si bien Germán lo abandonó pronto para trabajar junto a Delfín González, al tiempo que colaboraba con agencias madrileñas hasta llegar al *Euzkadi* hacía solo año y medio con el cartel de ser un experimentado profesional, y eso que apenas era unos meses más joven que él.

—Le agradezco que piense que valgo para esto.

—Espera, voy a hacer una llamada, no te vayas —respondió don Pantaleón, un poco más satisfecho.

—A sus órdenes, jefe —respondió Ignacio, en un tono tan neutro que no resultó convincente.

El director del *Euzkadi* marcó el número del jefe de la Guardia Municipal mientras sonreía de forma embaucadora a Ignacio. Decididamente, ese muchacho le gustaba. Lo único que no le terminaba de convencer era su tibieza a la hora de manifestarse sobre la política. El *Euzkadi* llevaba a gala ser el órgano oficial de expresión del Partido Nacionalista Vasco y quería creer que todos sus empleados se encontraban comprometidos con la causa. Tras un par de intentos, nadie descolgó el auricular al otro lado de la línea.

—No ha habido suerte. Supongo que tendrán cosas más importantes que hacer que estar pendientes del teléfono. Quiero que me redactes una escueta crónica con lo que se sabe del crimen. Sin amarillismo ni la pasión que pones a tus artículos de deportes. Tampoco necesito que elucubres. Limítate a contar los hechos constatados. Te reservaré una columna en la primera página. Te tiene que caber la foto, no lo olvides. Luego me la traes y la elegimos.

—Pero don Pantaleón...

—¿Cuándo fue la última vez que firmaste algo en primera página?

—Creo que cuando el Athletic ganó su última liga.

—Tal cual, en marzo del año pasado. ¿Y cuándo va a ser la próxima? ¿Cuando la vuelva a ganar?

—Llevamos camino de quitarle el trono al Betis y hacerlo de nuevo —sonrió el periodista.

Sin embargo, al director del periódico no pareció hacerle gracia la broma.

—Tienes hora y media, Ignacio —resolvió, mirando su reloj de bolsillo—. Para ser exactos, una hora y veintiséis minutos. La Goss no espera.

La Goss era la flamante rotativa con la que el magnate americano del periodismo, Randolph Hearst, había obsequiado al naviero Ramón de la Sota por haber puesto al servicio de los aliados su flota mercante durante la Gran Guerra. Puesto que el rico empresario comulgaba con las ideas nacionalistas, no dudó en regalársela a su vez al *Euzkadi*, periódico afín a sus ideas, que a buen seguro leía cada día en su residencia del palacio de Ibaigane.

Ignacio Segurola apenas pudo rechistar. Se metió en el cuarto oscuro donde revelaba sus carretes y, mientras los negativos se poblaban de luces y sombras, daba vueltas sobre lo que conseguiría escribir ya que, en realidad, no tenía gran cosa. De adivinar que don Pantaleón se iba a empeñar en encomendarle a él la noticia, hubiese indagado un poco más en el lugar de los hechos. O quizá ni siquiera debía haber regresado a la redacción.

Con la destreza de la experiencia, decidió positivar una decena de imágenes. Tras esperar a que se secaran, se dirigió a su mesa de trabajo y, después de esparcir las fotos sobre la mesa, se puso a teclear la noticia en su querida Olympia, a la que cuidaba como la belleza alemana que era.

Cinco minutos antes de la hora fijada, el periodista golpeó la puerta del despacho del director. Don Pantaleón, a pesar de que su congestión iba en aumento, le sonrió en tanto se aflojaba al fin el nudo de la corbata.

—A ver qué me traes.

—Lo que he podido, don Pantaleón.

Ignacio le entregó en mano la hoja de papel y depositó ocho fotografías sobre la mesa. Se había cuidado de guardarse para sí la de las dos mujeres que lloraban y una en la que se distinguían numerosos rostros de curiosos. Y es que estaba convencido de que don Pantaleón no se conformaría con aquella escueta reseña y que le encargaría que siguiese el caso. Por eso no estaba de más esconder un par de cartas en la manga para poder tener algo de donde tirar. Además, esas fotos podían darle un valor añadido a la investigación pero no a la noticia. Ramírez de Olano leyó despacio la hoja una sola vez mientras se atusaba el flequillo transversal con el que intentaba disimular su calvicie, luego se quitó las lentes redondeadas que llevaba puestas y clavó su mirada en el periodista durante unos instantes silenciosos.

—Es correcta —resolvió, lacónico—. Tan correcta que no voy a cambiarle ni una coma. Le diré a Añibarro que la publique tal cual. Ve acostumbrándote a tratar más con él. Le diré a Azkue que no se ponga celoso.

—Fermín jamás se pondría celoso por el éxito de nadie. —Ignacio no pudo evitar salir en defensa de su jefe de Deportes, Fermín de Azkue, un tipo bonachón que firmaba sus memorables crónicas de pelota con el nombre de Utz.

—¡Pero Segurola! Sí que eres susceptible. Bromeaba, joder —rio don Pantaleón, lo que provocó el sonrojo momentáneo de su acólito—. Lo que sí va en serio es que no te has arriesgado con el artículo.

—Alguna que otra vez le he oído decir que las noticias han de ser escritas con una pasión que no debe trascender a la propia noticia —replicó Segurola—. Me he limitado a constatar lo que sé. Lamento no haber investigado más porque no tenía previsto que esto ocurriera. En cualquier caso, yo me niego a elucubrar. Claro que usted tampoco me lo hubiera permitido.

—Tienes madera, muchacho. Y yo me voy a encargar de labrar ese tronco que llevas dentro —sonrió el director del *Euzkadi*.

—Pero no se le vaya a ocurrir relevarme de mis labores deportivas.

—No pienso hacerlo, siempre y cuando me prometas que te encargarás de cubrir la investigación de este crimen.

—Supongo que no tengo muchas alternativas.

—¡Buen chico! Si me gustan los resultados, te compensaré.

—Mi recompensa es el trabajo bien hecho, señor. Y que usted esté contento con lo que hago.

—Monsergas. No solo de palmaditas en la espalda

vive el hombre. A ver, desde la Asociación de Reporteros Gráficos venís reclamando que se os paguen veinticinco pesetas por foto, y no diez como se viene haciendo, ¿no?

—Entre otras cosas, jefe. Tenemos que llegar a fin de mes, pero más que el precio de las fotos nos preocupa el intrusismo de los aficionados. Ahora cualquiera puede hacer una foto para enviarla al periódico.

—Tranquilo. Ya sabes que esa no es nuestra política. Podemos adquirir alguna de forma esporádica, si bien sería una estupidez por mi parte no valorar el trabajo de los magníficos fotógrafos de mi plantilla. ¿Cuánto te pagamos a ti por cada foto?

—Dieciocho pesetas.

—A partir de ahora serán las veinticinco que reclama la asociación. Pero si publicamos alguna en primera página, serán cincuenta. ¿Qué te parece?

—Generoso por su parte.

—Entonces trato hecho. Empezaremos con esta —dijo, señalando una imagen en la que se veía a dos guardias de espaldas con las porras desenfundadas entrando en el portal del edificio en el que apareció el cadáver—. Se ubica perfectamente el escenario del crimen. Yo trataré de que la Guardia Municipal me informe, aunque me temo que no está muy acostumbrada a resolver esta clase de asuntos, y además tampoco apostaría a que me contaran toda la verdad.

—No le prometo nada, jefe.

—No te preocupes. No eres tú quien debe descubrir al criminal. Eso sí, trata de informarte de todo cuanto suceda. Y si no hay noticias, no se va a acabar el mundo por eso. El ruido del asesinato cesará en unos días.

Aquellas palabras tranquilizaron a Ignacio Segurola. Sin duda, don Pantaleón sabía aleccionar. En apenas unos minutos de conversación le había adulado, chantajeado y ahora le consolaba ante un eventual fracaso.

—Seré un sabueso —dijo el periodista, ladeando la boca en su sonrisa.

—¡Eso es! Mira, te daré el contacto de un amigo. Le telefonearé para avisarle de que vas de mi parte. En su juventud fue guardia municipal, pero hace tiempo que se dedica a investigar por su cuenta. Es de esa clase de veteranos que no se retiran nunca.

—¿Un detective?

—Algo así. Un detective a la bilbaína. Estoy seguro de que no le falta ni el pilpil —respondió don Pantaleón mientras rebuscaba en uno de los cajones de su escritorio hasta dar con una tarjeta que entregó a Segurola.

—Fernando Zumalde —leyó en voz baja el reportero.

—Te ayudará. Ya lo verás —afirmó Ramírez de Olano, sacando tres billetes de veinticinco pesetas de su cajón, que entregó al reportero—. Cincuenta por la foto de mañana y el resto para que invites a Zumalde a comer. Llévale donde Luciano. Es de los que se les gana por el estómago.

Al día siguiente, *El Noticiero Bilbaíno*, *La Gaceta del Norte* y *El Pueblo Vasco* informaban de lo acontecido en la calle San Francisco, todos ellos de una manera tan dispar que parecía que no se refiriesen al mismo crimen. En la primera página del *Euzkadi*, Ignacio Segurola se limitó a relatar lo que en realidad no le albergaba dudas, sin ahondar en los detalles escabrosos: el hallazgo del cadáver de una joven dedicada eventualmente a la prostitución, atada a los barrotes de la cama de una pensión, que había sido apuñalada en repetidas ocasiones con un cuchillo que el asesino dejó clavado dentro de su vagina.

5

Bilbao entera quería conocer el flamante comedor recién inaugurado del Restaurant Luciano, santuario gastronómico en el que se rendía particular veneración a sus cazuelas de bacalao, si bien no todos los bolsillos se podían permitir semejantes plegarias. Después de regentar un chacolí en las campas de Albia, Luciano Aguirrebalzategui abrió su célebre local en Barrenkale Barrena a principios de siglo. Más tarde, sus hijos se hicieron cargo del negocio, el cual fue prosperando con el tiempo gracias a su buena gestión y a la excepcional mano en la cocina de Damiana, la guisandera. El resto de hermanas se repartían las tareas fuera de los fogones; y mientras Paulina llevaba la administración, Carmen elegía los mejores productos en el mercado, Consuelo se ocupaba de que las cosas estuviesen en su sitio y Amalia ejercía de relaciones públicas desde el recibidor con su sempiterna sonrisa y sus mangas remangadas, al estilo de su padre. El hijo de Luciano, que llevaba su mismo nombre, se encargaba de atender detrás de la barra a pie de calle.

A pesar de que la juventud la estuviese abandonando, Amalia conservaba su elegante atractivo. Su dilatada experiencia atendiendo parroquianos, muchos de los cuales se animaban en exceso por los efluvios de los buenos vinos, la ayudó a esquivar con donaire los pretendientes que le iban saliendo. Aunque no se le conocía novio formal, se rumoreaba que sucumbía a los encantos de Perico Chicote, el más afamado de los bármanes españoles, quien de vez en cuando se dejaba ver por Bilbao. En realidad, donde más acudía Chicote era a la capital donostiarra para atender a su selecta clientela en los periodos vacacionales, pero Amalia tenía bastante que ver con que el barman visitara la villa con más frecuencia de la debida. En homenaje a su amante, incluso decidió bautizar a uno de sus cócteles con el nombre de su padre. Y así, quien pidiera un Luciano en su popular local de la Gran Vía madrileña iba a tomar un perfecto combinado de ginebra, vermú, curasao y Grand Marnier, en el que predominaba el rojo de la pasión que a buen seguro sentía por Amalia Aguirrebalzategui casi en la clandestinidad. No en vano, como buen seductor, procuraba mantener sus conquistas en el anonimato. Y a lo más que llegaba era a hacerles un guiño en los nombres de algunos de los cócteles que elaboraba con la creatividad de un artista. Su caballerosidad, llave de muchas puertas, le permitía afirmar sin reparos que la mejor comida del mundo se servía en el Restaurant Luciano.

Ese mediodía de Nochebuena, Perico Chicote se encontraba sentado junto a la mesa más cercana a la chimenea del nuevo salón de la primera planta. La coqueta estancia, adornada con excelentes frescos que representaban escenas rurales vascas, resultaba muy confortable.

Los muebles de estilo *art déco*, unidos a la espectacular vidriera de unos siete metros por la que se colaba la claridad de la calle, conferían al comedor un ambiente exclusivo. Claro que este no quedaba perfectamente decorado hasta que se depositaban en las mesas los deliciosos platos procedentes de la cocina.

Al entrar en el salón, Ignacio reconoció enseguida al barman, no solo porque su rostro solía aparecer en los periódicos, sino porque el reportero frecuentaba su local en sus esporádicas visitas a Madrid, así que no pudo por menos que saludarle y Chicote le correspondió con esa sonrisa suya tan afable antes de centrar toda su atención en Amalia. Segurola había tenido la precaución de acercarse a primera hora con el fin de reservar una mesa para dos, antes incluso de que su compañero de mantel hubiese aceptado la invitación que le cursó desde el teléfono de la redacción del *Euzkadi*.

—*Eguerdi on*, caballero —le sonrió Amalia, mientras se hacía cargo de la gabardina y el sombrero del nuevo comensal.

—*Eguerdi on*. Por favor, llámeme Ignacio —dijo el periodista, respondiendo del mismo modo a ese saludo tan particular que se hallaba a medio camino temporal entre los buenos días y las buenas tardes. Si bien no hablaba euskera, Ignacio usaba algunas de sus palabras imposibles de traducir al castellano.

—En ese caso nos tuteamos, Ignacio. Que me haces mayor. Supongo que esperamos para traerte la carta —le dijo Amalia, con sincera amabilidad.

—Sí, si no te importa. Estoy esperando a alguien... a don Fernando Zumalde, no le conozco en persona.

—Yo sí, desde que era niña —respondió risueña la anfitriona—. El comisario es habitual de la casa, aunque creo que no conoce todavía el nuevo salón. Bueno, en realidad dejó la Guardia Municipal hace un montón de años pero todos lo seguimos llamando así. No te preocupes, en cuanto llegue te lo traigo. Ese seguro que no se escapa sin comer.

—Es un lugar magnífico —respondió Ignacio. Lo cierto es que se sintió a gusto desde el primer momento, máxime con la tranquilidad de tener más de veinticinco pesetas en la cartera.

—Confío en que sigas diciendo lo mismo cuando salgas —dijo ella, con la seguridad de saber que nadie se marchaba insatisfecho.

Poco a poco, la sala se fue llenando hasta completarse. Ignacio vio cómo, tras acomodar a todos los comensales, Amalia se sentaba junto a Chicote. Apenas fueron unos instantes, pero los suficientes para comprobar que las diferencias políticas que mantenía la pareja no menoscababan en absoluto su complicidad.

Segurola observaba con aire distraído cuanto acontecía a su alrededor. Pensó que aquel restaurante simbolizaba el microcosmos de la Bilbao más pujante. Pronto identificó a algunos empresarios, políticos, banqueros y comerciantes que, a buen seguro, cerraban sus negocios sobre el mantel. La bohemia local se hallaba representada por el pintor Gustavo de Maeztu acompañado de su fiel amigo Estanislao María de Aguirre, un crítico de arte cuya vis cómica le había llevado incluso a participar en alguna película.

En una de las esquinas avistó al director de *El Pueblo Vasco*, que compartía mesa con la oronda figura de Pedro Eguillor; la calvicie del primero contrastaba con los cabellos blancos y alborotados del genuino intelectual. El hecho de que dos conservadores de la talla de Juan de la Cruz y Pedro Eguillor fuesen clientes de un restaurante cuyos dueños no escondían sus firmes creencias nacionalistas daba muestras de la pacífica convivencia entre la gente sensata de la ciudad cuando aparcaba sus ideas políticas. Ignacio estaba convencido de que ambos continuarían su conversación en la tertulia que mantenían casi a diario en el café Lion d'Or, de la que don Pedro era alma y presidente.

Fernando Zumalde llegó puntual a la hora acordada, charlando afablemente con Amalia, con un ejemplar de *La Gaceta del Norte* y otro del *Euzkadi* bajo el brazo. Ignacio nunca se lo hubiera imaginado así. No es que pensara que los detectives tuviesen que tener un aspecto peculiar, pero el comisario conservaba su jovialidad a pesar de su sesentena y de su pelo cano; eso sí, con la robustez de quien disfruta de la buena comida.

—¡Vaya! No te hacía tan joven —comentó Zumalde después de que Amalia los presentara—. ¿Un cigarro?

—No, gracias. Solo fumo en pipa y en determinados momentos.

—¡Anda! Tengo un buen amigo con tu misma costumbre. Lástima que le vea poco. Vive en París.

—¿Y no suele venir por aquí?

—No, es una larga... y triste historia —respondió el Comisario, nublando el semblante por unos segundos en tanto abría su cajetilla de Elegantes—. ¡Pero bueno! —exclamó, recomponiéndose de inmediato—. Estoy deseando saber para qué me has citado.

—Te agradezco... Puedo tutearte, ¿verdad?

—¡No faltaba más! —respondió Zumalde, dando una calada a su cigarro con el ansia de quien necesita la nicotina para funcionar.

—Te agradezco que hayas aceptado mi invitación.

—A ver, Ignacio. No es nada personal. Pero si a mí me invitan a una buena comida, muy mal se han de dar las cosas para que falte. Y si hay mus en la sobremesa, ni te cuento —dijo el detective, medio en serio, medio en broma.

El periodista comprobó cómo Fernando Zumalde era de esa clase de tipos que te hacían sentir cómodo enseguida. No creyó que impostase su carácter para bajar la guardia de sus interlocutores con el fin de obtener mejor información, tanto en sus investigaciones como en su trato cotidiano. En cualquier caso, de ser así, lo disimulaba a la perfección.

—Yo tampoco me niego nunca a una partida de mus, si hay tiempo.

—Entonces nos llevaremos bien —afirmó el comisario, mirando a su alrededor tal vez en busca de futuros contrincantes—. Me sorprende que hayas conseguido mesa hoy en Ca Lusiano. Disculpa, pero a mí lo de *restaurant* me hace gracia. Esto ha sido Ca Lusiano, con ese, de toda la vida. Y mira que lo han puesto bonito —apuntó, curioseando el salón—. Menuda parroquia hay aquí hoy... ¡Si está hasta Chicote! Diría que solo falta Indalecio Prieto para hacer pleno.

—Bueno... que uno sea joven no significa que no sepa buscarse la vida —comentó sonriente el reportero.

Tras refrescar la garganta con una cerveza La Salve, pidieron de entrante a compartir una cazuela de morros con salsa a la vizcaína para luego dar cuenta de una fenomenal *alubiada* con todos sus sacramentos. Fue Zumalde quien se ofreció a elegir el vino porque, desde que se lo recomendó Luciano, hacía ya más de dos décadas, siempre bebía allí algún Remelluri, un poco porque le encantaba aquel vino de la Rioja Alavesa, un mucho porque le gustaba hacer de la costumbre homenaje y tradición.

Cuando Ignacio sacó a colación el asesinato de la calle San Francisco, Zumalde comentó que conocía, al igual que media Bilbao, cuanto se decía en los periódicos, aparte de los más variopintos cotilleos que circulaban por los mentideros de la ciudad en torno al crimen. En cuanto al móvil se barajaban las hipótesis de quien no tenía ninguna pista... es decir: todas. Se excusó por llevar *La Gaceta del Norte*, además del *Euzkadi*, ya que disfrutaba con la pluma irónica de su director, Aureliano López Becerra, que lo bordaba especialmente en sus crónicas taurinas firmadas con su seudónimo, Desperdicios.

—Me gusta cómo lo ha contado tu periódico —reconoció Zumalde, acomodándose en la silla con el rostro satisfecho de quien ha disfrutado de una opípara comida. Aprovechó la ocasión para encender un nuevo cigarro.

—Gracias, comisario. He sido yo —dijo el periodista, tratando de no sonar presuntuoso.

—¡Vaya! Entonces, enhorabuena.

—No tiene importancia, apenas aporto nada —contestó el periodista, con la intuición de que su interlocutor ya imaginaba la autoría del artículo y solo pretendía adularle.

—La tiene, Ignacio. Por supuesto que la tiene. —Zumalde apuró su copa de vino.

—La cosa es que don Pantaleón me sugirió que podrías ayudarme, llegado el caso. Estoy convencido de que, salvo quizá a la Guardia Municipal, a poca gente le va a interesar que se resuelva el crimen. ¿O es que crees que los de Investigación y Vigilancia se van a molestar mucho? Si en unos días no dan con el culpable, todo el mundo se olvidará del asunto y aquí paz y después gloria.

—Llevas razón. Los pobres no interesan a nadie, por desgracia. Y está mal que yo lo diga ahora con la barriga llena.

—No es que yo sea un adalid de los ideales sociales. Confieso que si estoy aquí contigo es porque mi jefe se ha empeñado en que realice un seguimiento de lo que acontezca.

—Tampoco está mal habernos conocido, ¿no? —bromeó Zumalde—. Estamos pasando un buen rato. La próxima vez invito yo.

En ese momento, con el ambiente empañado por el humo de los habanos que se iban encendiendo, Perico Chicote se incorporó de la silla y se dirigió con desparpajo a los comensales, lo que provocó el aplauso inmediato de la concurrencia.

—Mis queridos bilbaínos, de sobra sabéis el cariño que le tengo a esta casa. En su día ya bauticé a uno de mis cócteles con el nombre de Luciano. Pero hoy quería aumentar mi gratitud y os he preparado un ponche... llamado también Luciano, un *cup* perfecto para estas fechas a base de licor de naranja, coñac, marrasquino, champán y, por supuesto, frutas. —Obviamente, los comensales volvieron a aplaudir, solazados. Todos esperaron a ser servidos y fue el propio Chicote quien hizo el brindis—: ¡Grandes éxitos para el nuevo Restaurant Luciano! ¡Feliz Navidad!

Tras la respuesta al unísono de la clientela del local, durante unos instantes solo se oyó el roce suave de las copas.

—Esto me sabe a sangría —murmuró Zumalde ante el gesto divertido del reportero—. Eso sí, una sangría cojonuda. ¿Sabes? Hace tiempo conocí a una mujer increíble. A pesar de que no pasó estrecheces, jamás se olvidó de sus raíces y nadie como ella se preocupó por los pobres. A ella le habría gustado que se esclareciera este crimen y que el culpable pagara por ello. Si me permites, querría brindar por su memoria. ¡Por Izarbe! —dijo el comisario, chocando de nuevo su copa con la de Ignacio.

—¡Por Izarbe! —respondió este, conmovido por cómo Zumalde podía cambiar sus sentimientos en cuestión de segundos.

Y sin que el periodista pudiera preguntarle adónde iba, el comisario se dirigió a la mesa en la que Gustavo de Maeztu y Estanislao María de Aguirre daban cuenta de su arroz con leche. Después de mantener una breve charla con ellos, regresó con una sonrisa en los labios y emitió un lacónico «hay mus».

6

Desde que murió su padre, Ignacio Segurola se encerraba a solas en su piso de la calle Iturribide al atardecer del 24 de diciembre y no salía hasta el amanecer del 26. A veces se preparaba algo especial en la cocina y otras, como aquel año, se acostaba sin cenar. De haber sabido que pasarían muchas Navidades sin poder elegir lo que llevarse a la boca, quizá aquella noche hubiese usado sus fogones de carbón para cocinar un chuletón acompañado de dos huevos fritos con pimientos, que compraba a las aldeanas de Gernika en el mercado de la Ribera. Pero había ingerido tanto aguardiente durante la partida de mus que, si bien su estómago se lo agradecía por haberle facilitado la digestión de las alubias, su cabeza se mecía al vaivén de los efluvios alcohólicos. Aun así, consiguió quitarse la gabardina, los zapatos y la corbata antes de tumbarse sobre el colchón de lana zamorana. Ya casi de madrugada, la llamada del orinal le despejó lo suficiente como para desvestirse por completo y volver a acurrucarse entre las mantas con la tranquilidad de no tener que levantarse temprano. Sin embargo, el orujo todavía tuvo arrestos de jugar con la mente de Ignacio, mezclando pesadillas con esa clase de visiones felices que aúnan recuerdos y deseos.

A veces, su madre se colaba en sus sueños para colocar en la chapa del lar encendido un ladrillo que luego forraba en trapos para calentarle la cama, o para pasear de su brazo por el Arenal disfrutando del espectáculo mágico de las chimeneas y las velas de barcos exóticos donde se afanaban marineros de raras apariencias a las órdenes de capitanes con gorra que llevaban mascota, o para comprar su mercancía alcarreña a un mielero de blusa de mil rayas y pantalones de pana con la que aliviarle sus dolores crónicos de garganta. Otras veces, era él quien cuidaba de su madre y le colocaba cataplasmas en la frente para tratar de calmar los dolores de su enfermedad.

En el fondo, Ignacio albergaba la sensación de que ella no le había abandonado del todo y que, en realidad, esas apariciones en mitad de la noche, más que sueños, eran visitas fugaces de su espíritu.

7

A Irene Lasa le gustaba escuchar las conversaciones políticas que mantenía la familia Verdes con relativa asiduidad. No ya por su contenido sino por la pasión vertida en la defensa de sus ideales, con vehemencia pero con educación. Desde su inocencia de chica rural, no se había imaginado que hubiese reductos en Bilbao en los que el euskera fuese reivindicado, por lo que se sentía como en su caserío cuando se quedaba a solas con los Verdes.

Aun así, no se decidía a solicitar su inclusión en esa asociación de la que Tere hablaba tanto. Su juventud, su timidez y su querencia por la soledad la frenaban a participar en actividades sociales.

Emakume Abertzale Batza tuvo sus orígenes en el Ropero Vasco, que se dedicaba desde 1908, entre otros menesteres piadosos, a repartir prendas de vestir a los obreros más pobres. Dada su ideología nacionalista basada en Dios y en las leyes viejas, su andadura se vio interrumpida por la dictadura de Primo de Rivera. Sin embargo, tras la proclamación de la Segunda República en 1931, las *emakumes* fueron aflorando de nuevo para extender su doctrina por todo el País Vasco sin olvidar en su apostolado, según su reglamento, «aliviar los dolores del necesitado y nivelar el desequilibrio de justicia mediante la práctica de la caridad cristiana». En poco tiempo, se organizaron para impartir clases de todo tipo de materias, entre las que se encontraban el euskera, la religión o los cantos vascos; para formar maestras y sirvientas domésticas, y para prestar asistencia sanitaria a enfermos, presos y necesitados, en general.

En ningún caso Tere Verdes la había animado a colaborar con las *emakumes*, pero, bien pensado, a Irene no le disgustaba la idea de enseñar euskera a los niños pequeños en alguna ikastola o tomar clases de enfermería en el Centro Vasco de la calle Bidebarrieta, así que terminó por apuntarse a la asociación. Quizá el azar intercedió en su decisión, porque en su primer día de trabajo pudo presenciar la conversación que los hermanos Verdes mantuvieron con un joven atildado, con aspecto de seminarista, que miraba el mundo a través de sus lentes redondeadas con la curiosidad de quien descubre los detalles cotidianos por primera vez. No obstante, su discurso, en el que abogaba por construir una nación vasca de forma pacífica a través de la cultura, resultaba de una clarividencia absoluta.

Irene se quedó unos instantes mirando a la puerta después de que el joven se despidiera con la amabilidad que le caracterizaba.

—Pareces obnubilada —rio Tere Verdes—. Lo cierto es que es un hombre increíble. Lamento no haber caído en presentártelo, pero no te preocupes porque es de los habituales. Dirige las páginas en euskera del *Euzkadi*. Y es un magnífico poeta. Espera —dijo, haciendo un receso para buscar un libro que le entregó—. Te lo regalo, lo ha publicado este año.

Irene tomó el ejemplar en sus manos emocionadas y pasó la yema de sus dedos sobre el dibujo en relieve de una paloma con forma de hoja, acaso por el anhelo de las hojas caducas por volar antes de morir. No fue capaz de decir nada. Sus ojos miraron a Tere con agradecimiento para luego volver a leer el nombre del joven que se acababa de marchar. En letra pequeña, como si quisiera pasar desapercibido, podía leerse «Urkiaga'tar Estepan»; debajo, un escueto «Lauaxeta», su seudónimo, en honor al caserío de Mungia de su infancia; y a continuación el título del poemario: *Árats-Beran*.

—«Al caer la tarde» —susurró Irene—. Es precioso. Mil gracias, Tere.

8

Si bien solía frecuentar el Gayarre por encontrarse junto a su casa, a Ignacio Segurola le gustaba recorrer otros cafés de la villa. Acaso porque creía que limitar la visión de la vida cotidiana a una única atalaya simplificaba el modo de ver el mundo. Además, tenía la impresión de que sus crónicas le quedaban mejor si las escribía en un café, tal vez porque se impregnaban de sus efluvios estimulantes.

Cualquiera que no le conociera en profundidad habría pensado que era un tipo sociable; sin embargo, le costaba relacionarse más allá de lo cordial, no ya por timidez sino por pereza. Solía enfrascarse tanto en sus cavilaciones que procuraba que nadie se inmiscuyera en sus cónclaves particulares. Que un taciturno se hallase atrapado en el entramado social de los cafés bilbaínos no dejaba de ser una contradicción, una de tantas que él asumía con naturalidad. Al fin y al cabo, cuando la ocasión lo requería, sabía mostrar su lado más amable. Y no es que necesitase fingir, simplemente se adaptaba a las circunstancias, máxime si estas circunstancias llevaban los nombres de mujeres cuya belleza brotara de su inteligencia. No obstante, en los círculos tan pacatos por donde se movía, esos coqueteos esporádicos no dejaban de ser tan efímeros como inocuos, por lo que, a pesar de sus veinticinco primaveras, no había tenido una novia formal. Quizá por su miedo a perder a un ser querido, provocado no solo por la muerte de su familia sino también por la repentina ausencia de una muchachita rubia y pecosa, de la que se enamoriscó años atrás al verla salir de sus clases de francés en la academia de Juana Whitney, la madre de los Maeztu. Cuando parecía que la joven comenzaba a consentir con sonrisas sus sutiles requiebros, un buen día desapareció. Ignacio solo pudo averiguar que se trataba de la hija de un empresario alemán que regresaba a su país... y que se llamaba Samantha.

Apuró su cortado en la barra del Iruña, al que acudía con la excusa de perderse en el sosiego de los jardines de su querida plaza de Albia, antes de encaminarse a su cita con Fernando Zumalde. El comisario le había emplazado en el café Bilbao de la plaza Nueva, pero Ignacio aún tenía tiempo de pasear despacio bajo ese sirimiri que le templaba los nervios. Decidió tomar el puente del Ayuntamiento y, tras esquivar un par de camiones que se dirigían a la fábrica Echevarría, se adentró en la calle Esperanza para presenciar su trajín matinal. A esas horas, un afilador hacía sonar su caramillo entre los pregones de pescaderas y cacharreros, las mujeres entraban en las carbonerías y unos cuantos mozalbetes con pantalones cortos se arremolinaban delante de las caballerizas para alquiler de carros y burros con la ilusión de que algún conocido pudiera invitarlos a dar un garbeo.

Unas niñas, que miraban el escaparate de una marmolería, provocaron que el periodista se acercara para comprobar el motivo de tamaña expectación, no sin antes disparar su cámara. Enseguida se dio cuenta de que contemplaban no las lápidas expuestas, sino unas piedras redondeadas hechas con recortes del mármol sobrante, con las que jugaban al *truquemé*, la denominación local de la rayuela. Lo cierto es que resultaban preciosas. Algunas incluso llevaban inscrito un nombre de mujer. Ignacio, casi sin darse cuenta, se coló entre las muchachas para poder leer sus inscripciones y se sonrió al comprobar que su intuición no le fallaba, porque en una de las piedras, veteada con una infinita gama de azules, podía leerse «Irene». Sin pensárselo dos veces, entró en el establecimiento y la compró ante la mirada celosa de las pequeñas espectadoras, que no pudieron reprimir un suspiro unánime de envidia.

Con su trofeo en el bolsillo, Ignacio se encaminó ufano a la plaza Nueva. Bajo los soportales, un grupo de muchachos entorpecía el paso jugando a introducir güitos de albaricoque en unos agujeros a los que llamaban *gochos* y otros realizaban carreras ciclistas sobre un circuito de tiza con *iturris*, los tapones de bebidas refrescantes, bautizados así porque la gaseosa más popular se llamaba Iturrigorri. Tampoco las niñas, con sus combas, facilitaban el camino de los transeúntes, acostumbrados a lidiar con estas adversidades infantiles, sobre todo en los días desapacibles.

El periodista prefirió enfrentarse al sirimiri que a los tropeles de críos, y confió en que las vacaciones navideñas terminaran cuanto antes. Además, así podía contemplar en todo su esplendor aquella plaza, en la que él también había jugado en su mocedad. El recinto le parecía más bello incluso en los días lluviosos, cuando las nubes suavizaban los colores y dibujaban con agua un mosaico a base de charcos que se convertían en fragmentos vivos de fotografías en blanco y negro, donde se reflejaban edificios neoclásicos, un templete de música y dos palmeras en las que los gorriones se refugiaban de las embestidas de los gatos callejeros.

Zumalde aguardaba la llegada de Ignacio Segurola apoyado en una columna, fumando con la mirada abstraída en una lluvia que llevaba contemplando desde que tenía uso de razón y que, no obstante, le hipnotizaba igual que si la estuviera descubriendo por primera vez. Quizá porque pensaba que a la lluvia le resultaba ajena la transformación de la ciudad, la proliferación de fábricas, la renovación de los edificios... e incluso la muerte de las personas. Todo cambiaba, todo salvo la lluvia, revestida de esa inmutación evocadora que le transportaba hacia aquellos tiempos infantiles en los que la inocencia desconocía el significado del descreimiento.

El minutero del reloj de la plaza señalaba al cielo en el momento en que el reportero se encontró con Zumalde.

—*Eguerdi on*, comisario.

—Veo que eres puntual —respondió este a modo de saludo.

—La puntualidad es una de mis pocas virtudes, lo que básicamente me sirve para ir compensando algunos de mis defectos más veniales. ¿Un café?

—A estas horas, yo casi mejor un *hamabitako* —dijo Zumalde, haciendo referencia al nombre vasco para denominar el aperitivo de las doce en contraposición al *hamarretako*, el de las diez, y al *hamaiketako*, el de las once.

—Entonces, ¿una cerveza con un *pintxo* de tortilla?

—Eso suena mejor... Y si es con una Coca-Cola, muchísimo mejor. Es uno de mis vicios confesables y no todos los cafés la tienen.

Se acomodaron alrededor de una mesa de mármol situada junto a un zócalo de exuberantes azulejos amarillos y azules. Tras intercambiar unas pocas trivialidades, en espera de sus consumiciones, entraron en materia.

—¿Qué te han contado los guardias municipales? —preguntó sin rodeos el periodista.

—¡Vaya! ¿Cómo sabes que los he visitado?

—Porque estoy seguro de que conservas amistades, a pesar del tiempo transcurrido desde que te fuiste.

—Acabo de llegar de la comisaría —sonrió Zumalde.

—¿Y?

—Aunque no llegamos a coincidir porque es muy joven, mantengo una buena relación con el jefe. Supongo que los veteranos no le hablan mal de mí —comentó jocoso el detective.

—¿Con Modesto Arambarri?

—Un buen tipo. Y de principios. Es capitán de infantería, pero solicitó la excedencia del ejército hace tres años. Estaba destinado en Garellano.

—¿Ha podido informarte de algo?

—De nada que no sepamos. Me ha dejado leer la declaración elaborada por los guardias que acudieron a la calle San Francisco. No creo que el informe del forense aporte gran cosa. De hecho, tú ya estás enterado de casi todo lo que te voy a contar porque te lo leí en el periódico. La chica se hallaba atada de pies y manos a los barrotes de la cama, bañada en sangre. Tenía el cuerpo cosido a puñaladas; el informe dice que le asestaron seis. El asesino no se molestó en llevarse el arma... ya sabes dónde la dejó. Se desconoce si murió previamente, asfixiada; la mordaza le llegaba hasta la garganta. Por eso la pobre no pudo gritar. En cualquier caso, ese cabrón se ensañó de lo lindo. Ella se llamaba Rosa Isabel Martínez, acababa de cumplir los veinte años y apenas llevaba unos meses en Bilbao. Al parecer procedía de Villalpando, un pueblo de Zamora. La muchacha llegaría en busca de una vida mejor y ya ves. No solo tuvo que ejercer la prostitución, sino que además se topó con un malnacido.

—¿Crees que hubo un único asesino?

—Nunca se sabe. Aunque estos crímenes se suelen perpetrar en solitario. Lo que es cierto es que nadie vio ni oyó nada, y eso que el piso se encontraba bastante habitado.

—Entonces... ¿no hay pistas?

—Se ha examinado el lugar del crimen, sin que se haya dado con rastro alguno del que tirar. Por otra parte, el caso no lo llevará la Guardia Municipal. Enseguida se ha hecho cargo el Cuerpo de Investigación y Vigilancia de la policía, lo cual significa que nos costará más descubrir sus averiguaciones... si es que son capaces de resolver algo.

—Bueno... —meditó Segurola—. Por suerte, este tipo de casos no son habituales en Bilbao. Quien lo investigue dudo que tenga experiencia.

—En eso llevas razón, en los pocos asesinatos de mujeres que se han cometido recientemente, el criminal no se preocupaba de esconderse. ¿Recuerdas hace un par de años el caso del boxeador y la cabaretera?

—Sí, fue muy sonado.

El juego de palabras hizo que el comisario relajara el gesto durante unos instantes.

—El tipo disparó a su novia dos tiros por la espalda en plena calle sin que mediara discusión previa.

—Esa muchacha, la cabaretera... ¿no vivía también en la calle San Francisco?

—Así es, con una hermana. No pensarás que se trata de una casualidad... La maldición de ese barrio se llama miseria.

—Yo los conocía a ambos. A Josefina la Cubanita la vi actuar en el Kursaal Novedades y a Eleuterio Iturmendi le vi perder en sus dos últimos combates. Supongo que aquellas derrotas le empujaron a abandonar su carrera pugilística.

—Un fracasado que ojalá se pudra en la cárcel. De no ser por la intervención policial, los vecinos le habrían linchado.

—Es curioso que hace poco se cometiera un crimen similar. Te enterarías de que un carnicero disparó por celos a una canzonetista del Kursaal Novedades, pero el de Burgos.

—Sí, a la Venus Valenciana. Y, de paso, al hombre con el que ella bailaba. Y con una Star, al igual que el boxeador.

—Es lo que tú dices. En este tipo de asesinatos, al criminal se le descubre enseguida porque los celos impiden la prudencia.

—Lo que quiere decir que los celos no tuvieron que ver en este asunto.

—A saber...

—Lo que me sorprende es que, a pesar de lo escandaloso del caso, no existan testigos.

—O a los que hay no les interesa hablar porque tienen poco que ganar y mucho que perder.

—Bueno... descubrir la verdad, ¿no?

—¿Y a quién le interesa la verdad, Ignacio?

—Esa chica tendría familia, amigas...

—Sí, unos padres que viven lejos y que posiblemente no supiesen la profesión de su hija; y quizá algunas compañeras que deben de estar aterrorizadas.

Ignacio Segurola permaneció en silencio unos instantes, fijándose en su vaso casi vacío, antes de desdoblar las dos fotografías que extrajo del bolsillo de su chaqueta.

—Mira. ¿Qué ves?

—Pues poca cosa —bromeó Zumalde, colocándose las gafas—. ¡Ahora sí! Anda, veo gente conocida. Es lo que tiene ser tan viejo.

—Y tener mucha calle —rio el reportero.

—También, también... En esta foto veo al sereno del barrio, un par de delincuentes de poca monta, hombres con traje... alguno parece extranjero, mineros que vuelven del trabajo... De las mujeres, algunas pueden ser sus esposas, otras son prostitutas, sin duda.

—¿Crees que el asesino puede estar en la foto?

—¡Quién sabe! A mí, si estuviera en su lugar, me podría la curiosidad de saber si he podido dejar una pista por miedo a ser descubierto.

—¿Y qué me dices de las dos chicas de la otra foto? Parecen compungidas.

—Llevas razón. Y con pinta de que puedan contarnos algo.

—¿Las conoces? —preguntó Segurola, sin disimular la emoción.

—Las conozco de vista, sí. Frecuentan... o frecuentaban el Neguri —dijo el comisario, endureciendo el gesto.

—¿Qué ocurre?

—Nada, Ignacio —respondió Zumalde, envolviendo sus pensamientos en el humo que exhalaba—. Creo que le pongo cara a la chica.

—¿A la asesinada?

—Sí. Las dos chicas de la foto solían alternar con una compañera. Ojalá se trate de un amante despechado. Sería más fácil de encontrar. Sin embargo, me temo que no va a resultar sencillo... nada sencillo.

—No me digas que sospechas de alguien...

—De nadie en particular. Pero los que alternan en el Neguri no son pobres desgraciados. Tengo que irme. ¿Puedo quedarme con las fotos?

—Claro. Sacaré otra copia para mí.

—Bien. Si te parece nos volvemos a ver aquí el lunes, a la misma hora. Supongo que con lo de hoy tienes suficiente para escribir un artículo si tu jefe se pone pesado. Eso sí, no menciones nada de las chicas de la foto ni del Neguri.

—Tranquilo, no pensaba hacerlo.

—Lo sé, pero por si acaso... ¡Ah! Y no se te ocurra jugar a los detectives, al menos sin mí. Este asunto me huele a chamusquina —advirtió el comisario mientras encendía un nuevo cigarrillo ya en pie.

—¿Qué hago entonces de aquí al lunes?

—Lo que venías haciendo hasta ahora en tu vida. Hazme caso. Estamos en Navidad. Lleva a tu novia al cine, toma un vino con tu cuadrilla, escribe esos artículos deportivos que se te dan tan bien... —aconsejó Zumalde mientras se alejaba en dirección a la puerta.

—Hay algo que no me quieres contar —protestó el periodista, elevando ligeramente la voz.

El comisario se giró, caminó dos pasos hacia él y le puso la mano en el hombro.

—Mira, Ignacio. Si de verdad quieres descubrir lo que le pasó a esa pobre chica, déjame actuar a mí —susurró Zumalde, difuminando su habitual gesto afable—. Me he explicado lo mejor posible. Ahora quiero saber si tú lo has entendido.

El periodista se limitó a asentir con la cabeza. Sin embargo, sabía que no podría controlar su curiosidad.

La redacción del *Euzkadi* se encontraba demasiado cerca de la plaza Nueva como para rumiar durante el trayecto la conversación mantenida con el comisario, así que aprovechó que clareaba para perderse por las Siete Calles hasta desembocar en la Ribera, casualmente justo a la altura del Neguri. Por suerte para su palabra estaba cerrado, porque de otro modo no habría podido resistir la tentación de tomar un café.

Llevaba las manos en los bolsillos de la gabardina; en uno palpaba la pipa, en el otro sus dedos jugueteaban con la piedra de mármol. Bordeó el teatro Arriaga para llegar al puente del Arenal, donde no cesaba el trajín de carros, tranvías, automóviles y personas bajo un cielo que mutaba las tonalidades de sus grises a capricho de los vientos.

Aún le dio tiempo a adentrarse en la calle Correo para mirar al descuido en el interior de la librería Verdes desde el escaparate. No pudo vislumbrar a Irene, pero le pareció que Tere detectaba su presencia y aceleró el paso con la sensación ridícula del adolescente descubierto por una monja mientras curiosea a la puerta de un colegio de niñas.

El celaje de sus pensamientos se disipó al leer el mensaje manuscrito que alguien había dejado sobre la mesa de su redacción:

Si todavía no se te ha olvidado lo poco que sabías de billar, te espero en el Gayarre a las ocho de esta tarde.

Ignacio sonrió de buena gana. Aunque la nota no estaba firmada, no podía haberla dejado otro que el gamberro de su amigo Kepa.

9

Ignacio Segurola no escondía su admiración por Kepa Herranz, al que conocía desde antes de que ambos tuvieran uso de razón, aunque Kepa culpara a la pereza de sus muelas del juicio de su falta de madurez. En realidad, Kepa bromeaba con casi todo, a veces de modo infantil. Su secreto consistía en aparentar que no se tomaba nada en serio. Ignacio pensaba que su amigo buscaba construir su propio hábitat vital. Al fin y al cabo, cada uno se protege de las agresiones mundanas a su manera. Ignacio estaba seguro de que detrás de esa sonrisa permanente se escondía la angustia de ser diferente, por mucho que tratara de ocultarlo con su peculiar filosofía.

Kepa había nacido en el seno de una familia adinerada. Su padre dirigía un entramado siderúrgico cada vez más rentable, mientras su madre se entretenía en actividades benéficas después de haber criado de manera estricta a Kepa y a Edurne, Anne y Karmele, sus tres hermanas mayores. Su holgada economía les permitía mantener abiertos simultáneamente su chalet en la playa de Ereaga, en Algorta, y su piso en la plaza de Albia. A Ignacio, que frecuentaba ambas residencias desde niño, le llamaba la atención la disparidad aparente entre los padres de su amigo. Con el tiempo supo que estas diferencias de carácter se extendían a su credo político, porque en tanto que su madre comulgaba con el nacionalismo vasco, su padre no ocultaba sus ideas carlistas, si bien tuvo que aceptar a regañadientes que sus hijos llevasen nombres acuñados por Sabino Arana en su *Egutegi Bizkaitarra,* un santoral que adaptaba el nomenclátor cristiano al euskera; para ello, el fundador del Partido Nacionalista Vasco se basó en la teoría por la que el padre Astarloa, un eminente filólogo que había dejado su impronta casi un siglo antes, mantenía que las niñas recién nacidas lloraban con la «e» y los niños con la «a», además de guiarse por otras innovaciones fonéticas. Así que Arana se dedicó a crear nombres propios que se fueron extendiendo por la geografía vasca, a pesar de las reticencias de algunos lingüistas vascos, del obispado de Vitoria y de personas como el propio padre de Kepa, a quien nunca dejó de llamar Pedrito.

En realidad, a Kepa no le preocupaba lo más mínimo cómo le llamara en privado el señor Herranz. Lo que sí le molestaba era que este, a pesar de su bonhomía, le amargara la infancia con su afán de hacerle ingeniero para dirigir sus empresas en el futuro. No había conversación familiar en la que se soslayara el tema ni se diera por hecho el destino de Kepa, quien se limitaba a asentir en silencio mientras su mente paseaba risueña por campos irisados.

Antes incluso de hacer su primera comunión, Kepa ya disfrutaba de los domingos porque le permitían vestirse con la dalmática roja de monaguillo. También le encantaba que sus hermanas jugaran con él poniéndole sus vestidos. Eso ocurrió hasta que el día de su octavo cumpleaños su padre se encolerizó al descubrirlo. Sin embargo, Kepa no dejó de engalanarse en secreto con los ropajes y los zapatos de sus hermanas durante todo el tiempo que permaneció en Bilbao, antes de irse a Madrid para cursar sus estudios de ingeniería. Su singular inteligencia, que usaba a su libre arbitrio, le permitió afrontar la carrera sin emplearse a fondo, de tal manera que le quedaban ratos libres para compaginarla con su verdadera vocación. Y es que Kepa Herranz quería ser actor.

Cuando obtuvo el título, se lo entregó enmarcado a sus padres y se marchó de gira teatral por toda Andalucía, representando obras de los hermanos Álvarez Quintero. Pronto su innata calidad interpretativa y su facilidad para cambiar de registro, amén de su don de gentes, le granjearon tal reputación que su nombre empezaba a sonar entre los aficionados por los teatros madrileños.

A esas horas, el café Gayarre desprendía alegría en medio de una atmósfera azulada que envolvía los azulejos floridos y las columnas rematadas con arcos de estilo andalusí, tan del gusto de la época después de que el arquitecto Joaquín Rucoba diseñara el majestuoso Salón Árabe del edificio consistorial. Detrás de la barra, don José Isasi ayudaba a sus camareros en la atención de la nutrida concurrencia que bebía, reía y disfrutaba de la actuación de Los Bocheros, un grupo de bilbainadas que en ese momento cantaba *De Barrencalle a Somera*, antes de que subiera al pequeño escenario Esmeralda Herlo, una pizpireta canzonetista muy popular en la ciudad.

Ignacio Segurola cruzó el local, sorteando las mesas ya desordenadas, hasta llegar a la sala de los billares, donde le esperaba Kepa con un taco en una mano y un cigarro en la otra, apoyado junto a la puerta.

—¡Pareces una vampiresa con *txapela*! —saludó el periodista mientras se fundía en un abrazo sentido con su amigo.

—Tú siempre tan galante, canalla —respondió Kepa, divertido—. Ya ves lo que disfruto con un palo.

—¿Dispuesto a un francés?

—Mira que te gusta provocar.

—¡Joder! Si es que te lo tomas todo por donde no es.

—Un día te voy a explicar yo a ti por dónde es —replicó Kepa, y arrancó la carcajada de su amigo.

—Billar francés, Pedrito, el de las carambolas —dijo Ignacio, jocoso.

—Eso, tú explícate. Que sepas que lo haces fatal —sentenció Kepa, simulando un gesto enfurruñado.

La relación entre ambos no dejaba de ser peculiar. A su sincero aprecio se unía la admiración mutua no siempre evidenciada, quizá porque el reconocimiento verbal de las emociones no formaba parte de la praxis habitual de los vascos. Desde sus tiempos adolescentes, Ignacio tenía la impresión de que el afecto de Kepa sobrepasaba la línea de la amistad; sin embargo, jamás le habían incomodado ni sus miradas encendidas ni sus amagos de requiebro.

Entre cervezas y carambolas, fueron poniéndose al día. Como era habitual entre ellos, Ignacio fue más parco en sus noticias; de hecho, ni siquiera mencionó que investigaba la muerte de una prostituta de La Palanca. En cambio, a Kepa le encantaba recrearse en los detalles, de modo que cada anécdota la convertía en una entretenida historia. Y eso sin perder la concentración, porque no tuvo problemas para ganarle los tres sets seguidos a su amigo.

—Veo que has practicado por los *Madriles* —conjeturó el periodista.

—¡Qué va! Es que eres muy malo. Las bolas se me dan mejor que a ti. Ni siquiera recuerdo que me ganaras alguna vez a las canicas.

—Eres un caso —rio Ignacio de buena gana—. Anda, vámonos, que aún tengo que redactar un artículo esta noche.

—Lo que tú digas. Nos tomamos la penúltima y te cuento lo mejor. ¿Vamos a la calle San Francisco? —propuso Kepa, simulando un gesto compungido.

Ignacio Segurola dudó unos instantes. De haberle propuesto cualquier otro lugar se hubiera negado, pero, sin saber muy bien por qué razón, le atrajo la idea de visitar alguno de los cafés próximos al lugar del crimen.

—¿Siempre te sales con la tuya?

—Eres fácil de convencer... para algunas cosas —dijo Kepa, con picardía—. Vamos al Tupi.

Hacía una noche preciosa. Los tonos rojizos de las chimeneas industriales reverberaban sobre un bosque de nubes aplacadas. Los dos amigos se concedieron una pausa en su conversación y caminaron despacio a lo largo de la ría hasta cruzarla por el puente de San Antón. De repente les llegó el fragor de La Palanca, un barrio que despertaba cuando el resto dormía. No tardaron en ver el dibujo de la geisha que adornaba la fachada donde rezaba el rótulo del café Tupinamba en grafía japonesa.

—¿Contento? —preguntó Ignacio, al vislumbrar a la luz de un farol la cara risueña de su amigo.

—Me encanta el Tupi —confirmó Kepa, empujando una de las puertas.

El local se encontraba atestado de gente. Segurola comprobó enseguida el interés de Kepa por visitar aquel café. Sobre el escenario, un transformista vestido de gitana flamenca cantaba *El relicario* ante el regocijo general.

—Lo que te gusta de este sitio no es el café ni el chocolate.

—Es que Edmond tiene un valor increíble. Reconozco que sabía que actuaba hoy.

Edmond de Bries en realidad se llamaba Asensio, un cartagenero que había conseguido triunfar imitando a las grandes artistas de la época. Sin embargo, los años iban haciendo mella en él, por mucho que se negara a aceptar su declive.

Segurola no estaba tan interesado como su amigo en ver la actuación del transformista, por lo que, tras pedir las cervezas, se dedicó a pasear su mirada entre el público asistente con la extraña sensación de que el asesino podía ser uno de los hombres que bebían y aplaudían sin cesar.

—A ver, dime qué es eso que tenías que contarme —quiso saber Ignacio, aprovechando una de las pausas de Edmond de Bries.

Kepa abrió mucho los ojos para evidenciar su ilusión.

—He empezado a formar parte de la compañía de Margarita Xirgu —afirmó muy ufano.

—¡Vaya! ¡Esa sí que es una magnífica noticia!

—Sí, magnífica. Ya verás lo que se va a reír mi padre.

—No se te ve muy preocupado por eso.

—Estoy feliz —rio Kepa.

—Entonces... ¿vienes con tu nueva compañía el mes que viene al Arriaga?

—¡Por supuesto! Confío en que vengas a verme.

—¡Cuenta con ello! Supongo que podré conseguir las entradas con facilidad.

—¿Entradas? ¿En plural? Creo que me he perdido algo —comentó el actor, divertido.

—No te has perdido nada.

—Tus ojos te delatan. Hay una bella señorita cuya existencia desconozco. No te preocupes por las entradas —dijo Kepa, remarcando las eses—. Yo te las facilito, pero te pediré algo a cambio.

—Miedo me das.

—Mañana te vienes conmigo a ver *La verbena de la Paloma* en el Trueba.

—¿Una zarzuela? ¡No me jodas!

—¡Qué más quisiera yo! —rio Kepa—. Espera, espera, que todavía no he terminado. Esta Nochevieja cenas en casa. A mi madre le encantará verte... y a mi hermana Edurne también.

10

Una semana después de que hubiera sucedido, parecía que nadie se acordaba ya del asesinato de la calle San Francisco. La falta de noticias por parte de las fuerzas del orden provocó que los periódicos, más preocupados por las turbulencias políticas, se fueran olvidando del crimen. El propio director del *Euzkadi* llamó a Segurola a su despacho para liberarle de su investigación; eso sí, indicándole que prestara atención a cualquier novedad que pudiera producirse al respecto. Sin embargo, al periodista ahora le intrigaba averiguar lo ocurrido, por lo que recibió las instrucciones con indiferencia, decidido a no abandonar sus pesquisas. Por eso acudió con el interés intacto al encuentro con Fernando Zumalde, que le aguardaba fumando, apoyado en una columna de la plaza Nueva. Al verle, Ignacio pensó que le agradaba ver su figura humeante al amparo de la lluvia.

Dado que las redacciones cerraban los domingos para que los periodistas descansaran, los lunes no había prensa, por lo que Segurola acababa de redactar su crónica del partido del Athletic para la edición del martes con el fin de quitársela de la cabeza y poder concentrarse en cuanto el comisario pudiera contarle. Tras saludarse, se acomodaron en la misma mesa de su primera cita, donde enseguida les fueron servidas una cerveza y una Coca-Cola.

—Te vi de lejos ayer en San Mamés —comentó Zumalde, al que le encantaba hablar de fútbol, sobre todo los lunes.

—Mira que yo me creía observador, pero tú me ganas.

—Cuestión de práctica... y de años. Pasamos un buen rato, ¿eh?

—Cojonudo. El tiempo acompañó. ¡Si hasta se dejó ver el sol!

—Confieso que lo pasé mal cuando marcó el Racing. Venía de ganar al Madrid y, por un momento, temí que repitiera hazaña.

—No, no, que Azaña no repita —bromeó el reportero en alusión a quien había sido presidente del Consejo de Ministros unos pocos años atrás.

—Eso ha resultado gracioso —rio Zumalde—. Y eso que a mí la política cada vez me interesa menos. El Congreso de los Diputados es un puto gallinero.

—Tienes toda la razón, no vamos a hablar de política pudiendo hacerlo del Athletic.

—Yo creo que esta temporada volvemos a llevarnos la liga.

—Si seguimos así, seguro. Somos el equipo menos goleado y el más goleador. Y Oceja está que se sale.

—El Racing se iría contento para Santander. Les devolvimos los seis que nos metieron el año pasado en El Sardinero. Creo que no disfrutaba tanto desde el 12-1 que le endiñamos al Barcelona. ¿Cuándo fue exactamente?

—En febrero del 31.

—Joder, qué deprisa pasa el tiempo...

—No sé si volveremos a ver algo parecido.

—Confío en que tú sí, que eres más joven.

—Ojalá, pero las defensas cada vez son más fuertes. Es casi imposible que un equipo marque doce goles, ni que un solo futbolista haga los siete que consiguió Bata.

—No pienso discutir de fútbol contigo.

—No soy ningún experto —dijo Segurola, esbozando una sonrisa—. Ahora dime que ayer hiciste algo más que ir a San Mamés.

—Mucho tardabas —respondió el comisario con sorna—. Lo cierto es que también visité el piso donde encontraron a esa pobre chica, si es lo que quieres saber. Aunque me temo que nos va a costar dar con alguien que aporte algo de luz al caso. Rosa Isabel... Rosabel, como la llamaban, tenía alquilada la habitación donde la mataron. Sin embargo, ni doña Paquita, la casera, ni el resto de inquilinas vieron ni oyeron nada... salvo unas risas de madrugada. —Zumalde detuvo su relato para beber de su vaso de Coca-Cola—. Ya podrás suponer que en esa clase de pisos los ruidos extraños son tan habituales que pasan desapercibidos. El caso es que esta casa de lenocinio no es de esas para gente mísera, que tienen colchones en el suelo. Al parecer, las chicas son jóvenes y elegantes, por lo que su caché es superior al que se estila en La Palanca. Entenderás que esto no me lo ha contado la propietaria, quien asegura que ella no se entera de lo que hacen o deshacen sus inquilinas.

—¿Y eso es cierto?

—¡Claro que no! Doña Paquita se lleva su porcentaje sobre los servicios de las chicas. Pero es veterana en el oficio y, por mucho que supiera, no diría esta boca es mía. Dice que esa noche oyó los ruidos de siempre. Y que descubrió el pastel porque le extrañó que Rosabel no se levantara ni siquiera para la hora de comer. Luego, ya sabes: que si pobre chica, que si, ay, qué miedo de tener un asesino suelto, que si ya he contado lo poco que sé a más policías, que si gracias por la tarjeta, que si ya le llamaré si me entero de algo, que si blablabla...

—Y entonces, ¿cómo has sabido que el prostíbulo es de los buenos?

—No seas ingenuo, Ignacio. Solo con asomarse se le ve la pinta. Además, nunca está de más tener confidentes aquí y allá.

—Por lo que dices, deduzco que no tenemos nada —aventuró Ignacio, sin disimular su desolación.

—No desesperes. Aunque cuanto más tiempo transcurra desde el crimen será más complicado obtener pistas, me queda algo por hacer. —Zumalde habló intencionadamente en singular para dejar claro que la investigación corría de su cuenta.

—¿Encontrar a las chicas de la foto?

—Por ejemplo. Se la enseñé a mi confidente para que averiguara si las dos chicas también vivían en el piso del crimen. No me fío de lo que me dijo la dueña. Y, no obstante, volveré al Neguri. Estuve anoche, pero no las vi.

Segurola apuró su cerveza con parsimonia, tratando de aclarar sus ideas mientras Zumalde encendía un nuevo cigarrillo.

—¿Puedo preguntarte algo?

—Dime, Ignacio.

—No sé si seré indiscreto...

—Joder, cuánto misterio. Venga, pregunta lo que quieras.

—¿Cómo es que conoces a tantas prostitutas?

El comisario abrió mucho los ojos con aire divertido y le dio una calada a su cigarro sin abandonar el gesto, para finalmente lanzar una sonora carcajada que provocó las miradas de algunos parroquianos del café Bilbao.

—Verás... —contestó en voz baja, una vez repuesto—. Vivo, y nada mal, de los cuernos. Mis servicios más demandados tienen que ver con descubrir infidelidades. Sobre todo, a raíz de que se aprobara la ley de divorcio hace tres años.

—¿Te contratan las mujeres para saber si sus esposos las engañan?

—Me contratan las mujeres ricas —puntualizó Zumalde—, y algún que otro marido. En la mayoría de los casos, las sospechas son fundadas, por lo que solvento las dudas sin demasiados problemas.

—Y por eso frecuentas los prostíbulos...

—Así es. A veces, el investigado tiene una querida fija a la que ha retirado del oficio. Otras veces, el tipo no se complica y va de flor en flor por los garitos de La Palanca.

—Ya... entiendo.

—No creas que estos casos acostumbran a terminar en divorcio. Por la experiencia que tengo, las mujeres suelen fingir que perdonan los cuernos e incluso simular que no saben nada para no dar que hablar. Eso sí, estoy seguro de que saben usar mi información para su beneficio.

—¿Tu mujer te lo consiente?

—¿Mi mujer? —Zumalde volvió a reír—. La pobre está curada de espanto. Además, sabe que ya no estoy para más trotes que los culinarios.

—Bueno, espero que me cuentes lo que te dice tu confidente y si consigues encontrar a las dos chicas de la foto.

—No te preocupes, te mantendré informado. Empiezo a creer que te interesa más el asunto que al principio.

—Crees bien, me puede la curiosidad... y que se haga justicia.

—¿Sabes? O mucho me equivoco o puede que te quedes a medias.

—¿Qué quieres decir?

—Que tengo la intuición de que daremos con el asesino, pero tengo mis dudas de que reunamos pruebas contra él.

—Así que te dejas llevar por la intuición... —comentó Segurola, sonriente.

—Por la intuición y el sentido común. Otros lo llaman suerte.

—Te entiendo, soy de los que piensan que la suerte hay que buscarla. ¿Por qué crees que no habrá pruebas?

—Porque si descubrimos la verdad será gracias al testimonio de algún testigo. Y dudo bastante de que quisiese denunciar al asesino, y menos si este es alguien influyente, rico o poderoso.

—Claro, ya lo habría hecho.

—Así es. Bueno, va siendo hora de marcharnos. ¿Para dónde vas?

—Hacia Abando.

—Te acompaño entonces hasta el puente del Arenal.

Ambos recogieron sus cosas y tomaron la salida de la plaza más cercana al café Bilbao para llegar a la calle Sombrerería y luego girar a Correo.

Ignacio Segurola no podía evitar cierta agitación cuando se acercaba al escaparate de la librería Verdes. Al llegar a la altura del establecimiento, el periodista desvió la mirada de Zumalde, con quien venía manteniendo una conversación, para fijarla en la puerta de la librería justo en el momento en que Irene salía de ella. Ignacio detuvo sus pasos sin saber muy bien cómo actuar, mientras se palpaba torpemente el bolsillo de la gabardina para comprobar que llevaba la piedra de mármol. El saludo sonriente de la muchacha le sacó de su efímera catatonia y se acordó de que el protocolo le obligaba a realizar las oportunas presentaciones.

El encuentro no duró más que los instantes precisos que marca la cortesía. Sin embargo, al ver a Irene, a Fernando Zumalde le costó mantener su acostumbrado gesto de afabilidad. En tanto los jóvenes se intercambiaban unas escuetas frases que él apenas oyó, su mirada no era capaz de apartarse de los ojos de Irene, de unos maravillosos ojos grises que le hicieron regresar al pasado.

11

No pasó desapercibida para Ignacio la reacción de Zumalde al ver a Irene. Apenas ella se marchó, el periodista hizo gala de su curiosidad.

—Es guapa, ¿verdad?

—Mucho —respondió lacónico el comisario.

—Pero tú no estabas admirando su belleza. Más bien, parecía que estuvieras viendo un fantasma.

Con un aire más sombrío de lo habitual, Fernando Zumalde encendió un cigarro en un intento de ordenar ideas. El humo de la primera bocanada se desvaneció entre la bruma que envolvía Bilbao. En su cabeza se amontonaban imágenes de ayer que, no obstante, acontecían en los mismos escenarios de siempre. Lugares que él ahora tenía ante sí: el teatro Arriaga, la ría, el edificio de la Sociedad Bilbaína, el Arenal, la casa de la calle Correo donde ella nació...

Desde la iglesia de San Nicolás llegó un tañido solitario que reverberó sobre el cielo bilbaíno más de lo habitual, o así lo entendió Fernando Zumalde. Por un instante, pensó en contar con detalle a aquel muchacho casi desconocido una de esas viejas historias que pervivían silentes en su memoria mientras tomaban un vermú en el Pacho. Sin embargo, optó por resumírsela porque hay recuerdos que no se deben compartir para evitar que se desprendan esas partículas íntimas que conforman nuestro ser, esas que cuando afloran no solo nos desnudan, sino que nos simplifican.

—¿Recuerdas que el otro día en Ca Lusiano brindé por la memoria de una mujer?

—Izarbe, ¿no?

—Buena memoria, Ignacio. Sí... Izarbe. Tenía unos preciosos ojos grises, muy parecidos a los de esa chica.

—Ya, Irene te la ha recordado.

—Eso es, sin más. Bueno, tengo que irme. Te aviso si tengo noticias.

—Crucemos los dedos, comisario.

El detective esbozó una sonrisa de circunstancias y, tras intercambiarse un *agur*, vio cómo Segurola se alejaba palpándose el bolsillo de su gabardina y optó por entrar en el Pacho. Se tomaría un vermú a solas, quizá dos, para trasladar su mente en el tiempo, hasta regresar a su juventud. Hacía más de veinte años que no veía unos ojos como los de Izarbe, la mujer a la que amó en silencio sin que ella lo supiera, unos ojos del color de las nubes adormecidas sobre el cielo de Bilbao.

12

Cuando Ignacio Segurola llegó al hogar familiar de Kepa en la plaza de Albia, la mesa del comedor se hallaba perfectamente vestida para acoger a cinco comensales. Dos de las hermanas de Kepa, ya casadas y con hijos, vivían en Inglaterra, por lo que solo Edurne hacía compañía permanente a sus padres. La muchacha no podía evitar el brillo de sus ojos, del color de las avellanas maduras, cada vez que Ignacio se cruzaba en su camino; sin embargo, sus ademanes hacia él procuraban contradecir a sus miradas con el fin de ocultar sus sentimientos, ya que su orgullo no le permitía soportar un rechazo.

Madre e hija interrumpieron por un instante sus quehaceres en la cocina para saludar al invitado. Al verlas juntas, Ignacio pensó en que el tiempo se entretenía en modelar a Edurne a semejanza de su madre, quien mantenía su porte distinguido y distante a pesar de sus sesenta años. Algo mayor era el señor Herranz, que abandonó la lectura del periódico para incorporarse de su sillón y estrechar la mano del recién llegado con sincera efusividad.

Mientras las mujeres regresaban a la cocina, acaso arrepentidas de haber dado la noche libre a las empleadas de servicio, los hombres se acomodaron en un suntuoso salón presidido por una vasta biblioteca separado del comedor por un arco abierto de medio punto. El señor Herranz depositó sobre el escritorio su ejemplar de *El Pueblo Vasco* y extrajo de un mueble bar tres vasos que rellenó con el contenido de una licorera.

—Habrá que ir brindando por el año nuevo —comentó el anfitrión en un tono delator de que aquel no era su primer whisky de la tarde—. ¡Por un 1936 lleno de paz y de prosperidad!

—Que Dios le oiga, Pacho —respondió Ignacio, chocando su vaso.

—Eso, que me oiga. Y, de paso, que nos libre de anarquistas y marxistas —añadió el industrial.

—No sé si Dios estará para eso —dijo Kepa, que se veía venir el discurso político de su padre.

—Pues si Dios no lo hace, tendremos que hacerlo nosotros en su nombre —afirmó jocoso el señor Herranz.

—Padre, este desaguisado no lo arregla ni Dios —bromeó Kepa.

—Espero que no tengas razón, aunque tal y como están las cosas... ¿Has visto lo que dicen los periódicos del Consejo de Ministros de ayer, Ignacio?

—Algo he leído, sí. Parece que este Gobierno no ha aguantado mucho.

—¡Ni dos semanas! —rio el anfitrión—. Después de aprobar los presupuestos, todos los ministros presentaron su dimisión a Portela. A ver lo que tarda en largarse él también.

—La verdad es que no están durando demasiado los presidentes del Consejo de Ministros desde que se proclamó la República. —Ignacio realizó su observación ante la mirada reprobadora de Kepa, que siempre intentaba evitar en vano este tipo de conversaciones en su casa.

—Pues en cuatro años, Portela es el sexto presidente que nombra Alcalá-Zamora. Dicen que para preparar el adelanto de elecciones. Es una pena que el presidente de la República se deje influir de este modo por la izquierda. ¡Quién le ha visto y quién le ve!

—Supongo que no encontrará otra salida ante la radicalización de la sociedad —sugirió el periodista.

—Los españoles jamás hemos dejado de ser radicales. Si no estás conmigo, estás contra mí. Y vemos como enemigos a nuestros adversarios políticos. Si nos dejaran, cada español se votaría a sí mismo. Vosotros quizá no os acordéis, pero en el Congreso había veintidós formaciones políticas cuando Alfonso XIII nombró a Miguel Primo de Rivera. Así era imposible gobernar un país.

—*Aita*, ¿y poner a un dictador fue solución?

—¡Desde luego que no! El propio rey se cargó la monarquía al saltarse a la torera la Constitución sancionada por su padre para encomendar el Gobierno a un dictador, que no supo mantener el favor que los españoles le concedieron al principio.

—Lleva usted razón, Pacho. La caída de Primo de Rivera conllevó a corto plazo la de Alfonso XIII.

—Y la llegada de este desastre de República. Estoy deseando escuchar a Fal Conde este domingo en el teatro Buenos Aires —apuntó el señor Herranz.

—Al menos ahora podemos votar en libertad —señaló Kepa, siempre en contra de las ideas políticas de su padre.

—¡Vamos, hombre! No me hagas reír. Que sí, que no digo yo que esté mal que puedan votar las mujeres, pero los españoles no están preparados para este libertinaje. Primero se legalizó el divorcio y parece que quieren hacer lo mismo con el aborto. ¿Qué será lo siguiente? ¿Que se casen los maricones? —replicó divertido el industrial, satisfecho de su ocurrencia.

La oportuna intervención del periodista impidió que su amigo respondiese a la provocación de su padre.

—Bueno, vamos a ver qué pasa.

—Ya está pasando, Ignacio. No me seas ingenuo tú también. Alcalá-Zamora, en vez de emplear mano dura, se está dejando comer la tostada por los socialistas, que no soportan que la derecha ganara las elecciones del 33. Si hasta pretendieron alcanzar el poder olvidándose de la vía parlamentaria y optando por la insurreccional con la revolución fallida de octubre del año pasado. ¡Joder! Si su modelo de Estado es el comunismo ruso, apaga y vámonos. ¿Y qué carajo consiguieron? Dos mil muertos y treinta mil presos que no sé ni cómo caben en las cárceles. Por no hablar del desaguisado de la Generalidad de Cataluña al proclamar el Estado catalán. Los señoritos no tenían bastante con su estatuto de autonomía y, aprovechando la revuelta, la liaron parda. ¿Dónde están todos los miembros de su Gobierno? Siguen en chirona. Y ahora, en su afán de contentar a toda esa chusma, Alcalá-Zamora pone a su amigo Portela para que disuelva las Cortes y adelante las elecciones. En nada nos vamos al carajo porque estaremos en manos de marxistas, anarquistas, comunistas y socialistas. Y cuando eso ocurra, ¿creéis que los generales se van a quedar aplaudiendo?

—Bueno, Pacho. Tal vez esté precipitando acontecimientos. —Ignacio trató de apaciguarlo—. Quizá el propósito de Alcalá-Zamora sea atemperar los ánimos y evitar la radicalización de España. Tengo entendido que Portela se presentará a las elecciones con un nuevo partido de centro.

—No me seas ingenuo, Ignacio. ¿Sabes lo que va a pasar? Que Portela va a hacer el ridículo. Y que ese demonio de Azaña se va a salir con la suya y va a convencer a los socialistas para que se presenten junto con su Izquierda Republicana en esas malditas elecciones. ¡Ah! ¡Y que nos vamos a ir todos al carajo! ¡Al puto carajo!

—Bueno, bueno, bueno... aquí siempre nos quedará el PNV —sentenció la voz recia pero dulce de la señora Herranz—. Supongo que, después de haber arreglado el mundo, tendréis hambre.

La elegancia tan sensual con la que la madre de Kepa se desprendió de su mandil hizo entender a Ignacio la razón por la que el señor Herranz parecía seguir enamorado de ella a pesar de sus diferencias.

—No me hagas hablar de esa cuadrilla de tibios, que de haber participado en el pacto de San Sebastián antes de la República hubiéramos tenido ya un Gobierno autónomo y, a estas alturas, también dormiría en la cárcel... como el de Cataluña —acertó a decir su marido.

—¡Chitón! Se acabó la política por hoy —le interrumpió ella, enérgica—. No me extraña que Ignacio pise poco por aquí, le aburres cada vez que viene. Ve abriendo una botella de vino, anda, que hoy es una noche para celebrar.

—¿Para celebrar qué? ¿Que tu hijo se ha metido a titiritero? —El tono socarrón que Pacho Herranz usó en su comentario hizo que a Kepa no le resultara hiriente.

—O vas a por el vino o te veo cenando en el Iruña con tu amigo Severo Unzue —le respondió su mujer, sin atisbo de broma en su voz.

Sin dejar de rezongar por lo bajini que seguro que el dueño del Iruña le daría de comer estupendamente, el empresario obedeció arrastrando sus pies por la alfombra ante la mirada tan divertida como compasiva de Ignacio Segurola.

—*Ama*, no le castigues mucho —susurró Kepa.

—Sí, eso. Tú defiéndelo. Los dos sois más niños que mis nietos. Venga, al comedor.

La velada discurrió placentera en parte por las bromas de Kepa, en parte por la deliciosa cena preparada por Edurne y su madre a base de sopa de almendras, besugo al horno, angulas al ajillo y peras en compota. Para cuando el reloj de carillón se disponía a señalar la medianoche, apenas quedaba nada del turrón del portalito traído por Ignacio.

Kepa, con sus chanzas, provocó que nadie pudiera adecuar las uvas a las campanadas, al tratar de evitar que las risas los atragantase. Tras sonar la duodécima, solo él tenía la boca disponible para salir al balcón y gritar con todas sus fuerzas un «feliz año 1936... lleno de salud y paz». A lo lejos, sonaron fuegos de artificio.

13

Caminando solitarios bajo el paraguas de Ignacio por la oscura calle de Villarías, en dirección al muelle de Ripa, Kepa se sentía embriagado y no solo por el alcohol ingerido durante la cena. Su amigo le había sugerido tomar algo en el bar Neguri y allí se dirigían en aquellos primeros minutos del año nuevo. Y eso que el Neguri no era uno de sus lugares favoritos, precisamente. Aunque fuera un local moderno, su clientela le resultaba rancia. No en vano, allí se juntaba lo más granado de las oligarquías residentes en Getxo, que se codeaba sin rozarse con los aldeanos ricos de Amorebieta o Durango, que llegaban a Bilbao para divertirse sin preocuparse en disimular los fajos de billetes que abultaban sus pantalones y sus chaquetas domingueras. No, desde luego que no le agradaba el Neguri. Él hubiera preferido alternar en cualquiera de los cafés de La Palanca, donde a buen seguro contaba con más posibilidades de que algún chico guapo le mirase con ojos hambrientos. Pero, por alguna extraña razón que se le escapaba, a Ignacio le apetecía ir al Neguri y no iba a ser él quien le contradijese. Además, le daba igual el lugar con tal de disfrutar de su compañía, por muy casta que fuese. Muchas veces se preguntaba desde cuándo su amigo intuía su homosexualidad. De algún modo, ambos habían evitado afrontar el tema. Ignoraba las razones de Ignacio; las suyas, sin duda, tenían que ver con el miedo a conocer su opinión y a que cualquier discrepancia sobre el asunto pudiera separarlos. Por mucho que las nuevas leyes de la República hubiesen despenalizado la conducta de los homosexuales, estos seguían estando mal vistos por una sociedad pacata que los consideraba enfermos, cuando no depravados. Al menos ahora ya había quien se atrevía a levantar la voz, aunque fuese a través de sus poemas. Por eso admiraba sobremanera a Federico; no solo por la sensibilidad que transmitía en su obra sino también por haberse aventurado a dedicarle unos sonetos a Rafael Rodríguez Rapún, su chico «de las tres erres», que a pesar de su afición manifiesta por las mujeres, se dejaba seducir por el indómito poeta granadino, acostumbrado a esconder sus tormentos debajo de la imagen risueña que aparentaba.

Kepa apenas había coincidido con Lorca unas pocas veces; no obstante, fueron suficientes como para identificarse con él. Al llegar al puente del Arenal miró a Ignacio y ahogó en un suspiro el anhelo de besarle. No, él no era Lorca aunque compartiese sentimientos. Lejos quedaban aquellos tiempos de adolescente en los que acudía a la iglesia de San Vicente para rogarle a Dios que lo fulminase con un rayo para no continuar viviendo en esa permanente angustia que solo sabía combatir a base de disimular que se reía de la vida. Ahora anhelaba ser amado por alguien ante quien pudiera desnudarse en cuerpo y alma, aun asumiendo que habría de ser a escondidas.

Enseguida llegaron a la esquina de Ribera con Bidebarrieta, donde unas cortinas tupidas cubrían los ventanales del Neguri para evitar las miradas curiosas. Tras cruzar un diminuto vestíbulo, accedieron a su interior. A la derecha, acodadas en la pequeña barra, un par de muchachas charlaban con un tipo difuminado entre las sombras; a la izquierda, unos cuantos hombres ocupaban algunas de las escasas mesas existentes en el local tenuemente iluminado.

—Hemos llegado pronto. Tenemos sitio —dijo Ignacio mientras dejaba el paraguas en el suelo para acomodarse en una silla desde la que podía controlar los movimientos de los parroquianos.

—Ya me contarás qué hacemos aquí —le respondió Kepa, que colocó su abrigo y su chapela junto a la gabardina y el sombrero de su amigo—, salvo que me hayas querido traer a un sitio oscuro con aviesas intenciones.

—Tú sí que eres avieso —rio el periodista.

—¿Has dicho avieso o travieso?

—Travieso siempre lo fuiste. Anda, espera aquí, que voy a pedir un par de whiskies.

—Yo prefiero un Gin Fizz.

—Eres un jodido bohemio de salón. Tus gustos son demasiado burgueses.

—Muy gracioso. ¿No viene el camarero?

—Supongo que sí, pero quiero echar un vistazo. Con esta luz no distingo las caras de lejos.

—Ya sabía yo que no estábamos en este tugurio porque sí. A saber qué coño estarás buscando.

Ignacio se incorporó sin dejar de sonreír.

—¿Tugurio? Cualquiera de los que están aquí lleva más dinero encima del que yo tengo en el banco.

—Ni que yo fuera Rockefeller...

—Tú no, pero casi. Espera a que un día asientes la cabeza y decidas trabajar en los negocios de tu familia.

—A mí me desheredan antes, fijo.

—Mira que eres bobo; anda, espera —rogó Ignacio, dándole a su amigo un cariñoso cachete en la mejilla antes de alejarse.

A medida que sus ojos se iban acostumbrando a la escasa iluminación, el periodista del *Euzkadi* pudo distinguir los rostros con los que se topaba. Una vez más, su instinto le llevó a palpar los bolsillos de su chaqueta: en el izquierdo, las llaves; en el interior, la cartera y un par de fotos; en el derecho echó en falta su Leica, que, por una vez, había dejado en casa junto a la piedra de mármol, que aún no sabía si sería un regalo para Irene porque empezaba a convertirse en una especie de amuleto al que podían aferrarse sus dedos cuando su nerviosismo se asomaba, como en ese momento que estaba a punto de mirar de cerca a las dos jóvenes de la barra. Por sus elegantes vestidos, parecían las acompañantes oficiales de alguno de los hombres que revoloteaban a su alrededor; sin embargo, sus ademanes delataban esa desenvoltura propia de las mujeres acostumbradas a negociar con sus besos.

—Dos Gin Fizz, por favor —pidió Segurola, tras colocarse en la barra de espaldas a las chicas.

La voz grave de Ignacio provocó que ellas se volviesen para saciar su curiosidad.

—Hola, guapo. No pongas esa cara de susto, que no mordemos... si no quieres. ¿Cómo te llamas? Yo soy Obdulia, y a mi amiga le dicen la Maxi —saludó la más menuda, levantándose la falda al descuido por encima de las rodillas.

Ignacio se aflojó el nudo de la corbata, casi por inercia. Lo cierto es que, a pesar de haberlo deseado, no se encontraba preparado para aquel encuentro. Y sí, resultaba posible que hubiese evidenciado su cara de estupor al descubrir que aquellas dos muchachas sonrientes eran las mismas que lloraban amargamente en la foto que guardaba en su chaqueta.

—Igor, encantado —mintió sin saber muy bien por qué, extendiendo su mano.

—¡Uy! Mira tú por dónde que este chico tan guapo es un caballero —comentó la Maxi, con sorna.

No es que no estuviese acostumbrado a los lances con las mujeres que buscaban un avío de madrugada, pero esta vez se sentía diferente; quizá por no pisar en terreno firme. Intuía que aquellas dos chais, sin duda más jóvenes que él, de una belleza natural escondida bajo el exceso de maquillaje, conocían a la chica asesinada y que, por tanto, podían hablarle de ella. No obstante, prefirió mantener la prudencia; en parte porque le había dado su palabra al comisario, en parte por no armar revuelo. Estaba seguro de que si nombraba a Rosabel, Obdulia y la Maxi se pondrían a la defensiva, y eso contando con que mantuviesen la compostura; aunque, con ese tipo de mujeres acostumbradas a una discreción tan peculiar, nunca se sabía. Así que se limitó a sonreírles mientras contemplaba cómo el barman agitaba su coctelera con la ginebra, el zumo de limón, la soda y el sirope.

—Veo que está sentado junto a la mesa de la esquina, caballero. Nosotros se lo llevamos —dijo, solícito, el barman.

—Gracias, se lo agradezco —respondió el periodista, iniciando la retirada.

—¿No nos vas a invitar a una copa, guapo? —preguntó Obdulia.

—Otro día, chicas. Encantado —contestó Ignacio en el tono más afable posible.

—Yo sí, José Luis. Yo sí quiero invitarlas. Mira a ver si se dejan. Tú diles. Y también que sus ojos se parecen a los focos de mi Austin —comentó un hombre de tez tostada, con acento aldeano, dirigiéndose al barman en voz alta, de modo que provocó la risa de las muchachas.

Segurola se alejó mientras a sus espaldas oía cómo ellas le preguntaban por su nombre y le pedían al barman coñac francés.

—No pierdes el tiempo, conquistador —le dijo Kepa, disimulando su reproche con una sonrisa que mostraba su dentadura perfecta.

—No tengo conciencia ni cartera para estos trotes —le respondió Ignacio en el mismo tono burlón.

Después de que un camarero les dejase las copas sobre la mesa, volvieron a brindar por el año nuevo. Al cabo de una hora, el local se encontraba abarrotado. Un imitador de Gardel, con sombrero y bufanda blanca al cuello, comenzó su recital de tangos para regocijo de las mujeres, que veían cómo sus pretendientes de circunstancias no se cansaban de descorchar botellas de champán francés. Cuando el Gardel bilbaíno concluyó su actuación, las risas y las voces cada vez más elevadas se adueñaron del Neguri, conformando un murmullo despreocupado. Los dos amigos, contagiados del ambiente, hicieron un brindis por enésima vez. Sin embargo, el alcohol no actuó de igual manera en sus cerebros. Mientras que Kepa solo fantaseaba con poder besar a Ignacio, este se sentía más valiente para volver a hablar con Obdulia y la Maxi, que a veces le dirigían miradas esquivando el gentío acaso porque no estaban acostumbradas a sentirse rechazadas y sentían curiosidad por aquel muchacho tan apuesto y enigmático. Desde la distancia, el periodista veía cómo los hombres se relevaban en el cortejo y le extrañó que aún permaneciesen en el local. Supuso que también ellas querrían disfrutar de esa noche y se conformaban con ganarse el jornal a base de las copas a las que se dejaban invitar y que ya apenas probaban.

Un vahído momentáneo al incorporarse le avisó del descontrol de su embriaguez. Aun así, decidió adelantarse al camarero y regresar a la barra.

—Voy a pedir la última —farfulló Ignacio.

—¡Siempre la penúltima! —rio Kepa—. Tú lo que quieres es palique con las muchachitas ahora que se han quedado solas por un minuto. Ten cuidado, que vas un poco perjudicado. Oye, si te animas no me metas en el lote, que ya sabes que yo no...

—Gilipollas —le interrumpió su amigo, esbozando una sonrisa que espantaba cualquier atisbo de insulto.

—¡Uy! Me encanta que me digas cosas cariñosas.

Procurando medir bien los pasos para disimular su tambaleo, Ignacio sorteó los obstáculos humanos que todavía poblaban el Neguri.

—Mira, Obdulia. El caballerito ha vuelto —señaló la Maxi en un tono que a Segurola le sorprendió por su serenidad.

—Eso es que se ha arrepentido y viene a invitarnos a una copa —replicó la aludida.

El periodista giró la cabeza para mirarlas muy fijamente durante un instante y acto seguido se dirigió al barman.

—José Luis... —Pronunció su nombre con tal naturalidad que parecía conocerle de toda la vida—. Cuatro Gin Fizz.

De no haber alargado tanto la «a» del cuatro, quizá ellas se habrían reído menos.

No obstante, a Ignacio no le importó. Su mente estaba tan nublada como desinhibida.

—Ya sabía yo que se amansaría el león —comentó Obdulia, risueña.

—¿Conocíais a Rosabel?

El disparo verbal a bocajarro de Segurola heló la sonrisa de sus caras. Ni siquiera les dio tiempo a reaccionar. Sus gestos no pasaron desapercibidos para dos hombres que acababan de acercárseles.

—¿Os está molestando este imbécil? —preguntó uno de ellos, con acento alemán.

—No, no. Ya se iba —acertó a decir la Maxi.

Ignacio los miró, frunció el ceño y ladeó la cabeza de forma cómica.

—¿Y tú quién eres? ¿Su chulo?

El puñetazo le hizo recobrar la lucidez de repente. Tumbado en el suelo, mientras se palpaba la nariz para comprobar que no sangraba, reconoció al sujeto que le acababa de golpear. Le hervía la sangre. Fue su pundonor el que lo levantó hasta ponerse a la altura de aquel tipo que le retaba con mirada desafiante. Por un instante pensó en darle una patada en la entrepierna y, posiblemente, lo habría hecho de no mediar Kepa, que tenía más ganas de fiesta que de pelea.

—¡Vamos, chicos! Que somos mayorcitos para estas cosas —intervino, sonriente, cogiendo las dos copas de la barra y empujando a Ignacio hacia la mesa.

—Dile a tu amigo que tenga mucho cuidado —amenazó el alemán, ya a sus espaldas.

Una vez sentados de nuevo, Kepa parecía estar disfrutando de la situación.

—El último brindis. Por el camorrista más barriobajero de Bilbao. Ya me contarás qué ha pasado —susurró, divertido.

—No tiene gracia —respondió Ignacio, sin dejar de chocar la copa.

—Pues la tiene, no conocía yo esa faceta tuya tan... varonil. Anda, apura, que nos vamos. No me gustaría que se estropeara la noche.

—Yo no me voy hasta que se vayan ellos —masculló el periodista.

—¡Así me gusta! —rio Kepa—. Que no falte la chulería bilbaína. Pero te aviso que esos tipos llevan pistola.

Por suerte para el maltrecho orgullo de Ignacio Segurola, no habían terminado de consumir sus Gin Fizz cuando comprobaron que Obdulia y la Maxi abandonaban el local en compañía de los dos hombres.

—Ahora sí que podemos irnos.

La brisa helada de la ría les azotó el rostro al salir del Neguri. Una incipiente claridad plateada amenazaba con romper la madrugada de un momento a otro. Kepa optó por llevar a Ignacio a su casa para evitar cualquier contratiempo. Caminaron despacio en medio de un silencio solo violado por el graznido lejano de alguna gaviota y el crepitar de sus pisadas en los charcos. Al llegar al portal, Kepa le dio un beso suave en los labios, que Ignacio no esquivó.

14

Aun con los ojos cerrados, tuvo conciencia de estar despierto... o algo así. No podría estar mucho tiempo sin levantarse porque la vejiga le apretaba y además necesitaba una Cafiaspirina para la jaqueca, pero antes debía tratar de recordar. Al menos, le tranquilizó saberse acostado en su cama por el aroma de su colonia Varón Dandy en la almohada. Sin embargo, no se acordaba de cómo consiguió llegar hasta ella; y eso que estaba desnudo. Una punzada en la nariz le llevó a tocársela. Joder, también le dolía. A su confundido cerebro le llegó la imagen de aquel tipo de ojos helados fuera de sus órbitas y, poco a poco, algunos flashes de la noche anterior como fotogramas inconexos de una película sin montar. ¿Qué hora sería? Sin duda tarde, porque parecía que la claridad se colaba sin pudor por la ventana de su dormitorio. El vozarrón aguardentero de Julia, la vendedora ambulante de periódicos, le ayudó a desperezarse. Desde luego que era un imbécil. ¿Cómo pudo atreverse a enfrentarse con aquella bestia germana? Quiso justificarse a sí mismo pensando en que no le reconoció hasta después de recibir el puñetazo. Ahora necesitaba saber más de ese hombre que salía en la foto que llevaba en su chaqueta. Por fin se decidió a abrir los ojos. Su americana se encontraba perfectamente colgada en el galán de noche, lo que no dejó de resultarle extraño. Aguantó todavía las ganas de orinar para, tras incorporarse con desgana, extraer la fotografía de uno de los bolsillos. No cabía duda de que el alemán que le había pegado era el tipo que se mostraba sonriente en la calle San Francisco junto al mismo hombre que le acompañaba en el Neguri de madrugada. Se le vino a la memoria la teoría de los detectives de las novelas policiacas de que el asesino siempre regresa a la escena del crimen y no consiguió evitar cierto desasosiego. ¿Y si hubiera sido él?

De repente recordó que debía ir a la misa por don Onofre Antonio de Naverán, el antiguo director de las Escuelas de Concha, fallecido el día anterior. Su reloj de la mesita de noche le informó de que ya no le daba tiempo a llegar a la iglesia de San Francisco de Asís. Sin embargo, aún podía bajar a la plaza de los Auxiliares. No era la primera vez que le ocurría, pero el vivir al lado de la estación desde la que partían los trenes fúnebres con destino al cementerio de Vista Alegre le permitía hacer acto de presencia como si acudiese al funeral completo.

Iba a extraer el orinal de la mesilla cuando vio la nota manuscrita de Kepa: «Estás muy guapo desnudo, aunque puedes estar tranquilo, que solo te he tocado un poco el culo (con la mano) y ha sido sin querer». No pudo por menos que sonreírse mientras maldecía de boquilla a su amigo.

Hacía frío y no le quedaba carbón en casa, por lo que determinó asearse y vestirse raudo para bajar a la calle, tomar un café rápido en el Gayarre y acercarse a la plaza para dar el pésame a la viuda y a los hijos del finado, antes de que este emprendiese su último viaje en el que era conocido con el nombre de «el tren de los muertos».

Un cielo de nubes argentadas teñía la ciudad de melancolía. La multitud despedía el duelo en una plaza demasiado desangelada desde que se derribara el edificio del viejo Instituto Vizcaíno, que había dejado un solar que ahora solían ocupar tenderetes desaliñados de vendedores ambulantes. Al pie de las Calzadas de Mallona, acostumbrados a cuanto acontecía a su alrededor, unos niños trataban de rentabilizar sus cinco céntimos en el tingladillo de chucherías de la Isidora, una mujer oronda y cariñosa que aguardaba con suma paciencia a que sus clientes se decidieran por las chufas, el regaliz de palo o los cigarrillos de anís.

Ignacio Segurola llegó hasta los familiares más allegados del fallecido gracias al hachón encendido del Santo de Begoña, un viejo asceta vestido de negro, dedicado a recorrer las iglesias a diario, que también estaba presente en todas las procesiones y entierros de la ciudad, siempre rodeado de grupos de niños a los que divertía e intimidaba por igual.

Tras mostrar sus cumplidas condolencias a la viuda, el periodista se disponía a emprender el camino hacia la redacción de su diario cuando alguien puso una mano en su hombro a sus espaldas.

—¿Satisfecho?

No tuvo oportunidad de reaccionar. Lo cierto es que Ignacio sabía que iba a llegar el momento de enfrentarse con el comisario, pero no esperaba que fuese a ocurrir tan pronto. Ni siquiera le había dado tiempo de prepararse una buena excusa. Respiró hondo en la confianza de que aquella pregunta cargada de reproche que le formulaba Fernando Zumalde no tuviese que ver con lo ocurrido tan solo hacía unas horas. Resultaba imposible que ya lo supiese. Tomó aire de nuevo antes de volverse y adoptar el más encantador de sus ademanes.

—¡Qué grata sorpresa!

El comisario frunció el ceño, circunspecto.

—Guárdate tus sonrisas para seducir a Irene. Y procura que no sepa que eres un gilipollas. ¿Se puede saber qué cojones se te pasó por esa cabeza de chorlito anoche?

—Pero... ¿cómo...?

—No me jodas, Ignacio. Que el *Botxo* es un puto pueblo y a mí me conoce todo el mundo. Alguien que nos vio en el Bilbao estaba anoche en el sitio al que se suponía que no ibas a ir. Me lo acaba de contar.

—Pero... ¿quién...?

—Tú sigue contestándome con peros y ya verás qué rápido perdemos las amistades.

El gesto adusto de Fernando Zumalde evidenciaba su considerable mal humor. También era mala suerte que se acabase de enterar y no le hubiese dado tiempo a digerir su enfado.

—Verás, un amigo se empeñó en ir al Neguri anoche y...

—Y, claro, a ti te pareció de puta madre porque no hay más sitios en Bilbao a los que ir.

—No pensé que...

—No pensaste que fueras a cagarla —volvió a interrumpirle el comisario—. A ver, venga, cuéntame qué coño pasó.

—La verdad es que no lo recuerdo con detalle —atisbó a decir el periodista—, pero esas dos muchachas de la foto conocían a la chica asesinada.

—¡Joder! ¡Acabas de descubrir América! ¡Eso ya te lo dije yo! Dime a cuento de qué vino esa pelea.

—Vale, reconozco que estaba borracho. —Ignacio hablaba despacio, quizá esperando que el café y la pastilla comenzasen a surtirle efecto—. De repente aparecieron esos extranjeros faltones y puede que me calentase.

—¿Puede? ¡No me jodas! Si fuiste tú el que saliste caliente.

—No quise armar más follón de la cuenta.

—¡Vaya! Es de agradecer que fueses tan considerado —dijo Zumalde, con sorna—. ¿Y se puede saber quiénes eran?

—No lo sé. Yo creo que eran alemanes. Pero, comisario..., esos tipos se encontraban en la calle San Francisco el día del asesinato de Rosabel.

—¿Cómo lo sabes?

—Aparecen en la otra foto que te di.

La afirmación de Segurola hizo que Zumalde mudara el gesto de enfado por el de sorpresa.

—¿Estás seguro?

—Del todo. ¿Puedes decirme qué pintaban dos alemanes junto a aquel portal? ¿Curiosear? Porque aspecto de proxenetas no tenían.

—No, no son sus chulos. Esas chicas trabajan por su cuenta.

—¿Y entonces?

—Entonces no nos va a quedar más remedio que averiguar quiénes son y a qué se dedican. Perdón, rectifico: entonces no me va a quedar más remedio que investigar. No todos los alemanes que viven en Bilbao son trigo limpio. ¿Me he explicado claro esta vez?

—Perfectamente.

—¿Y tú lo has entendido?

—Claro, comisario.

—Bien, a ver, repítemelo para que yo me quede tranquilo.

—Que no vuelva a meterme donde no me llaman.

—¿Y eso significa que vas a hacerme caso?

—Que sí, joder —musitó Ignacio, ofuscado como un mozalbete al que acaban de reñir injustamente.

15

Pocas cosas le hacían tan feliz como sus paseos matinales por los alrededores de Gernika, especialmente cuando el sol se asomaba a las aguas del río Oka o lidiaba con la frondosidad del bosque de Oma hasta conseguir iluminar a retazos la hojarasca. De algún modo, se resistía a abandonar su infancia, una infancia con más luces que sombras.

Irene disfrutaba del bullicio de Bilbao, de la alegría de unas calles por las que se anunciaban a diario los carboneros, los paragüeros o las lecheras; unas calles casi siempre mojadas a las que llegaban los ecos de las coplas y zarzuelas que canturreaban las amas de casa con ventanas abiertas; unas calles por las que transitaban ruidosos tranvías atestados de gente en las horas punta... unas calles que rezumaban vida. Pero lo que más le gustaba era el trato con quienes se acercaban a la librería, clientes de toda índole en busca de su próxima lectura, si bien sentía especial predilección por los periodistas y los poetas, algunos en ciernes, con los que procuraba alargar un poco más la conversación como si tratara de adentrarse en sus pensamientos para impregnarse de sus universos interiores; acaso con el anhelo de convertirse algún día en escritora, aunque sabía de la dificultad que tal empresa entrañaba para una mujer. No en vano, únicamente conocía en persona a una periodista: Juanita Mir, una colaboradora del periódico *La Tarde* —perteneciente al grupo del *Euzkadi*—, en el que publicaba sus artículos de crítica social.

Bilbao la fascinaba. Sin embargo, no se veía capaz de renunciar al atavismo de su caserío familiar, a esa sensación telúrica que le apaciguaba el ánimo, sobre todo en los días de lluvia, cuando ella contemplaba ensimismada el baile de las gotas de agua que resbalaban perezosas por los cristales de su habitación. Sin duda, aquellas paredes de piedra encalada constituían su refugio de ese mundo que se respiraba más allá de su ventana.

Por eso, aún no consideraba pernoctar en Bilbao. Aunque tuviese que hacer largos recorridos en el tren, prefería dormir cada noche sobre su colchón de lana desde el que observaba los paisajes que se dejaban colorear a capricho de las nubes. Aquellos viajes cotidianos no resultaban solo geográficos sino vitales. Rara vez se adormilaba disfrutando del horizonte en el que se perdía su mirada, mientras su mente vagaba entre recuerdos y deseos, cuando no lo hacía por las páginas de uno de esos libros que siempre llevaba consigo.

En aquel entonces, Irene comenzaba a plantearse qué sería de su vida, y es que albergaba la sensación de que podía decidir sobre su destino. Apenas llevaba unas semanas yendo a Bilbao, pero parecían suficientes para saber que su futuro no se circunscribiría a su querida Gernika. De no ser por Andrés Untzain, el sacerdote del pueblo natal de su madre, aún seguiría faenando en la huerta familiar donde cultivaban hortalizas que vendían cada lunes en el mercado local. El cura de Kanala, que conocía su desmedida pasión por la lectura desde niña, había intercedido ante su amigo don Emeterio Verdes cuando, en una de sus visitas a la librería en busca de nuevos textos nacionalistas, su hija Tere se encontraba colocando en el escaparate un cartel que demandaba un aprendiz.

Los días de fiesta le gustaba dejarse despertar por la luz del amanecer, como la que aquel día de Reyes de 1936 se colaba juguetona en su cuarto. Apenas tardó unos segundos en darse cuenta de que el cielo se hallaba despejado, así que entró en el aseo, se vistió con presteza, depositó cuatro envoltorios sobre la repisa de la chimenea y salió de la vivienda antes de que el resto de su familia diese señales de vida. Solazada, se encaminó a la vereda que transcurría paralela a la ría sin percatarse de que unos ojos seguían sus pasos desde el caserío vecino. Cuando regresó a su hogar, tras haberse empapado de naturaleza durante más de una hora, aquellos ojos seguían acechándola.

Resultaba evidente que la vivienda de los Lasa requería una buena reforma. No obstante, la maltrecha economía familiar únicamente les permitía enfrentarse a las obras que la familia podía acometer con sus propios recursos, como el traslado del fuego de la cocina desde el centro de la estancia hasta la chimenea donde ahora se situaba el lar, o la construcción de un saledizo en un rincón del balcón de la primera planta que desaguaba en el estercolero para no tener que hacer las necesidades entre el ganado.

Al menos, los Lasa eran propietarios de su viejo caserío; al contrario que la mayoría de sus vecinos, que debían arrendar la pequeña explotación en la que trabajaban.

La cocina, anexa a la cuadra, se hallaba en la planta baja para que el calor ascendiera a las habitaciones del piso superior donde se ubicaban los dormitorios y un pequeño pajar. Sin embargo, cuando llegaba el verano, a Irene y a su hermana les gustaba dormir en el desván, porque el tejado tenía dos claraboyas por las que se colaban las estrellas en las noches en que los cielos despejados propiciaban las confidencias hasta bien entrada la madrugada.

Incluso antes de abrir la puerta percibió el olor a pan horneado por su abuela a la vez que preparaba el *morokil* para el desayuno. ¿Podía haber algo más delicioso a esa hora que aquella crema de harina de maíz cocida con leche caliente, endulzada con miel? Nada más entrar en la cocina, ocho ojos expectantes se fijaron en ella. Su padre y su hermana se encontraban sentados en el *zizeilu* de roble, un escaño con mesa plegable cuyo respaldo hacía las veces de biombo al amor de la lumbre. Su madre y su abuela dejaron de faenar momentáneamente a la espera de la reacción de Irene.

—¿Qué pasa? —preguntó esta, sonriente—. ¿Tan raro es que hayan venido los Reyes Magos?

A Irene se la veía feliz. No se le había ocurrido mejor idea que usar su primer sueldo en la compra de algunos regalos, los cuales estaban aún sin tocar, como si su familia temiese estropear los delicados envoltorios que aún reposaban sobre la repisa de la chimenea, extrañada quizá por lo novedoso de la situación, ya que hasta aquel año los Reyes Magos se habían limitado a dejar artículos de primera necesidad. Lejos quedaban los tiempos en que su madre les fabricaba muñecas de trapo y su padre, carritos de madera para transportarlas.

—Eres un cielo, hija —le dijo su madre, con los ojos humedecidos—. Aunque antes de abrir nuestros regalos nos gustaría que abrieses tú el tuyo. Te lo mereces porque estamos muy orgullosos de ti.

—¡Oh! ¿De verdad? ¿Hay algo para mí? Pero si vosotros no podéis... —La muchacha no pudo concluir la frase porque se le quebró la voz.

Su padre no abrió la boca, acaso por no evidenciar su emoción, y se limitó a hacer un gesto con la cabeza para señalar una flamante caja de cartón que reposaba junto a la chimenea. Irene lo miró con esa mezcla de respeto y cariño que le profesaba.

—No hemos sido nosotros —aclaró su madre.

—¿Y entonces? —preguntó Irene.

—Si no lo abres no vamos a saber lo que es —apremió su hermana, con la ansiedad que genera la adolescencia.

Con gesto nervioso, Irene se arrodilló ante aquel envoltorio, mucho menos adornado que los traídos por ella, pero más grande. Solo Lur, la cachorrita de raza iletsua de la familia, percibió que alguien más se fijaba en sus movimientos al otro lado de la ventana. Sin embargo, no ladró. Por un instante, la joven pensó en que aquello no resultaba justo. Era ella quien debía sorprender a los suyos, no al revés. Antes de abrir la caja, la movió con cuidado. Pesaba más de lo imaginado.

—¿Me ayudas? —le pidió a su hermana, un poco por hacerla partícipe, un mucho por tratar de disimular su excitación.

La pequeña de los Lasa se anduvo con menos miramientos y con habilidad abrió la caja y apartó los papeles que protegían el regalo. Irene lo miró incrédula sin atreverse a tocarlo, apartó la mirada durante unos segundos para fijarla en cada uno de los presentes y finalmente rompió a llorar.

—Pero Irene... —le susurró su madre, agachándose junto a ella para abrazarla en un intento vano de consuelo.

—Esto es demasiado. No os lo podéis permitir —acertó a decir la muchacha, sin dejar de sollozar.

—Tienes razón, hija. Aunque nos hubiese encantado, no podemos. Ya te he dicho que no hemos sido nosotros.

—¿Quién, pues? —preguntó ahora aturdida, mientras se secaba las lágrimas para poder apreciar con nitidez aquella flamante máquina de escribir. Nada más y nada menos que una máquina de escribir, una Continental esmaltada en negro con los caracteres en color hueso—. ¿Quién ha sido, *ama*? Es preciosa —insistió ante la falta de respuesta inmediata, acariciando el teclado.

—Ahora podrás escribir esas poesías que tienes en tus cuadernos —respondió su madre, también emocionada.

—Ha sido Koldo —reveló su hermana, impaciente por contarlo, lo que aumentó el desconcierto de Irene.

—Es un muchacho estupendo —comentó la abuela ante la mirada reprobadora de su padre.

—Que no se piense el hijo mayor del Tasio que va a hacerse novio tuyo solo por hacerte un regalo que deberías devolver —resolvió vehemente el dueño del caserío.

—No digas bobadas. El chico lo ha hecho con la

mejor de las intenciones e Irene va a quedarse con ella —intervino la madre—. ¿Acaso no ves la ilusión que le ha hecho?

El padre apretó los dientes y ahogó sus pensamientos en el café, quizá celoso por no haber podido ser él quien hubiese regalado a su hija aquel instante de felicidad.

—*Aita* tiene razón. No puedo aceptarlo —suspiró la muchacha—. Le ha tenido que costar mucho dinero y a él no es que le sobre, precisamente.

Casi por instinto, Irene miró hacia la ventana, pero Koldo tuvo los reflejos suficientes para agacharse antes de dirigirse a su caserío, con una sonrisa en los labios.

16

Fernando Zumalde admitía que su recelo de los alemanes se venía atemperando con el tiempo. En esta indulgencia, mucho tuvieron que ver las salchichas al estilo bávaro, el lomo adobado, las ensaladas Westfalia o el *foie gras* en su tripa que Hermann Thate vendía en sus charcuterías; aunque no más que la cerveza servida con la consabida escrupulosidad germánica que se podía degustar no solo en el Gambrinus, otro de los establecimientos de Thate, sino también en el Reingold de German Droop o en el Germania de Georg Demmel —ubicado en el número 15 de la alameda Mazarredo—, donde ahora mismo se hallaba haciendo los honores a unas salchichas de Frankfurt con chucrut.

Después de acabar la Gran Guerra, un nutrido grupo de alemanes se había afincado en Bilbao y sus alrededores. A las familias germanas llegadas a finales del siglo anterior para invertir en las minas de Gallarta o de Ortuella se fueron sumando industriales, comerciantes y hosteleros hasta conformar una importante colonia que contaba con su propio club social, además de un colegio construido en Deusto, dotado de gimnasio y un edificio para albergar a las incipientes Juventudes Hitlerianas cuyas actividades se encontraban en el punto de mira de las autoridades republicanas y de los grupos comunistas, que trataban de boicotear sus eventos, por lo que los jóvenes alemanes debían extremar las precauciones a la hora de reunirse. Menos problemas tenían sus padres, que usaban los restaurantes o sus establecimientos comerciales para estar al tanto de los acontecimientos políticos de su país, inmerso en una febril vorágine fascista.

No era este un asunto que le concerniese especialmente a Fernando Zumalde, si bien no dejaba de molestarle que la nueva bandera alemana, con una esvástica que se asemejaba al *lauburu* vasco, ondease orgullosa en el consulado de plaza Elíptica desde hacía unos meses. También algunos de los presentes en el Germania la lucían en la solapa de su chaqueta, incluido su propietario, un tipo mujeriego muy aficionado a la bebida y al juego, que se paseaba por las mesas saludando a su distinguida concurrencia. El comisario sabía de sus andanzas porque hacía apenas un año que su mujer le había encargado que investigara sus misteriosas ausencias. Para su sorpresa, además de las visitas a los frontones para apostar en los partidos de pelota y a los prostíbulos de La Palanca, Zumalde pudo comprobar que Demmel entraba a menudo en la tienda de máquinas de escribir que Otto Hinrichsen, casado con una muchacha de Algorta, regentaba en la calle Ledesma junto a Carmelo Araluze, un comerciante local. El comisario terminó por informar a la esposa de Demmel que la afición por las faldas de su marido resultaba manifiesta, aunque menos exagerada de lo que ella creía, ya que pasaba largas horas encerrado en la trastienda del negocio de su amigo Otto, tantas que llegó a creer que la querencia por las faldas del propietario del Germania se extendía a los pantalones, aunque consideró guardarse para sí esta sospecha.

Desde luego que Georg Demmel y Otto Hinrichsen no eran los únicos extranjeros casados con muchachas autóctonas. Al levantar la vista, Zumalde vio entrar a Wilhelm Wakonigg del brazo de Elisa Poirier, una bella bilbaína que regentaba con exquisito gusto el negocio de telas fundado por sus padres con el nombre de Gastón y Daniela. Tras más de tres décadas en la ciudad, Wakonigg se había integrado de tal modo en las altas esferas locales que hasta pertenecía a la Sociedad Bilbaína y al Club Marítimo del Abra, el máximo centro social de la oligarquía vasca. Sin embargo, aquel día él y su mujer compartían mantel con Otto Tarnow, el jefe local del Partido Nacionalsocialista Obrero Alemán, que le aguardaba sentado junto a la suya en una de las mesas más reservadas del local.

Wakonigg era un viejo conocido de Zumalde desde que ejerciera de cónsul honorario del Imperio austrohúngaro en Bilbao coincidiendo con la Gran Guerra, en la que se llegó a sospechar que realizaba trabajos de investigación para su país en el puerto bilbaíno. Lo cierto es que, durante el conflicto bélico, los submarinos alemanes hundieron veinte cargueros que la naviera Sota y Aznar arrendaron al Almirantazgo británico sin llegarse a demostrar la implicación del cónsul. Y si bien Wakonigg había ejercido su tarea diplomática durante poco tiempo, posiblemente fuese una de las personas mejor informadas de cuanto acontecía en la colonia alemana. Más incluso que el propio cónsul honorario, su tocayo Wilhelm Eickhoff, con quien Wakonigg mantenía una indisimulada rivalidad más por motivos políticos que comerciales.

No era casual que el comisario se encontrase aquel día de Reyes en el Germania. Desde su último encuentro con Ignacio Segurola, no dejaba de visitar los bares y restaurantes frecuentados por alemanes con la intención de descubrir la identidad del hombre que había golpeado al periodista. Sin dejar de observar con disimulo cuanto acontecía a su alrededor, bebió un trago de cerveza y volvió a echar un vistazo a la foto arrugada que extrajo del bolsillo de su chaqueta para cerciorarse de que le reconocería si apareciese, aunque, a esas alturas, su gesto resultaba casi reflejo ya que tenía memorizado su rostro... por muy similar que fuese al de sus compatriotas.

Zumalde miró con fastidio el reloj. Otro día de fiesta que no comería en casa. Por un momento, las nubes grises que cubrían el cielo bilbaíno se instalaron también en su cabeza. Por mucho que Begoña, su mujer, estuviese acostumbrada al tipo de vida que llevaba, no le agradaba comprobar la tristeza que reflejaba su cara cuando le recibía cada noche con un beso helado por los vientos de la resignación. Y, sin embargo, él poco podía hacer. No tenía elección. Su hábitat lo constituían las calles de Bilbao, unas calles que le habían visto envejecer sin darse cuenta y que se negaba a abandonar porque seguían siendo el reducto de sus recuerdos.

No parecía que aquel fuese el día en que el hombre de la fotografía diese, por fin, señales de vida. A pesar de los tonos grises de la instantánea, se veía con claridad que aquel tipo de pelo prematuramente plateado y ojos claros rondaría la cuarentena. Quizá ya no permaneciese en Bilbao y él estuviese perdiendo el tiempo. Este pensamiento provocó que pidiera una última cerveza y la cuenta. Si se daba prisa, aún podía llegar a una hora decente a casa. Siempre le quedaba la opción de mostrar la foto a los dueños de las cervecerías alemanas. Sin embargo, no le resultaba sensato hacerlo, al menos de momento. Aquello implicaba menoscabar la prudencia con la que trabajaba, además de exponerse a un peligro innecesario sin la certeza de conseguir el objetivo perseguido. Claro que tampoco estaba seguro de que aquel hombre de rasgos arios tuviese algo que ver con el crimen de Rosabel. Encendió un cigarrillo, sabedor de que sus razonamientos comenzaban a entrar en bucle. A lo mejor no era tan buena idea regresar a casa. Le fastidió la idea de preferir pasear por el Arenal aun a sabiendas del desdén con el que sería recibido por su mujer. Pero necesitaba que el sirimiri que ahora caía suave sobre Bilbao le refrescara la mente. Así que apuró la cerveza y se acercó a la barra para pagar.

—Espero que haya estado a gusto —le dijo Demmel con amabilidad.

—Hay que reconocer que su cerveza no tiene nada que envidiar a La Salve —respondió Zumalde, depositando un billete sobre el mostrador, con ese tono de sorna y fanfarronería tan propio de los bilbaínos.

—A pesar de los años que llevo aquí, no terminaré de acostumbrarme a que ustedes no digan exactamente lo que quieren decir —contestó Demmel, sin que su aseveración sonara a reproche, mientras abría la caja registradora.

—¡Cierto! —rio el comisario—. Pero tampoco hay que abusar de un exceso de sinceridad, que todos tenemos derecho a preservar nuestros secretos.

El propietario del Germania lo miró desconcertado, sin atisbar a adivinar si su cliente le lanzaba una indirecta. No obstante, la sonrisa franca de Zumalde le sosegó.

—Aunque no lo crea, también los alemanes sabemos guardar secretos —afirmó, guiñándole un ojo.

—Más les vale, porque, de lo contrario, serían ustedes unos pésimos espías.

—Espero verle pronto por aquí de nuevo —concluyó Demmel, a quien no pareció hacerle gracia la broma de Zumalde.

—Si sigue sirviendo así la cerveza, no lo dude. *Auf Wiedersehen* —se despidió el comisario, mientras recogía el cambio.

Todavía no le había dado tiempo a girarse cuando vio cómo el semblante de Demmel se enseriaba de repente y su cuerpo se tensaba para realizar el saludo nazi. Su *«Heil Hitler!»* no fue el único que sonó en el Germania. Con gesto estupefacto, Zumalde comprobó cómo algunos de los comensales, entre ellos Wakonigg y Tarnow, imitaban a Demmel.

En la puerta un militar, con una insignia de roble en cada solapa de su negro uniforme, se quitaba la gorra en la que se veía un *Totenkopf*, la calavera usada como divisa por las *Schutzstaffel* de Adolf Hitler.

Zumalde tragó saliva al darse cuenta de que sus pesquisas podían resultar extremadamente peligrosas no solo para él. Urgía avisar a su confidente de que se apartara del asunto y confiaba en que Segurola le hubiese hecho caso al respecto. Aquel coronel de las SS, de mirada desafiante, que acababa de entrar en el Germania no era otro que el hombre de la foto.

17

Junto al pórtico de la iglesia de Santa María de Gernika comenzaban a agruparse los feligreses a la salida de misa de doce oficiada por el arcipreste don José Domingo Iturraran, más conocido con el apodo de Monseñor Tostadas por haber batido un récord en su ingesta difícil de superar.

A los pies de la escalinata que conducía al atrio, Koldo Arteaga encendía el cigarrillo que le acababa de ofrecer uno de los amigos de su cuadrilla. Tenía un aire fingidamente despreocupado porque su vista se dirigía de manera inconsciente a la puerta del templo por la que la familia de Irene Lasa debía salir de un momento a otro. A pesar de que al joven *arrantzale* le aburrían los sermones que los curas daban desde sus púlpitos, en los periodos en que no navegaba solía acudir a la eucaristía los días de fiesta por dos motivos: uno, porque la música del órgano Walcker le emocionaba, si bien jamás se atrevería a reconocerlo en público; otro, porque solía coincidir con Irene.

A Koldo le bastaba con hacerse el encontradizo con

ella, aunque sus conversaciones se limitaran a un saludo amable y, con suerte, a algunas escuetas palabras más tan torpes como protocolarias. Sin embargo, aquel día no necesitó buscarla al descuido. Al verle, ella bajó los escalones con aire decidido, tanto que Koldo se puso más nervioso de lo habitual y agachó la cabeza al comprobar que ella se dirigía hacia donde él estaba.

—Buenos días, Koldo —dijo ella en euskera, mientras le rozaba con suavidad el brazo para que se diese la vuelta—. Me gustaría hablar contigo, si tienes unos minutos.

El muchacho tragó saliva sin percatarse de la sonrisa burlona de sus tres amigos.

—Claro, Irene —balbuceó—. Tú dime.

—A solas.

Koldo apartó un instante su mirada de la muchacha para fijarla en su padre, que los observaba circunspecto desde lo alto de la escalinata en tanto que su madre, su hermana y su abuela sonreían cómplices. Tiró su cigarrillo al suelo en un vano intento de esconder su sonrojo.

—Sí, claro... ¿Te acompaño al caserío? —se atrevió a decir.

—Buena idea. Ahora ya no creo que nos riñan —respondió Irene con ese mohín risueño que le desarbolaba.

A ninguno de los dos se les había olvidado aquella excursión de la que ya hacía una década y en la que Koldo cumplió su promesa de enseñarle el mar. Lo cierto era que, a pesar de la corta distancia que separaba el Cantábrico del caserío de Irene, esta no lo conocía debido al recelo que existía en su familia desde que el abuelo Duncan se ahogase en el naufragio de su barco por culpa de una de esas galernas que se ciernen a traición sobre las costas vascas. Por aquel entonces, Irene tenía ocho años y Koldo dos más. Él era un niño de pocas palabras, pero a ella le fascinaba cómo se le iluminaba la cara cuando hablaban del mar. El muchacho contaba que, ría arriba, existía un lugar tan bello como mágico porque las lamias se bañaban en el estuario en las noches de luna llena.

—¿Cómo sabes eso tú? —le preguntaba la pequeña Irene con ojos asombrados.

—Pues porque yo las he visto —decía él, haciéndose valer.

—¿Y no te da miedo que te lleven?

—¡Bah! Son hadas buenas. Además, tengo un amuleto con ruda y apio. Y mi medalla de la Virgen del Carmen... Mira... —le respondía Koldo, descubriendo los colgantes de su cuello.

—Me gustaría ver el mar —suspiraba la pequeña pelirroja.

—Si no te llevan pronto, yo te acompañaré.

Y eso ocurrió aquella tarde de primavera en la que ambos emprendieron el camino hacia el norte sin solicitar el permiso de sus familias porque consideraron que estarían de regreso antes de que nadie los echara en falta. Sin embargo, las cosas no salieron del todo bien, y eso que la excursión había empezado de acuerdo con lo previsto por Koldo. Tras más de dos horas de caminata llegaron a la playa de Laida, aún en la ría, para luego emprender la subida por el camino de Antzora y así poder divisar el mar en toda su magnitud. A medida que ascendían, se ampliaba la superficie de agua que abarcaba la vista de los niños, hasta que decidieron sentarse en una peña desde la que contemplaron cómo el estuario se entregaba a la grandeza del Cantábrico. Irene estaba enmudecida, impresionada por la inmensidad del paisaje, en tanto que Koldo dosificaba sus explicaciones para no interrumpir en exceso los sonidos bravíos del mar.

—Mira. Aquello es Mundaka, y más allá Bermeo... y esa, la isla de Izaro —señalaba con orgullo, mientras la niña permanecía absorta.

Hipnotizados por el vaivén furioso de las olas, no se dieron cuenta de que el cielo oscurecía por mor de la tormenta, que anticipó el crepúsculo. Cuando vieron caer el primer rayo sobre el mar ya fue tarde. En ese instante Koldo sintió el miedo por primera vez en su vida; no por él, sino por lo que podía sucederle a Irene. Al fin y al cabo, él era el responsable. Las gotas más impacientes los alcanzaron antes de llegar a Laida de regreso. El muchacho dudó si esperar al abrigo de un caserío o caminar bajo una lluvia cada vez más intensa. No parecía que fuera a escampar, así que apretó los dientes, cubrió a Irene con su casulla, la tomó de la mano y emprendió el camino de vuelta. Le consolaba comprobar que ella aparentaba tranquilidad. A pesar de que se cerrara la noche, él aún creía ver la sonrisa sosegada de la niña. Por fortuna, Koldo se sentía capaz de hacer el trayecto con los ojos cerrados.

Creyó oír sollozos al otro lado de la puerta del caserío de los Lasa. Aun así, mantuvo el tipo y no la dejó entrar sola. Al ver a Irene, la abuela dejó el rosario que tenía entre las manos para apresurarse a abrazarla, en tanto su madre enjugaba las lágrimas para decirle un «¿dónde te habías metido, hija?». Sin embargo, fue su padre quien se acercó con la intención de darle una bofetada con la que calmar su ira nerviosa. Pero Koldo se interpuso con rapidez para recibir el golpe en plena oreja.

—¿Quién te has creído que eres? —le espetó el padre, furibundo—. ¡Lárgate echando hostias de aquí si no quieres que te mate! ¡Ya me encargaré yo de decirle al Tasio lo que ha pasado! ¡Y no se te ocurra acercarte jamás a mi hija, pequeño cabrón!

Aquel episodio no tardó en ser recordado por Irene y Koldo al iniciar su paseo tras la celebración de la misa.

—Tienes razón. No creo que nos riñan, aunque a tu padre no le ha hecho ninguna gracia que te hayas acercado —dijo el muchacho.

—Los padres tienen que ejercer como tales. El mío siempre ha sido un gruñón; eso sí, un gruñón inofensivo.

—Pues bien que te quiso zurrar. Nunca supe si lo hizo después de cascarme a mí.

—No. Tú paraste la furia del primer bofetón. Visto ahora, y conociéndole casi del todo, supongo que aquello le desconcertó.

—Pues no sabes cómo me alegro.

—Además respeta a mi abuela. Y ella me defiende a capa y espada. No se lo digas a nadie, pero soy su ojito derecho —confesó la muchacha, risueña—. Yo la quiero mucho.

—Tu abuela siempre fue una mujer valiente. Desde que tuvo que volverse de Bilbao...

—¿Conoces esa historia? —quiso saber ella, ensombreciendo el gesto—. En casa no se ha hablado nunca de ello.

—Solo sé lo que se rumoreó en el pueblo —respondió Koldo, con la inquietud de que ella creyera que se excedía en sus revelaciones.

—Dime, por favor.

—Pues que tu abuela servía en una casa bien de Bilbao y que se tuvo que volver porque se quedó embarazada. Dicen que del dueño, un ingeniero inglés —contestó Koldo, bajando el tono como si se hubiese avergonzado de haber revelado aquella confidencia.

Irene se quedó pensativa un rato, quizá tratando de asimilar ese secreto a voces que, no obstante, acechaba a las puertas de su caserío.

—Gracias, Koldo. ¿Sabes? En el fondo no me supone una sorpresa. Ahora la admiraré más, si cabe —comentó, recuperando la sonrisa de su rostro.

—Me alegro. No quisiera parecer un entrometido.

—¡Al contrario! Lo veo como un signo de confianza.

—Yo sí que me alegro. Desde lo de aquella trastada de crío, me consideré en deuda contigo.

—¿Y por eso me has regalado una máquina de escribir?

—Ya sabía yo que...

—Ya sabías tú que te iba a hablar de eso. No pensarás que voy a aceptarla...

—Es tuya.

—¡Koldo! No me seas cabezón. Tiene que haberte costado muy cara y tú no... —Irene dudó por un instante, que aprovechó Koldo para responder.

—Y yo soy demasiado pobre para comprarte algo así. ¿Es eso lo que quieres decir?

Los ojos de Irene se clavaron en los de Koldo y este le aguantó la mirada por primera vez en su vida con la fuerza que otorga el orgullo. La joven se dio cuenta de que estaba menoscabando su dignidad y trató de enmendar su error.

—Quería decirte que tú no me debes nada. Muy al contrario, soy yo la que te debería a ti algo en todo caso. Me enseñaste la mar y, además, me defendiste de mi padre. —El tono meloso de su voz hizo que el muchacho se serenara.

—Me gustaría que te quedaras con la máquina. Me ha hecho mucha ilusión regalártela. No creas que por ello estás obligada a ser mi novia ni nada parecido.

Irene le volvió a mirar con dulzura y le pasó la yema de los dedos por la cara.

—Eres un buen hombre. Merecerás todo lo bueno que te pase.

Koldo no supo cómo interpretar aquellas palabras. Percibía el cariño de Irene al tiempo que entendía que le decía que su futuro no estaría unido al suyo. No obstante, se sentía feliz. Había ahorrado desde que entró a trabajar en la compañía PYSBE hacía más de dos años, con el único propósito de volver a hacerse visible ante los ojos de aquella chica que ahora le observaba con ojos de mujer. Ella jamás se imaginaría que su recuerdo le acompañaba en esas largas jornadas de pesca de bacalao en alta mar. Caminaron por el paseo de Los Tilos sin hablarse, como si su mente estuviese recorriendo los momentos vividos juntos. Fue él quien rompió el silencio.

—Así, cuando escribas, te acordarás de mí.

—Es un regalo precioso, Koldo. ¿Cómo se te ha ocurrido hacérmelo?

—Pues le pregunté a tu hermana. Además, ya sé que trabajas en una librería. Ella me contó que te gusta escribir. Y pensé que lo harías más bonito con una máquina de esas que salen en las películas.

—¿Tú vas al cine? —preguntó Irene, casi con ternura.

—Alguna que otra vez. No soy tan *borono* como crees.

—No creo que seas ningún *borono*, bobo —le respondió ella, imprimiendo en sus palabras un tono todavía más delicado.

El muchacho tragó saliva, incapaz de manejarse en aquella situación. En el fondo sí se sentía ignorante a su lado. Era consciente de que no tenía conversación que ofrecerle.

—Irene...

—No hace falta que digas nada.

—Pues quería invitarte a un paseo. Me voy mañana a Pasajes para volver a embarcarme. Estaré fuera hasta finales de mayo...

—Qué pena que te vayas tantos meses y tan lejos... Entonces tendrá que ser esta tarde. ¿Dónde piensas llevarme?

—Pues me gustaría que fuéramos de nuevo donde aquella vez, pero es invierno y los días son más cortos, así que me conformaré con que vayamos al bosque de Oma. Puedo llevar una linterna para ver las cuevas de Santimamiñe.

—¿Tú crees que nos dará tiempo?

—Tienes razón. ¿Y si vamos al puente de Artzubi?

—Me parece una idea estupenda. Eso sí, prométeme que estaremos de vuelta antes de que se haga de noche —dijo Irene entre risas.

—Lo prometo. No me gustaría volver a recibir una cachetada de tu padre —respondió él poco antes de llegar al caserío.

—Puedes recogerme a las tres —se despidió Irene mientras le daba un beso en la mejilla—. ¡Y gracias por tu regalo! Ahora no me quedará más remedio que escribirte algo.

Koldo la miró ruborizado sin saber qué hacer. A lo

más que acertó fue a esbozar una sonrisa que delataba toda su nobleza. Al darse la vuelta supo que nunca se atrevería a decirle lo que ella le hacía sentir. Le faltaban palabras y le sobraba pudor.

18

Lo normal era que a esas horas, y a cualesquiera otras, Casimiro Mochales estuviese en alguno de los cafetines de Las Cortes, próximos a su casa de la calle Cantalojas, tratando con su verborrea de que alguien le invitara a un vino, cosa que solía conseguir por puro aburrimiento del pobre parroquiano que no hubiera tenido la habilidad de huir de su lado a tiempo. Por eso, a Fernando Zumalde le extrañó no encontrárselo allí, como de costumbre. Y más aún cuando los dueños de los garitos le dijeron que hacía dos días que no daba señales de vida.

Zumalde conoció a Mochales el primer día que ingresó en la Guardia Municipal tras intervenir en una de las frecuentes reyertas en las que Mochales se veía envuelto por su prodigiosa capacidad para sacar de quicio a cualquiera que osase rebatirle en sus peregrinas digresiones, de ahí que en el barrio fuese conocido también con el mote del Tocahuevos. En realidad, se desconocía su apellido verdadero, ya que aseguraba que descendía por línea directa del fundador de Bilbao, ciudad que —según él— progresaba gracias a su constante quehacer en beneficio de esta, por lo que repartía sin vergüenza unas tarjetas amarillentas en las que figuraba un pomposo «Casimiro López de Haro». Fue su megalomanía cómica la que provocó que enseguida todo el mundo le llamase Mochales a su espalda. Que Casimiro hubiese conservado su cara casi íntegra se debía en gran medida a su amistad con Zumalde, quien a su vez se aprovechaba de la información que le proporcionaba su confidente, porque resultaba justo reconocer que Casimiro, además de estar al corriente de cuanto sucedía en La Palanca, tenía capacidad para acordarse de todo. A Mochales le encantaba exhibir su memoria y recrearse en sus alardes, pero Zumalde atesoraba la suficiente paciencia como para aguantar sus adornos si la espera merecía la pena.

En los últimos años, le había sido de utilidad en innumerables ocasiones e incluso a veces le pedía que le ayudara en la vigilancia de algunos de esos maridos a los que debía investigar. Así que podía decirse que el comisario le profesaba cierto afecto.

Zumalde quiso creer que tal vez Mochales se estuviese recuperando de alguna de sus habituales borracheras, por lo que optó por acudir a su casa, sita en el cuarto piso de un humilde edificio cuyo vecindario lo constituían trabajadores de la siderurgia y de las minas cercanas. Entre jadeos y resoplidos llegó al último rellano maldiciendo cada uno de los escalones de madera que se quejaban con sus pisadas. Golpeó la puerta varias veces sin obtener más respuesta que una pequeña claridad en la mirilla de enfrente, lo que le advirtió de que estaba siendo observado.

Se sentó en la escalera para encender un cigarrillo que le ayudase a concentrarse. Fuera arreciaba la lluvia, igual que cada lunes, y a Zumalde le tranquilizó oír el chapoteo del agua contra el tejado y los cristales porque percibía que toda semana debía arrancar con una lluvia purificadora.

Ya no estaba para esos trotes. Bien pensado, lo que hacía carecía de sentido. Andaba investigando la muerte de una prostituta sin saber si le reportaría más beneficio que la búsqueda de la verdad. Y tenía pinta de que la verdad era complicada, además de peligrosa. Cuando exhaló la última calada de su pitillo, miró la puerta con desconfianza y determinó que pasaría la tarde con su mujer, después de dejar una nota en el *Euzkadi* para recordar a Segurola que se mantuviese al margen del asunto y citándole en el café Bilbao al día siguiente con el propósito de asegurarse de que el periodista no metiese la pata de nuevo.

Al llegar a casa, su mujer le recibió con el talante resignado de quien se pregunta la razón de su permanente soledad.

—Han dejado un sobre en el buzón —le dijo sin apenas mirarle.

—Sí que es raro. Hoy no se repartía el correo —musitó Zumalde casi para sí.

—No lo ha debido de traer el cartero porque solo estaba escrito tu nombre. Viene sin sello ni remite. A lo mejor llevaba varios días ahí. Lo cierto es que no lo he mirado en todo el fin de semana.

—¿Dónde está?

—Encima de la radio.

Sin despojarse de su ropa empapada, el comisario esperó a que su mujer se alejara por el pasillo y abrió el sobre con la certeza de que no portaba buenas noticias. Si ya estaba serio, lo que leyó terminó de crisparle el rostro.

—¡Joder! —exclamó en voz baja en un tono que, no obstante, evidenció su rabia empañada por el miedo.

Se trataba de una nota redactada con una pulcra caligrafía en la que podía leerse: «Si no quiere ver el sufrimiento de su familia, métase en sus asuntos».

—¿Quién te ha escrito? —preguntó ella desde la cocina, por mero compromiso.

—¡Un amigo! ¡Quiere verme mañana! —mintió el comisario, procurando disimular su gesto congestionado.

—¿Y por eso has dicho joder? —le gritó.

Zumalde urdió la mentira con la presteza necesaria para que su mujer no percibiese el engaño. ¿Cómo era posible que le hubiese oído?

—¡Es que es un pesado!

—¡Pues con no ir tienes bastante! ¡No pasa nada si un día te quedas en casa! ¡No se te va a caer el techo encima!

No fallaba. Los reproches llegaban indefectiblemente, igual que la lluvia de los lunes. Y lo hacían siempre desde la distancia, como si se hubiesen olvidado de mirarse a los ojos. Sabía que ella llevaba razón y él carecía de respuestas. Encendió un nuevo cigarrillo que mitigara ese silencio. No solo no se ocupaba de su familia sino que ahora, además, la ponía en peligro. ¿Acaso debía cruzarse de brazos? ¿Sería sensato poner aquel anónimo en conocimiento de sus antiguos compañeros? Se hizo esas preguntas por pura retórica. Sabía que valdría de poco. Es más, algunos incluso le responderían que mucho estaban tardando en amenazarle. Y si había algo que le perturbaba eran los reproches. De esos ya tenía suficientes.

Se acercó a su despacho y extrajo una linterna y una especie de alambre de la gaveta de su escritorio.

—¡Tengo que salir, Bego! —gritó a su mujer desde la puerta de la calle para no tener que escuchar su rezongo.

Le preocupaba su familia, pero también la suerte de Mochales, así que se encaminó otra vez a la calle Cantalojas en medio de una tarde desapacible en la que el viento y la lluvia señoreaban por Bilbao sin más compañía que la de unos cuantos transeúntes ensimismados. Esta vez subió las escaleras más despacio, dosificando sus fuerzas, para tratar de minimizar el quejido de los escalones. No llamó. Por el tragaluz se colaba una claridad tan débil que a Zumalde le costó atinar con la ganzúa. Sin embargo, no le faltaba destreza y, tras unos segundos de forcejeo con la cerradura, a pesar de llevar los guantes puestos consiguió empujar la puerta, ya casi a tientas.

Percibió enseguida el olor de la muerte. Su mano se posó instintivamente en la Walther que llevaba en el bolsillo de su gabardina. Intuía que no le haría falta su pistola, pero se sentía más seguro acariciando su culata. Se quedó unos instantes en medio del diminuto vestíbulo, aguzando su oído. No se oía más que el viento intentando colarse por los resquicios de las ventanas, o quizá fuesen esos malditos acúfenos que le provocaban la sensación de estar escuchando de modo perenne el sonido de una caracola de mar.

La estancia se hallaba en penumbra. Aun así, al mirar hacia la cocina vislumbró una rata husmeando en un plato con sobras que había sobre la mesa sin que aparentara importarle su presencia. Las demás puertas estaban cerradas. Con sumo sigilo fue abriéndolas una a una. Un olor putrefacto invadía el ambiente. Tras descubrir un habitáculo con un retrete y un lavabo oxidados, se asomó a un pequeño cuarto con una mesa y dos sillas, una de ellas con una soga alrededor. Parpadeó para discernir las manchas que cubrían una de las paredes. A duras penas podía contener la náusea, máxime al percatarse de que aquellos restos viscosos sanguinolentos parecían sesos.

Respiró hondo con la mano delante de la nariz antes de enfrentarse a lo que sabía que iba a encontrarse en la habitación. Al abrir la última puerta, un hedor insoportable se escapó cual caballo desbocado, y esta vez Fernando Zumalde no pudo contener la arcada cuando descubrió un cuerpo masculino descompuesto, desnudo sobre la cama en posición de decúbito prono. A pesar de que sus rasgos faciales resultaban casi irreconocibles, aquel pobre desgraciado no era otro que Casimiro Mochales.

Aturdido, Zumalde buscó un pañuelo que le protegiera las fosas nasales. Sentía la necesidad de marcharse, pero también la de tratar de retener aquella escena en su cabeza por si le pudiese ayudar en sus averiguaciones futuras. Estaba claro que el asesinato había sido perpetrado en el otro cuarto; por el estado del cuerpo, quizá dos o tres días antes. Se le acumulaban las preguntas en la cabeza, pero no era momento de detenerse. Ya tendría ocasión de pensar. Con paso cauteloso, se acercó a la cama colocada al lado de la ventana. La última claridad del día permitía atisbar algunos detalles, a cual más macabro. Lo que más le llamó la atención, además de la herida en la cabeza de aquel infeliz, fue la sangre reseca impregnada en las sábanas, junto a la boca abierta del cadáver, y una extraña viscosidad sobre la parte trasera de sus muslos. Oscurecía irremediablemente y a Zumalde no le daba tiempo a terminar de verlo todo, así que no le quedó más remedio que usar su linterna para enfocar el rostro de Casimiro. Padeció un nuevo sobresalto al darse cuenta de que le habían arrancado la lengua... y que la tenía metida entre las nalgas.

19

Después de una noche de zozobra en la que no pudo pegar ojo, Fernando Zumalde salió a la calle en busca de aire fresco y de una Coca-Cola que le ayudara a situarse. Su carácter templado y socarrón le permitía afrontar los problemas con cierta distancia; no obstante, esta vez era distinto porque alguien se había encargado de amenazar a su familia y sus pensamientos se desvanecían en su cerebro como el humo de su cigarro en el aire. Ignoraba qué camino tomar. Su prudencia le dictaba que se olvidara de todo aquel asunto que, al fin y al cabo, no le concernía. Estaba seguro de que Casimiro habría dado su nombre antes incluso de haber sido torturado. Y desde luego que quien le hubiese matado no parecía andarse con remilgos. Pero tampoco sabía si debía mirar para otro lado. Ponerse una venda en los ojos evita adivinar por dónde puede llegarte el golpe.

No se atrevió a aguantar la mirada de las estatuas que representaban la Ley y la Justicia, colocadas en lo alto de la escalinata del edificio consistorial, al que había llegado con la intención de informar de la muerte de su confidente a Modesto Arambarri, el jefe de la Guardia Municipal. Sin embargo, se arrepintió en el último instante. Necesitaba meditarlo un poco más, por lo que decidió acercarse al paseo del Arenal. Amparado en la neblina que envolvía Bilbao, Fernando Zumalde encendió otro cigarro sin importarle la humedad del banco en que se acababa de sentar, ajeno al trajín de la ría. Hablar del caso suponía dar demasiadas explicaciones, además le situaría en medio de una investigación en la que debía mantenerse al margen, no solo para evitar su implicación sino también para que su nombre no llegara a oídos peligrosos. Se convenció de que ningún vecino le había visto entrar en el piso de Casimiro Mochales, por el que poco podía hacer ya. Tarde o temprano alguien más lo echaría de menos. Así que optó por mantener silencio *sine die*. Cuanto menos ruido hiciera, menos argumentos daría al autor de las amenazas para atreverse a cumplirlas. Aunque estaba seguro de que se trataba de un farol... o eso quería creer. Con un poco de suerte, la muerte de ese pobre desgraciado no tenía por qué estar relacionada con el anónimo.

La bocina de un barco en el muelle interrumpió su ensimismamiento. Había llegado la hora de tomar esa Coca-Cola en el Torrontegui. Pocos momentos le resultaban más gratos que aquellos en los que disfrutaba a solas de su bebida favorita en la terraza de aquel majestuoso hotel, desde la que casi podía tocar la cúpula de la iglesia de San Nicolás mientras contemplaba esa parte de su ciudad que permanecía inmutable, máxime si la bruma ayudaba a desdibujar el paisaje. Entre sorbo y sorbo, apretaba las mandíbulas como si buscase rumiar literalmente sus pensamientos. Y es que una cosa era mantenerse callado y otra muy distinta cruzarse de brazos.

Lo primero que haría sería averiguar la identidad de aquel coronel nazi y qué pintaba en Bilbao. Sin embargo, carecía de relaciones fiables con la colonia alemana, con la excepción de Hermann Thate, un charcutero al que conocía desde la época en la que trabajó de encargado del café Iruña, diecisiete años atrás. No parecía que el bueno de Hermann fuese la persona más idónea para ayudarle, pero tampoco se le ocurrían más alternativas ya que, aunque había coincidido varias veces con Wakonigg, no tenía confianza en la discreción de su hipotético encuentro. Zumalde miró las manecillas del reloj de la iglesia. Aún quedaba más de una hora para la cita con Ignacio Segurola, por lo que se subió el cuello de la gabardina y cruzó el puente del Arenal para dirigirse sin demasiadas expectativas a la tienda que su amigo alemán regentaba en la calle Astarloa.

20

La conversación con Hermann Thate resultó más ilustrativa de lo esperado por Fernando Zumalde. Si bien el comerciante no sabía —o aparentaba no saber— nada sobre la presencia de militares de su país en la ciudad, sí que estaba al tanto de las viejas rencillas entre algunos de los miembros de la colonia germánica. La más comentada era la que mantenían Eickhoff y Wakonigg, ya que este abogaba por el establecimiento de un consulado general del Reich alemán en Bilbao para el que se postulaba como titular en oposición a Eickhoff, el cónsul honorario, que no lo veía necesario. Por otra parte, Eickhoff se atrevía a enfrentarse a la hegemonía del partido nazi, con el que simpatizaba Wakonigg.

El primer impulso del comisario fue dirigirse a las oficinas comerciales de Eickhoff en la cercana plaza del Mercado del Ensanche, confiando en que este pudiera recibirle y estuviese en disposición de ilustrarle acerca de la visita de aquel coronel que aparecía de paisano en la foto tomada por Segurola. El hecho de que fuese enemigo íntimo de Wakonigg le aportaba cierta tranquilidad, pero se dejó llevar por la cautela en el último momento y optó por pedirle al periodista que fuera él quien acudiera a ver a Eickhoff. Con ello preservaba su anonimato ante los alemanes, ya que tenía la palabra de Thate de que no emitiría ningún comentario sobre su entrevista; además, calmaría el ansia del reportero por intervenir en el asunto. Aunque, en su fuero interno, no ignoraba que el principal motivo de aquella delegación era que carecía de una excusa plausible para visitar al cónsul honorario. Eso sí, durante el trayecto entre la plaza Nueva y la de Albia, se encargó de dar todo tipo de consejos a Segurola, quien aparentaba disfrutar de su nuevo estatus. A ello posiblemente contribuía que Zumalde consideró no informarle del último asesinato en el barrio de La Palanca.

En tanto Segurola acometía su misión en las dependencias de Eickhoff, el comisario decidió aguardarle en el Iruña, donde Severo Unzue, a pesar de sus setenta y cuatro años, seguía vigilando la buena marcha de su negocio, al que acudía con más frecuencia que al resto de cafés y restaurantes de su propiedad. Un cartel de Coca-Cola colocado en el altillo donde solían tocar los músicos, entre vetustos reclamos de licores históricos, provocó que Zumalde descartara la idea de pedir una cerveza. El hecho de que su bebida favorita se hubiese puesto de moda en los últimos años —desde que en 1928 comenzase a embotellarse en España— le agradaba por tener la facilidad de encontrarla, aunque también le fastidiaba dejar de ser un consumidor casi exclusivo y, de algún modo, echaba de menos los tiempos en que tenía que adquirirla a través de sus contactos en el puerto mediante algunos barcos procedentes de Estados Unidos, que la introducían de contrabando. Con gesto preocupado, se sentó junto a uno de los ventanales sin dejar de tamborilear la mesa, preguntándose si se le acabaría el tabaco antes de la vuelta del periodista.

A esa hora, Ignacio Segurola ya esperaba en el consulado alemán a la puerta del despacho de Wilhelm Eickhoff. Esta no tardó en abrirse.

—Es un placer recibirle, señor Segurola. Wunsch, mi secretario, ya me ha puesto en antecedentes de que es usted periodista del *Euzkadi* y que está interesado en escribir un reportaje sobre la colonia alemana en Bilbao —saludó el cónsul germano, estrechando la mano de su visitante, en un buen castellano afeado por su ceceo.

—Le agradezco mucho que pueda recibirme sin solicitud previa, herr Eickhoff. Lo cierto es que no sabía con certeza dónde dar con usted. He pasado por sus oficinas en la plaza del Mercado del Ensanche y me han dicho que estaba aquí, así que no me lo he pensado dos veces. Ya sabrá de las urgencias en las redacciones de los periódicos —respondió el reportero con la mejor de sus sonrisas.

A esa hora de la mañana, bregando con las nubes que cubrían el cielo de Bilbao, una luz plateada se colaba por el ventanal desde el que veían los jardines de la plaza Elíptica, resaltando la sobria elegancia de la estancia, en cuyas paredes únicamente colgaba un retrato de Adolf Hitler.

—Siéntese —invitó el cónsul, acomodándose en la butaca aterciopelada de su pulcro escritorio—, y cuénteme en qué puedo ayudarle.

Ignacio Segurola había carecido de tiempo suficiente para prepararse el encuentro, pero trató de seguir las consignas de Zumalde, para lo cual comenzó alabando las excelencias del pueblo alemán y, muy en particular, del que residía en Bilbao. En poco más de un minuto hizo gala de unos conocimientos de los que carecía, procurando manifestar su admiración por los primeros germanos que llegaron a finales del siglo anterior, todos ellos inmigrantes cualificados como químicos, ingenieros y comerciantes.

—Es una maravilla lo bien que se han integrado en nuestra ciudad —concluyó el periodista.

—Su ciudad ya es la nuestra, señor Segurola. No existe en el mundo un lugar más acogedor que Bilbao. Y tenga en cuenta que nuestros hijos ya son forofos del Athletic. Es raro que, después de establecerse aquí, mis compatriotas quieran volver a nuestro país.

En ese momento, al reportero se le vino a la cabeza aquella muchachita alemana de la que se enamoriscó años atrás. Pensó que el cónsul sabría de su familia y los motivos de su traslado; sin embargo, optó por la prudencia y el nombre de Samantha solo sonó en su cabeza.

—¿Sería tan amable de darme algunos nombres relevantes de su comunidad?

—No sabría por dónde empezar. Cada uno de mis compatriotas tiene una bonita historia que contar... Otto Hinrichsen, por ejemplo, era mecánico de un transatlántico que fondeó en el abra al empezar la Gran Guerra y aquí se quedó. Ahora tiene una sociedad que se dedica a la venta de ficheros y máquinas de escribir en la calle Ledesma.

Mientras Ignacio tomaba notas en una libreta, el cónsul hacía una lista en la que figuraban Federico Krutwig, Emil Schadt, Wilhelm Pasch y los hermanos

Lipperheide, todos ellos firmantes del escrito recibido en 1927 en la embajada de Madrid, en el que se solicitaba el mantenimiento del consulado honorario en la capital vizcaína.

—Veo que conoce bien a los suyos —interrumpió Segurola a la vista de que el cónsul parecía no tener prisa.

—Llevo en Bilbao desde principios de siglo, hijo. Antes de que usted hubiese nacido —sentenció Eickhoff.

El periodista se le quedó mirando durante unos segundos. Sin duda, aquel hombre de porte distinguido y palabras pausadas no desentonaba en el entramado de la oligarquía vasca.

—Y no puede estar más integrado, por lo que sé. Tengo entendido que es usted uno de los cuatro alemanes que pertenecen al Club Marítimo.

—Así es. Tuve la suerte de que ninguno de los miembros de la junta directiva introdujera una bola negra en el saquito —confirmó Eickhoff, esbozando una sonrisa afable.

—Tampoco a herr Wakonigg se la metieron, ¿no? —preguntó Segurola al descuido, lo que provocó que su interlocutor ensombreciera el gesto. El cónsul le miró con detenimiento por un instante, tratando acaso de descubrir la intencionalidad del periodista.

—Es usted muy joven. No creo que sepa que ese señor y yo no somos amigos, por lo que estoy seguro de que no ha obrado con mala fe —respondió el cónsul, recuperando su sonrisa.

—¡No sabe cuánto lo siento! Desde luego que no quise ofenderle. Se me vino a la cabeza porque ayer le vi en el Germania —mintió—. Por cierto, que me llamó la atención la presencia de unos militares. Supongo que estarán de paso, ¿no? —Ignacio suavizó la voz como si intentara seducir a una joven con su fingida ingenuidad.

—Imagino que estará al tanto de la situación política de mi país.

—Pinta mal, tengo entendido. Sobre todo para mis colegas. He oído que se están dictando normas para suprimir la libertad de prensa y que las quemas de libros no se han limitado al 33.

—Acierta usted. No corren buenos tiempos. Es lógico que los medios de comunicación españoles no afines al régimen se hagan eco de estas barbaridades. Parece que no aprendemos de nuestros errores —murmuró el cónsul—. Si bien es cierto que el Gobierno de Madrid se ha abstenido de pronunciarse contra las políticas del *Führer,* cada vez más periódicos las censuran. Desde Berlín se está realizando un esfuerzo por maquillar nuestra imagen a través de las agencias, pero no es fácil defender lo indefendible.

—No me da la impresión de que esté usted muy de acuerdo con lo que está pasando. Y a pesar de ello, aquí sigue.

—No voy a ocultar que echo de menos la República de Weimar. Por favor, no incluya en su artículo mis opiniones políticas. Aunque, si esto sigue así, mis días de cónsul están contados.

—No se preocupe. Le dejaré en buen lugar. Entonces, la presencia de los militares que vi ayer tiene que ver con lo que me está contando —insistió Segurola.

—Son miembros de la Auslands-Organization, la AO, la sección exterior del partido.

—Se refiere al Partido Nacionalsocialista Obrero Alemán...

—¿Acaso hay otro? —Eickhoff evidenció la sorna en su voz.

—Disculpe, no quise...

—No se preocupe. Nos tendremos que ir acostumbrando.

—Entonces, esos militares han venido a supervisar la correcta difusión de la propaganda alemana... —conjeturó el periodista.

—Creo que hemos hablado demasiado de política. Yo prefiero tratar de asuntos comerciales y sociales —sentenció el cónsul, incorporándose de su asiento, con lo que daba por concluida la reunión.

—¿Llevan mucho tiempo en Bilbao? —Ignacio formuló la pregunta aparentando desidia mientras se ponía en pie.

—Unas tres semanas, creo. Se marchan mañana.

—¿Puedo saber quién es el militar que está al mando? No deja de ser una noticia para mi periódico —inquirió el reportero, sabedor de que no tenía nada que perder con su intento de averiguar el nombre del hombre de la foto.

—Messner. Teniente Adler Messner. Es pariente de Otto, que tiene una agencia de seguros en la calle Recacoeche. Y ahora, si me disculpa, debo atender a mis asuntos, señor Segurola.

—Ha sido usted muy amable, herr Eickhoff. Confío en que los nubarrones que se ciernen sobre su país se disipen pronto.

—Un placer. Le confieso que no soy optimista, pero no queda más remedio que mirar hacia delante —se despidió el cónsul, apretando las manos de su visitante a la puerta del despacho.

Al salir a la calle, Ignacio Segurola sonrió con la satisfacción del deber cumplido. Estaba deseando llegar al Iruña para contarle a Zumalde lo averiguado, con la seguridad de que se haría merecedor de su confianza.

21

Aquel enero de 1936 estuvo marcado por la disolución de las Cortes y el adelanto de las elecciones generales. La política cada día ocupaba más páginas en unos periódicos cuya ideología les obligaba a radicalizar sus posturas. Ante la falta de novedades en el caso, el asesinato de la prostituta del barrio de San Francisco iba cayendo en el olvido sin que Fernando Zumalde fuese capaz de apoyar su intuición con el hallazgo de alguna prueba que incriminara al teniente nazi, al que ya no se veía por Bilbao. Y poco a poco, tanto Segurola como el comisario fueron espaciando sus encuentros para volver a sus quehaceres cotidianos antes de conocerse.

No había semana que el periodista del *Euzkadi* no pasara por la librería Verdes para ver a Irene, si bien no siempre departía con ella para no evidenciar su interés. Eso sí, procuraba que ella se diese cuenta de su presencia.

A la muchacha le inquietaba que el mes fuese transcurriendo y que Ignacio no hubiese vuelto a mencionar la posibilidad de ir al teatro, máxime cuando la compañía de Margarita Xirgu ya había comenzado sus representaciones en el Arriaga. No es que estuviese segura de poder aceptar su invitación, pero, muy a su pesar, confiaba en que esta al menos llegara. Mientras, se conformaba con poner el oído si alguno de los clientes de la librería presumía de haber visto *La dama boba* de Lope de Vega, *Otra vez el diablo* de Alejandro Casona o *Doña Rosita la soltera* de su admirado García Lorca; también procuraba leer las crónicas de los estrenos en los periódicos con un suspiro de envidia, ya que los distintos puntos de vista de los críticos, según el tono político del periódico, alimentaban su curiosidad. No entendía cómo *El Pueblo Vasco* tildaba a *Yerma* de blasfema y grosera, en tanto que para el comentarista de *El Liberal* la obra adquiría dimensiones de tragedia griega con el sentimiento genial de lo dramático. ¿Tan obtuso es el ser humano que sus ideas políticas condicionan su gusto por el arte?

Aquel lunes por la mañana, la Xirgu ya llevaba diez días de actuaciones en el Arriaga y todo el mundo hablaba del homenaje que la sociedad El Sitio le había ofrecido el día anterior en los salones de su sede en la calle Bidebarrieta con la presencia del mismísimo Federico García Lorca, que incluso recitó varios poemas de su *Romancero gitano*. El poeta quiso ir a Bilbao para despedirse de la actriz antes de que esta embarcara rumbo a América en una larga gira teatral, a la que García Lorca pensaba sumarse en el verano. Lo que no atisbaban a imaginar los dos amigos es que jamás volverían a verse.

Fue Lauaxeta, que estaba en la librería para llevarse un ejemplar de su *Árats-Beran* con el fin de regalárselo a su exitoso colega, el que se encargó de contarle a Tere Verdes los detalles del homenaje a la Xirgu ante el rostro maravillado de Irene Lasa, el cual no le dio tiempo a mutar porque apenas acababa de salir Lauaxeta por la puerta cuando entró Ignacio Segurola insinuando la sonrisa de quien trama una sorpresa.

—*Egun on*, Irene —saludó, dirigiéndose a ella de inmediato.

—*Egun on*. —Su expectación le obligó a ser distante.

—Imaginarás que soy un hombre de palabra —dijo él, sin rodeos—. Te prometí que te invitaría al teatro y aquí estoy. Tengo dos entradas para ver mañana *Bodas de sangre*. Si me dices que no, tendré que buscar otro acompañante.

Irene tenía preparada la respuesta desde hacía semanas. No podía aceptar por más que la ilusionara. ¿Qué excusa le daría a su padre para no ir al caserío a dormir? Además, no sabía qué debía vestir para tal ocasión. ¿Qué pintaba una aldeana en el más elegante de los teatros de Bilbao? Sin embargo, algo la hizo cambiar de opinión. Quizá fuese el entusiasmo colectivo ante las representaciones de la compañía de Margarita Xirgu, o quizá la posibilidad de conocer en persona a su poeta favorito, o quizá no apagar el brillo de esos ojos que aguardaban pacientes su respuesta.

—Me encantaría ir, Ignacio. *Eskerrik asko* —respondió al fin, con una serenidad impostada.

—No te imaginas la ilusión que me hace —confesó el periodista, consciente de que hasta ese instante no se habría jugado una perra gorda por el «sí» de la joven—. Si te viene bien, quedamos mañana a las seis de la tarde. ¿Junto al tilo del Arenal?

La embargó tanto la emoción que solo pudo asentir con la cabeza. Después de que Ignacio abandonara la librería se dijo para sí que no podía ser más tonta por no haber sabido reaccionar. Su jefa pareció leerle el pensamiento y se acercó para posarle la mano en el hombro.

—Te he dicho mil veces que tienes una habitación en nuestra casa. Te quiero allí en cuanto acabe la función. Ponte guapa y disfruta mucho. Eso sí, si ese hombre te hace daño tendrá que vérselas conmigo —dijo Tere Verdes en tono cariñoso, lo que provocó que la joven se le echara en los brazos.

Cuando al día siguiente Irene Lasa llegaba a las seis en punto al árbol más popular de Bilbao, Ignacio Segurola ya la estaba esperando. Al verla con la melena suelta y sin gafas, se guardó la pipa en el bolsillo de la gabardina, cuyo cuello se levantó en un gesto que repetía en los momentos de nerviosismo. Bajo un abrigo color *cámel* sin abotonar, ella llevaba un precioso vestido beis de su madre que su abuela se había ocupado de arreglar cosiendo toda la noche a la luz de un candil. Completaba su atuendo con un pequeño bolso, unos zapatos Oxford castaños comprados esa misma mañana y una boina francesa con la que procuraba disimular su procedencia *baserritarra*.

El lugar elegido para su encuentro no resultaba casual. Bajo el tilo del Arenal, que se erguía majestuoso junto a la iglesia de San Nicolás, se venían declarando su amor desde hacía más de un siglo un sinfín de parejas bilbaínas. Además, estaba situado frente al hotel Torrontegui, en el que Ignacio sabía que se alojaba el poeta granadino. El propio Miguel de Unamuno había escrito allí algunos de sus poemas a su amada Conchita, de la que acababa de enviudar.

A pesar de ser martes, el Arenal presentaba un aspecto dominical. Nadie en Bilbao quería perderse el estreno de *Bodas de sangre*. Empresarios, políticos e intelectuales paseaban por los alrededores del teatro con la intención de evidenciar su pertenencia a lo más granado de la sociedad local.

—Estás muy guapa, Irene.

—Anda, no seas adulador.

—No lo soy —dijo Ignacio, solazado—. De hecho, me quedo corto para no espantarte.

—¿Tienes miedo de asustar a una pobre aldeana?

—¡Venga ya! Ya quisieran todas las mujeres que van hoy al teatro tener tu elegancia.

—¡Oh! ¡Aparte de adulador eres mentiroso! —respondió la muchacha, en un tono que traslucía su coquetería.

—Tendrías que estar acostumbrada a que te dijeran cosas bonitas. ¡Mira! Por ahí viene Lorca.

Casi aturdida, Irene Lasa dirigió la mirada hacia el lugar que le señalaba Ignacio. Dado que a esa distancia no distinguía los rostros, no dudó en sacar las gafas de su bolso para no perderse detalle del pequeño séquito que acompañaba al poeta en el corto trayecto existente entre el hotel y el teatro. Un poco más alejada de García Lorca, pudo ver a la cuadrilla de jóvenes escritores locales que tampoco había querido perderse el acontecimiento. Al lado de Lauaxeta caminaban Blas de Otero, José Miguel de Azaola y Pablo Bilbao Arístegui, planeando la creación de un grupo intelectual al que llamarían Alea. Junto a ellos pasó Juanita Mir, la única mujer periodista que ejercía regularmente como tal en Bilbao. Al verlos, los saludó con una sonrisa cómplice.

Irene e Ignacio aún dieron un breve paseo para no perderse nada de cuanto acontecía en los alrededores del teatro. A medida que se acercaba la hora de la representación, los nervios de la muchacha fueron incrementándose. Al entrar en el Arriaga, se sintió transportada a uno de esos palacios que habitaban en su imaginación gracias a los libros. Subió las escaleras en silencio, del brazo de Ignacio, con los ojos muy abiertos para tratar de captar cada detalle. Pero fue al llegar al patio de butacas cuando se quedó paralizada ante la magnificencia de un recinto presidido por la belleza de un rojo que lo cubría todo. Paredes, alfombras, butacas y un gran telón brillaban bajo las lámparas con inusual elegancia. Solo columnas y techo escapaban a la tiranía encarnada, quizá con la intención de incrementar su viveza.

—*Hau bai leku polita!* —susurró Irene sin darse cuenta de que lo hacía en su lengua materna. Al oírse, tradujo azorada—: ¡Oh, perdón! Qué cosa tan bonita, Ignacio. Te agradezco que me hayas traído.

—Anda, vamos a buscar nuestras butacas, que esto empieza enseguida —respondió, adoptando un indisimulado gesto de satisfacción—. Y no te disculpes por hablarme en euskera. Suena especialmente bello en tus labios. Me encantaría que algún día me enseñaras a decir algo.

Irene estuvo a punto de decirle que le resultaba encantador, pero se acordó de los consejos de Tere Verdes y prefirió limitarse a sonreírle en silencio para no aparentar descaro.

Tras tomar asiento, ella no dejaba de mirar a un lado y a otro con una ilusión preñada de inocencia. Y aunque ya le quedaba demasiado lejos, tuvo sensaciones similares a las percibidas la tarde que vio el mar, junto a Koldo, por primera vez. Por un instante, se le vino su imagen a la cabeza, faenando en aguas hostiles. Y deseó con fervor que regresara pronto sano y salvo.

El súbito apagón de las luces la puso en tensión y provocó que pusiera su mano sobre la de Ignacio sin darse cuenta. Este no se atrevió a moverla, temeroso de que ella pudiera apartársela. La apertura del telón que daba paso a la primera escena de *Bodas de sangre* vino acompañada de una lágrima en el rostro de la muchacha, embargada por la emoción.

El público, que abarrotaba la sala y los palcos, se entregó a la obra desde el primer momento y aplaudía con tal entusiasmo al final de cada cuadro que las cortinas escénicas tuvieron que descorrerse varias veces. Al terminar el segundo acto, Margarita Xirgu fue obsequiada con un sinfín de ramos de flores. Federico García Lorca esperó a que amainara la ovación a la actriz para subir también al escenario. A pesar del éxito cosechado, abrazó a la Xirgu con gesto serio y los vítores volvieron al recinto.

Cuando se encendieron las luces, Irene tenía los ojos enrojecidos por el llanto.

22

Cada partida de un barco rumbo a ultramar suponía un pequeño acontecimiento en la ciudad de Santander. Acodados en la barra de una vieja taberna con olor a rabas de pulpo frente a la bahía, dos hombres charlaban entre vinos mientras contemplaban los preparativos en torno al Orinoco, que, procedente de Hamburgo, se encontraba a punto de zarpar hacia La Habana. En ocasiones detenían su conversación, con la excusa de beber un trago, para fijarse en algún detalle o para concentrarse momentáneamente en uno de esos pensamientos fugaces que se acumulan ante las despedidas.

Sobre el mostrador, un ejemplar manoseado de *La Región* pedía en la primera página el voto para las izquierdas en nombre de la amnistía y de la justicia. También en la portada se reseñaba el homenaje de admiración y cariño de la noche anterior a la insigne artista Margarita Xirgu.

Ignacio Segurola quiso llevar a su amigo Kepa Herranz a Santander en uno de los coches de la empresa de su padre y, de paso, acompañarle en la última representación de la actriz catalana antes de comenzar una gira americana que se preveía larga, ya que los compromisos adquiridos superaban con creces el medio año de duración solo entre Cuba y México. La noche anterior, aprovechando su estancia en la capital cántabra, la compañía había repetido en el Coliseum de María Lisarda el éxito cosechado en las jornadas precedentes en Bilbao; esta vez, con un programa doble compuesto por *Yerma* y *La dama boba*, en la que Kepa actuó ante la orgullosa mirada de Ignacio. Ahora ambos apuraban sus últimos instantes juntos, tratando de quitarle hierro a la situación.

Poco a poco, el pasaje iba subiendo al barco atravesando una pasarela impregnada de ilusiones y de nostalgia. Hombres de negocios, diplomáticos, artistas, indianos y algún que otro turista se despedían desde la cubierta sin ser conscientes de que algunos de ellos jamás volverían a pisar suelo español.

Todavía en su atalaya, los dos amigos distinguieron el porte elegante de Margarita Xirgu, rodeada de su séquito compuesto por actores de su compañía, su marido y su asistente, una chica delgada de pelo corto con un bucle en la frente, que llamaba la atención por llevar pantalones con una asombrosa naturalidad.

—Mira... hay algo que tenéis en común tú y la Xirgu —comentó Kepa, con malicia.

—A ver con qué me sales ahora —respondió Ignacio.

—Que los dos estáis prendados de una chica con el mismo nombre —dijo entre risas.

—Joder, Kepa. A veces ni tú mismo entiendes tus bromas.

—¿No se llama Irene la jovencita que me presentaste el otro día a la salida del teatro?

—¿Y eso qué tiene que ver?

—¡Oh, vamos! No te enfurruñes, que sabes que no soy celoso. Se veía una chica encantadora. Y tú tenías esa carita de carnero degollado... tan tierna.

—No me toques los cojones, Kepa —replicó el periodista, haciéndose el ofendido de mala gana.

—¡Pero si el machito enamorado sabe decir palabrotas! Ni te imaginas lo sexi que me resulta.

—¿Tengo que reírme?

—¡Eh! Que me encanta verte así de enamorado. Y ella parece que te corresponde. Es una chica lista.

—¿Te diviertes?

—¿Contigo? Mucho. Además, besas tan bien...

A Ignacio se le vinieron a la cabeza algunas de las imágenes de la pasada Nochevieja y aprovechó para desviar la conversación a su principio con el fin de no aparentar malestar ni desinterés por lo que Kepa le contaba.

—¿Y qué tiene que ver Irene con tu jefa?

—¿Ves la chica que no se despega de ella?

—Como para no fijarse. No es fácil ver mujeres así por estos lares.

—Se llama Irene Polo.

—¿La periodista catalana?

—La misma.

—¡Vaya! No pensé que fuese tan joven.

—Es casi de nuestra edad. Veintiséis, creo.

—He leído algunos de sus artículos.

—En solo seis años se ha ganado un merecido prestigio con sus entrevistas a pie de calle. Siempre buscando la noticia. Le arrancó la sonrisa al mismísimo Buster Keaton, el cómico que nunca se ríe. Y no me extraña, porque es una muchacha que contagia su alegría.

—Y yo escribiendo todavía crónicas deportivas —se lamentó Ignacio.

—No te lo tomes a mal, pero tú tienes bastantes menos inquietudes que ella. Irene es una reconocida activista de la izquierda republicana. Ha informado sobre huelgas, inmigrantes, el ascenso del fascismo y hasta sobre la vida mísera de obreros y mineros, acusando a los sindicatos de no defenderlos lo suficiente. La apodan maliciosamente Miss Opinió.

—¿Y qué hace camino de La Habana a las puertas de unas elecciones?

—Buena pregunta. Yo tampoco lo entiendo... o sí —contestó Kepa, con cierto aire de misterio—. Tengo mi propia teoría.

—Sorpréndeme.

—Pues creo que se ha enamorado de la Xirgu y que esta no le hace ascos. Ni siquiera se la ve triste por el hecho de que Lorca haya cambiado su intención inicial de embarcarse hoy también, aunque ha prometido incorporarse a la gira en México.

—Pero ¿la Xirgu no está casada?

—Vamos, Ignacio... No me seas decimonónico. Que estamos en una república libre —respondió Kepa, adoptando un aire de gravedad impostada igual que si estuviese declamando sobre un escenario.

—Lo peor es que llamarte teatrero no implica un insulto —dijo Ignacio, jocoso.

—¡Lo soy! ¡Y a mucha honra!

—Eso díselo a tu *aita.*

—¡Bah! Seguro que está celebrando que me voy con un coñac Barbier.

—¿De verdad que no te planteas llevar sus negocios en un futuro?

—Vamos, Ignacio. No me jodas la despedida. —Kepa ensombreció el gesto por primera vez en toda la mañana—. Que sabes que tiene una fábrica aquí y ya ves que ni siquiera me he acercado. Si ni tú a estas alturas te das cuenta de que lo mío va en serio, no sé qué coño voy a pedir a mi familia.

—Tienes razón, disculpa. Sabes que cuentas con mi apoyo. Es solo que me jode que te vayas tan lejos y por tanto tiempo.

—¡Uh! ¿Eso es que me vas a echar de menos? —replicó Kepa, recobrando su jocosidad como por arte de magia.

En ese momento, la sirena del Orinoco avisaba de que levaría sus anclas en breve.

—Te voy a echar de menos, gamberro... No dejes de dar señales de vida... Y disfruta. Un poco de envidia sí que me das —reconoció el periodista mientras se fundía en un abrazo con su amigo. A Kepa se le escapó alguna lágrima que Ignacio no vio pero intuyó.

—Tienes suerte de que esto está tan lleno de gente que no te puedo besar —dijo el actor, medio en broma, medio en serio.

Ignacio se separó ligeramente para poder mirarle a los ojos en tanto una sonrisa socarrona se dibujaba en sus labios.

—No sé quién es ahora el decimonónico —comentó, dejándose llevar por su fanfarronería bilbaína.

Y casi sin darse cuenta, Kepa le estampó un beso en los labios.

23

Aquel martes el cielo bilbaíno aún se estaba recuperando de la fuerte tormenta acaecida durante el fin de semana anterior, por lo que los cafés constituían un refugio ideal para leer los periódicos que informaban de los resultados definitivos de las elecciones generales.

Fernando Zumalde hojeaba el *Euzkadi* tomando una Coca-Cola en el Iruña, donde no le importaba que Severo Unzue se burlara de su afición.

—Que eso es cosa de jóvenes y de modernos, Fernando.

—Será que no me has visto tomar cafés y cervezas... —rezongó el comisario.

La militancia carlista de su propietario no parecía óbice para que en el Iruña no solo se pudiesen encontrar ejemplares de *El Siglo Futuro* y de *El Pensamiento Navarro*, ya que si de algo se jactaba don Severo era de la diversidad de sus parroquianos en buena armonía.

En la primera página, el *Euzkadi* celebraba la victoria del Partido Nacionalista Vasco en su territorio con nueve diputados en las Cortes frente a los ocho del

Frente Popular de izquierdas, los mismos que los obtenidos por el bloque de derechas, claro que siete de estos últimos habían sido elegidos en Navarra para regocijo de don Severo.

—Te habrás dado cuenta de que los navarros somos gente de bien —dijo en tono sarcástico el dueño del Iruña, siempre impecable con su traje oscuro y su pañuelo en el bolsillo superior de la chaqueta. A pesar de haber sobrepasado ya la setentena, su porte erguido y su pelo canoso peinado hacia atrás le conferían un atractivo perenne.

—Sabes de sobra que no me interesa mucho la política —respondió el comisario en tono cordial—. Si estás contento con lo que ha pasado, te doy mi enhorabuena.

—Pues no te creas que estoy para tirar cohetes. Esos los guardo para San Fermín. Aunque era de esperar que, después del desastre de estos últimos años, ganara el Frente Popular. ¿No prefería Calvo Sotelo una España roja a una España rota? Pues ahí la tiene. Bueno, te dejo. Esperemos que haya paz y no llegue la sangre al río.

Lo cierto es que se terminaba de evidenciar, una vez más, la fractura entre las dos Españas. A pesar de que tanto izquierdas como derechas contaron con unos cuatro millones y medio de votantes, el hecho de que el Frente Popular hubiera vencido en las circunscripciones que otorgaban más escaños le daba una cómoda mayoría en el Congreso. Por otra parte, resultaba evidente el fracaso del presidente de la República en su intento de aunar posturas en el centro, ya que el partido de Portela apenas pudo conseguir el seis por ciento de los votos.

Sin embargo, Fernando Zumalde andaba más preocupado por encontrar la inexistente crónica del partido del Athletic, que, con su derrota del domingo, se alejaba del liderato que ostentaba el Madrid. Parecía que el periódico aquel día solo quisiese publicar buenas noticias y dedicaba el grueso de su página deportiva a la victoria del histórico Arenas en segunda división ante el Celta por cinco goles a uno. También le llamó la atención el anuncio del vermú Martini & Rossi, en el que se sorteaba un viaje para las Olimpiadas de Berlín.

—Os zurraron de lo lindo el domingo.

Al comisario le llegó aquella voz hosca, a la vez que una humarada de tabaco ajena, desde una distancia tan corta que invadía su intimidad. Cuando se quiso dar cuenta, tenía sentado a un hombre a su lado y otro enfrente. Fue este último quien acababa de burlarse del Athletic. Fernando Zumalde trató de no perder la compostura y procuró no aparentar sorpresa, por lo que tardó unos segundos en levantar la vista del periódico. Conocía de sobra esa voz.

—Nos falta uno para un mus —comentó con sorna Zumalde, haciendo amago de volver a su lectura.

—Por mucho que mires el periódico no va a cambiar el marcador. Dos golazos os endiñó el Español.

—Hasta el rabo todo es toro, Manzano. La liga concluye en abril. Pero no sabía yo de esta tertulia deportiva.

—¡Vaya! ¡El entrometido de Zumalde tiene ganas de guasa! —contestó el aludido, exhibiendo su amplia dentadura con una sonrisa fingida bajo su estrecho bigote.

Victoriano Manzano no profesaba ninguna simpatía por el comisario, con el que sufría encontronazos en sus investigaciones a menudo. Manzano pertenecía al Cuerpo de Investigación y Vigilancia desde hacía dos décadas, cuando simplemente era Cuerpo de Vigilancia. No obstante, seguía siendo inspector porque las autoridades republicanas decidieron anular todos los ascensos conseguidos durante la dictadura de Primo de Rivera, incluido el de comisario de tercera de Manzano. Además, un año antes había sido apartado de la policía por falta de lealtad e íntegra devoción a sus superiores. Con esta medida, que afectó a otros setenta y tres funcionarios, el Gobierno trataba de evitar tramas conspirativas contra la República. Sin embargo, la mayoría de los expulsados tuvieron que ser readmitidos a los pocos meses tras sus recursos.

Sus desavenencias venían de antaño, ya que si Zumalde conseguía esclarecer algún caso trasladaba el resultado de sus pesquisas a sus antiguos compañeros de la Guardia Municipal, lo que dejaba en evidencia a los miembros de la policía, algunos de los cuales no desempeñaban su función con demasiado celo, debido a las condiciones precarias en las que trabajaban y que el Gobierno de la República trató de mejorar para evitar la corrupción. Aun así, el sueldo del inspector Manzano apenas rebasaba las nueve mil pesetas anuales, por lo que no renunciaba a percibir ingresos extraordinarios por hacer la vista gorda alguna que otra vez, ya que su querencia por el sexo femenino no le salía barata.

—Hay que reírse más, Manzano. Es muy sano. Tener sentido del humor es síntoma de inteligencia. Claro que esto a ti te sonará a chino. Por cierto, estás un poco despeinado. No puedo creerme que hoy te hayas mirado poco en el espejo.

El inspector Manzano decidió no seguir con aquel juego dialéctico en el que sabía que llevaba las de perder y dio un manotazo en la mesa, no sin antes atusarse el pelo. El golpe que llamó la atención de los parroquianos, no obstante, sonó a metal. El agente de paisano que le acompañaba también llegó a sobresaltarse.

—¿Qué me dices, Zumalde?

—Me encanta tu discreción. Lleva camino de convertirse en legendaria —afirmó el comisario sin inmutarse, pero tratando de adivinar las intenciones de Manzano al dejar aquel objeto sobre la mesa.

—¡No me jodas!

—Te noto nervioso... inspector. Porque sigues siendo inspector, ¿no? Hay que ver lo injusto que es todo. Anda, te invito a un vino. ¡Ah, no, que estás de servicio! —dijo Zumalde, mientras encendía un cigarrillo con aparente desidia—. ¡Camarero! Una tila para el inspector, por favor.

—¡Marchando, comisario! —respondió uno de los empleados uniformados de Severo Unzue.

Aquello terminó de enervar al policía, porque si había algo que le fastidiaba de Zumalde era que la gente lo llamara comisario.

—Te puedes meter la tila por los cojones —acertó a decir en voz baja, acercándose a su interlocutor—. ¿Puedes decirme qué mierda es esta?

—Esa me la sé. Una bala usada —contestó Zumalde, dando una calada a su cigarro—. Venga, otra.

El inspector Manzano ahogó un suspiro de paciencia en un intento de recuperar la compostura.

—¿Calibre?

—*Si vis pacem, para bellum.* Ya sabes, si quieres paz, prepárate para la guerra —tradujo Zumalde de inmediato—. Nueve milímetros *Parabellum*. ¿Tengo premio?

—¿Puedes enseñarme tu pistola?

—¿Sabes, Manzano? Estoy empezando a aburrirme.

—¿Qué cartuchos usas?

—Usar, lo que se dice usar..., ninguno, porque hace un siglo que no disparo con ella.

—¡Zumalde!

—Joder, Manzano. Tengo una Walther que usa esos cartuchos, como los usan las Luger. ¿Vas a decirme adónde quieres ir a parar?

—¿Sabes dónde hemos encontrado esta bala?

—¡Mecachis! Esa no me la sé. Con lo bien que iba...

—¿Tu confidente se esfuma durante casi dos meses y no te enteras? —dijo al fin el inspector.

Por un instante, el comisario dudó. Con la sorna se había olvidado de elucubrar sobre aquella bala y la última pregunta de Manzano le acababa de pillar por sorpresa. Así que se trataba de eso. Aquel policía pretendía involucrarle en el crimen de Mochales. Le extrañó que el descubrimiento del cadáver no hubiese sido recogido por la prensa. Aprovechó para darle una calada a su cigarro y decidió no menospreciar la inteligencia de Manzano, porque tenía la sospecha de que podía ser corrupto pero no tonto.

—¿Te refieres a Casimiro? No le veo desde hace tiempo, es cierto. Supongo que se habrá ido a su pueblo. A veces pasa largas temporadas fuera del *Botxo*.

El inspector le miró fijamente a los ojos, buscando adivinar un brillo de falsedad en su mirada.

—Un vecino te vio merodeando por su vivienda —reveló Manzano en un último intento.

—Cierto. Me extrañó no verle por los bares de La

Palanca y llamé a su puerta, pero no contestó nadie. ¿Le ha pasado algo?

—¡Me cago en la puta, Zumalde! ¡Sabes de sobra que le han dado *matarile*!

—¡Joder, chico! No lo sabía. Pobre hombre. ¿Y cómo ha sido? ¿Por eso me has enseñado la bala? —El comisario fingió ahora desolación.

Sin tenerlas todas consigo, el inspector bajó un poco la guardia.

—A saber qué mierda ha pasado. El cadáver ya estaba más que descompuesto. Lo único que parece es que le mataron en un cuarto de un disparo en la cabeza y que se molestaron en llevarlo a otra habitación. La bala le atravesó el cerebro y se incrustó en la pared. Debió de ser a bocajarro.

—Y supongo que si me has montado este numerito es porque no tenéis ni puta idea de quién ha podido ser —habló el comisario en tono condescendiente.

—Zumalde, no te pases. Porque si a él le llamaban el Tocahuevos, tú me estás tocando a mí los cojones.

—Lo siento, Victoriano...; perdón..., inspector Manzano. Estoy consternado. No era mi intención ofenderte. De verdad que no sé qué pudo ocurrir. Te ruego que si averiguas algo me lo comuniques. A propósito, ¿llegasteis a saber algo del crimen de aquella pobre chica que mataron en San Francisco?

—Algo es lo que tú me estás ocultando, Zumalde —respondió el policía con el rostro crispado—. Y más te vale que te andes con ojo —concluyó, incorporándose mientras su agente recogía la bala.

—No puedo decir que tu visita haya sido un placer. A mi manera, apreciaba a ese hombre. Si te soy franco, confío en que podáis esclarecer los casos... Tiene toda la pinta de que están relacionados —comentó el comisario sin perder la compostura.

—Ni se te ocurra meter las narices —se despidió el policía, ya casi desde la puerta.

—Tranquilo, Manzano. Yo ya no tengo edad más que para jugar al mus —le respondió en una voz tan baja que seguramente sus palabras no llegaran a ser oídas por su interlocutor.

Sin embargo, esta vez Zumalde hablaba en serio. Y es que, de verdad, comenzaba a sentirse cansado.

24

Bien avanzada la madrugada de aquel Viernes Santo, el caserío de los Lasa permanecía casi en penumbra. A la luz de un candil, cubierta con una manta, Irene concluía un breve poema a mano para no despertar a su hermana con el teclear de la máquina. Desde que Koldo se la regalara había aprendido a manejarla con cierta soltura y guardaba en una caja un montón de hojas con anotaciones, sensaciones a modo de diario, pequeños relatos y poesías escritas con la ingenuidad de su juventud. Aun así, no cejaba en sus intentos de trasladar a un papel las palabras precisas que definiesen las confusas emociones acumuladas en los últimos meses.

Un ruido en el piso de abajo la sacó del lugar en el que habitaban sus pensamientos. No le resultó extraño. Solía ocurrir que su abuela trasnochara junto a la chimenea, con Lur a sus pies, sin importarle la incomodidad de su silla de enea. Lo hacía con la excusa de que no se quedaba tranquila hasta cerciorarse de que todas las brasas estuviesen apagadas. Sin embargo, a veces Irene la sorprendía avivando el fuego a escondidas, como si la anciana pretendiese que las llamas no dejasen de danzar con sus recuerdos.

Con el papel en la mano, Irene bajó las escaleras en busca de un vaso de leche en agradable compañía. Al entrar en la cocina vio a su abuela ensimismada al amor de la lumbre, con Lur acurrucada a sus pies.

—Deberías ir a la cama... —La muchacha susurró sus palabras justo antes de posar su brazo sobre los hombros de la matriarca.

—¿Y tú qué haces levantada a estas horas, corazón? —le preguntó, saliendo de su mundo casi de puntillas.

—Mañana no tengo que madrugar. Y me encanta escribir en la soledad de la noche.

—Ay, corazón. ¡Cuánto me alegra que tengas las oportunidades que yo no tuve!

—¿Cambiarías algo de tu vida si pudieras volver atrás? —quiso saber Irene mientras se sentaba junto a su abuela, con la mano sobre el lomo de Lur, que se le había acercado como al descuido en busca de arrumacos.

—Lo malo es que si pudiera volver atrás todo sería igual. Las jóvenes de entonces no teníamos mucha elección —suspiró—. Pero... ¿qué es eso que llevas?

—Uno de mis poemas.

—¿Me lo lees?

—Es muy malo, *amama*.

—Anda, no seas tonta. Lee.

La muchacha tomó aire y recitó despacio aquellas palabras iluminadas con la luz cobriza de la chimenea:

En noche se tornó mi amarga vida.
En noche exenta de toda ilusión
sentí errante mi humilde corazón
como vaguedad de un alma dormida.

¡Oh, Dios! ¿Cómo puedo cerrar mi herida?
Sácame de este monte de pasión
que en mis entrañas llevo el mismo son
matando mi tierna paciencia henchida.
Y con toda su luz llegó el amor
cuando alboreó un rayo del nuevo día.
¡Momento de belleza inmaculada!
Y conseguí oír al pájaro cantor
que en el éxtasis de su melodía
me dijo: despierta, niña encantada.

El crujir de una rama por la pisada de algún jabalí quebró el silencio con el que concluyen todos los poemas. Lur se limitó a levantar ligeramente las orejas durante unos segundos, casi con desgana, para volver a tumbarse enseguida.

—Es muy bonito. ¿Sabes? En nuestros tiempos ni siquiera sabíamos lo que significaba el amor. —Su voz delataba un deje de desencanto—. Los hombres de aquí eran muy toscos a la hora de cortejar. Y no se atrevían a expresar lo que sentían, si es que sentían algo más allá de acercarse a una mujer con buenas caderas que pudiera darles hijos. Los matrimonios no dejaban de ser un ritual obligado del que no se podía escapar.

—Bueno, *amama*. Los hombres del pueblo no han cambiado tanto desde entonces.

—¿Estás enamorada? —preguntó sin rodeos la anciana—. Imagino que algún muchacho despierta en ti esos sentimientos que has escrito... Me atrevería a adivinar quién puede ser.

Con una sonrisa en los labios, Irene abrió el libro de sus confidencias. Aunque suponía que le costaría ser comprendida, necesitaba contarle a alguien lo que palpitaba dentro de ella, a alguien que supiese escucharla sin juzgar, a alguien con la sabiduría que solo otorgan los surcos del rostro.

Le contó los detalles de aquel último paseo con el primogénito del Tasio hasta el puente románico de Artzubi, lleno de cómodos silencios, en los que ella se sentía protegida por aquel muchacho de nobles maneras. Irene sabía que Koldo jamás le haría daño y, sin embargo, tampoco la hacía vibrar. Quizá todas esas novelas devoradas en su adolescencia la fueron alejando de la realidad. Acaso fuese verdad que el amor sincero se forjaba desde el respeto a fuerza de cariño, y que la pasión no fuera más que el hermoso vuelo de las aves de paso. Con Koldo intuía un futuro que no la seducía. Y, no obstante, se preocupaba por su destino. Cada noche rezaba para que la mar fuese benévola con él y, en el fondo, esperaba que regresara pronto.

Irene hablaba con tono pausado, sin que su abuela hiciese otro gesto que el de posar las manos en las suyas. Ocasionalmente se le escapaba una sonrisa condescendiente, un suspiro e incluso alguna lágrima, pero permanecía callada, escuchando paciente el discurso sincero de su nieta, que ahora afirmaba que su corazón no se aceleraba si Koldo la rozaba al descuido o se le acercaba más de lo debido. En cambio, había un muchacho en Bilbao cuya mera presencia la alteraba. La joven contó cómo se conocieron y que, desde la representación del Arriaga, la acompañaba a menudo hasta la estación de ferrocarril. Cada paseo le resultaba distinto. Con él se fijaba en las tonalidades del cielo y no le importaba que lloviera si se cobijaban bajo el mismo paraguas. Tenía la sensación de que el periodista podía sorprenderla continuamente. No ocultaba que la deslumbraba con su inteligencia, sus anécdotas y su sentido del humor. «Además es muy guapo, *amama*.»

La abuela escuchaba como si aquella historia la conociera, como si ya la hubiera vivido. A veces le sobrevenía un dolor repentino que le hacía contraer el gesto. No era un dolor propio, ni siquiera del pasado; más bien sentía dolor por lo que habría de sufrir su nieta. Apartó su mirada del rostro iluminado de Irene para fijarla en la chimenea. Leyó entre las llamas una premonición fatal. Pero no tenía derecho a apagar la ilusión que brotaba de aquellos ojos ingenuos. Ya se encargaría la vida de ir cincelando su carácter con punzones de amargura. Sin embargo, tampoco debía quedarse en silencio. Cuando Irene terminó su relato, la anciana suspiró muy hondo para adentrarse en el suyo.

—Mi querida Irene... Ojalá seas muy feliz. Yo no le pido otra cosa a Dios que tu bienestar y el de tu hermana... Espera un momento.

Con aire pausado, la mujer se incorporó para sacar de la alacena una botella de pacharán con la que sirvió dos vasos.

—*Amama*... sabes que yo no tomo licores... —dijo la joven, sin disimular su satisfacción.

—Anda, aprovecha que no te ve tu *aita*. Ya eres mayor para escuchar lo que te voy a contar —respondió, entregando la bebida a su nieta y acomodándose de nuevo en su silla—. Supongo que a estas alturas ya habrás oído por el pueblo mil habladurías sobre mí. El pasado es un estigma imposible de borrar, ni aunque haya transcurrido medio siglo.

—*Amama*, no es necesario...

—Lo es, hija. Tienes derecho a saber por mi boca lo que ocurrió. La pena es que mi historia no es extraordinaria. Solo soy una más de tantas mujeres vilipendiadas tras haberse equivocado en el amor. Resulta cruel. Después del sufrimiento, el insulto. A los ojos de la gente yo habría sido una puta de no ser porque tu *aitite* me salvó cuando estaba a punto de hundirme.

—No quiero que te acuerdes del dolor, *amama* —protestó la muchacha.

—El dolor no caduca, hija mía, está ahí al acecho, latente... aunque no lo nombremos. No es necesario invocarlo para que sus espíritus se apoderen de nuestras entrañas. No te preocupes. Hay heridas que no cicatriza el tiempo y, no obstante, hemos de aprender a vivir con ellas buscando linimentos de circunstancias. Nací pobre, me quedé huérfana el mismo día que nací porque mi *ama* murió en el parto; a mi *aita* ya se lo había tragado la mar meses antes. Me fui muy joven a trabajar de *venaquera* a Bilbao, cargando arena y minerales. Por fortuna, soy de constitución fuerte. Apenas me llegaba para comer y dormía en cualquier sitio, casi nunca bajo techo. Un día, se fijó en mí una pareja que paseaba del brazo por el muelle junto a una niña pequeña. La mujer tenía un porte distinguido pero no distante. No la reconocí hasta que pronunció mi nombre. Era una antigua compañera de fatigas que tuvo la suerte de casarse con un ingeniero inglés. —Irene escuchaba con atención sin acordarse del vaso que tenía en las manos—. Se alegró sinceramente de verme y no tardó en ofrecerme trabajo para cuidar de su hija. Por aquel entonces, Izarbe tendría unos seis años, diez menos que yo. Entenderás que yo vi el cielo abierto.

—Izarbe... ¡qué bonito nombre! —interrumpió la joven.

—Tan bonito como ella... —La tristeza se acentuó en

su rostro y tuvo que suspirar para poder proseguir con su relato—. La familia vivía en un piso enorme, en la planta alta del edificio donde está la librería en la que trabajas. El día que me lo contaste, me estremecí por lo burlón que llega a ser el destino. Pronto me integré en ese hogar hasta el punto de que la gente sospechaba que la señora y yo pudiéramos ser hermanas. Supongo que algo influía el que tuviéramos el mismo color de ojos. Pero no solo la gente reparó en ello. También lo hizo el señor. Era muy guapo, Irene. Y más elegante que ningún otro hombre. Cometí la torpeza de enamorarme perdidamente y fui incapaz de rechazarle cuando se me acercó por primera vez. Fueron años de culpabilidad por traicionar a la señora que me daba comida y cobijo; sin embargo, suspiraba cada vez que él se colaba en mi alcoba. Hasta que me quedé embarazada de tu *ama*. Me sentí sucia, mucho. No creía lo que me estaba sucediendo. Nadie en Bilbao lo supo... tampoco él. Un buen día besé a Izarbe en la frente, recogí mi petate y me volví al pueblo. Y es que llegué a querer a esa niña igual que si fuera mía.

Apenas quedaban rescoldos en la chimenea y, a pesar del pacharán, ambas sintieron en su interior esa clase de frío que ni siquiera el fuego puede mitigar. Irene sonrió a su abuela y la abrazó, bajo la atenta mirada de Lur.

—El resto de la historia creo que me la sé. El *aitite* se fijó en ti en el mercado porque era extranjero, pero no tonto —dijo la joven, con la voz tan dulce que percibió el estremecimiento de su abuela.

—Fue muy bueno conmigo —sonrió—. No le importó que llevara una niña de otro en mi vientre. Y él entonces no hablaba euskera ni castellano. Únicamente ese inglés que a mí me resultaba tan familiar.

—¿Sabes qué pasó con aquella familia que te acogió?

—Nunca supe de ellos —respondió lacónica la mujer—. Anda, corazón. Es muy tarde. Vamos a dormir.

Mientras Irene dejaba el vaso aún con pacharán en la mesa, su abuela apuró el suyo ahora con un único pensamiento en la cabeza. La mar, que todo lo daba y todo lo quitaba, le había arrebatado a su padre y a su marido. Solo deseaba que la compensase y cuidara de Koldo, aquel muchacho enamoriscado de su nieta. Sin embargo, no podía deshacerse de esa maldita premonición local que rezaba: *marinelaren emaztea, goizean senardun, arratsean alargun*. «La mujer del marinero, esposada a la mañana, viuda al atardecer.»

25

Hay lugares que ejercen un magnetismo difícil de evitar. No tienen por qué ser ni siquiera hermosos, pero nuestros pasos cotidianos nos dirigen a ellos, quizá para cerciorarnos de que siguen ahí con el fin de alimentar nuestro sosiego; de que a pesar de que la vida pase y el mundo gire, existen símbolos que protegen ese espacio de nuestro espíritu necesitado de inmutabilidad. Puede ser una construcción hecha por el hombre: un puente, una iglesia, un parque... Ocurre, sin embargo, que son los creados por la naturaleza los que más serenidad nos aportan. No es necesaria la magnificencia de una puesta de sol en un acantilado. A veces un mero árbol puede desprender una aureola poética, casi mágica, que contagia a los que se cobijan bajo su ramaje. Como aquel tilo del Arenal, que parecía hablar directamente a los corazones de las personas que buscaban su protección, más que su sombra. No en vano, fue inspiración de Antonio de Trueba, Zuloaga, Ortega y Gasset o Ramiro de Maeztu. Por supuesto que el Arenal contaba con más tilos, decenas de ellos; y, no obstante, era este ejemplar plantado en 1816 frente a la iglesia de San Nicolás, cuyas raíces penetraban en las entrañas de la plaza Nueva, el que ostentaba el honor de ser el árbol más querido por los bilbaínos, quienes terminaron por llamarle el Abuelo.

A Ignacio Segurola, acaso sugestionado por su halo legendario, le gustaba hacer del tilo del Arenal su punto de encuentro con Irene Lasa en las contadas ocasiones en que esta no debía apresurarse para tomar el último tren que la llevara a Gernika.

Aquel lunes abrileño, aprovechando que toda la ciudad se encontraba de buen humor porque el Athletic acababa de ganar la liga, el periodista se había atrevido a entrar por la mañana en la librería Verdes para invitar a Irene a dar un paseo al atardecer antes de ir a la estación de Atxuri.

A pesar de algunos titubeos a lo largo de la temporada, el empate con el Madrid en Chamartín la jornada anterior provocó que el último partido en casa contra el Osasuna fuese una fiesta para los leones, así bautizados por Tomás Isasi, quien siete años antes había escrito en una de sus célebres crónicas, publicadas en *El Liberal* —con la firma de Rolando—, que el león volvía a rugir en San Mamés. En realidad, el periodista hacía referencia al felino que acompañaba a la imagen del santo venerado en la capilla de la Casa de la Misericordia, aneja al estadio. Sin embargo, el sobrenombre se extendió enseguida a los jugadores del idolatrado equipo de fútbol local.

Aunque Irene llegó con el gesto más serio de lo habitual, en cuanto vio a Ignacio esbozó una sonrisa de circunstancias. El periodista adivinó su tristeza, pero no se atrevió a preguntarle por el motivo y la invitó a sentarse junto a él. Si bien el cielo bilbaíno se hallaba cubierto principalmente de indolentes nubes plateadas, algunas otras plomizas amagaban con desprenderse de sus gotas de lluvia. Ignacio llevaba las manos en los bolsillos de su gabardina; en uno guardaba su cámara de fotos, en el otro la piedra de mármol con el nombre grabado de la chica a la que estaba a punto de recitarle un poema, simulando improvisación. Tan solo su paraguas se interponía entre ellos y, aun así, de ningún modo se le habría ocurrido rozarla por más que lo deseara, ni siquiera al descuido.

—Habrás visto que tengo querencia por este árbol, Irene.

—¿Es especial para ti?

—Bueno... no más que para el resto de la gente que conoce su historia, supongo.

—¿Te imaginas la cantidad de personas que se han sentado en este banco antes que nosotros? Siempre pienso en eso. En quienes estuvieron en el mismo sitio, en quienes les suceden a lo largo del tiempo y en todas las vidas tan distintas y, no obstante, unidas por un lugar. Hace una semana un grupo de curiosos se arremolinaba en la entrada de un edificio cerca de la estación. En el suelo, yacía muerto un mendigo. Al día siguiente, una pareja de novios se besaba en ese portal, ajena a la tragedia acontecida apenas unas horas antes.

—¿Siempre tienes pensamientos tristes?

—En realidad no lo son... o sí, no lo sé. Me inquieta no ser consciente de lo que ocurre a mi alrededor. Estoy segura de que todos guardamos secretos; algunas veces, por preservar nuestra intimidad; otras, por proteger a quienes queremos. Por eso me gustaría ver más allá del alcance de mis ojos.

El muchacho se quedó callado unos segundos en los que ella fijó su mirada en ese punto del horizonte donde se instalan los anhelos y las emociones. Entonces él bajó sus párpados con suavidad y, haciendo memoria a la vez que engañaba a su pudor, empezó a recitar:

¿Te acuerdas? Fue en mañana del otoño
dulce de nuestra tierra, tan tranquilo,
en que esparce sus hojas aquel tilo
que sabes; eras tú verde retoño
con las trenzas no presas aún en moño
cuando pasando junto a mí, yo el filo
no resistí de tu mirar y asilo
corrí a buscar al corazón bisoño
en el cercano templo. De tus labios
fluía gota a gota una sonrisa
muda y clara, cual de alma sin resabios
de amor, pero que está al amor sumisa;
desde entonces tus ojos astrolabios
son de mi viaje que en cielo frisa.

—Es un soneto precioso, Ignacio —suspiró la joven, ahondando en su tristeza—. Lo conocía. Unamuno se lo escribió a su mujer evocando este lugar.

«Sí, evocando un lugar y una situación similar a la que tú y yo nos encontramos ahora. Ojalá tuviera el arrojo de besarte», musitó para sí el periodista. Sin embargo, lo único que acertó a decir fue el título del poema.

—«Dulce recuerdo»...

—Espero que sus recuerdos sigan siendo dulces, aunque mucho me temo que la muerte de Concha haya amargado ese dulzor. Supongo que la quiso mucho. Me lo imagino solo, añorándola durante noches interminables en su casa de Salamanca.

—Hoy te veo triste, Irene. Me gustaría fotografiarte —se atrevió a pedir Ignacio.

—¿Ahora? —preguntó ella, ruborizada.

—Hay una luz preciosa, aunque no más que tu cara.

—¡Qué vergüenza!

Ignacio tomó la pose sonriente de la muchacha como una autorización y, antes de que ella pudiera protestar, él ya estaba agachado disparando su Leica. Tras tomar cuatro fotos, volvió a sentarse junto a ella.

—¿También me has visto triste a través de la cámara? Yo creo que, en todo caso, pensativa...

—Tus ojos —«esos maravillosos y condenados ojos bañados de melancolía», pensó— te delatan.

—Heredados de mi *amama* —sonrió Irene—. Los muy sinvergüenzas suelen dejarme en evidencia.

—Hablas mucho de ella. Debe de ser una mujer excepcional.

—Lo es... —respondió la joven, titubeante, dudando si revelar algo que le anudaba el estómago.

—¿Ella está bien?

—¡Claro! Es que hoy he sabido una cosa...

Algo en ese muchacho le inspiraba confianza. Quizá fuese la persona más indicada para contarle lo que acababa de descubrir. Después de que su abuela le relatase su historia, dudó durante unos días si indagar en la misma. No pretendía ser una intrusa, pero también necesitaba conocer más de su pasado. Dado que la familia para la que trabajó la anciana vivía en el mismo edificio en el que se hallaba la librería, le resultaría fácil saber si seguían residiendo en el mismo lugar y qué habría sido de ellos. Lo que no esperaba era que Tere

Verdes la pusiese al tanto de su desgracia. El amante de su abuela, al igual que su esposa, había fallecido ya. Él en un manicomio inglés, ella en un hotel de París. Pero la peor parte se la llevó su hija, asesinada en las Navidades de 1914 antes de cumplir los cuarenta años, cuyo cadáver apareció en la ría. Ahora Irene estaba segura de que su abuela conocía el destino de los Campbell y prefería callarse, acaso para ahorrarle tristeza; esa tristeza que su abuela llevaba siempre impregnada en sus ojos grises. Con la voz trémula, finalmente optó por desahogarse con aquel muchacho que la escuchaba como si no existiese el mundo más allá de ellos.

—¿Sabes, Irene? —dijo Ignacio cuando entendió que ella concluía su discurso—. A pesar de que no es una historia alegre, hay algo en ella que envidio. Tienes la suerte de contar aún con tus mayores. Yo hace tiempo que los perdí. Y pienso que las gentes de los caseríos son más sabias que los que hemos crecido en la ciudad. Su sabiduría es más pragmática y, por supuesto, mucho más noble.

—Pues yo me avergüenzo un poco de mis orígenes —reconoció la joven, agachando la cabeza. Unas incipientes gotas de lluvia coquetearon con el pequeño charco que tenían a sus pies.

—¿Cómo puedes decir eso? —respondió Ignacio con dulzura mientras cubría a Irene con su paraguas—. Aúnas tus lecturas con el conocimiento de la naturaleza. Y además dominas dos lenguas, que yo sepa. Me gustaría saber euskera. Acuérdate que un día te pedí que me enseñaras algo.

—Eres encantador. —Esta vez sí quiso manifestar lo que pensaba—. Cuando quieras.

—¡Ahora mismo! Empieza por decirme las palabras más bellas que conozcas.

—¡Uf! Sí que me lo pones difícil... —Su protesta, sin embargo, no sonó sincera—. A ver qué se me ocurre. Mira... hay términos cuya traducción literal no es la que usamos en castellano, pero que significan cosas bonitas, incluso poéticas: *ilargi*, «luna», es la luz de los muertos; *udaberria*, «primavera», es el nuevo verano, igual que *udazkena*, «otoño», es el último; *herrimina*, «añoranza», es el dolor de pueblo; *erditu*, «parir», es dividirse por la mitad...

—Es precioso, Irene —interrumpió Ignacio, que se quedó con las ganas de preguntarle si a ella le gustaría ser madre pronto.

—Sí. Y «corazones» es *bihotzak*, que es algo así como dos sonidos. Luego están los meses como *otsaila*, «febrero», que significa el mes de los lobos... o *uztaila*, «julio», que es el mes de las cosechas. —A medida que le venían palabras a la cabeza, la joven se relajaba comprobando el gesto de fascinación del hombre que la protegía con su paraguas. Aunque la lluvia arreciaba, a ellos no pareció importarles; quizá porque el parque se iba quedando vacío—. Hay una que me encanta: *ortzimuga*, «horizonte», porque se traduce más o menos como la frontera del cielo... y otra que es posible que te haga gracia: *musutruk*, más que «gratis» es... a cambio de un beso. —Se azoró al oírse.

—¿Y cómo se dice «enamorado»?

—*Maiteminduta*, «herido de amor» —respondió ella con la voz ya entrecortada.

Ignacio tragó saliva antes de atreverse a dar el siguiente paso. Con gesto parsimonioso, extrajo la piedra redondeada del bolsillo de su gabardina. Al leer su nombre en ella, la muchacha no supo reaccionar.

—La llevo siempre conmigo. Al principio pretendía regalártela, pero luego pensé que prefería tenerla yo. Así puedo acariciarla... ¿Cómo se dice «te quiero» en euskera?

—*Maite zaitut* —contestó, sin ser consciente de que ya no se miraban a los ojos sino a los labios.

—*Maite zaitut*, Irene —dijo él, mientras la besaba bajo la lluvia con una dulzura infinita.

26

Las mesas del Iruña se encontraban menos ocupadas que de costumbre en aquella soleada tarde dominical del mes de junio. Ignacio Segurola acababa de comer con Fernando Zumalde tras haber acudido al frontón Euskalduna para presenciar el campeonato vizcaíno de pelota y, después de que el comisario se despidiera, había decidido tomar un café a solas. Con la mirada perdida en las ramas de una palmera de la otrora campa de Albia, mientras sostenía una taza en las manos, disfrutaba del sosiego de la soledad en los momentos de dicha. Desde que se atrevió a besar a Irene hacía más de dos meses, sus encuentros entre semana se prodigaban hasta el punto de que comenzaba a percibir que la necesidad de verse era recíproca.

No le duró mucho la tranquilidad porque, sin terminar de beber aún su consumición, el padre de su amigo Kepa se le sentó enfrente.

—*Arratsalde on*, Pacho. Qué grata sorpresa. —Su voz no sonó muy animosa.

—¿Qué haces por mis dominios? —saludó el señor Herranz a su modo, con una sonrisa en los labios.

—Acabo de comer con un amigo. ¿Y usted?

—Nada como una partida de mus con la cuadrilla después de la siesta. Aunque hoy no sé si nos juntaremos los cuatro —afirmó, tras pedir un carajillo al camarero.

—¿Qué sabe de Kepa? A mí me mandó una postal desde La Habana y hace poco otra desde México.

—Lo que le cuenta a su madre en las cartas. El muy cabrón está disfrutando de lo lindo. A ver si se le vuelan esos pájaros de la cabeza y se aburre pronto de conocer mundo. Lo necesito en la empresa.

—Pues mucho me temo que la compañía de la Xirgu todavía tiene que viajar por Colombia, Perú, Chile, Argentina... Kepa me ha dicho que los reclaman por toda América.

—¡Venga ya! Confío en que el cabeza hueca de mi hijo se canse antes —contestó el señor Herranz, mientras se fijaba en el titular de portada del ejemplar del *Euzkadi* depositado sobre la mesa—. Así que hoy se celebra el plebiscito del estatuto gallego. Déjame ver qué tonterías dice tu periódico —dijo, al tiempo que se colocaba las gafas.

—Ya sabe que cada uno arrima el ascua a su sardina —respondió Ignacio, sin ofenderse, sabedor de la guasa que se gastaba el padre de su amigo.

—¡No me jodas, Ignacio! Que colocan la noticia en Política Exterior. —Su risotada bonachona se extendió por todo el local—. «Galicia, por su libertad» —leyó, adoptando un tono pomposo con el fin de ridiculizar el texto—. «Señalando la ruta gloriosa que ha de conducirle a la plena recuperación de sus originarias libertades, Galicia se dispone a colocar un jalón que permanezca firme como la voluntad del pueblo que lo asentara. Así es como nosotros vemos el alcance y significación del magno plebiscito de hoy.» ¿Sigo? —En realidad, su pregunta retórica le sirvió para dar un trago a su bebida.

—Parece que lo pasa bien. Adelante —comentó el periodista, mirando a la puerta con la esperanza de que llegaran pronto sus compañeros de mus. Sabía que el padre de Kepa buscaba la menor ocasión para hablar de política y su educación no le permitía otra salida que aguantar el chaparrón.

—Es que de tan triste que es, me resulta hasta divertido. Mira...

—Le recuerdo que yo ya lo he leído —manifestó Ignacio en un vano intento de zafarse.

—Es igual. Esto es genial. «El pueblo celta, consciente de la justicia con que reivindica el derecho a regirse a sí mismo, se pronunciará en torno al plebiscito con un sí, categórico, unánime y elocuentemente expresivo de cuál es su voluntad.» Sí que están seguros —aseveró con socarronería.

Viéndole casi declamar el artículo, Ignacio entendió de dónde le venía a su amigo su pasión por el teatro.

—Pacho..., ¿no será usted un actor frustrado y, en el fondo, envidia a Kepa? —se atrevió a decir en el mismo tono de guasa empleado por el señor Herranz.

—¡Joder! Si es que cualquiera que lea esto parece un cómico. Espera, que queda lo mejor. «¿Habrá acaso algún gallego —algún mal gallego o gallego mal aconsejado—» (no me digas que el inciso no es cojonudo) «que se pronuncie en sentido negativo? Séanos permitido dudarlo. Pero si lo hubiera, tanto peor para él, por la tremenda responsabilidad que ante la historia contraería. Que quien tal hiciera no puede ser sino —dicho con palabras de Leandro Carré— alguno de los que tengan carne de esclavo, alguno de los que prefieran vivir muriendo en una comodidad estéril, sometidos a un Poder central castrador de todas las voluntades y de todos los anhelos, que imposibilita el desarrollo de la vida gallega, que tortura y anula su personalidad.» Bueno, creo que ya he leído bastante. O sea, que quienes no defiendan la autonomía de su región son esclavos. Y para más inri, en el *Euzkadi* separáis los párrafos con pequeñas esvásticas. Si esto no es divertido, dime tú a ver...

—De sobra sabe que son *lauburus* rectilíneos —replicó Ignacio, procurando disimular su malestar—. Los vascos los usamos mucho antes que los nazis. Es un símbolo que ya existía hace cinco mil años.

—Pues opino que tu periódico debería hacerlo curvilíneo, como el trébol de cuatro hojas que utilizaba antes del 32. La mujer del césar, además de serlo, debe parecerlo. De todos modos, este tipo de artículos no calma los ánimos políticos soliviantados desde la victoria del Frente Popular en esas elecciones que, para cualquier hombre de bien, no son legítimas porque a saber cuántas actas electorales se manipularon. Es todo un cúmulo de despropósitos. Ya ves qué es lo primero que ha hecho el nuevo Gobierno: amnistiar a los detenidos por la Revolución del 34, obligar a los empresarios a readmitir a los obreros despedidos tras las huelgas, restaurar la Generalidad de Cataluña y reponer a los alcaldes y concejales cesados durante el bienio conservador.

—Eso cabía esperar, porque representaban los puntos más relevantes de su programa, por no decir los únicos —intervino el periodista—. Y usted sabe que había mucha gente que no debía permanecer en prisión. No tiene sentido que el propio alcalde de Bilbao haya estado encarcelado casi dos años por defender pacíficamente el Concierto Económico, la autonomía y el impuesto del vino.

—Ernesto Ercoreca debe limitarse a gobernar su ayuntamiento, que sigo sin entender qué pinta en manos de Izquierda Republicana.

—Es lo que decidieron los bilbaínos en las urnas.

—¡No me jodas, Ignacio! Ese es el problema de que todos los votos valgan lo mismo. Que si es por ellos hasta hubieran demolido la estatua del Sagrado Corazón.

—En cualquier caso, no era motivo para privarlo de libertad.

—Si todo fuese como Dios manda, no tendrían que pagar justos por pecadores. El problema radica en esta maldita República. Ya lo dice tu colega Argencio. No ha supuesto un mero cambio de Gobierno, sino el arranque de una revolución de incierto destino. ¿Ha servido de algo que el Frente Popular reparta ahora el bacalao? Estos mercachifles son incapaces de restablecer el orden público. Los obreros de las organizaciones radicales y los falangistas no dejan de matarse entre ellos. Ya la han palmado más de cien, más otros tantos por enfrentamientos con la policía. Está Madrid como para ir a ver el Museo del Prado.

—Yo creo que los ánimos ya se van apaciguando.

—Eres ingenuo, Ignacio... o simulas serlo. Todavía tiene que hablar el ejército. Los generales antirrepublicanos no parecen muy contentos. Trasladarlos a regiones alejadas de los centros de poder ha sido degradarlos. Franco en Canarias, Mola en Pamplona, Goded en Baleares y Varela desterrado en Cádiz. Te aseguro que no andan de vacaciones y están deseando jugar a los soldaditos. Igual que los requetés —dijo el señor Herranz, bajando la voz en tono de confidencia—. ¿Sabes cuántos hay solo en Bilbao? Más de doscientos.

—Ya lo dijo usted en Nochevieja. Yo sigo confiando en que la sangre no llegue al río.

—Ojalá me equivoque, pero esto se va al carajo, ¡al puto carajo! ¿Y qué me dices del PNV? Ahora sois amigos de los socialistas y de los republicanos de izquierdas. ¡Coño! Que hasta hace nada estabais con nosotros. Claro que visteis que por ahí no había estatuto de autonomía y decidisteis invertir vuestra política de alianzas.

—A mí no me meta, Pacho. Que yo simplemente trabajo en el *Euzkadi*.

—No, si me da lo mismo. Bastantes nacionalistas tengo ya en casa. Fíjate que vais a tener suerte —insistió—. Aunque anden debatiendo en Madrid sobre concierto o estatuto, yo creo que vais a conseguir la autonomía más pronto que tarde. Me atrevería a decir que antes de que los diputados se vayan de vacaciones está aprobada en el Congreso. Eso sí, tiene cojones que ese atajo de marxistas vaya a concederle el autogobierno a un partido católico.

—Supongo que en eso consiste la política, Pacho. En negociar en busca del beneficio propio.

—Ahí te doy la razón. Una cosa es lo que es y otra lo que debería ser. Negocian en busca del provecho propio, si bien deberían hacerlo en busca del beneficio común.

La llegada de dos amigos del señor Herranz acabó con la conversación.

—¡Aúpa, Pacho! —saludó uno de ellos—. Me da que hoy no hay mus. Javi se ha tenido que ir a la playa con la familia.

—Cómo se nota que mañana es la fiesta de San Pedro y que hace buen tiempo. No pasa nada, sentaos aquí, que este amigo nos hace la partida. ¿Verdad, Ignacio?

—Será un placer —contestó el periodista.

—Así me gusta, muchacho. Dejemos de hablar de política para tratar de cosas importantes. Vamos a dar una lección a estos pipiolos.

27

El viento bailaba con la hojarasca de encinas y modroños que cubrían el monte Atxarre, simulando el sonido de la lluvia. Jabalíes, corzos y ginetas respetaban agazapados el paso de la procesión que subía a la ermita, susurrando oraciones, para honrar en su día al patrón de los pescadores.

> *Esaik bat. Gure Jauna bera da bat, berak salbatuko gaituzak.*
> *Esaik bi. Erromako altare bi, Gure Jauna bera da bat, berak salbatuko gaituzak...*

Sin embargo, Irene Lasa permanecía callada, sin encomendarse a Dios, buscando la razón por la que, en los numerosos encuentros mantenidos, jamás le había hablado a Ignacio de Koldo Arteaga. Y no podía evitar esa sensación de culpa que la desasosegaba. Tampoco el *arrantzale* sabía de la existencia del periodista, pero eso era distinto porque sus escasas y escuetas conversaciones carecían de intimidad explícita. Irene se preguntaba por qué, aun sin ese grado de confianza, se sentía reconfortada si tenía cerca a Koldo. Acaso porque no son necesarias las exhibiciones de cariño cuando se puede compartir la paz de los silencios.

Su amigo de la infancia caminaba ahora a su lado, también enfrascado en sus pensamientos, tan impenetrables como el bosque en el que se encontraban. Hacía tres semanas que había llegado de faenar en las inhóspitas aguas de Terranova en el barco Vendaval, un nombre quizá ideado para retar a los temporales encadenados con los que debía bregar. Atrás quedaban meses de mar gruesa a la que los *arrantzales* llamaban marejadilla para restarle importancia, tal vez porque enfrentarse a olas de cinco metros les resultaba cotidiano. Todavía se estaba recuperando del frío sufrido en cubierta mientras desollaba el bacalao y de la falta de sueño por los embates intempestivos de la mar. Y a pesar de ello, el Cantábrico siempre le reclamaba; hasta el punto de que, en tanto la PYSBE le contratara de nuevo, se acababa de enrolar en un pesquero bermeano ahora que comenzaba la temporada de bonito. Por eso iba camino de la ermita de San Pedro de Atxarre junto con otros *arrantzales* de Kanala, Akorda, Ibarrangelu, Bermeo o Mundaka, acompañados de sus familias, para pedirle al santo buena pesca. Eran sus mujeres las encargadas de llevar la sal que, una vez bendecida en la ermita, se esparcía luego en las cubiertas de las embarcaciones. Ellas, en realidad, rogaban en su fuero interno por la protección de los pescadores en el anhelo de que volvieran salvos cada día, aunque fuese con las bodegas vacías.

Al llegar a una pequeña explanada, en el cruce de caminos de Kanala y Akorda, se procedió al reparto de sal.

La leyenda contaba que en ese lugar se celebraban aquelarres desde tiempos ancestrales, por lo que mediante esa ceremonia se ahuyentaba a las brujas también en la festividad de San Gregorio. Cuando Irene recibió su saquito, Koldo la miró con un brillo de satisfacción en la mirada. Al darse cuenta, ella procuró esconder su desconcierto a la vez que la sal en un bolsillo de su falda. Seguía pensando que haber aceptado su invitación para ir a la romería no parecía buena idea. Sabía lo que significaba y se resistía a sentirse comprometida con él. Pero tampoco fue capaz de negarle su compañía después de tantos meses sin verse.

Siguiendo la tradición, una vez alcanzada la cumbre del Atxarre, el cortejo rodeó la ermita antes de entrar en el humilde templo para escuchar la misa. Desde aquella atalaya, Urdaibai se exhibía majestuoso en todo su esplendor bajo un cielo perlado de nubes difuminadas. Al oeste, al otro lado de la ría, asomaba el saliente del cabo Machichaco, más allá de Bermeo, Mundaka, Sukarrieta y Busturia; al este, Ibarrangelu; al sur, siguiendo el curso del Oka, Gernika en lontananza; y al norte, el mar Cantábrico, en el que se adentraba el cabo de Ogoño frente a la isla de Izaro. Y junto a la ermita, una enorme cruz de piedra con una veleta deteriorada por el capricho de los vientos.

—Es el paisaje más bello del mundo —dijo Koldo, mirando a Irene a los ojos.

De no ser porque sabía que el muchacho carecía de malicia, ella habría creído que la estaba piropeando. Y, aun así, se sintió halagada. Allí, con él, con la vista puesta en un mar que rugía desafiante, le resultaba inevitable acordarse de aquella primera vez que lo contempló. Él pareció leerle la mente porque sonrió. Para

Irene, el Cantábrico siempre iría asociado a Koldo, igual que Bilbao a Ignacio. Pero ¿por qué tenía que acordarse de él en ese momento?

—Sí que lo es —confirmó la joven.

Con los ojos clavados ahora en la extensión de agua que se perdía en el horizonte, el muchacho permaneció mudo unos instantes hasta que se atrevió a decir lo que sentía.

—Aquí quiero morir.

—¿Cómo puedes decir eso? Eres muy joven para hablar así. —Irene se vio obligada a responder de un modo que no pensaba.

—La mar no entiende de edades —aseveró Koldo, con la sabiduría aplomada de un anciano.

—Anda, entremos en misa, bobo —concluyó ella, en tono cariñoso.

Tras finalizar la eucaristía, los alrededores de la ermita de San Pedro de Atxarre eran una fiesta. Un grupo de hombres interpretaba una canción de pescadores, que Koldo entonó como si fuese una letanía mientras aguardaban su turno en la cola formada junto a la parrilla de leña, donde se asaban rodajas de bonito servidas sobre talos.

Boga, boga, mariñela, mariñela, joan behar degu,
urrutira, urrutira...

—*Rema, rema, marinero, marinero, has de ir lejos, muy lejos...* —también cantó Irene, en voz muy baja.

Al llegar su turno, Koldo rozó sin querer a la joven cuando le entregaba su ración. El muchacho se ruborizó, acaso porque percibió el contraste de sus pieles. Las manos de Koldo se mostraban rugosas, cubiertas de eccemas, tan irritadas que aún no podía jugar a pelota. Ella se percató y, en un gesto reflejo, pasó sus dedos suaves por las callosidades del *arrantzale*. Él la miró, casi aturdido. Estaba preciosa con su pañuelo anudado a la cabeza, sus enaguas bajo la falda, el *gerriko* rodeándole la cintura, el blusón abotonado hasta el cuello y el chal sobre los hombros. No tardó en bajar la vista al suelo. Ojalá hubiera sido capaz de decirle que sus futuros hijos no podrían tener mejor madre. Y, sin embargo, ¿qué tenía él para ofrecerle? Apretó la mandíbula y se rascó la cabeza bajo la chapela.

—Se nos va a enfriar el bonito, Irene.

Ella le sonrió, mientras se preguntaba cómo aquel grandullón le inspiraba tanta ternura.

28

A Fernando Zumalde le extrañó que Ignacio Segurola le citara de nuevo cuando tan solo hacía una semana que compartieron mantel en el Iruña. Acababa de recibir una petición, que prefirió rehusar, para intentar dar con el paradero de unas joyas robadas en el chalet que Juan Ramón de Basterra poseía en Las Arenas. Aparte de que le costaba salir de Bilbao, no se le antojaba un caso fácil de resolver dado que la caja fuerte sustraída ya había aparecido vacía en un paraje boscoso de Algorta. Era consciente de que los años comenzaban a pasarle factura y, no obstante, sabía que si se detenía no le iba a quedar otro entretenimiento que leer la prensa o, peor aún, buscar estanques donde dar de comer a los patos. Así que se dirigió al café Bilbao con la ilusión de que el periodista tuviera algo interesante que contarle para mitigar el tedio de los últimos días.

El sol lucía espléndido sobre la plaza Nueva, tomada por la chiquillería local. Quedaba demasiado lejos la época en la que él mismo era uno de esos niños que trasteaban en ella haciendo estallar fósforos de ruido que compraba en la tienda del Barbudo, a lo largo y ancho de una plaza que entonces albergaba un bello estanque rodeado de acacias, magnolias y naranjos.

Zumalde observó el cielo con fastidio durante unos instantes, a través de una de las humaradas de su cigarro, quizá en busca de aparcar unos recuerdos que a medida que envejecía le resultaban menos difusos. Prefería verlo cubierto de nubes que pintado de ese azul traidor del que tanto recelaba.

Suspiró con alivio al entrar en el Bilbao, donde los gritos agudos de los críos de la plaza se tornaron en el murmullo grave de los parroquianos, mucho más familiar y llevadero. El olor a tabaco se mezclaba con los efluvios que se escapaban de la cocina, y el comisario pensó que se le ocurrían pocas cosas más reconfortantes a esas horas que un pincho de tortilla regado con un vermú, una cerveza... o mejor una Coca-Cola.

Con los jugos gástricos alterados, Zumalde distinguió el fedora de Ignacio Segurola al fondo del local. Le agradaba la personalidad de ese muchacho por no seguir la nueva moda de arrinconar el sombrero en favor de la boina o de la chapela, como la suya. En los últimos tiempos, y más tras el triunfo del Frente Popular, apenas se veían por Bilbao. Y, desde luego, casi nadie que se tildase de izquierdas lo llevaba, por considerarlo un símbolo burgués. La única excepción que se le venía a la cabeza era la del alcalde Ernesto Ercoreca, otro de esos tipos que a pesar de no coincidir con su ideario político le caía bien. No hacía más de un mes que había sido testigo de cómo, ante las lágrimas de una niña por haber roto la jarra que debía haber llenado en la fuente del cantón entre Tendería y Artekale para llevarla a casa, el propio alcalde la consoló comprándole una nueva en la cacharrería de Ramón Alkiza.

—*Eguerdi on* —saludó Zumalde. Los aromas de una tortilla de patata recién hecha terminaron de ponerle de buen humor.

—Te veo muy sonriente.

—Es que te echaba de menos —bromeó.

—¿Una Coca-Cola y un *pintxo* de tortilla? —preguntó risueño el periodista.

—¡Joder! Si me conoces mejor que mi mujer. Esto empieza a ser preocupante.

Aprovechando que Segurola se acababa de acercar al mostrador en demanda del servicio, Zumalde ojeó la portada del *Euzkadi* de su amigo, en la que destacaba una imagen de la Virgen de Arantzazu y la publicación de un libro sobre *bertsolaris* con las poesías de los dos últimos concursos anuales, incluidas las de Txirrita, el campeón recientemente fallecido.

—Te preguntarás por qué te he hecho venir —comentó Segurola, ya de regreso, mientras encendía con calma su pipa—. Además de para invitarte a un trago.

—Soy todo oídos. —Un camarero depositó las consumiciones sobre la mesa—. ¡Salud! —brindó el detective.

—¡Salud! Menos mal que no has dicho «camarada» —rio el periodista.

—Quita, quita, que no están los tiempos como para significarse en público. Bueno, tú dirás.

—El viernes por la tarde recibí una carta sin firma, ni remite ni membrete en la redacción del periódico. Mira... —dijo el periodista, desdoblando un papel que extrajo del bolsillo de su chaqueta.

—«Para su información, ha de saber que han regresado a Bilbao algunos militares alemanes» —leyó Zumalde en busca de un cigarro que llevarse a la boca—. ¿Te lo envió Eickhoff? —conjeturó, tras unos segundos de meditación.

—Eso mismo pensé. Así que ayer me acerqué al consulado para preguntárselo, pero me dijeron que se acababa de ir a Alemania de vacaciones.

—Él es el único que sabía de tu interés por los militares. Salvo que se lo hubiese contado a alguien. Y sin embargo... ¿por qué decírtelo? Y menos sin revelar su identidad.

—Supongo que a él tampoco le agrada su presencia. Tal vez quiso decírmelo sin implicarse. Si te fijas dice: «algunos militares alemanes». Podía haber dicho: «algunos militares de mi país». Y, además, me escribió justo antes de abandonar Bilbao.

—Habrá que investigar si son los mismos de entonces...

—Adler Messner está aquí.

—¿Cómo cojones lo sabes? No vayas a contarme que has vuelto a jugar a los espías.

—Se te va a enfriar la tortilla —respondió Segurola, al ver intacta la comida en el plato de Zumalde—. Digamos que fue casual. Al volver del consulado, le vi salir de la librería Verdes. No nos cruzamos de milagro.

—¿Y qué hacía allí?

—Parece ser que es un buen lector. Irene me dijo que no era la primera vez que iba.

—Ya —comentó Zumalde, pensativo.

—No me quedó otra alternativa que seguirle a distancia.

—¡No me jodas!

—Tranquilo. Fui prudente. Se dirigió al consulado.

—¿Y qué se supone que iba a hacer Messner allí si Eickhoff se encontraba de vacaciones?

—A lo mejor no lo sabía. O quizá solo fuese un punto de encuentro, porque a los diez minutos salió acompañado de otro militar y de un hombre de paisano, un tipo calvo con bigote, también con pinta de alemán. Me suena haberlo visto alguna vez con Joaquín Zuazagoitia.

—¿El farmacéutico?

—Sí, el mismo. Yo le conozco más en su faceta de periodista. Es uno de los asiduos en la tertulia del Lion d'Or.

—Por lo que dices, es posible que se trate de Otto Tarnow, dirigente del partido nazi aquí en Bilbao, aunque a saber...

—No me atreví a hacerles fotos.

—Mejor.

—Pero los seguí a distancia.

—¿Otra vez? No me jodas, Ignacio. Si antes te digo que no juegues a los espías... —protestó Zumalde, casi obligado—. ¿Y adónde se dirigieron?

—Al número 18 de la calle Ledesma, a la tienda de máquinas de escribir de Carmelo Araluze. A esas horas ya estaba cerrada al público.

—¡Joder! De Carmelo Araluze y de Otto Hinrichsen. ¿Y viste si entraron más alemanes, como Georg Demmel, el dueño del Germania? —preguntó el comisario, procurando atar cabos.

—No. Los que llegaron fueron dos españoles: un capitán del ejército y Antonio de Luisa, un amigo del padre de mi amigo Kepa Herranz, con el que estuve jugando el otro día al mus en el Iruña.

—¿Qué coño hacían allí con los alemanes?

—Lo ignoro, pero Antonio es un carlista de los encendidos. No me extrañaría que tuviera algo que ver con el Requeté.

—Bueno, en cualquier caso, este es un asunto que no nos compete. Todo esto huele a cuerno quemado... Será mejor que nos mantengamos al margen. Y te diría que de esto ni una palabra a nadie. Únicamente puede acarrearnos dolores de cabeza —resolvió Zumalde, dando un trago por fin a su Coca-Cola—. No me gusta que haya militares alemanes en Bilbao. Creo que casi se me han quitado las ganas de comer.

—¡Casi! —rio Segurola—. Piensa que esa pandilla de nazis todavía seguirá escocida por el partido que Alemania perdió contra España el año pasado en Colonia —comentó, procurando relajar la conversación—. Los rojos le echaron huevos.

—Lo que tiene huevos es que, hasta hace nada, cuando decíamos «rojos» pensábamos en los jugadores de la selección española, y ahora ya ves... La política lo acapara todo.

—No te falta razón. Imagínatelos en un estadio cubierto de esvásticas, con setenta mil espectadores exaltados que se creen invencibles.

—No contaban con que también había vascos —dijo el comisario, más animoso ante su pincho de tortilla—. ¿No fue Isidro Lángara quien les metió los dos goles?

—Veo que no solo a mí me gustan los deportes. Es una lástima que juegue en el Oviedo y no en el Athletic.

—Los alemanes tendrán que esperar unos días a que empiecen las Olimpiadas de Berlín para demostrar la supuesta superioridad de su raza —comentó jocoso Zumalde.

—Me parece increíble que, después de todo lo que se ha discutido sobre el boicot a estos Juegos en todo el mundo, sea España el único país que haya decidido no acudir.

—Mira que este Gobierno no es santo de mi devoción, pero eso es algo que le honra. Me toca a mí la próxima ronda.

Esta vez el comisario imitó a su amigo y pidió dos cervezas La Salve. Aún departieron un rato largo antes de despedirse sin imaginarse que aquella vez era la última que brindarían en una ciudad que ya no volvería a ser la misma. Una ciudad que se encontraba a punto de aletargar su alma.

29

Pocas cosas infunden tanto temor a un marinero del Cantábrico como una galerna, ese vendaval traicionero que suele ir precedido de una pérfida placidez. Las peores tragedias llegan así, de súbito, arrancando las almas de cuajo. Ya no solo la naturaleza, sino también la propia condición del ser humano, impiden que la tranquilidad se eternice. A veces la paz se va disipando lentamente en busca de una tragedia anunciada, pero otras desaparece sin avisar, lo que añade desconcierto a la desgracia.

Aquella madrugada el puerto de Bermeo se hallaba atestado de las familias de los *arrantzales* que salieron a faenar el día anterior con la mar en calma. Sus rostros delataban la angustia de la espera. Los niños con uso de razón intentaban divisar algún pesquero en lontananza. Algunas mujeres rezaban en voz baja; otras miraban al cielo, apretando las mandíbulas, para encararse a solas con Dios. Casi todas vestían de luto.

Irene Lasa llegó al muelle con el amanecer, acompañada de los padres de Koldo. El viento y la lluvia la habían despertado a medianoche, y cuando bajó a la cocina vio a su abuela con el rosario en las manos. No le preguntó si rogaba por los difuntos o por los que estaban en alta mar, aunque pensó que en el vientre de las galernas debían de confundirse los espíritus de los vivos y de los muertos. Apenas hablaron. Los ojos de su abuela sufrían entre las aguas braceando por salir a flote, perdidos en algún lugar a muchas millas al norte. A través de la ventana, vio luz en el caserío vecino. No se lo pensó dos veces, se vistió deprisa y salió para subirse al carro de los Arteaga en dirección a Bermeo.

Aún pasaron varias horas antes de que a mediodía se divisara la primera embarcación que consiguió llegar al puerto después de la noche endiablada vivida por la flota local a ochenta millas de la costa. Enseguida la muchachada identificó que se trataba de La Fe, como si aquel pesquero hubiese buscado con su nombre la benevolencia de los presagios. Las familias de sus tripulantes contuvieron las muestras de alivio hasta comprobar que arribaban todos. Los *arrantzales* bajaron del barco con el rostro impertérrito, con la satisfacción oculta de haber esquivado de nuevo a la muerte, sin olvidarse de que aún habrían de enfrentarse muchas veces a los peligros de la mar. Esa mar que les facilitaba el sustento y que los atraía sin remedio a pesar de que tuvieran que tributar a veces con sus propias vidas.

Una hora después entraba en el puerto el Gaztetxu con el timón roto, y más tarde el Atalde y el Eusko Etxea a remolque del Bermeotarra. También arribó el Karmengo Ama con dos náufragos de un velero francés. Sin embargo, todavía faltaban muchos. Los pesqueros iban apareciendo a cuentagotas, lo que ralentizaba los minutos hasta la desesperación, con el aspecto fantasmal de quien consigue regresar del infierno.

Los *arrantzales* que llegaban se dejaban abrazar por sus parientes sin querer relatar lo acontecido, en un vano intento de no incrementar la angustia de las familias que seguían sin saber nada de los suyos. Luego se colocaban en las filas delanteras, aguardando a sus compañeros con la vista puesta en el horizonte, en señal de respeto.

A primera hora de la tarde, el padre de Koldo se acercó a una taberna para nublar su mente con chacolí. Irene permaneció en pie, con la mano puesta en el hombro de la madre de su amigo, sentada en una silla de enea porque le flaqueaban las piernas. A su lado, la hija del patrón del San Francisco daba la mano a sus dos retoños, junto a su madre y su suegra, una mujer que aún llevaba luto por su marido y por un hijo ahogados dos años antes. Aturdida por la angustia, aguardaba el regreso de sus otros dos hijos, Justo e Iñaki Latzaga.

Cuando el cielo comenzaba a oscurecerse todavía faltaban nueve pesqueros, entre ellos el San Francisco, donde había embarcado Koldo. Entonces empezaron a llegar noticias de otros puertos: el Itxarkundia estaba en Santander; también el Argiñena y el Sor Teresita se hallaban a salvo; el Carnaval, el Ama Mindua y el Daniel Ariztimuño permanecían en Santoña, si bien este último sin haber podido evitar que su fogonero cayera al agua. Fueron las primeras lágrimas que se derramaron ese día. Eso sí, la madre de Eusebio Iruzkieta no lloró sola.

Irene se veía incapaz de controlar los pensamientos que la avasallaban. Acababa de vivir el día anterior, junto a Ignacio, el jolgorio en los alrededores del Iruña tras el chupinazo de Severo Unzue para celebrar la festividad de San Fermín y ahora no podía soportar la angustia que invadía el muelle de Bermeo. Y, de algún modo, se sentía culpable. La madre de Koldo leyó la tristeza de sus ojos, se levantó de la silla y la apretó contra su pecho.

Con los corazones cada vez más encogidos, las familias de los tripulantes del San Francisco, del Santa Marina y del Txatxarramendi apenas confiaban en poder abrazar a los suyos. Fue entonces, justo antes del anochecer, cuando avistaron a las dos últimas embarcaciones que llegarían al puerto. Nadie sabía aún que el San Francisco se encontraba medio hundido a cuarenta millas de la costa de Baiona. Al darse cuenta del barco que faltaba, la madre de Koldo rompió a llorar en los brazos de su marido, que aguantaba estoico su temporal interior. Irene miraba al infinito, anhelando el milagro, incapaz ya de discernir entre el cielo y el mar.

Se oyeron murmullos de esperanza al comprobar que en el Txatxarramendi venían algunos *arrantzales* del San Francisco. Sin embargo, afloraron de nuevo los llantos al saberse que no eran todos. Cuatro hombres habían desaparecido en un embate sin que los desesperados esfuerzos de sus compañeros por rescatarlos hubiesen fructificado. No obstante, a riesgo de haber naufragado, el Txatxarramendi consiguió con peligrosas maniobras que el resto de la tripulación del San Francisco saltara de una cubierta a otra.

Con los rostros exhaustos, fueron desembarcando los supervivientes. Iñaki Latzaga se echó en brazos de su madre, que se acababa de enterar de que Justo, su otro hijo, era uno de los bermeotarras arrebatados por el mar. También Amancio Izpizua, el patrón del San

Francisco, y su amigo Salvador Urdaneta se quedarían para siempre en el Cantábrico junto con otros dieciséis pescadores de Santoña, once de Candás y uno de Ondarroa.

Una vez más, los gritos de dolor recorrieron las calles de la villa, donde aún permanecía el recuerdo de aquella otra tragedia, acaecida veinticuatro años antes, que había dejado a Bermeo sin jóvenes. Aquel fatídico 13 de agosto de 1912 murieron ciento dieciséis muchachos, de los cuales cuarenta iban a casarse el fin de semana siguiente con motivo de las fiestas patronales.

Koldo Arteaga bajó del Txatxarramendi con el *kaiku* desabrochado y la mirada extraviada, quizá todavía en el lugar donde su amigo Santiago Lartitegi cayó al agua. Su madre vertió en su rostro lágrimas de felicidad, en silencio por la aflicción de esas otras mujeres que ya no podrían abrazar a sus hijos. Koldo respondió al gesto de su madre como un autómata, con el alma encharcada por la pena. Al percatarse de que Irene los observaba desde la distancia, con los ojos enrojecidos, el muchacho sonrió.

30

La redacción del *Euzkadi* se mostraba más agitada que de costumbre. Esta vez los rumores de un levantamiento militar parecían realmente fundados. Además, comenzaba a ser un secreto a voces que los requetés se encontraban listos para movilizarse en el País Vasco. En el despacho de Pantaleón Ramírez de Olano, aparte del jefe de redacción y del poeta Lauaxeta, se hallaban algunos dirigentes del Partido Nacionalista Vasco, atentos a los teletipos.

Cuando algunos de ellos salieron del edificio en busca de más información por parte del gobernador civil, Ignacio Segurola pudo comprobar la honda preocupación en sus rostros. Menos de una hora después regresaron algo más relajados porque José Echevarría Novoa les acababa de comunicar que la situación estaba controlada y que la España peninsular permanecía tranquila en aquel viernes 17 de julio. No obstante, antes de irse, decidieron volver a reunirse al día siguiente en la sede del partido.

—¿Qué ocurre? —preguntó Segurola a Añibarro, al pasar junto a él de regreso a su mesa.

—Se ha rebelado el ejército en las plazas españolas en el norte de África. Es posible que solo sea un anticipo de lo que puede ocurrir mañana.

—No será más que una sanjurjada —respondió el reportero, haciendo referencia al golpe fallido del 32.

—Todavía es pronto para saberlo. Ahora los ánimos están bastante más crispados que entonces.

—¿Y qué va a hacer el PNV?

—De momento, rezar, Segurola. Rezar.

En ese instante, el joven periodista solo deseó que ningún contratiempo pudiera malograr su cita del domingo con Irene Lasa. Tras muchas tentativas frustradas, había conseguido que la muchacha accediese al fin a salir con él, por primera vez, fuera de Bilbao para disfrutar de las fiestas del Carmen en Santurce y no quería imaginarse que una revuelta diese al traste con sus ilusiones, aunque veía harto improbable que hubiese incidentes en la provincia, dado que no solo los gobernadores civiles y militares eran enemigos declarados de una hipotética sublevación militar, sino que el propio jefe del acuartelamiento de Garellano, el teniente coronel Joaquín Vidal, mantenía una amistad personal tanto con Indalecio Prieto como con Manuel Azaña.

Ante el temor de que el golpe de Estado se extendiese, al día siguiente las autoridades locales tomaron sus precauciones. El alcalde Ernesto Ercoreca se encontraba en Madrid resolviendo asuntos para su municipio; así que Ramón Aldasoro, dirigente provincial de Izquierda Republicana, ordenó que todos los teléfonos conectados con dependencias militares fuesen redirigidos a través de la central telefónica del gobernador civil. No obstante, ese sábado las principales arterias bilbaínas mostraron un inusual trasiego de vehículos de simpatizantes de los partidos de derechas, que parecían querer exhibir su poderío motorizado. A lo largo de la jornada, los requetés se iban concentrando en secreto en pisos de la Gran Vía a la espera de instrucciones para actuar.

Mientras, en el cuartel de Garellano, el teniente coronel Vidal se veía obligado a extremar la cautela para evitar la sublevación de algunos de sus subordinados, afectos al alzamiento, que le reclamaban las armas para entregárselas a los requetés. Finalmente estas quedaron al servicio de las autoridades locales porque el que se las llevó, después de que Vidal rompiera con su propio bastón la vitrina de la armería donde se guardaban los fusiles, fue Modesto Arambarri —jefe de la Guardia Municipal— cumpliendo las órdenes del gobernador civil, quien a esas horas permanecía en su despacho de la alameda Recalde, acompañado de una pequeña representación de las autoridades provinciales entre las que también figuraba el gobernador militar, Andrés Fernández Piñerua.

A lo largo de la noche iban llegando telegramas en los que se informaba de los movimientos rebeldes en cada una de las regiones. La situación distaba mucho de estar controlada, aunque parecía que el golpe militar fracasaría en gran parte de la geografía española.

Cada vez que sonaba el teléfono se producía un tenso silencio.

Un poco antes de la medianoche, llegó la llamada que esperaban pero que ninguno deseaba. El gobernador civil, sin disimular su nerviosismo, levantó el auricular y asintió con la cabeza enseguida. Como si se hubiesen puesto de acuerdo, los presentes apagaron al unísono sus cigarros, apretaron las mandíbulas y cerraron los puños.

—¿Es el Gobierno Militar de Bilbao? —preguntó una voz con acento gaditano al otro lado de la línea.

—Así es —mintió con voz trémula José Echevarría—. ¿Quién llama? —prosiguió ante la mirada expectante de todos.

—De parte del general Mola, que se ponga el coronel Piñerua. —Asintiendo con la cabeza, Echevarría se separó del aparato y se lo cedió al gobernador militar.

—El general Mola —susurró.

—Al habla el coronel Piñerua —dijo con firmeza, tomando el relevo de la conversación.

—Le ordeno que dirija la sublevación del ejército y que proclame enseguida el estado de guerra en Bilbao.

—Lo siento, pero yo solo recibo órdenes del general Batet, nuestro superior.

—El general Batet está arrestado por contravenir las órdenes del coronel Moreno Calderón. ¡Ahora mando yo!

El gobernador militar tragó saliva y respiró profundo antes de continuar.

—Dile que ¡viva la República! —conminó Aldasoro, alterado.

Con gesto pausado, el coronel Piñerua elevó la mano para rogar tranquilidad.

—General, yo me comprometí a no unirme a la sublevación. No puedo correr con esa responsabilidad...

—¡O se subleva o le fusilo en la plaza Zabalburu en cuanto entremos en Bilbao! ¡Y le aseguro que va a ser ya mismo! ¡Usted va a ser responsable de toda la sangre que se derrame! —gritó el general Mola.

Ante la cara de circunstancias del gobernador militar, Aldasoro volvió a intervenir:

—¡A cuadrarse los militares! ¡Piñerua, hay que ser leal! —exclamó el político.

—Soy leal —le contestó el coronel, con la mano tapando el auricular, antes de responder a Mola—. No puedo sublevarme, general.

En ese punto, Aldasoro le arrebató el teléfono.

—En Bilbao con los traidores no queremos nada. ¡Viva la República! —exclamó, para colgar a continuación.

Durante unos instantes nadie fue capaz de musitar palabra.

—La suerte está echada —murmuró al fin el gobernador civil.

Con los ánimos soliviantados y los rostros desencajados por la tensión, uno a uno fueron abandonando la sede del Gobierno Civil, donde únicamente se quedó de guardia el líder socialista Paulino Gómez, quien ante una nueva llamada del general Mola a las cuatro de la madrugada todavía tuvo arrestos de llamarle «hijo de mala madre».

Abrumado por la situación, pero con el ánimo de quien se siente firme en sus convicciones, el coronel Piñerua convocó una reunión de urgencia en el cuartel de Garellano —a esas horas ya custodiado por guardias de asalto y por un piquete de anarquistas— con los jefes de las fuerzas del orden de la capital vizcaína y otros mandos del ejército. A pesar de que Piñerua exhibió algunos telegramas que indicaban que el Gobierno republicano controlaba la situación, lo que sembraba la duda entre los proclives a sumarse al golpe de Estado, el coronel Vidal aún tuvo que desenfundar la pistola para erradicar arengas a favor de la sublevación y algunos militares rebeldes fueron detenidos, con lo que el intento de alzamiento quedaba dominado en Bilbao.

Mientras, Pedro de Basaldua, el enviado *jeltzale* a la reunión en el Gobierno Civil, ya se hallaba en la sede del partido para informar de lo acontecido en la misma. En Sabin Etxea los miembros de la ejecutiva nacionalista aguardaban inquietos, con la esperanza de escuchar alguna noticia que les ahorrase la decisión de inclinarse por uno u otro bando. Al enterarse de que las espadas seguían en todo lo alto comenzaron los debates.

Algunas voces representativas, como la de Luis Arana, se manifestaban partidarias de mantenerse imparciales en una guerra civil entre españoles en la que no debían intervenir. Sin embargo, otros opinaban que la imparcialidad no garantizaba en absoluto la defensa de su territorio. De hecho, Navarra ya se encontraba bajo el control de los facciosos y Álava parecía llevar el mismo camino.

La tesitura planteada no podía ser más absurda. En tan solo unas horas los nacionalistas vascos se veían obligados a determinar si alinearse con una izquierda que venía siendo su tradicional enemigo o con una derecha que les negaba la autonomía. ¿Iban a luchar junto a los marxistas contra un ejército católico? En cualquier caso, la izquierda representaba para ellos tanto peligro como los fascistas. Y, no obstante, a estos se les estaban uniendo los carlistas, con los que el PNV tenía más cosas en común.

Tras una noche en blanco, al filo del amanecer tomaron la decisión sin ningún entusiasmo, con la esperanza de haber elegido el bando más favorable para los intereses del pueblo vasco.

El sol lucía con esplendor aquel domingo, acaso como una cruel paradoja de las trágicas sombras que comenzaban a acechar la ciudad. A primera hora de la mañana, los dirigentes nacionalistas se congregaron en la iglesia de San Vicente para escuchar misa, todos con los periódicos en la mano, donde coincidieron con numerosos vecinos monárquicos y carlistas, entre los que se hallaban José María de Areilza y Esteban Bilbao, dos de los civiles más comprometidos con la sublevación militar. A la puerta del templo estos comentaban con Pacho Herranz, con el semblante muy serio, la nota que el *Euzkadi* publicaba con letra mayúscula en un recuadro de la portada.

> ANTE LOS ACONTECIMIENTOS QUE SE DESARROLLAN EN EL ESTADO ESPAÑOL, Y QUE TAN DIRECTA Y DOLOROSA REPERCUSIÓN PUDIERAN ALCANZAR SOBRE EUZKADI Y SUS DESTINOS, EL PARTIDO NACIONALISTA VASCO DECLARA —SALVANDO TODO AQUELLO A QUE LE OBLIGA SU IDEOLOGÍA QUE HOY RATIFICA SOLEMNEMENTE— QUE, PLANTEADA LA LUCHA ENTRE LA CIUDADANÍA Y EL FASCISMO, ENTRE LA REPÚBLICA Y LA MONARQUÍA, SUS PRINCIPIOS LE LLEVAN INDECLINABLEMENTE A CAER DEL LADO DE LA CIUDADANÍA Y LA REPÚBLICA, EN CONSONANCIA CON EL RÉGIMEN DEMÓCRATA Y REPUBLICANO QUE FUE PRIVATIVO DE NUESTRO PUEBLO EN SUS SIGLOS DE LIBERTAD.

Al cruzar las miradas, José María de Areilza y el diputado nacionalista José Antonio de Aguirre se saludaron de lejos sin que ninguno de los dos hiciera ademán de acercarse para conversar. Las palabras habían sido derrotadas por las armas. Y es que los dos sabían que aquel golpe de Estado fallido desembocaría en una guerra fratricida.

Mientras tanto, dos jóvenes se saludaban sonrientes bajo el tilo del Arenal, ajenos a cuanto el futuro les deparaba.

31

Los ciudadanos de Bilbao aún no se encontraban al corriente de los últimos acontecimientos, o bien no eran conscientes de su trascendencia, así que se dispusieron a disfrutar de aquella jornada veraniega con su habitual solaz dominical.

En presencia del gobernador civil, a las nueve de la mañana se había celebrado un desfile con la participación de carabineros, miñones, guardias civiles y de asalto, además de una compañía del ejército. Con ello, el gobernador pretendía demostrar la cohesión de las fuerzas de orden público y su lealtad al Gobierno republicano con el fin de que los requetés y falangistas escondidos renunciasen a su idea de movilizarse en favor de la sublevación. Acudieron al acto miles de personas que vitoreaban la marcha acompañada de la banda de música del batallón de Garellano, entre ellas numerosos mineros llegados en camiones desde los yacimientos de los montes de Triano. Sin embargo, bastantes bilbaínos optaron por dirigirse a los pueblos del Abra con el animado propósito de celebrar el último día de festejos en honor a la Virgen del Carmen.

Irene e Ignacio tomaron asiento en uno de los concurridos trenes que llegaban a la estación de Portugalete. Para ella, circular por la margen izquierda de la ría suponía un pequeño acontecimiento y miraba con curiosidad el paisaje, tan distinto al que veía en sus recorridos hasta Gernika, por lo que apenas despegó la nariz de la ventanilla durante el trayecto. Ignacio la contemplaba divertido mientras a la muchacha se le escapaban murmullos de sorpresa en un tono casi imperceptible.

—Parece que estemos en otro país. ¿Has visto cuántas casas juntas hay en los montes? —En realidad, su pregunta no buscaba respuesta.

—Exageras —rio el periodista.

—¡Oh, perdón! Pensarás que soy una aldeana.

—No imaginaba que no conocieras esto.

—Solo en fotografías. Y no es lo mismo, ni mucho menos —respondió Irene—. La literatura despierta la imaginación, si bien la realidad suele ser muy distinta. —Su voz ahora adoptó un aire de misteriosa tristeza.

—¿Peor o mejor?

—Ni mejor ni peor... simplemente distinta —resolvió ella sin atreverse a decir que a veces preferiría vivir en sus libros.

La grandiosidad de las instalaciones de los Altos Hornos de Vizcaya incrementó el asombro de Irene, que observaba perpleja cómo el humo de las enormes chimeneas griseaba el azul de un cielo condenado a parecer siempre nublado, igual que sus pensamientos de los últimos días.

Los recibió en Portugalete la majestuosa figura del

puente colgante sobre la ría. Los dos jóvenes se dirigieron hacia su estructura, imantados por su embrujo férreo. Irene se situó bajo una de las imponentes columnas y elevó la mirada durante unos instantes.

—Nunca he estado en París, pero me imagino que la torre Eiffel tiene que ser algo así. ¿Vamos a cruzar? —dijo la joven librera. Una suave brisa ondeaba los rizos de su melena pelirroja.

—Claro. Santurtze puede esperar.

Aguardaron pacientes a que llegara la barquilla colgada del tablero de ciento sesenta y cinco metros, suspendido sobre las dos torres de cada margen. Sin duda, aquella mole de más de ochocientos mil kilos ya se había erigido en el símbolo de la provincia.

Un ligero cosquilleo se instaló en el estómago de Irene mientras cruzaban la ría. Y es que verse sobre el agua le causaba una extraña sensación de vértigo, a la vez que divisar la desembocadura del Nervión le inducía al sosiego. O acaso no fuese más que una burlona metáfora de sus sensaciones.

Al llegar a Getxo se sentaron en un murete para contemplar la escarpada pero bella geografía urbana de Portugalete, en la que destacaba el templo parroquial de Santa María. Las casas señoriales en el muelle se resistían a abandonar su esplendor de antaño, cuando la localidad era el lugar de veraneo de la aristocracia española. Hogaño, al igual que Sestao y Barakaldo, la noble villa jarrillera también se estaba convirtiendo en el alojamiento de la clase proletaria que se ganaba la vida en la margen izquierda de la ría sin poder evitar que su vecina Getxo le estuviese arrebatando el glamur. No en vano, los indianos y prohombres de la burguesía vizcaína rivalizaban en la construcción de sus chalets y palacetes, de modo que el paseo marítimo que unía Algorta con Las Arenas constituía una oda al buen gusto.

Los jóvenes tomaron la siguiente barquilla de regreso a Portugalete. Aún tenían que caminar hasta Santurce para llegar a tiempo de ver las regatas. A medida que se acercaban a la desembocadura de la ría, los olores fabriles se iban difuminando entre los arrebatadores aromas de la mar mezclados con el olor a sardinas asadas que procedían del puerto. Los graznidos de las gaviotas se hacían más intensos en tanto que la brisa se tornaba en un viento que jugaba sin disimulo con la melena de Irene. Ignacio le apartó el pelo de la cara, lo que provocó el rubor de la joven, que se retraía con cada requiebro del periodista. Y es que no podía eludir los remordimientos que le asaltaban. Si estaba con Koldo, pensaba en Ignacio, y viceversa. Los dos muchachos se mostraban como los lados de una misma moneda, la de sus sentimientos. Y le aterraba la idea de tener que lanzarla algún día al aire para elegir entre la cara y la cruz. Vibraba con Ignacio... y se reía más; en cambio, con Koldo se sentía protegida, al tiempo que la ternura que le inspiraba la incitaba, a su vez, a cuidarlo. No estaba comprometida con él, ni siquiera se profesaban muestras de cariño, y, sin embargo, no podía evitar sentir que le traicionaba. Aquel paseo a Santurce, con su mente balanceándose al albur del viento del norte, le sirvió para darse cuenta de que no se veía preparada para lanzar esa moneda a otro sitio que no fuera al agua, que ahora se exhibía con bravura hasta donde alcanzaba la vista.

Un numeroso gentío que se arremolinaba junto a los muelles jaleaba los esfuerzos de los remeros de las cuatro traineras en competición. También Irene e Ignacio se acercaron después de degustar unas deliciosas sardinas asadas en una de las parrillas de carbón que jalonaban el puerto. Tras una disputa muy igualada, fue el batel local el que alcanzó la meta en primer lugar ante el regocijo general, por delante de la Beurkotarra baracaldesa, la embarcación de Las Arenas y la Kaiku sestaotarra.

Por la tarde se celebraba un festejo taurino en una plaza portátil y por la noche la romería. No obstante, los jóvenes optaron por volver a Portugalete para comer algo en el bar que Mari la Churrera regentaba en el casco medieval de la villa antes de tomar el ferrocarril que los llevaría de nuevo a Bilbao. Aunque Irene se sentía cómoda callada, Ignacio cubría los silencios con tangos de Gardel que entonaba casi sin querer, saltando de una canción a otra, que provocaban la sonrisa de la muchacha, tan turbada como triste al escucharle. Una vez que se apearon del tren, caminaron con aire pausado por el puente del Arenal para dirigirse a la calle Correo e Ignacio aún tuvo ocasión de cantar una última melodía:

La noche que me quieras
desde el azul del cielo,
las estrellas celosas
nos mirarán pasar.
Y un rayo misterioso
hará nido en tu pelo,
luciérnaga curiosa
que verá que eres mi consuelo.

Enmudeció de súbito cuando llegaron al edificio en el que residía la familia Verdes. El periodista empujó la puerta del portal y se apartó para permitir el paso de la joven. A continuación entró él también. Irene leyó la demanda en la mirada del muchacho, si bien esta vez no apoyó la espalda contra la pared ni cerró los ojos para dejarse besar.

—Tengo que decirte algo —se atrevió a musitar ella.

De repente, Ignacio supo que no quería seguir escuchando, pero tampoco podía escapar. Se arrepintió de no haber profundizado en algún momento del día sobre el aire taciturno de su amada. Quizá así hubiese tenido alguna posibilidad de convencerla antes de que ella hubiese madurado su decisión. Porque resultaba evidente que se disponía a contarle algo que a él se le escapaba.

—Dime, Irene —respondió el periodista, con un nudo en la garganta.

—Necesito dejar de verte por una temporada. —Aunque fuera todavía lucía el sol, a Ignacio le pareció que el portal se oscurecía por completo—. No tiene que ver contigo... Es que...

—¿No tiene que ver conmigo? ¿Y entonces? —Su voz sonó contrariada.

—Me gustaría tener tiempo para pensar, antes de que lleguemos más lejos. Es solo eso.

—¿Hay alguien? ¿Hay algo que no me hayas contado? —Ignacio trató inútilmente de rebelarse al saberse perdedor de la batalla.

—Déjame tiempo para pensar —insistió ella, conteniendo a duras penas su emoción.

—Pero Irene... Yo te...

En ese momento, por primera vez desde que se conocían, la muchacha tomó la iniciativa y le acalló con un beso suave en los labios para a continuación subir deprisa las escaleras, con las lágrimas humedeciendo sus preciosos ojos grises, mientras abajo Ignacio apretaba con rabia la piedra de mármol que llevaba en el bolsillo de su chaqueta, tratando en vano de dominar su desconcierto.

32

A la hora en que el gobernador civil citaba a los periodistas para informarles de que se había organizado una columna para acudir a Vitoria con el propósito de reducir a las fuerzas rebeldes y de que la tranquilidad en Bilbao era absoluta, una compañía de la Guardia de Asalto irrumpía en el convento de la Concepción con la excusa de registrarlo.

Cuando las religiosas abrieron las puertas, además de los guardias se colaron hombres y mujeres armados que se dedicaron a cachear sin pudor a las monjas y a destrozar cuanto encontraban a su paso. A pesar de que los guardias procuraban tranquilizar los ánimos, diciendo que solo buscaban posibles francotiradores, se oyeron disparos en la calle, donde una algarabía salvaje de tres mil personas gritaba: «¡Hay que matar a las monjas, que son fascistas! ¡Quemadlas!, ¡quemadlas!». Por fortuna, algunos guardias mantuvieron la cordura y abrieron un agujero en el muro de la huerta que daba a la travesía de la Concepción, por donde pudieron escapar las religiosas en una camioneta que las puso a salvo en una de las casitas del monte Artxanda mientras los milicianos prendían fuego al monasterio.

Al enterarse de lo ocurrido, los dirigentes del PNV mostraron su indignación ante el Gobierno Civil y los representantes del Frente Popular, instándolos a una inmediata reacción que se materializó en una alocución desde los micrófonos que Radio Emisora Bilbaína tenía en el despacho del gobernador civil, en la que Ramón Aldasoro apelaba a la sensatez y al orden de las masas puestas voluntariamente al servicio de la República, instruía sobre la obligación de respetar los edificios —en especial, los de carácter religioso— y amenazaba con disparar contra los incendiarios. Con la prohibición de la formación de grupos a partir de las diez de la noche y el cierre de todos los bares, tabernas y cafés se procuraba evitar cualquier tipo de incidente anárquico en tanto la situación se normalizara. También desde el despacho de la alameda Recalde se daban instrucciones para requisar vehículos y poner todo tipo de armamento a disposición de los gobernantes locales en beneficio de la defensa de la República.

Fernando Zumalde escuchaba inquieto la radio, encadenando un cigarro con otro, mientras meditaba si acudir a Sabin Etxea para entregar su pistola. Su mujer pareció leerle el pensamiento.

—¿Vas a desprenderte de ella?

—No lo sé —respondió, lacónico.

—No me digas que va a tener que llegar una guerra para que te quedes en casa. —Esta vez, la sorna de su esposa denotaba preocupación, por lo que el comisario se limitó a exhibir una mueca indefinida.

Tras los mensajes transmitidos a la población, se

calmaron algo los ánimos en la sede del PNV en la confianza de que no se repitieran los ataques contra el clero. Y es que apenas llevaban unas horas de la mano del Frente Popular y ya había ardido un convento.

También la redacción del *Euzkadi* permanecía atenta a cuanto se oía por la radio, encendida a todo volumen, de acuerdo con las consignas de las autoridades, que exigían tener las ventanas abiertas para que las noticias oficiales emitidas a través de los receptores pudieran ser escuchadas desde la calle. A medida que pasaban las horas, a pesar de los permanentes mensajes de tranquilidad difundidos por las autoridades locales, se tenía la sensación de que se avecinaban tiempos difíciles para una ciudad que se preparaba para la guerra.

—Estos hablan de normalidad y, en cambio, no parecen tenerlo muy claro. De lo contrario no tomarían tantas medidas —le comentó el redactor jefe del *Euzkadi* a Segurola—. Por no hablar de que han incautado *El Nervión*, *El Pueblo Vasco* y *La Gaceta del Norte*.

—No te quejes, Añibarro. Que si el PNV no se hubiese alineado con el Frente Popular, a saber dónde estaríamos nosotros ahora.

—Pues en el mismo sitio; eso sí, tragando sapos —intervino Andima Orueta, un tipo grande, de aspecto noble, encargado de la sección de Política.

—O corriendo por el bosque para llegar a Bermeo y huir en un barco con destino incierto —replicó Segurola, pensativo.

—El hecho es que estamos aquí, y de momento estamos contemplando los toros desde la barrera para luego poder contarlo en el periódico. ¿Y qué me dices de la huelga general declarada por las entidades obreristas? —preguntó Orueta, atusándose la pajarita.

—Que al menos se han librado los servicios públicos, los panaderos y los comerciantes.

—¡Y nosotros! ¿Eso es lo que quieren? ¿Comida y periódicos? Pues no sé con qué dinero se van a pagar si no se trabaja —comentó Añibarro.

—A mí lo que me preocupa es que se estén preparando columnas para luchar en Álava a riesgo de dejarnos desguarnecidos a nosotros. Estoy seguro de que hay requetés escondidos, locos por salir a combatir en las calles —dijo Segurola.

—¿Y con qué armas? Además, Bilbao ya está tomado por las milicias. Manda cojones que nos tengan que defender los socialistas y los marxistas, con lo que hemos despotricado de ellos... Si esto sigue así, al PNV no le va a quedar más remedio que instruir a sus propios soldados —concluyó Orueta antes de marcharse.

No le faltaba razón a ninguno. El fracaso de la rebelión en Bilbao comenzaba a ser evidente y los requetés concentrados en los pisos de la Gran Vía próximos al cuartel de Garellano optaron por disolverse y tratar de alcanzar las zonas sublevadas. Sin embargo, muchos de los tradicionalistas y monárquicos, que no ocultaban sus ideas políticas —pero que tampoco se posicionaban explícitamente a favor del alzamiento militar—, cometieron la imprudencia de permanecer en Bilbao por creerse a salvo en un temeroso exceso de confianza. No contaban con que ese mismo día empezaban a producirse detenciones indiscriminadas de mujeres y hombres por el mero hecho de haberse significado contra la revolución. Sus nombres iban llegando a cuentagotas a las redacciones de los periódicos, que no dejaban de sorprenderse con la encarcelación de miembros pertenecientes a tradicionales familias vizcaínas como los

Ybarra. Cuando Ignacio Segurola se enteró de que los milicianos acababan de apresar en su domicilio a Pedro Eguillor, se atusó el pelo con nerviosismo.

—Si metemos en la cárcel a intelectuales por sus ideas, mal vamos —murmuró el joven periodista.

—¿Lo conoces? —preguntó Añibarro.

—De vista y saludo. Dicen que tiene la mejor biblioteca privada de Bilbao.

—Tranquilo, estará más protegido en la cárcel.

—¿Me quieres decir que alguien puede estar a salvo en la cárcel pero no en su casa?

—Viene una mala época, Segurola.

—No, no viene, Añibarro. Ya ha llegado.

—No te preocupes. Es probable que lo suelten pronto. Solo es un rehén para canjear por alguno de los nuestros, que seguro que ya habrán apresado en el otro bando. Se rumorea que el propio alcalde se encuentra retenido en Miranda de Ebro.

—¡Joder! Espero que lo de Ercoreca no sea cierto. Yo creía que Eguillor también era uno de los nuestros. ¿Acaso no somos todos bilbaínos? —respondió el reportero.

—Ni se te ocurra repetir eso fuera de aquí, Segurola. Y más te vale que guardes las corbatas en el armario y vayas a comprarle una *txapela* a Antonio Pirla en Gorostiaga. No andan los tiempos para sombreros —le aconsejó el redactor jefe.

—Eso si se termina la huelga —bromeó Segurola, casi por obligación.

—Pues entonces te aconsejo que vayas descubierto —insistió Añibarro mientras le pasaban una nota con una nueva relación de detenidos que procedió a leer con presteza—. Están apresando a un montón de carlistas. Esteban Bilbao entre ellos. Y hay alguna que otra mujer entre los monárquicos —continuó, leyendo los nombres con atención—. Por aquí anda Pilar Careaga, la hija del conde de Cadagua... Joder, más valdría trasladar la cárcel a Neguri —bromeó, sin levantar la vista del papel—. ¡Vaya! Eres amigo de Kepa Herranz, ¿no?

—Desde niños, sí... No me digas que...

—Sí, lo siento. Los milicianos también se han llevado a su padre.

Ignacio juntó las palmas de sus manos y se las apretó contra la boca, tal vez para disimular que no podía articular palabra; ni tampoco razonar con claridad. En la cabeza se arremolinaban pensamientos dispares que conformaban una amalgama nebulosa de tristeza, preocupación e incertidumbre. Definitivamente se acababa la vida en Bilbao tal y como él la había conocido. Acaso por inercia extrajo la piedra de mármol de su bolsillo y la depositó sobre la mesa para perder la mirada en ella. Añibarro posó la mano en su hombro y se dirigió al despacho del director. El aturdimiento le aisló de cuanto le rodeaba. No se sentía tan solo desde la muerte de su madre y de su hermana, o quizá de la de su padre. A veces le asaltaban instantes fugaces de lucidez que agravaban su soledad, una soledad con la que sabía que tendría que convivir cada día. Cuando al fin pudo deshacer el nudo de su garganta, pronunció el nombre de su amada en voz baja, casi como una exhalación.

—Irene... —susurró.

33

Por mucho que la prensa bilbaína se empeñara en transmitir normalidad a la población, el bombardeo de Otxandiano —a tan solo cincuenta kilómetros de Bilbao— evidenciaba que la sublevación militar se había convertido en una guerra con todas sus consecuencias.

Dado que las autoridades sesgaban la información de los medios de comunicación bajo su control, no resultaba fácil estar al corriente de cuanto acontecía, máxime cuando no estaba permitido escuchar emisoras del otro bando. Sin embargo, quien poseía un receptor escuchaba en secreto las arengas desde la capital hispalense de Queipo de Llano, que se convirtió enseguida en algo parecido a una estrella de la radio. Noche tras noche, a eso de las diez, usando los micrófonos de Unión Radio Sevilla, el general tordesillano iniciaba sus agresivas alocuciones de unos veinte minutos anunciando medidas y narrando los fracasos enemigos para hundirles la moral, a la vez que enardecía a los suyos. Todo ello con un lenguaje chabacano, con dosis de humor negro, que alentaba el fervor de unos y el temor de otros.

Ignacio Segurola había comprado su Zenith principalmente para seguir las *Aventuras del bandido Zingomar*, un serial radiofónico escenificado por los locutores locales, que se las ingeniaban para conseguir los efectos especiales de modo rudimentario pero efectivo. Lo mismo simulaban un disparo con pistones que una galerna con un sifón o el galope de un caballo con cáscaras de coco. Ahora escuchaba, junto a Fernando Zumalde, a otro bandido menos amable. A pesar de que el Gobierno Civil incitaba a finalizar la huelga general, todavía permanecían cerrados bastantes establecimientos, incluidos bares y tabernas. Además, la discreción obligaba a eludir en público cualquier conversación con atisbos políticos —por muy inofensiva que pareciese— y a bajar la voz en las casas. En menos de una semana, la libertad de expresión había sido cercenada. No es que Ignacio Segurola temiese comprometerse en sus charlas con el comisario, pero prefirió citarlo en su casa para poder hablar con comodidad sobre los últimos acontecimientos, al resguardo de oídos indiscretos.

Ambos escucharon a Queipo de Llano con un vaso de whisky en la mano. El mérito consistía en discernir sus bravuconadas de los hechos reales y compararlos con aquellos otros que llegaban a los medios locales para conformar una situación global lo más fidedigna posible. Desde la prensa bilbaína se insistía en que Sevilla sería recuperada en breve y, sin embargo, de la tranquilidad con la que se expresaba el virrey de Andalucía no se desprendía que eso fuese a ocurrir. Por contra, los periódicos narraban los acontecimientos de los lugares que permanecían fieles al Gobierno republicano y obviaban lo que ocurría en aquellas ciudades tomadas por los militares. Por mucho que disgustase escuchar su voz carrasposa animando a sus legionarios a «demostrar a las mujeres de los comunistas lo que son hombres de verdad y no milicianos maricas», Queipo también informaba... a su modo.

—Este *generalote* se mete cuatro lingotazos de aguardiente antes de hablar por la radio. Parece que está siempre borracho —comentó Zumalde, cuando concluyó el discurso de Queipo de Llano—. Como nosotros en un rato si seguimos bebiendo a este ritmo.

—Yo creo que es su manera de hablar. Hay que reírse por no llorar.

—Manda cojones que nos tengamos que enterar por este tipo de que Vitoria está en manos de los rebeldes.

—Eso ya lo imaginábamos. Si no, a ver por qué han ido las columnas para allá.

—Ya ves lo que han conseguido. Se quedaron en Otxandiano y han bombardeado la villa en plenas fiestas. ¿Se sabe ya cuántos muertos hay?

—Se habla de unos sesenta, y de cientos de heridos. Entre ellos, unos cuantos niños que jugaban en la plaza.

—¿No vieron venir los aviones?

—¡Claro que sí! Pero ¿quién iba a esperar eso? Hasta ahora no se habían producido bombardeos en ninguna parte. La gente vio dos aviones con banderas republicanas en vuelo rasante y a los pilotos saludando con los puños cerrados antes de lanzar objetos. Hasta los vitorearon al creer que se trataba de panfletos o caramelos. Cuando distinguieron las bombas, ya era tarde.

—Esto va en serio. Me temo que, si esto sigue así, va

a ser el primer bombardeo de muchos. Todavía me pregunto cómo hemos sido capaces de llegar a esta situación. Supongo que los aviones de Otxandiano fueron los mismos que lanzaron aquí las octavillas de Mola. ¿Las viste?

—Las vi. Lo malo es que sus amenazas de bombardear Bilbao si no nos rendimos ya no suenan a farol. ¿Piensas que los alemanes tendrán vela en este entierro? Dicen que se van a mantener neutrales.

—¿Tú te crees eso después de la reunión que viste en la calle Ledesma? No me seas ingenuo. Para ellos es una lucha entre comunistas y sus correligionarios fascistas. Estoy seguro de que Adler Messner y su camarilla darán la cara en breve. Estaba pensando... —Zumalde le dio una calada a su cigarro— estaba pensando que con lo que estamos viviendo a nadie le importará ya el asesinato de aquella pobre chica.

—¿Has asociado ideas? —preguntó Segurola, con una sonrisa de circunstancias.

—No me lo quito de la cabeza. Ya echo de menos la época en que esta ciudad era más segura. Y hablando de Bilbao... ¿se sabe algo de Ercoreca? He leído hoy en los periódicos que son falsos los rumores sobre su detención y que está a salvo en Miranda de Ebro. Yo creo que lleva demasiados días allí como para haberse librado de problemas. Si no ha conseguido llegar a Bilbao será por algo.

—El alcalde está detenido. Hoy le han trasladado desde la cárcel de Vitoria a la de Pamplona. Imaginarás que esto es confidencial. Confiemos en un canje inmediato. Ojalá sea con mi amigo Pacho Herranz —suspiró Segurola, evocando los sentidos abrazos que la esposa de su amigo le daba cuando le veía. Y es que a pesar de las murmuraciones que pudiera despertar, visitaba a la familia Herranz cada día. Por eso sabía que Kepa ya navegaba desde México a España tras recibir un telegrama con la noticia del encarcelamiento de su padre.

—No te hagas ilusiones. Imagino que empezarán por peces más gordos.

—Es un disparate todo lo que pasa: detenciones de gente inocente, incautación de edificios, de vehículos, de armas... Están buscándolas hasta debajo de las piedras. Hay suficientes hombres para la guerra, pero no pueden ir al frente con tiragomas.

—Ya —respondió el comisario de manera más escueta de lo acostumbrado, lo que levantó las sospechas del periodista. No obstante, este no quiso saber si su amigo portaba alguna pistola—. ¿Y tú qué piensas hacer? ¿Vas a alistarte?

—Nos han pedido que sigamos en nuestros puestos para informar. Es importante mantener la calma en la retaguardia. Para aparentar normalidad, no hemos dejado de dar noticias deportivas. Se siguen disputando partidos de pelota y sabes que se está corriendo la Vuelta a Francia.

—Sí, ya vi que Ezquerra ganó la etapa del domingo pasado. Lástima que no estemos para celebraciones.

—De todos modos, Ramírez de Olano me ha pedido que también me encargue de recabar información de lo referente a la guerra en Bilbao; porque lo que está claro es que, por mucho que siga tocando la banda en el Arenal y que los cines continúen con su programación, estamos en guerra.

—España ha quedado dividida. Es lo peor que ha podido pasar —sentenció Zumalde, mientras veía cómo Segurola le rellenaba de nuevo el vaso tras su último trago.

—¿Tú también tienes amigos en prisión?

—Depende de lo que llamemos amigos. Digamos que tengo conocidos, como Javier Gastiasoro. Vive en el mismo edificio que los Herranz. Supongo que se los llevarían a la vez. De quien realmente soy amigo es de su hermano Alfredo. Vive en París desde hace años. Le he visitado alguna que otra vez.

—¿Él no viene por Bilbao?

—No, vivió una tragedia en el 14 y no volvió nunca más.

—¿Qué pasó?

—La mujer que amaba murió asesinada. —El comisario concentró durante unos instantes la mirada en el líquido ámbar de su vaso, en un vano intento de dominar su permanente pesar por no haber conseguido evitar su muerte.

—Intuyo que tú también sentías algo por Izarbe —se atrevió a decir Ignacio, quizá animado por los efectos del alcohol.

—¿Cómo sabes su nombre? —preguntó Zumalde, sobresaltado—. Cierto es que te hablé de ella la primera vez que nos vimos, pero ahora no te he dicho que se tratara de la misma mujer por la que brindamos.

—Digamos que no eres el único sabueso —respondió Segurola, sonriente.

—¡Déjate de hostias! ¿Qué sabes tú de eso?

Ante el gesto hostil del comisario, al periodista no le quedó más remedio que ponerse serio.

—Me contaron esa historia, por casualidad. Cuando me dijeron el nombre de Izarbe, enseguida me acordé de ti.

—¿Le dijiste algo a quien te la contó? ¿Qué te dijeron?

—Prométeme que no se lo contarás a nadie, ni siquiera a tu amigo Alfredo Gastiasoro.

—¡Déjate de monsergas! —exclamó el comisario, que bebía a un ritmo más rápido que el periodista.

—Prométemelo —insistió.

—Te doy mi palabra —respondió Zumalde a regañadientes, echando mano de otro cigarro.

—¿Recuerdas a la muchacha de la librería Verdes?

—Irene.

—Veo que andas bien de memoria. Ella me la contó. Y no, no le dije nada. Me limité a escucharla.

—¿Y cómo sabía ella que...? —El comisario se detuvo unos segundos para buscar una explicación en su cerebro cada vez más abotargado—. Espera... Izarbe nació en ese edificio. Es probable que haya vecinos que aún la recuerden. Imposible olvidarla.

—Más o menos... ¿Llegaste a conocer a la mujer que la cuidaba?

—¿A Izarbe? Me temo que no... Éramos ya casi adolescentes cuando yo la vi por primera vez.

—Pues era la *amama* de Irene. Bueno... es la *amama* de Irene, porque todavía vive.

El comisario bebió un nuevo trago de su whisky, tratando inútilmente de ordenar ideas. Él, que se resistía a creer en las casualidades, se encontraba ahora con que esos ojos grises de Izarbe regresaban de alguna manera. Sin embargo, no atisbaba a averiguar la relación, salvo que...

—¿Fue la *amama* de Irene amante de Campbell?

—Eres bueno, detective —respondió Ignacio, sirviéndose él también de la botella. Al darse cuenta de que apenas quedaba líquido en ella, terminó por vaciarlo en el vaso de Zumalde—. Nos la hemos ventilado.

—Ignacio... —Su reflexión ya sonaba a derrota—. Dime que la *amama* de Irene no se quedó embarazada del ingeniero.

—Eso sería mentirte.

—Joder... Así que Irene es nieta de John Campbell.

—Recuerda que me has dado tu palabra de no decírselo a nadie —apeló a su pacto de caballeros, casi con tristeza.

—Sé de sobra lo que hemos hablado y que puedes confiar en mí. De otro modo no estaría aquí. No te veo muy contento al recordar a esa chica. Creí que te gustaba.

—Esa es otra historia... Bueno, se ha hecho tarde y mañana debo madrugar. Creo que me voy a la cama, porque supongo que querrás irte ya.

—Eso ha sido tan sutil como un cólico nefrítico —rio el comisario ante la ocurrencia del periodista.

Tras despedirse, Ignacio se descalzó y se tumbó en la cama sin desvestirse. Tenía la mente nublada y el ánimo cansado. Pero más le valía acopiar fuerzas para lo que se le venía encima. Después de unos instantes en los que su pensamiento vagó sin rumbo más allá del rostro de Irene, el alcohol cumplió con su cometido y se quedó dormido al encuentro de ese tipo de sueños buscadores de anhelos.

34

Las primeras crónicas agosteñas nada tenían que ver con las de estíos anteriores. Los periódicos no se hacían eco de los traslados a los lugares de veraneo, sino que sus páginas se ocupaban de anuncios de movilizaciones, desfiles o confiscaciones, como el edificio de la Sociedad Bilbaína, diseñado por Emiliano Amann, al que se estaba mudando el Gobierno Civil por considerarlo más señorial y seguro. En apenas unas semanas, construcciones que antes albergaban colegios, clubes deportivos, hoteles, conventos o instituciones financieras se habían convertido en cuarteles, cárceles, hospitales militares y sedes de los nuevos organismos públicos y de las juventudes de los partidos políticos afines al Gobierno de la República. Quedaron al margen los cines y los teatros para preservar el principal entretenimiento de los bilbaínos.

A medida que pasaban los días, los puntos estratégicos de la ciudad se iban parapetando con sacos terreros y los alimentos subían de precio. Un avión acababa de bombardear la zona exterior del puerto de Santurce, a tan solo once kilómetros en línea recta de Bilbao, por lo que aumentaba la inquietud en la capital vizcaína ante lo que se le venía encima. En su raid la aeronave también había lanzado periódicos editados en las zonas sublevadas con noticias que la prensa local tildó de «tan fantásticas que no hacían sino causar la hilaridad de las personas sensatas».

Por las avenidas bilbaínas circulaban camiones tan burdamente blindados que ni siquiera parecían tanques de circunstancias, que transportaban hombres con fusiles, ataviados con monos de trabajo y gorros cuarteleros, que se mostraban felices por ir al frente... como si sus sonrisas pudieran disimular su miedo.

Quienes en verdad disfrutaban eran las cuadrillas de niños, que, aprovechando que los guardias debían emplearse en menesteres más importantes que vigilarlos a ellos, se dedicaban a cometer travesuras cada vez menos inocentes y a circular a toda velocidad sobre sus *goitiberas*, lo que provocaba numerosos accidentes en unas calles que las consideraban suyas en tanto no anocheciera.

Uno de esos rudimentarios vehículos en los que iba montado un mozalbete desaliñado, empujado por dos compañeros de trastadas, habría atropellado a Ignacio Segurola de no ser porque una mano femenina le asió con fuerza del brazo en el momento en que se disponía a doblar la esquina de Sombrerería con Correo.

—Me debes la vida —dijo ella, sin permitir que sus ademanes evidenciasen que hablaba en broma. Aunque el periodista no había intercambiado con la mujer más que unas cuantas frases de saludo y cortesía desde que la conociera, identificó enseguida la voz de Juanita Mir.

—*Eskerrik asko* —respondió él, sin recuperarse del susto.

Al volverse, vio la figura elegante de la periodista ataviada con un traje de chaqueta verde, con la falda por debajo de la rodilla, y un sombrero tirolés del mismo color.

—Esos pequeños delincuentes te han dejado lívido. Sin sombrero, se te ve más la cara.

—Son niños.

—Niños, sí. Por eso los quiero... bien lejos.

—No parece que te gusten.

—Digamos que Herodes ha sido injustamente maltratado por la historia —contestó ella, sin manifestar atisbo alguno de sonrisa.

—Bromeas, claro —quiso saber él, desconcertado.

—¿Tú crees?

Ignacio la miró durante unos instantes. Lo cierto era que no tenía ni idea. Desconocía el sentido del humor de aquella mujer, algo mayor que él, que le inspiraba tanto respeto que apenas se había atrevido a prorrogar sus eventuales saludos. Cuando él comenzó a trabajar en el periódico, ella ya publicaba con relativa asiduidad en *La Tarde*, cuyas oficinas se hallaban en la planta baja del edificio en que también se redactaban el *Euzkadi* y el *Excelsius*, y que además era la sede del sindicato de ideología nacionalista vasca ELA-STV.

La evolución en los artículos de la periodista resultaba evidente por su mejorada elocuencia, de modo que despertaba la admiración de sus compañeros, incluido Ignacio Segurola, que le leía desde la época en que se limitaba a escribir sobre asuntos costumbristas, como la aparente frialdad de los bilbaínos en asuntos amorosos o la hosquedad de la mujer vizcaína. Ahora, sin embargo, sobre todo a raíz de las revoluciones de 1934, su talante antibélico la empujaba a tratar asuntos sociales hasta el punto de que comenzaba a sembrar opinión, en especial contra la corrupción y el poder.

De repente, a Ignacio le sobrevinieron las ganas de charlar un rato con aquella mujer de firmes convicciones.

—¿Tienes tiempo de tomar un café?

—¿No se pondrá celosa esa chica tan linda con la que te vi en el teatro?

—No lo creo.

Al periodista debió de mudarle el gesto, porque Juanita se percató de que quizá había tocado un tema sensible y reanudó la conversación en un tono más amable.

—Tomemos ese café, pero con tres condiciones: nada de flirteos, pagamos a medias y, además, elijo el sitio.

—Aceptadas —respondió él, tan sorprendido que no pudo replicar—. ¿Adónde vamos?

—Al café Suizo, por supuesto. Me excuso en que soy una clásica para no reconocer que lo que en verdad me atrae de ese sitio son los pasteles de arroz —dijo la periodista muy seria, aunque esta vez guiñó un ojo.

—A mí me gustan más los bollos de mantequilla —confesó Ignacio, que quiso ver en ella una tenue sonrisa.

No cabía duda de que Juanita Mir tenía buen gusto. A pesar de que el café Suizo había rebasado el siglo de existencia, se resistía a perder el esplendor de antaño y a dejarse vencer por los modernos establecimientos que proliferaban en la villa. De alguna manera, representaba el último vestigio de aquella Bilbao romántica, donde los cafés de rojos divanes y grandes espejos desprendían aromas a soconusco.

Desde aquel día fueron frecuentes los cafés compartidos por los dos periodistas en unas charlas que, a medida que transcurrían las semanas, ganaban en intimidad y admiración, si bien nunca dejaron de respetarse las tres condiciones impuestas por Juanita.

35

Las Calzadas de Mallona presentaban el aspecto habitual de cualquier otro 15 de agosto, fecha en la que los vizcaínos acudían a la basílica de Nuestra Señora de Begoña para honrar a la Amatxu, su patrona. En la explanada del templo, como de costumbre, la gente se acercaba a los puestos de churros y rosquillas y a los de albahaca, si bien en el ambiente no reinaba la alegría de siempre. Ignacio Segurola aguardaba a la puerta del templo la finalización de la eucaristía amenizada por el órgano de Eduardo Gorosarri, cuya melodía sonaba más solemne que nunca.

El periodista confiaba en encontrar a Kepa entre la multitud. Su amigo llevaba un par de días en Bilbao, adonde consiguió llegar vía San Juan de Luz después de salvar numerosos obstáculos, y apenas había tenido ocasión de charlar con él debido a las incesantes gestiones que llevaba a cabo para intentar siquiera poder ver a su padre, todavía retenido en los calabozos del cuartelillo de seguridad sito en la calle Elcano.

Acerca de las recomendaciones para obtener la excarcelación de los detenidos, el Gobierno Civil se acababa de pronunciar al respecto con una nota en la que insistía en que constituían una pérdida de tiempo, puesto que no se contemplarían excepciones y se seguiría negando la libertad de los presos por considerar que todas las detenciones eran justificadas.

A eso de las doce, Ignacio pudo distinguir a Kepa del brazo de su madre y de su hermana Edurne. Tras besar a las mujeres, estas decidieron regresar a casa en tanto los dos amigos remolonearon un rato antes de emprender la bajada en busca de una taberna donde sirvieran un buen chacolí.

—¿Hay alguna noticia? —preguntó el periodista.

—Pues las cárceles en Bilbao están tan llenas que van a trasladarle a uno de los barcos habilitados como prisión, en la ría —respondió Kepa, alicaído.

—¿Habéis podido hablar con él?

—Nos lo tienen prohibido. Solo nos hemos pasado notas en las cestas de comida que sí nos dejan entregarle. Aunque el muy sinvergüenza dice que prefiere el menú que le lleva del Iruña su amigo Severo Unzue, que así el calabozo parece una sociedad gastronómica.

—Es admirable su sentido del humor... Y la labor de Unzue.

—Sí, se está dedicando a dar de comer a los presos, de manera altruista.

—Es muy generoso por su parte. Y valiente.

—Lo que no sé es cómo no lo han detenido a él. Supongo que son más fuertes los vínculos que se crean en los cafés que en la política o los negocios.

—A propósito de los negocios... ¿Qué vas a hacer?

—¿Sobre qué? ¿Los asuntos familiares?

—Claro.

—Pues mira, me lo han puesto fácil porque nos han quitado casi todo, así que no hay mucho en lo que ocuparse.

—¿Os han confiscado las fábricas?

—Confiscado no, Ignacio. Nos las han robado. Decir incautar es dar sensación de legalidad a lo que no lo tiene. Las fábricas, los vehículos, el chalet de Algorta, dinero... Bueno, dinero poco, porque mi *aita* es precavido y tenía lo gordo a buen recaudo.

—Tonto, desde luego, no es.

—No estoy tan seguro de eso. Debería haberse escapado. Si yo hubiese estado aquí le habría obligado a irse.

—No te tortures por eso, Kepa. ¿Cómo iba nadie a imaginarse esto? No tienes culpa ninguna. Ni él tampoco.

—No sé ni cómo nos han dejado quedarnos en casa. Supongo que por las relaciones de mi *ama* con el PNV.

—No han de ser muchas para hallaros en esta situación.

—Sabes de sobra que el partido se encuentra atado de pies y manos. ¿Has visto la Junta de Defensa? Han creado un Gobierno de concentración de todas las fuerzas, con comunistas, socialistas y hasta gente de la CNT y de Acción Nacionalista Vasca. Todos de izquierdas. Y con ellos el PNV para llevar Industria y Finanzas. La derecha, siempre arreglando las cuentas.

—Nunca te había oído hablar de política, salvo para chinchar a Pacho.

—Nunca me habían tocado los cojones. Lo peor de todo es que empiezo a comprender a ese cabrón.

—¿A tu *aita*?

—Sí. La guerra me ha envejecido de golpe. Uno empieza a parecerse a su padre a medida que va cumpliendo años, salvo que las circunstancias te obliguen a acelerar el proceso.

—No pensarás dejar tu carrera artística...

—Soy un actor mediocre, Ignacio —respondió Kepa, resignado.

—Yo no lo creo.

—Soy un hijo de papá. Ningún burgués puede ser buen artista. Para serlo hay que pasar hambre y yo jamás he tenido el estómago vacío.

—Entiendo que te sientas así —comentó Ignacio, contrariado al darse cuenta de que a su amigo le habían arrebatado esa parte de niño que a él tanto le gustaba—. Cuando todo esto acabe...

—Esto no va a terminar bien, Ignacio. Se está yendo todo al carajo, al puto carajo —le interrumpió Kepa. El periodista contuvo una sonrisa triste al comprobar que su amigo empleaba las mismas palabras que su padre—. Eso sí, que me quiten lo bailado. He disfrutado mucho estos meses al lado de la Xirgu.

—¿Llegó a incorporarse Lorca a la compañía?

—No, pero escribió hace poco diciendo que se marchaba a Granada a despedirse de sus padres para luego emprender el viaje a México. Me hubiese gustado coincidir. ¿Y tú? No me has contado nada de tu vida. ¿Ya tienes planes de boda con aquella chica que me presentaste? Se os veía muy enamoriscados. —Por un momento, regresó el brillo de antaño a los ojos de Kepa y, a pesar de que la pregunta le doliera, Ignacio recobró el ánimo al reconocer aquella guasa perdida en la voz de su amigo.

—Me ha dejado —confesó el periodista en el instante que bajaban el último escalón de las Calzadas de Mallona.

—Ahora sí que nos vamos a emborrachar... y me cuentas.

—Lo de emborracharse suena fenómeno... Como en los viejos tiempos. ¿Entramos en el Gayarre?

—Hoy estoy sietecallero. Mejor en una de esas tabernas castizas de Barrenkale Barrena.

—En cuestión de tragos, siempre tienes unas ideas cojonudas.

—Lo tengo cojonudo todo, incluso el buen gusto. Por cierto, estás muy guapo con la *txapela* —dijo Kepa, sin disimular el amaneramiento de su voz.

—Pues sí que llama la atención que no lleve sombrero —protestó su amigo.

Con el semblante sombrío pero altivo, igual que las calles que los cobijaban, recorrieron el casco viejo con la ilusión de que, después de aquel aguaducho de violencia que inundaba la ciudad, pronto se calmase el cauce. Cuando llegaron a la taberna de Juan Linaje, se aferraron con ansia al primer vaso de chacolí.

Aunque le costaba hablar de sí mismo, Ignacio Segurola iba desgranando sus sentimientos a medida que se sucedían las rondas. La verdad es que había echado de menos a su amigo y se maldijo por no poder hacer nada por su padre... Por ni siquiera atreverse. No hubiera estado de más comentarle el problema al director de su periódico; pero en el fondo sabía que de poco serviría, y que además podría perjudicarle. Estos pensamientos se le enredaban en la cabeza a la vez que relataba los pormenores de su relación con Irene, a la que hacía en su caserío de Gernika, porque llevaba casi un mes sin aparecer por la librería. Cuando terminó de contar su historia, Kepa le puso una mano en el hombro en un gesto más de consejo que de consuelo.

—¿Y por qué no vas a verla, carajo? —dijo, con la lengua trabada por el alcohol, ante la mirada desorientada de su amigo.

36

Al comisario le extrañó tanto aquella llamada a medianoche que, a no ser por la insistencia de su esposa, no habría levantado el auricular.

—¿Zumalde? —Le pareció identificar la voz nerviosa que sonaba al otro lado de la línea.

—¿Arambarri?

—¿Estás solo en casa?

—¿Arambarri? —insistió el comisario, casi seguro de que se trataba del jefe de la Guardia Municipal.

—¡Que sí, cojones!

—Estoy con mi mujer.

—¡Pues salid echando hostias de ahí! ¡Y tráeme las armas que tengas!

—Solo tengo una pistola. Es que... —dijo Zumalde, aturdido.

—Déjate de excusas ¡y salid ya! Ni se te ocurra entretenerte —ordenó Arambarri antes de colgar el teléfono.

El tono enérgico del jefe de la Guardia Municipal fue suficiente acicate para que el comisario le obedeciera enseguida. Jamás le había hablado de ese modo. Modesto Arambarri se distinguía por imponer su autoridad con firmeza pero con respeto, así que resultaba evidente que algo iba mal. Apenas tardaron cinco minutos en salir de casa. De haberse demorado uno más las cosas habrían sido bien distintas, porque al doblar la esquina vio cómo dos milicianos y un guardia entraban apresurados en su portal.

Procurando mantener la discreción por unas calles semidesiertas, consiguieron llegar sin contratiempos al domicilio de una de sus hijas. Tras dejar a salvo a su mujer, la cual no cesó de murmurarle reproches en todo el trayecto, Fernando Zumalde encendió un cigarrillo y se dirigió a la casa consistorial en la confianza de no toparse con ningún piquete que pudiera cachearle.

Fue el mismo Modesto Arambarri quien le abrió la puerta de su despacho.

—*Gabon*, capitán. Ya veo que le toca hacer guardia hoy —se le ocurrió decir para romper el hielo, sin que sus palabras hicieran ninguna gracia a su interlocutor.

—¿En qué cojones andabas pensando, Zumalde?

Hasta ese día el jefe de la Guardia Municipal, tal vez por consideración a su diferencia de edad, no le había tuteado. No es que le importara, pero se sentía molesto. Aunque quizá fuese consigo mismo. Si estaba allí no era por un asunto banal. En el fondo sabía por dónde iban los tiros.

—No sé a qué se refiere, capitán —mintió Zumalde. No quiso tutearle como solía hacer, consciente del cambio en las tornas.

Al darse cuenta del tono empleado por el comisario, Modesto Arambarri relajó el gesto y se sentó en su sillón, casi sonriente.

—No me jodas que ahora vas a tratarme de usted. Pareces un niño bueno que no está acostumbrado a que le pillen en falta. Venga, siéntate. ¿Un cigarro?

—A eso no me niego nunca —contestó Zumalde, algo más relajado.

—Y deja la pistola sobre la mesa. Has sido muy imprudente al no entregarla antes —dijo Arambarri, ofreciéndole fuego.

—Así que va de eso...

—De sobra lo sabes.

—No imaginaba que fuese un asunto tan grave —respondió el comisario mientras obedecía al jefe de la Guardia Municipal, con pesar por tener que desprenderse de su arma.

—Tengamos la fiesta en paz, Zumalde. Todos los días salen en prensa noticias de detenidos por esconder sus escopetas o sus pistolas.

—Si hiciéramos caso a todo lo que dicen los periódicos... La culpa la tienen las autoridades, que manipulan la información para dar sensación de tranquilidad. Dicen que, salvo el bombardeo de Santurtze, la vida transcurre con normalidad en Bizkaia. Solo les falta decir que nos despreocupemos de las bombas y que salgamos de paseo. Claro, como somos de Bilbao... Y para más inri, publican una carta de un vecino quejándose de que en la parte trasera del Arriaga se está acumulando tierra y grava que afean la plaza. ¡No me jodas! Con toda la ciudad llena de sacos. Eso es confundir a la población.

—No podemos permitir que el miedo se instale en nuestro día a día. Y el asunto de tu pistola es grave. Tenemos gente suficiente para combatir en el frente, pero nos falta armamento. No ponerlo al servicio de la República se considera una traición. Si te hubiesen pillado con ella ten por seguro que no habría podido sacarte de la cárcel con facilidad. —El comisario escuchaba ahora sin atreverse a interrumpir, y empezaba a entender su estupidez—. Has tenido suerte de que se han endurecido las normas de las detenciones y los milicianos han de ir acompañados de un agente, sea nuestro, de la Guardia Civil o de la de Asalto; no como antes, que campaban a sus anchas. De no haber requerido nuestra presencia, a estas horas estarías en un calabozo inflado a hostias.

—Entonces supongo que te debo una...

—No me debes nada. Eso sí, haz el favor de no meterte en líos. Te advierto que para la próxima vez no estaré. Me temo que acudiré al frente y tendré cosas más importantes en las que ocuparme.

—Se rumorea que le echaste muchos huevos el mes pasado en Garellano.

—Simplemente cumplí con mi deber.

—Así que es cierto que se los echaste —rio el detective—. Arambarri... una duda. ¿Cómo sabían esos milicianos que tengo una pistola? —preguntó Zumalde, en la confianza de que al distender el ambiente la lengua de su interlocutor se relajaría.

—En tiempos de guerra, las paredes aguzan los oídos —afirmó el jefe de la Guardia Municipal sin que su respuesta sonara muy convincente.

—Vamos, hombre... No me lo digas si no quieres. Solo te pido que no intentes torearme. Hagamos un trato: sin mentiras. ¿De acuerdo?

—Lo considero justo. Verás... Los milicianos recibieron una llamada delatándote. Supongo que regresarán mañana a tu casa, pero no tienes nada que temer ya, salvo que tengas escondido algo que te comprometa.

—Dejaré a la vista los ejemplares atrasados del *Euzkadi* y de *El Liberal* que tenga guardados —contestó Zumalde.

—No me parece mala idea... aunque lo digas con sorna. Ya que estás, compra también alguno de *La Lucha de Clases*.

—¿Qué tipo de milicianos son?

—¿Y qué más da? Socialistas, comunistas, anarquistas... Todos están en lo mismo.

—Entonces, ¿no me vas a decir quién llamó?

Exhalando una fumarada para disimular un suspiro, Modesto Arambarri miró fijamente al detective.

—Ni siquiera creo que lo sepan. Solo nos dijeron que se trataba de una voz con acento alemán.

—Ya... —musitó Zumalde.

—¡Vaya! Veo que no te pilla de sorpresa. Ahora me toca a mí.

—¿El qué?

—Preguntar. ¿Qué sabes de la muerte de Casimiro Mochales?

—¿Por qué crees que habría de saber algo? —se revolvió el comisario, intentando ganar segundos para pensar.

—¿Respondiendo con una pregunta, Zumalde? ¿Eres vasco o gallego? ¡Joder! Se cargan a tu confidente y ni siquiera apareces por aquí para interesarte o averiguar si sabemos algo.

—No debería subestimarte —reconoció el comisario con una media sonrisa—. Descubrí el cadáver en su habitación, pero lo callé. Temí que se me implicara en el asunto. Alguien lo mató para advertirme y, de alguna manera, me sentí culpable. Recibí un anónimo en mi casa amenazando a mi familia.

—¿En qué andabas metido?

—Investigaba el asesinato de aquella prostituta de la calle San Francisco y me topé con algo que se me escapa.

—¿Opinas que los dos crímenes fueron cometidos por el mismo asesino?

—Eso creo, sí. Sin embargo, no tengo pruebas.

—Entonces, ¿tienes idea de quién pudo ser?

—¿Qué importa ahora cuando estamos en guerra? ¿Quién se va a preocupar por un muerto más o menos? Por muertos en La Palanca, además.

—La verdad importa, Zumalde. Tú lo sabes bien. Te lo he oído decir unas cuantas veces.

—No tengo ni idea de la identidad del asesino, pero sí de su nacionalidad —mintió a medias Zumalde para no comprometerse en exceso—. Creo que se trata de un alemán, un pez gordo posiblemente.

—El mismo que llamó esta noche...

—Es probable que haya relación, sí. Es lo que he pensado.

—Tienes razón. No estamos para investigaciones, así que ándate con ojo.

—No tengo pistola para protegerme —bromeó el comisario.

—¡Zumalde!

—Perdón, perdón, capitán —respondió el detective, jocoso.

—De todos modos, supongo que tu preocupación por eso terminará pronto. Alemania no puede demorar su respuesta con respecto a esta guerra. Francia la está apremiando para que se declare neutral y Hitler sigue con su estrategia dilatoria. Todos sabemos que los nazis apoyan a los sublevados. Y en cuanto eso se evidencie, no va a quedar un solo alemán en Bilbao por miedo a las represalias.

—Pues voy a echar de menos las salchichas de Thate.

—Me alegra que lo tomes a broma, pero no tiene ninguna gracia. Bueno, es hora de que sigamos con nuestros asuntos.

—Una última cosa. Se rumorea que han fusilado a Ercoreca, ¿es cierto?

—Esperemos que el alcalde siga vivo, aunque hemos perdido todos el juicio y ya no me sorprende nada.

El comisario apagó su cigarro en el cenicero del escritorio del jefe de la Guardia Municipal y se incorporó despacio de su silla. Le dolían la espalda y el orgullo. No obstante, sabía que tenía bastante que agradecerle a aquel hombre que le miraba con respeto; quiso creer que con admiración, incluso.

—Si vas al frente, hazme un favor. Cuídate mucho.

Con una sonrisa torcida por mor del cigarro que llevaba en la boca, Modesto Arambarri se limitó a asentir con la cabeza, procurando disimular la responsabilidad que se le venía encima. No le faltaba razón en cuanto a su opinión sobre los alemanes, porque en esos días el grueso de la colonia germánica en Bilbao ya se encontraba en su país o haciendo las maletas. Y es que, de repente, había dejado de ser bien vista en Bizkaia. Uno de los encargados de evacuar a ciudadanos alemanes y austriacos era Wilhelm Wakonigg, que con sus gestiones con los comandantes de los barcos nazis, fondeados en aguas vizcaínas con la excusa de ser observadores en el conflicto, consiguió no solo poner a salvo a sus compatriotas sino también a destacados miembros de la oligarquía local, afines a la sublevación militar, que intentaban escapar de Bilbao.

La brisa de la ría acarició el rostro de Fernando Zumalde mientras cruzaba el paseo del Arenal de regreso a casa de su hija. Alternaba momentos de lucidez con otros confusos. Quizá debería marcharse de Bilbao en espera de que las cosas se tranquilizasen y poner a resguardo a los suyos. Pero ¿adónde ir? En una guerra en la que componentes de una misma familia podían luchar en bandos distintos, lo único que parecía adecuado era aguardar a que aquella pesadilla acabase cuanto antes, porque no existía un lugar que fuese seguro. Con la imagen del teatro Arriaga contemplando su desolación, no pudo sino compadecerse de su querido Botxo, de su querida ciudad.

37

En el mes que llevaba en Gernika, Irene no había salido del caserío más que para ir a misa los días de precepto. Ni siquiera tenía ánimo de acompañar a su familia los lunes para vender sus productos en el mercado. Sus jornadas transcurrían siempre del mismo modo. Se levantaba con el amanecer y, tras ordeñar las vacas y ayudar en las tareas domésticas, se encerraba en la buhardilla, donde a ratos leía o escribía, aunque gran parte del tiempo lo pasaba tumbada en la cama, con el pensamiento disperso mientras su mirada buscaba escaparse por el tragaluz.

Amparada en la oscuridad, cuando caía la tarde se asomaba a la ventana para comprobar si Koldo estaba ahí, sentado en el poyo de la entrada de su casa. Apenas le veía, pero distinguía la llama de su cigarro cada vez que el muchacho le daba una calada.

El *arrantzale* era capaz de quedarse inmóvil durante horas, sin importarle tener que madrugar. Desconocía por qué lo hacía, por qué no se sentía capaz de apartar su mirada del caserío de sus vecinos. Acaso es que necesitaba velar el sueño de aquella chica de aires taciturnos ante la que no sabía reaccionar. Podía manejarse en un barco en plena marejada, podía remontar un partido de pelota o podía desenvolverse solo en medio de un bosque durante días, y, sin embargo, esa mujer le desarbolaba hasta el punto de sentirse torpe.

La sensación de vacío de Irene aumentaba las noches en las que Koldo no daba señales de vida. Y, aun así, echaba terriblemente de menos a Ignacio. Por eso se encontraba encerrada en sí misma, tratando de comprenderse, de poner en orden sus emociones.

Su hermana y su madre procuraban no molestar, su padre ni siquiera se planteaba cómo actuar y su abuela la observaba esperando paciente la ocasión de acercarse a ella. El último sábado de agosto, en vista de que Irene no bajaba a cenar, su abuela subió con una taza de nata con azúcar y una cuchara. Al verla, la muchacha se incorporó de la cama y encendió el candil de la mesita.

—*Amama*, no deberías subir las escaleras para traerme nada —dijo, mostrando una sonrisa melancólica.

—Déjate de tonterías. Con lo que te gusta... —replicó la anciana, mientras tomaba asiento junto a su nieta—. Anda, toma. —Su voz no sonó a ruego, ni siquiera a invitación, sino a cariño, e Irene obedeció con docilidad.

—Me encanta —confesó la joven.

—Lo sé, lo sé. Te conozco. Lo suficiente como para saber qué te ocurre. —Irene no respondió de inmediato. Se limitó a mirar a su abuela durante unos instantes y a continuación le estampó un sonoro beso en su rostro surcado de arrugas—. ¡Vaya! Bonita manera de decirme que estoy equivocada.

—No, *amama*. Tú sueles tener razón. Es solo que me extraña...

—Estás preocupada por la guerra, igual que todos. Y además te aburres aquí. Pero lo que de verdad te pasa es que tienes mal de amores.

Irene depositó la taza en la mesilla y tomó las manos de su abuela tras emitir un leve suspiro.

—Puede que tengas razón, si bien no del modo que tú crees.

—Ah, ¿no? Podría pensar que el mozo que quieres no te hace caso, aunque eso es más que imposible. Cualquier hombre que te conozca se enamorará de ti.

—Exageras... igual que todas las *amamas* con sus nietas —respondió Irene, dejándose llevar fugazmente por la alegría.

—¡Me quedo corta! Mira el hijo del Tasio.

—Koldo es un amigo, *amama*.

—Engáñate a ti misma, mi niña, que yo ya tengo una edad para saber de la vida. Es eso lo que te pasa. Hay dos muchachos encantadores que beben los vientos por ti y tú no sabes con quién quedarte, ni cómo hacer para que el otro no lo pase mal. Tienes tan buen corazón que prefieres sufrir a que lo haga alguno de ellos.

—¿Seguro que no eres una adivina? —preguntó Irene con gesto derrotado.

—No lo sé. Ojalá no lo fuese —contestó la anciana, intentando abrirse paso entre los nubarrones que aparecieron de súbito en su mente—. Solo puedo decirte algo: esta vida es un valle de lágrimas y es imposible atravesarla sin sufrir. No dudo de tus buenas intenciones, pero piensa que es mejor que sufra uno a que sufran tres. Estoy segura de que ellos tampoco lo están pasando bien. Y, en cualquier caso, eres tú quien menos se merece padecer.

—No te preocupes por mí, *amama*.

—¿Y por quién voy a hacerlo si no? Te ruego que andes con cuidado, mi niña. En los pueblos la gente se aburre y critica. Me dolería que hablaran mal de ti a tus espaldas. Aquí un día eres una buena chica y al día siguiente, una descarriada. Sé de lo que hablo —suspiró.

Con los ojos humedecidos, la joven librera se echó en brazos de su abuela.

—Te quiero mucho —susurró.

—Y yo a ti... y yo a ti. No puedo soportar verte triste. ¿Vendrás mañana con nosotros a Kanala? Será la última misa del padre Andrés antes de irse al frente. Me han dicho que se incorpora como capellán en uno de los batallones que salen para defender nuestra tierra.

—Claro, *amama*. Y, de paso, visitamos la tumba del *aitite*.

—Esperemos que acabe pronto esta locura. Las guerras solo acarrean desgracias.

—También tengo problemas con eso —confesó Irene.

—¿A qué te refieres?

—Que he huido de Bilbao de manera egoísta. Tere, mi jefa, me ha escrito reclamándome. No ya para atender la librería, sino para colaborar con la asociación de *emakumes*. Dice que se avecina una época difícil y que toda ayuda en retaguardia es poca. Es hora de demostrar lo que aprendí en mis clases de enfermería.

—¿Necesitas excusa para regresar a Bilbao? Creo que ese mozo periodista te tira más de lo que piensas. ¿Qué vas a hacer?

—De momento, ir contigo mañana a Kanala —sonrió la muchacha, eludiendo la respuesta.

—Habrá un pequeño festejo después en Santa María de Legendika para despedir al párroco. Sin demasiadas alegrías, que no están los tiempos para eso. Pero se jugará a pelota en la pared de la iglesia. He oído que participará el hijo del Tasio. No pensarás estar escondida eternamente...

No. Irene sabía que no podía permanecer allí, esperando a que amainara el temporal, por la sencilla razón de que la tempestad se hallaba dentro de ella. Aquella noche no concilió el sueño hasta bien entrada la madrugada. Fue su hermana quien la despertó para no llegar tarde a Kanala.

Tras las palabras emocionadas de despedida en el sermón de Andrés Untzain, en el que apelaba al orgullo vasco y reconocía que no dudaría en derramar su sangre por defender la tierra de sus ancestros, un *dantzari* le bailó un aurresku de honor al sonido de un chistu. Luego se jugaron partidos de pelota, uno de los cuales incluso lo disputó el joven sacerdote, con la sotana remangada, entre los aplausos de sus feligreses, al tiempo que en la campa aledaña a la ermita se servían talos con chistorra y rodajas de bonito doradas con brasas de carbón.

Al lado, en un apacible remanso situado en una ladera arbolada, cuatro mujeres colocaban flores en una tumba situada junto al murete de piedra desde el que se divisaba todo el valle. El sol trataba de asomarse entre el mar de nubes, pero apenas conseguía otra cosa que iluminar sus contornos. Después de aquellos minutos de visita momentánea al cielo, las mujeres de la familia Lasa regresaron al bullicio que se vivía en los alrededores de la ermita de Kanala.

Koldo, que ya había comenzado su partido, apretó los dientes al ver a Irene incorporarse al público. Ella le sonrió y a él se le agitaba el alma cada vez que golpeaba la pelota. Aún se atrevió a invitarla a regresar a casa en su carro. Esta vez Irene no dudó.

Como era habitual en ellos, habrían realizado todo el viaje en silencio de no ser porque ella le arrancaba las palabras. Al llegar al caserío, cuando Koldo tiró de las riendas para frenar el avance de los bueyes, contuvo un tenue quejido, casi imperceptible, que no pasó inadvertido para Irene. Sin que él tuviese opción de protestar, ella le tomó de las manos y volvió a pasarle las yemas por sus palmas desolladas, igual que aquella vez en el Atxarre.

Ninguno de los dos se percató de que alguien los observaba.

—Quiero ir al frente —farfulló él, con la voz agitada.

Ella no supo contestar de inmediato y continuó acariciándole las manos. En el fondo, esperaba aquella noticia. No eran pocos los hombres de la región que ya se adiestraban en algunos de los cuarteles de milicianos nacionalistas en espera de armas y de instrucción para acudir al campo de batalla. Y supuso que el ejemplo del cura mundaqués de Kanala no ayudaba a retener a quienes se sentían obligados a luchar por sus mismos ideales.

—Y yo quiero que vuelvas —dijo ella, al fin.

—No estoy seguro de que lo entiendas. No soportaría quedarme de brazos cruzados. Tengo que defender nuestra tierra. Daría mi sangre por ella... y por ti.

Al escucharle, Irene sintió una congoja que solo pudo contener echándose a los brazos de aquella mole de nobleza. Una vez más, Koldo no supo reaccionar y se limitó a rodearla de manera torpe sin apenas atreverse a poner las manos sobre su espalda, como si tuviera miedo de romperla. Transcurrieron varios segundos antes de que ella dejara de apoyar su cabeza sobre el pecho del muchacho. Olía a sudor, y aun así le pareció agradable. Con toda la dulzura que atesoraba, Irene le besó en la mejilla y se apeó del carro.

En ese momento se dio cuenta de que un hombre con gabardina y chapela, que fumaba en pipa, se daba la vuelta y se marchaba. Ella sintió un vuelco en el corazón. No consiguió distinguirle el rostro, pero aquellos andares, aun en la distancia, le resultaban inconfundibles. A su lado, Koldo esperaba a que la joven entrara en el caserío, e Irene fue incapaz de echar a correr detrás de aquella figura que se alejaba.

Tras asegurarse de que ella le había visto, Ignacio Segurola emprendía cabizbajo el camino de regreso a la estación en busca del próximo tren a Bilbao, mientras trataba de recordar de qué conocía a ese muchacho para no obsesionarse con la pérdida de Irene.

38

La intervención del PNV consiguió evitar en gran medida la represión contra la Iglesia en el País Vasco a manos del Frente Popular, si bien en ese primer mes de la contienda fue inevitable que algunos milicianos descontrolados amenazaran a sacerdotes o profanaran lugares sagrados con la excusa de incautarlos para la República, quemando a veces cristos crucificados para sustituirlos por fotografías de Lenin. No obstante, el clero vasco salió mejor parado que el del resto de la zona republicana, donde a finales de agosto ya habían sido asesinados tres mil religiosos, incluidos diez obispos y más de cien monjas.

Este tipo de actos no llegaban a los periódicos bilbaínos, o si lo hacían se prohibía su publicación. También el *Euzkadi* sufría cierta censura por su condición de católico y, ante estas atrocidades, no podía hacer otra cosa que denunciarlas con carácter general sin ahondar en detalles. A pesar de que la guerra parecía que iba a durar más de lo previsto, las autoridades obligaban a la prensa a transmitir las noticias dotándolas de normalidad, y junto a los eventos deportivos o culturales se daban instrucciones de cómo actuar en caso de ataque aéreo o se informaba de las primeras restricciones de alimentos. De no ser por la gravedad de cuanto acontecía, resultaba hasta cómico que Indalecio Prieto —a través de las páginas de *El Liberal*— contase que, con el primer bombardeo sobre la capital de España, Madrid alcanzaba el rango de gran ciudad europea por poder parangonarse con aquellas otras atacadas durante la Gran Guerra, y que los madrileños se lo habían tomado como un festejo en sustitución de las verbenas veraniegas suspendidas por las circunstancias.

Y mientras los bilbaínos procuraban hacer su vida con serenidad dentro de un orden, trabajando y acudiendo a los cines, las autoridades locales trabajaban contra reloj por conseguir armas con las que frenar el avance de las tropas rebeldes que se encontraban a punto de tomar Irun, con lo que se cerraría la comunicación terrestre con Francia, que se negaba a suministrar munición por su decisión de no intervenir en el conflicto. Los dirigentes vascos realizaban gestiones desesperadas con sus homólogos en Cataluña y en Asturias, todas ellas infructuosas, para poder armar a los batallones de voluntarios que se hallaban en turno de espera en los cuarteles habilitados al efecto. Y si bien todos luchaban en el mismo territorio y contra el mismo enemigo, parecía que estuviesen en guerras distintas. No en vano, milicianos y *gudaris* se dividían según sus creencias políticas o sindicales, por lo que se formaron veintiocho batallones nacionalistas integrados por *gudaris*, que enarbolaban *ikurriñas,* junto con otros catorce compuestos por milicianos socialistas, comunistas, ugetistas o anarquistas, que portaban banderas republicanas y los emblemas de sus ideologías.

En un principio, el centro de reclutamiento de soldados nacionalistas se ubicaba en el edificio del Patronato de la calle Iturribide, pero al quedarse pequeño ante el flujo constante de voluntarios tuvo que trasladarse al cuartel de Bidarte, en Deusto.

Es allí donde se dirigía aquella mañana Ignacio Segurola, a quien su jefe le había encargado un artículo que relatase la moral de los *gudaris* y su ilusión por incorporarse al frente lo antes posible. Mientras caminaba por el Campo Volantín, el periodista pensaba con angustia que tan solo hacía dos meses que se dedicaba a acudir a los partidos de pelota y ahora se dirigía a un cuartel con jóvenes a punto de arriesgar sus vidas. Claro que peor estaba Lauaxeta, su compañero en el *Euzkadi* hasta hacía un mes, con el que iba a entrevistarse en unos minutos, un periodista y poeta encargado de dirigir el acuartelamiento de Bidarte.

Este le recibió con gesto serio pero amable. Su circunspección no disimulaba, sin embargo, su aspecto aniñado oculto tras unas gafas redondeadas, más propias de un intelectual que de un militar. Se conocían desde hacía años, por lo que sus nuevos roles no fueron obstáculo para mantener una conversación distendida.

—Así que el bueno de don Pantaleón quiere saber en qué ando —bromeó Lauaxeta.

—En realidad, busca infundir ánimos a los lectores... Hacerles ver que estamos en buenas manos —respondió Segurola.

—Tenemos buenas manos, pero sin armas. Esto no lo vayas a escribir, aunque de sobra sabes lo que debes poner.

—La verdad es que el artículo deberías redactarlo tú.

—No puedo ser juez y parte.

—No me puedo creer adónde hemos llegado: el mejor poeta en euskera, dirigiendo la instrucción militar de nuestros muchachos.

—Siempre creí que la pluma era mejor arma que los fusiles a la hora de alcanzar nuestros ideales. Y ahora no nos han dado opción. Yo no puedo enseñar a estos chicos a disparar; lo que sí puedo es convencerlos de que luchan por una causa justa —afirmó el poeta, señalando a la compañía que formaba en el patio a la espera de revista.

—¿Ves? Al final sigues usando la palabra.

—Quiero pensar que defender nuestra tierra también es poético.

—Tengo que pedirte algo. El padre de un amigo está en un barco prisión... —se atrevió a susurrar Segurola al tiempo que pasaban por delante de los aspirantes a *gudaris*.

—¿En poder de los milicianos?

—Sí, se lo llevaron hace más de un mes.

—Pues me temo que poco podemos hacer, si acaso rezar para que sea canjeado pronto. No solo hemos de luchar contra los facciosos, sino que además nos vemos obligados a lidiar con los del Frente Popular. Fíjate que tenemos escondidos a unos cuantos curas santanderinos que han llegado huyendo de ellos.

—No tiene sentido.

—En eso llevas razón. Nada tiene sentido. Incluso se rumorea que han asesinado a Lorca —comentó Lauaxeta, con gesto pesaroso—. Eso no quiere decir otra cosa que nadie está a salvo. ¿Te acuerdas cuando le vimos en enero? Lo que ha cambiado todo desde entonces...

Lauaxeta hablaba en voz baja con la mirada puesta en los chicos que aguardaban impacientes las armas para acudir al frente cuanto antes. También Segurola los observaba. Muchachos procedentes de las zonas rurales en su mayoría, que hasta ayer solo se preocupaban de sacar adelante a sus familias y ahora tenían la responsabilidad de salvaguardar su patria. De repente, se fijó en uno de ellos cuya altura le hacía sobresalir por encima del resto de reclutas. Le pareció que se trataba del joven que abrazaba a Irene el maldito día que decidió hacer caso a su amigo Kepa y plantarse en Gernika, hacía ya casi dos semanas. En ese momento, y sin tener en cuenta el lugar donde se hallaba, se olvidó de la guerra y volvió a acordarse de la chica que intentaba olvidar cada noche.

—¿Puedo hablar con algún soldado? Quiero ver cómo están de moral.

—Seguro que mejor que yo —respondió el poeta, procurando levantar el ánimo para no contagiar su decaimiento a la tropa—. Claro, habla con quien quieras. Son buenos chicos, aunque algunos no hablan bien castellano.

—Cualquiera me vale —mintió el periodista—. Esos tres o cuatro, por ejemplo —señaló hacia donde se encontraba el muchacho más alto.

Tras disolver la formación, Lauaxeta dio instrucciones para que se acercara el grupo elegido por Segurola.

El periodista comenzó a formular preguntas triviales, dirigiéndose indistintamente a todos ellos. Tomó aire cuando decidió interrogar a aquel joven moreno, de nariz afilada y manos grandes.

—¿Cómo te llamas?

—Koldo Arteaga, señor.

Al oír su nombre, Ignacio Segurola se sobresaltó, si bien procuró disimularlo enseguida. Acababa de averiguar por qué su rostro le resultó familiar cuando le vio con Irene en Gernika.

—¿Koldo Arteaga, el pelotari?

Ahora fue el muchacho quien se extrañó. Sin embargo, él no necesitó ocultar su sorpresa porque le pudo la naturalidad.

—Sí, señor. Aunque me gano la vida como *arrantzale*.

—Te he visto jugar. Eres un zaguero extraordinario. El día que acabe todo esto deberías plantearte tomarte más en serio la pelota.

—Eso es solo un juego. La vida es otra cosa, señor. Pero se lo agradezco.

—Eres de Gernika, ¿no?

—Así es, de un caserío cerca de Arratzu.

—¿Tienes novia?

—Sí, señor. Aunque ella no lo sabe —dijo Koldo, de buena fe, lo que provocó la hilaridad de sus compañeros. Bastó una mirada del *arrantzale* para que sus amigos se tragaran la risa—. Todavía no le he pedido que se case conmigo.

—Ya —respondió el periodista, medio aturdido—. Pues que tengáis mucha suerte, y espero que estéis pronto de regreso —comentó, estrechando una a una la mano de los muchachos. Cuando llegó el momento de despedirse de Koldo, ambos se miraron fijamente a los ojos y prolongaron el apretón casi sin darse cuenta, como si los dos supiesen que sus destinos estaban ya entrelazados.

39

La conquista de Irun y San Sebastián por los rebeldes supuso que una ingente cantidad de guipuzcoanos tuviese que abandonar su hogar. Y si bien algunos se dirigieron a Francia por vía marítima, la mayoría de ellos llegaban andando a un territorio vizcaíno que en pocos días tuvo que acoger a decenas de miles de refugiados.

En tanto la Asistencia Social de la Junta de Defensa de Vizcaya incautaba grandes edificios, escuelas y conventos para alojar a aquella avalancha de personas, el Ayuntamiento bilbaíno apelaba a la solidaridad para que los habitantes de la ciudad amparasen en sus casas a cuantos refugiados pudiesen.

En esta tesitura comenzaban a faltar los suministros, lo que dio lugar a la puesta en marcha de las cartillas de racionamiento en función de los miembros de la unidad familiar, al mismo tiempo que se prodigaban los espectáculos benéficos para recaudar fondos con los que ayudar a afrontar el coste de la manutención de los refugiados.

Las autoridades locales intentaban en vano controlar la información que llegaba a través de las ondas. Y, en una medida desesperada, exigieron la entrega de todos los receptores de radio pertenecientes a familias que no tuviesen ningún miembro afiliado a algún partido o sindicato integrantes del Frente Popular. Como si las noticias que no pudiesen ser escuchadas no existiesen. De hecho, la prensa se hacía eco de las feroces batallas que se libraban en el frente guipuzcoano, sin contar que sus principales plazas estaban ya en manos enemigas.

En medio de este desconcierto, eran de agradecer las columnas periodísticas que apelaban a la cordura y al sentido común. Juanita Mir escribió en esos días un artículo titulado «Heroísmo y sacrificio», que alababa el esfuerzo de los ciudadanos que entregaban sus ahorros y sus joyas para atender los gastos de la contienda, pero que ese rasgo habría sido más bello si en lugar de emplear oro en la adquisición de material de guerra se hubiese destinado al enriquecimiento de la patria para un justo equilibrio del bienestar de todos los ciudadanos, lo cual constituía un verdadero alegato antibelicista que consiguió eludir la censura gracias al exquisito estilo de su discurso.

Entre el crepitar de los teclados de las máquinas de escribir de la redacción del *Euzkadi*, Ignacio Segurola leía admirado el artículo de Juanita Mir cuando vio llegar a su amigo con su habitual gesto sonriente, aunque le pareció que su mirada había perdido vivacidad.

—¡Hombre, Kepa! ¡Qué agradable sorpresa!

—Se diría que te alegras de verme —dijo el actor, procurando imprimir una alegría impostada en su voz.

—Pues no sé qué decirte. ¿Alguna novedad sobre tu *aita*? —preguntó Ignacio, bajando el tono.

—Ninguna. Sigue en el Cabo Quilates. Esperemos que no le pase lo que a Gregorio Balparda.

—Detenido solo por negarse a participar en un tribunal que condenó a muerte a un militar sublevado. Y ahora asesinado en el barco.

—Parece mentira que ni siquiera se respete la vida de un antiguo alcalde de Bilbao. Es una mierda lo que nos está tocando vivir. Lo jodido es que empiezan a no sorprendernos este tipo de cosas. ¿Crees que uno acaba acostumbrándose a la barbarie?

—Supongo que la piel se endurece. Ya sabrás que se ha confirmado lo de García Lorca...

—Sí, hoy hace un mes que lo mataron, aunque hasta hace una semana no se tuvo constancia. Otra tragedia más que añadir a las que ya vivimos. Le envié un telegrama a Margarita dándole el pésame. Tiene que estar desolada. Me la imagino interpretando *Yerma*, rota de dolor, homenajeando a su amigo del alma.

—¿Y cómo está tu *ama*?

—Desconsolada también. Con todo lo que ha despotricado de mi *aita*... Ahora es como si no hubiesen discutido jamás. Se pasa el día llorándole por las esquinas... —intentó bromear Kepa, sin poder disimular su deje de tristeza—. Estamos tratando con todas nuestras amistades para conseguir que participe en alguno de los canjes que ya se están llevando a cabo por mediación de la Cruz Roja Internacional.

—Lamento que no haya habido suerte de momento.

—Es que son más de seis mil presos, Ignacio. Habrá que ser pacientes. Ya luego me encargaré de ver qué podemos hacer para recuperar lo que nos han robado.

El periodista le miró unos segundos para pensar. Le

habría gustado consolarle diciéndole que en breve terminaría aquella pesadilla y que Pacho pronto estaría peleándose de nuevo con su mujer y jugando al mus en el Iruña. Sin embargo, Kepa era su amigo. Y por nada del mundo quería que de su boca saliesen palabras huecas.

—¿Y si tomamos una cerveza?

—A eso nunca digo que no.

—¿Vamos a La Palanca? —preguntó Ignacio, sabedor de la predilección de Kepa por ese barrio, si bien lo sugirió solo para agradarle, ya que imaginaba que su ánimo no estaba para cabarés. Aunque albergaba la extraña teoría de que cuando uno está perdido ha de arrastrarse del todo hasta los antros de perdición. Y tampoco quería engañarse, a él también le apetecía regresar a uno de esos locales donde se vivía de espaldas a la guerra y la gente se divertía como si nada hubiese cambiado. Le pareció que, por un instante, a su amigo le brillaban los ojos.

—Lo dices para contentarme —respondió Kepa, dubitativo.

—Sinceramente, creo que nos vendrá de puta madre a los dos.

—Puede que tengas razón. Yo tampoco te veo muy alegre. ¿No seguiste mi consejo de ir a Gernika en busca de tu muchachita?

—Maldita la hora en que te hice caso. Venga, vamos. Y luego te lo cuento —dijo el periodista, incorporándose para recoger su gabardina y su chapela.

—Joder, no me asustes... ¿Vamos a Bataclán?

—¡Apostando fuerte! Oye, que también podemos ir al cine. Echan *Morena Clara* en el Olimpia.

—Ya, ya... Y *Nobleza baturra* en el Gayarre, al lado de tu casa. No te jode... Hoy tenemos Imperio Argentina por partida doble. Vi la cartelera. La única que me llamaba la atención es *Corazones rotos* en el Trueba.

—Un título muy apropiado —suspiró Ignacio, lo que provocó la sonrisa de Kepa—. ¿Quién sale? No me suena.

—Charles Boyer. ¡Qué guapo es el condenado! Y la actriz que te gusta a ti.

—¿Katharine Hepburn?

—La misma —rio Kepa.

—¡Joder! Vamos al Bataclán, anda. ¡A ver si les queda algo más que Anís del Mono!

—Tú sí que eres mono —respondió el actor, olvidándose por un momento de su tristeza.

—Y tú, un gilipollas —farfulló Ignacio ante el gesto divertido de su amigo.

Al pasar por delante de la librería Verdes, el periodista echó un vistazo a su interior, como cada vez que transitaba por el principio de la calle Correo desde que conociera a Irene. Y aunque ella llevaba dos meses sin ir a trabajar, él mantenía la costumbre de mirar lo más disimuladamente posible con la esperanza de que apareciese cualquier día. Incluso lo hacía cuando la librería se encontraba cerrada y su interior a oscuras, pero era algo que no podía evitar.

Sin embargo, esta vez se le aceleró el corazón... porque Irene estaba de vuelta.

40

Las sirenas de las fábricas avisaron de la temida inmediatez de un ataque aéreo. A las nueve y media de la mañana de aquel 25 de septiembre parecía que las amenazas del general Mola llevaban camino de hacerse realidad. Ya hacía días que los aviones enemigos lanzaban folletos con el aviso de que Bizkaia sería arrasada y puesta de rodillas si no se rendía. Sin embargo, la población quería creer que aquellas octavillas no eran sino bravatas de Mola. Por eso, no todos los bilbaínos reaccionaron del mismo modo ante las señales de alarma. Y si bien la mayoría acudió a los refugios habilitados al efecto, siguiendo las reiteradas instrucciones de las autoridades a través de la prensa, otros aguardaron a pie firme la llegada de los aparatos, como si pretendiesen retarlos con su valentía. Claro que estos últimos desconocían el mensaje que Radio Burgos había difundido el día anterior instando al doctor Junod, delegado del Comité Internacional de la Cruz Roja, a abandonar enseguida Bilbao si apreciaba su vida.

Túneles, puentes, sótanos, galerías mineras, edificios de hormigón... Todas las estructuras con apariencia recia se convertían en lugares adonde debían ir los bilbaínos para resguardarse de las bombas. Incluso cines, como el Mickey en La Palanca, que una vez que pasaba el peligro continuaba con su programa de baile-taxi, en el que lindas señoritas se dejaban agarrar al son de la música por un alquiler de veinticinco céntimos cada canción.

Muchos de los vecinos y comerciantes de la calle Correo acudieron a los soportales de la plaza Nueva, protegidos por sacos que prácticamente cubrían los arcos en su totalidad. Su nerviosismo pronto se convirtió en pánico al comenzar a oírse los primeros estallidos, los cuales limpiaron las calles de curiosos y de incrédulos. El silencio acongojado de la gente se vio roto drásticamente cuando una bomba alcanzó de lleno un edificio colindante a la plaza y lo derribó en pocos segundos, en tanto los cristales de los comercios cercanos se resquebrajaban entre gritos de angustia. Enseguida se escucharon también voces desgarradas de auxilio desde la casa siniestrada, porque al parecer un niño de corta edad se había quedado atrapado bajo los escombros.

Sin estimar el riesgo que corrían al exponerse a un bombardeo que no cesaba, muchos abandonaron su refugio y se acercaron al lugar donde hasta hacía unos momentos se hallaba el número 5 de la calle Correo, y que ahora no era más que una inmensa nube de polvo. Entre los que salieron de la plaza Nueva estaban algunos trabajadores del *Euzkadi*, incluido Ignacio Segurola. En medio del barullo el periodista se tropezó con Irene, acompañada del resto del personal de la librería Verdes. Durante unos instantes los dos muchachos cruzaron sus miradas en silencio, invadidas de tantas emociones que resultaban imposibles de interpretar.

Mientras Ignacio se afanaba en retirar cascotes, vigas de hierro y muebles destrozados, junto a decenas de improvisados voluntarios, pensaba en que aquellos ojos grises —llenos de rabia, tristeza, miedo e incertidumbre— tal vez albergaban aún algo del amor que en su día le declararon.

No dejaban de oírse estallidos procedentes de toda la ciudad, a merced de la aviación enemiga por carecer de una defensa antiaérea eficaz. Y, aun así, los vecinos trabajaban contra reloj para tratar de encontrar al pequeño, quizá azuzados por el llanto de su madre. Caían bombas incendiarias y explosivas por doquier: en medio del paseo del Arenal, en las rampas de Uribitarte, en las estaciones del Norte y de Portugalete, en los diques de Euskalduna, en el muelle de Ripa, en las plazas de Albia y de Abando, en la Universidad de Deusto, en los almacenes de Bailén y en un sinfín de calles como Colón de Larreategui, Ledesma, Berastegui, Henao, Hurtado de Amezaga, Bidebarrieta... Bilbao entera sufrió un terrible bombardeo que se prolongó durante setenta y cinco minutos, durante setenta y cinco angustiosos y eternos minutos.

Entre tanta desgracia, los jadeos de esfuerzo de los voluntarios que escombraban el edificio siniestrado de la calle Correo se tornaron en aullidos de júbilo cuando al cabo de dos horas aparecía el pequeño bajo los restos de un piano de la tienda de música que ocupaba uno de los locales inferiores, sin más heridas que una brecha en la frente.

Aliviados, pero exhaustos y envueltos en suciedad, muchos voluntarios se sentaron en el suelo, en tanto otros se apoyaron en las paredes a la espera de los botijos, que no tardaron en llegar, para calmar sus gargantas agrietadas por el polvo. Casi todos buscaron después su recompensa en un cigarro. Ignacio encendió su pipa, con la mirada extraviada, hasta que alguien le ofreció un pañuelo humedecido para limpiarse.

—Habéis sido muy valientes —susurró ella.

Estaba tan cansado y sorprendido que le costó reaccionar.

—Hay situaciones en las que uno no se deja llevar por la valentía sino por el deber... ¿Cómo estás, Irene?

Ella le miró, y a la vista de que él no aceptaba el pañuelo, la muchacha optó por pasárselo con suavidad por el rostro. El periodista cerró los ojos para concentrarse en el aroma del agua de colonia, e Irene aprovechó para limpiarle suavemente los párpados.

—Contenta de verte. Y a la vez horrorizada por lo que está ocurriendo. Tienes razón en lo que dices sobre el sentido del deber. Desde la asociación de *emakumes* estoy colaborando en la asistencia de los heridos en los hospitales. Tere se acaba de ir a la fábrica Barbier en La Peña y yo voy a Basurto. Dios sabe con lo que nos vamos a encontrar hoy.

—Yo trataré de informarme de las consecuencias del bombardeo para contarlo en el periódico... hasta donde me dejen.

—Si no estás enfadado conmigo, podrías venir a buscarme un día de estos para dar un paseo. No sé si sabrás que me alojo en casa de los Verdes, aquí al lado, justo encima de la librería.

—¿Quién puede enfadarse contigo? —preguntó retóricamente Ignacio, olvidándose por completo de su orgullo.

Ella le sonrió antes de darle un beso fugaz en la mejilla y alejarse en dirección al puente del Arenal, entre una muchedumbre de gente que corría a sus casas con la zozobra de saber si todavía se mantendrían en pie o de si faltaría algún miembro de su familia.

Al pasar por el edificio de la Sociedad Bilbaína, ahora ocupado por el Gobierno Civil, la muchacha vio cómo una multitud, cada vez más exaltada, exigía a gritos la entrega de los presos para descargar su furia contra ellos. Tras una alocución del gobernador civil pidiendo serenidad y el cumplimiento de las órdenes impuestas, los ánimos comenzaron a calmarse. Sin embargo, alrededor de las cinco volvieron a sonar las sirenas avisando de otro bombardeo y, esta vez, el gentío no se limitó a manifestarse sino que ocupó camionetas y automóviles para dirigirse a Erandio, Sestao y Barakaldo con el propósito de asaltar los buques prisión.

Fueron horas de confusión en las que se sucedieron las llamadas desde el Gobierno Civil a los cuarteles y a las sedes sindicales y de los partidos políticos para que intentaran contener a aquella horda encolerizada con ansias de revancha. Para cuando las autoridades quisieron reaccionar enviando a la Guardia de Asalto ya era tarde. Más de cien presos yacían fusilados o degollados en las cubiertas y en las bodegas del Cabo Quilates y del Altuna Mendi, después de varias horas de terror en las que aquella masa enloquecida sació su sed de venganza con la sangre de personas inocentes, detenidas solo por su ideología.

Aquella noche poca gente pudo conciliar el sueño en Bilbao, muchos por el temor a que se repitiesen los ataques aéreos, unos pocos por la intranquilidad de sus conciencias.

Con la primera luz de la mañana, sonaron las sirenas de nuevo. También el timbre de la casa de Ignacio Segurola, que se estaba vistiendo con urgencia para acudir al refugio. Al abrir la puerta se encontró con el rostro congestionado de Kepa Herranz.

—¡Le han matado, Ignacio! ¡Esos hijos de puta han matado a mi *aita*! —dijo, entre sollozos, mientras se echaba en brazos de su amigo en busca de un consuelo imposible.

41

En la abarrotada galería del salón de sesiones de la Casa de Juntas de Gernika, al son de los clarines que interpretaban el *Agur Jaunak*, Bernardina Lecube apenas podía contener las lágrimas al ver cómo su hijo entraba ceremonioso en la estancia tras ser proclamado presidente del Gobierno provisional de Euskadi por José Echevarría Novoa, máxima autoridad de Bizkaia hasta ese día, con la inmensa mayoría de los votos de los electores. El primer lendakari en la historia del País Vasco, vestido de etiqueta, recibía la apoteósica salva de aplausos acompañada de gritos de «*Gora Euzkadi!*» con la emoción reflejada en un rostro que, con frecuencia, se volvía hacia el escaño ocupado por su madre.

Después de su discurso, el nuevo mandatario se trasladó al exterior con toda la comitiva para prestar juramento a la antigua usanza ante el roble que simbolizaba las libertades tradicionales del pueblo vasco desde tiempos inmemoriales.

—Ante Dios humillado, en pie sobre la tierra vasca, con el recuerdo de los antepasados, bajo el árbol de

Gernika, juro cumplir mi mandato con entera fidelidad —dijo en euskera José Antonio de Aguirre en medio de un silencio tan respetuoso que casi se oía el vuelo de las hojas que comenzaban a desprenderse con la llegada del otoño.

El gesto preocupado del lendakari no participaba de la alegría de quienes le rodeaban. Acaso porque tenía el pensamiento puesto en aquel ejército vasco de jóvenes mal equipados y peor armados que en ese momento se batía contra las tropas franquistas a tan solo cuarenta kilómetros de Gernika bajo un cielo de nubes tupidas que, no obstante, sirvieron para salvaguardar la ceremonia de posibles ataques aéreos. Tres días antes se había librado en los altos de Elgeta un cruento combate en el que los *gudaris* consiguieron contener el avance del enemigo a costa de gastar casi toda su munición y, para ahorrar cartuchos, tuvieron que demostrar su destreza como pelotaris mediante el preciso lanzamiento de granadas de mano. José Antonio de Aguirre bien sabía que, de haberse repetido el ataque, a esas horas no estaría prestando su juramento frente al árbol de Gernika, sino sobre las olas del mar rumbo al exilio.

Su gesto adusto cambió cuando, a la conclusión del acto, se le acercó con una sonrisa exultante Telesforo Monzón, un joven compañero de partido a quien el lendakari acababa de nombrar consejero de Gobernación y de Seguridad Ciudadana sin que él aún lo supiese. Telesforo llegaba directamente desde el barco gasolinera con el que había burlado la vigilancia de la flota franquista después de buscar armamento por media Europa.

—Todo está arreglado, presi —susurró, nervioso.

—¿Arreglado qué? —quiso saber Aguirre.

—Lo de la compra de armas. Dentro de pocos días llegarán de Hamburgo cinco mil fusiles y cinco millones y medio de cartuchos.

Ante el asombro del lendakari, su nuevo consejero le explicó que, tras el rechazo de británicos y franceses por seguir con su política del avestruz con respecto a la guerra española, no tuvieron más remedio que acudir a Hamburgo, donde consiguieron que unos agentes alemanes les vendieran ese armamento procedente de Checoslovaquia.

—Vivimos en un mundo sin lógica —comentó el lendakari, desconcertado pero algo más tranquilo.

Al día siguiente, las autoridades locales quisieron celebrar ante la ciudadanía el estatuto aprobado por las Cortes españolas unos días antes; justo cuando, en la sede de la Capitanía General de Burgos, Francisco Franco era nombrado jefe del Estado por los generales sublevados. Y aunque en esos momentos Euskadi estaba reducida a Bizkaia —salvo Ondarroa—, las localidades guipuzcoanas de Eibar y Elgeta, y los valles alaveses de Aramaio y Ayala, el ánimo no decaía entre los dispuestos a defender su patria.

Para ello el Gobierno vasco organizó una recepción del cuerpo consular acreditado en Bilbao, con representantes de casi cuarenta países, todos ya domiciliados en la recién creada Zona Internacional en el muelle de Las Arenas, que luego presenciaron un improvisado desfile desde la escalinata del palacio de la Diputación. Con más dignidad que medios, *gudaris* y milicianos recorrieron la Gran Vía, al son de marchas y *biribilketas*, ante la presencia de un numeroso público congregado de modo espontáneo que no dejaba de aplaudir y de vitorear a Euskadi.

Ignacio Segurola, que se encontraba enfrente de las autoridades extranjeras, notó la palmada en el hombro de Fernando Zumalde.

—No sabía yo que te gustaban tanto los soldaditos.

—Pues igual que a ti. Ojalá no los necesitásemos. ¿Qué haces aquí? —preguntó el periodista.

—Mirar el desfile.

—Me has entendido. Quiero decir justo aquí. La Gran Vía es muy larga.

—Lo mismo que tú, ¿no? Curiosear. Ya los has visto a todos, supongo.

—Sí, creo que sí.

—¿Incluso a tu amigo?

—También —respondió Segurola, dándose por enterado de la guasa del comisario.

—Anda, vamos a dar un paseo a algún sitio donde haya menos oídos.

Abriéndose paso entre el gentío, consiguieron llegar a las calles adyacentes, bastante menos transitadas, desde las que se dirigieron con aire pausado hasta el paseo del Arenal comentando lo que acababan de presenciar.

—¿No te sorprende que queden alemanes en Bilbao? —preguntó el periodista.

—Aquí todos pretenden nadar y guardar la ropa. Imagino que querrán quedarse hasta que no tengan otro remedio que marcharse. Y mientras, seguirán aparentando que su país no está interviniendo en la guerra. Por lo que sé, han incautado o destrozado muchos de los negocios de los que ya se han ido, empezando por la charcutería de Hermann Thate, un tipo la mar de inofensivo.

—Y si estos están aquí es porque todavía tienen algo que hacer.

—Bueno, la familia de Wakonigg es vasca. Quizá se sienta a salvo. Su yerno es del PNV. Y hay que reconocer su tarea humanitaria, ayudando a sus compatriotas a regresar a su país. Lo que no tiene sentido es lo de Tarnow. Apostaría a que realiza labores de espionaje para Alemania. Por eso andaba también por allí tu amigo, guardándole las espaldas a distancia.

—¿Quieres dejar de llamarle «mi amigo»?

—¿Cómo quieres que le llame? —rio Zumalde, mientras metía la mano en el bolsillo de su gabán en busca de un paquete de cigarrillos.

—Messner. Sabemos que se llama Adler Messner.

—¡Cuánta consideración para haberte zumbado!

—Él sí que ha sido considerado, o al menos prudente, al ir de paisano —respondió Ignacio sin querer entrar al trapo tendido por el comisario.

—No está el horno para bollos. Que los nazis están ayudando a los facciosos es un secreto a voces. Un corresponsal de *The New York Times* dice que ha visto aviones alemanes en una base de Cáceres, y que los pilotos no son solo instructores de vuelo, precisamente.

—Sí, pero en teoría Alemania también pertenece al Comité de No Intervención de Londres en nuestra guerra.

—Una auténtica pantomima. Todos sabemos que Italia y Alemania están facilitando material bélico a los facciosos. Y veremos lo que tardan los soviéticos en ayudarnos a nosotros.

—El mundo al revés. Quién le iba a decir al PNV hace tres meses que tendría que aceptar ayuda de los comunistas... —comentó Segurola con deje resignado.

Al llegar al paseo del Arenal, sonaron unos disparos y tuvieron que echarse al suelo de repente. Por fortuna, cesaron enseguida. No se tranquilizaron hasta ver a un revisor corriendo detrás de unos mozalbetes, que al parecer se habían dedicado a colocar balas perdidas en los raíles del tranvía para hacerlas estallar a su paso, provocando el ruido de una ametralladora.

—¡La madre que los parió! —exclamó Zumalde, aún con el miedo en el cuerpo—. ¡Que yo no tengo edad para estos sustos!

—Es una pena que se estén educando así —respondió Segurola, sacudiéndose el polvo de la gabardina—. Habrían podido herir a alguien.

—O matarnos, joder.

—Y que les divierta jugar a la guerra... Más vale que acabe pronto.

—Esto no ha hecho más que empezar. Y si no, al tiempo... Bueno, reportero, ándate con cuidado y no se te ocurra husmear en busca de Messner.

—No creo que se atreva a pisar La Palanca.

—Pero quizá sí el Neguri. Hazme caso y olvídate de los alemanes.

—Ya, como tú, que mira dónde estabas hoy.

—Lo mío no tiene remedio. Eso sí, te aseguro que prefiero mantenerme alejado de este asunto. Cuídate, anda.

—Lo mismo digo, comisario.

De camino a su casa Ignacio miró de reojo hacia el interior de la librería Verdes, pero Irene no estaba, por lo que supuso que la muchacha se hallaría ejerciendo su voluntariado en alguno de los hospitales. A medida que avanzaban los meses se notaba la bajada de actividad en la mayoría de los comercios que no fuesen de comestibles, por lo que no se hacía necesario el trabajo de tanto personal como antes.

Aunque comenzaba a llover, no quiso acelerar el paso, encerrado en el laberinto de sus pensamientos. Se sentía egoísta. Y, si profundizaba en su franqueza, incluso despreciable. En las últimas semanas trataba de buscar más la compañía de Irene que la de Kepa, a sabiendas de que su amigo se encontraba necesitado de consuelo. Y lo peor era que no le importaba que Koldo estuviese peleando en el frente. Y que ojalá tardase en regresar.

No estaba siendo completamente sincero con Irene y eso le desasosegaba. Cuando él le dijo que había ido a Gernika con la intención de saludarla y decidió no acercarse al verla con otro hombre, le ocultó que sabía de la existencia de Koldo y que hasta le conocía. No obstante, la muchacha se mostraba honesta en todo momento y le contaba que su relación con su vecino no dejaba de ser una bonita amistad arrastrada desde la niñez, pero aun así Ignacio percibía cierta distancia por parte de ella. E Ignacio creía que, de algún modo, Irene guardaba la ausencia de aquel *gudari* con cuya nobleza él no podía competir.

42

Cuando sonó el teléfono en el domicilio de Fernando Zumalde apenas clareaba. En circunstancias normales hubiese sido su mujer la encargada de levantar el auricular, pero las llamadas a horas intempestivas eran cosa del comisario porque no solían traer buenas noticias.

—¿Quién es? —preguntó, somnoliento, mientras su vista cansada trataba de ubicar la posición de las agujas en su reloj de sobremesa.

—¿Comisario? —La voz parecía asustada. A Zumalde le resultaba conocida, aunque no lo suficiente como para reconocerla fácilmente, y menos aún adormilado.

—Soy yo. ¿Quién habla?

—Paquita —se identificó la voz, ahora entre sollozos.

La mujer del comisario preguntó con la cabeza, temerosa de que la llamada tuviese que ver con alguna de sus hijas. Sin embargo, él la tranquilizó de inmediato con un gesto despreocupado que implicaba su indicación de que volviera a dormirse. Esos segundos le sirvieron para hacer memoria.

—¿Doña Paquita? ¿La dueña de la...? —Por un instante estuvo a punto de decir «la dueña de la casa de citas»—. ¿La dueña de la pensión de la calle San Francisco?

—Sí, señor. Usted me dio su tarjeta. —A pesar de que casi no le salía la voz del cuerpo, fue capaz de hacerse entender—. Necesito que venga ya mismo.

—¿Qué ha pasado? —interpeló Zumalde, sabedor de que estaba a punto de enterarse de una nueva desgracia.

—Ha vuelto a pasar —farfulló doña Paquita, a quien le costaba expresarse. Al escucharla, el comisario se despejó por completo y ahora su mente iba por delante de las palabras de su interlocutora.

—¿Han asesinado a otra chica?

—... —Zumalde oyó los hipidos del llanto de la madama.

—¿Doña Paquita?

—Sí... —Al confirmar lo ocurrido, la mujer no pudo hablar más.

—Voy para allá enseguida. Tranquilícese —dijo el comisario, consciente de la estupidez que acababa de salir de su boca, porque la madama no parecía tener ningún motivo para relajarse.

Echando de menos su pistola, Zumalde salió a la calle tras vestirse apresuradamente. La brisa húmeda de la ría se enredaba con un sirimiri incipiente que terminó por despabilarle. Estuvo tentado de dar un rodeo para hacerse acompañar por Segurola, pero eso le implicaba retrasarse, y si bien desconocía lo que se iba a encontrar, su experiencia le dictaba que convenía llegar cuanto antes al lugar del crimen. Por mucho que le costara asumirlo, podían más su curiosidad y su sentido del deber que su prudencia. Así que no le quedó más remedio que mascullar para sí su protesta por que el periodista no tuviese teléfono en su casa. Con el corazón cada vez más acelerado, atravesó una ciudad que se resistía a despertar, como si supiera que las peores pesadillas no pertenecen al mundo de los sueños.

Ya desde que puso el pie en el puente de Cantalojas, le extrañó la calma que aparentaba la calle San Francisco, de la que empezaba a vislumbrarse la silueta de los edificios al contraluz de un amanecer perezoso. Le inquietó que no hubiese nadie en el portal y que por las escaleras no bajara más que silencio. En un acto reflejo se palpó el bolsillo en busca de su pistola. Por un instante pensó en la posibilidad de estar siendo víctima de una trampa, pero enseguida recordó lo que Mochales le decía de doña Paquita: que detrás de su fama de usurera y de taimada se escondía una persona noble. ¿Y si alguien hubiese obligado a aquella mujer a realizar esa llamada? Al final fue su intuición la que le animó a subir hasta el segundo piso. Nada más llegar al descansillo se cerró la mirilla de una puerta que se abrió. Doña Paquita le recibió en bata con los ojos llorosos y el pelo enmarañado.

—Gracias a Dios que ha venido, comisario —sollozó, llevándose el dedo a los labios para rogarle silencio.

Zumalde ni siquiera saludó. Con los músculos en tensión, se limitó a asentir con la cabeza y a seguir a la madama por un largo pasillo jalonado de puertas cerradas.

—¿Todos duermen?

—Sí, no he querido avisar a nadie, ni a la policía —dijo ella, con voz temblorosa. Al volverse, exhaló su aliento aguardentoso sobre el detective—. Ya lo hice la otra vez y sirvió de poco. Por eso me acordé de llamarle. Además, Casimiro me dijo que es usted de fiar.

—¿Le conocía?

—Desde hace años. Era un veterano del barrio, como yo. Y él solía venir por aquí si andaba bien de dinero. Pobre hombre —suspiró.

Aguantando la respiración, el detective se puso los guantes en espera de que la mujer terminase de hurgar en la cerradura de la última puerta del estrecho corredor en forma de ele. Los ojos acuosos de ella destellaban en la penumbra en un intento de mostrar su belleza de antaño, ya cruelmente ajada. No cabía duda de que llamarle había sido una decisión lógica, teniendo en cuenta el caos existente entre las fuerzas encargadas de velar por el orden en la ciudad, con la mayoría de los policías en el frente de guerra, si no huidos a los territorios sublevados.

—Está usted demostrando una admirable sangre fría, doña Paquita.

—No es valentía, comisario. Es resignación. Lo que va a ver es horrible —advirtió al tiempo que le franqueaba la entrada a una habitación por donde empezaba a colarse algo de claridad por la ventana.

Cuando la madama dio con el interruptor, Zumalde se congratuló de tener el estómago vacío; aun así, se le revolvió. Y eso que lo que estaba presenciando resultaba mucho menos espantoso que lo que había visto en casa de Casimiro Mochales.

Sobre la cama yacía el cadáver cubierto de sangre de una chica desnuda, atada y amordazada, con numerosas heridas por todo el cuerpo y un cuchillo clavado entre las piernas.

—¿Han hecho con ella lo mismo que con... Rosabel?

—Lo mismito, comisario —respondió doña Paquita, prorrumpiendo a llorar de nuevo—. Pobre Berta. Hace falta estar muy loco para haberle hecho esto.

—¿Cómo se dio cuenta tan pronto? —preguntó Zumalde, sin dejar de observar a su alrededor.

—Desde lo de la pobre Rosabel una ya andaba con la mosca detrás de la oreja. Y antes apenas estaba pendiente del trajín de mis inquilinas. Me limitaba a cobrarles y listo. Pero después de aquello... como que vigilo un poco más.

De no ser por lo macabro de la situación, al detective le habría hecho gracia el eufemismo de doña Paquita al referirse a sus pupilas. Sin embargo, prefirió no detenerse en disquisiciones lingüísticas.

—¿Quiere decirme que ha visto al asesino?

—No; bueno, sí, aunque no del todo. Oí que alguien corría por el pasillo y cuando me levanté ya no había nadie. Eran pasos de botas o de zapatos de hombre, no de tacones. Me asomé a la ventana y vi cómo un tipo se montaba en un coche que enseguida se alejó a toda velocidad.

—¿No le vio la cara?

—Imposible distinguirla en la oscuridad, y menos con esta vista mía. Con lo que yo he sido... —se lamentó.

—Ande, vaya a tomarse un café a la cocina mientras yo echo un vistazo.

—Le dejaré que mire tranquilo —respondió doña Paquita cuando salía de la habitación, y masculló un «para cafés estoy yo, mejor un lingotazo», que Zumalde alcanzó a oír antes de que ella cerrara la puerta.

El comisario se arrimó a la cama con cuidado de respetar los trozos de huellas rojizas formadas por pisadas sobre la sangre salpicada en el suelo. Al esquivarlas, se topó con una moneda cerca de la mesilla, que escudriñó tras agacharse para recogerla. En una de las caras se podía ver la efigie de un hombre junto a su nombre: Paul von Hindenburg; en la otra, un águila con las alas extendidas.

—Cinco marcos imperiales. Así que una moneda alemana... —susurró, mientras se la metía en el bolsillo.

Luego se acercó a la joven y con suavidad le cerró los ojos, todavía impregnados de pánico. Los músculos no se habían endurecido aún, lo que evidenciaba una muerte reciente. La muchacha tenía en la boca un trozo de sábana, tan introducido en la garganta que pudo haberla asfixiado. En total contó seis heridas cubiertas de coágulos, incluida la sufrida en la vagina, donde seguía clavado el cuchillo. Se fijó en su rostro congestionado y en los moretones de las muñecas y los tobillos. También descubrió señales en los brazos y en la cara, por lo que Zumalde imaginó la resistencia de la joven antes de ser atada. Terminó de convencerse de ello cuando comprobó que llevaba restos de piel en las afiladas uñas de su mano derecha. «Espero que al menos haya dejado bien marcado a ese cabrón», pensó.

Después de examinar el pequeño cuarto, se encontró con la madama en la cocina con una botella de aguardiente sobre la mesa.

—Es que no tengo café —se excusó—. En Bilbao ya solo queda achicoria. ¿Ha descubierto algo?

—Creo que sí. ¿Sabe si sus pupilas... sus inquilinas, quiero decir, tenían trato con algún alemán?

—Pues Berta no sé, pero Rosabel creo que se enamoriscó de un militar.

—Ya. Este crimen no ha sido cometido en la misma habitación que el de Rosabel, ¿no?

—No, no. Aunque cuando se corra la voz se me hunde el negocio. Si ya iba de capa caída con la guerra, con esto va a ser mi ruina. Y eso que, después de lo de la pobre Rosabel, no me quedó más remedio que bajar el caché de las chicas —se quejó, más apesadumbrada por su suerte que por la desgracia de las chicas asesinadas—. La gente va a creer que esta casa está maldita. Y ya es casualidad que Berta también sea pelirroja... Fuese, perdón.

—¿Qué quiere decir? —inquirió el comisario, sorprendido—. ¿Rosabel era pelirroja?

—Sí, claro que lo era. Ahora que lo pienso... a ver si va a resultar que las malditas son ellas y no la casa. Por si acaso no acojo ni una más.

—¡Joder! —exclamó el detective, desconcertado, intentando buscar una explicación coherente a lo ocurrido mientras su mente se escapó por puro instinto hacia las visitas que Messner realizaba a la librería en la que trabajaba Irene—. ¿Qué sabe de Berta?

—Era guipuzcoana, llegó hace un par de semanas huyendo de los soldados enemigos. Parece que hay muchos moros que se dedican a violar mujeres. Y dicen que se han comido a los niños que estaban en la colonia de verano de Laguardia.

—No haga caso de chismorreos, mujer.

—Lo cierto es que siguen sin aparecer después de tres meses largos, ¿no?

—Ande, cuénteme de Berta.

—Poco sé. Ya imaginará que soy muy discreta.

—Jamás se me ocurriría pensar lo contrario —comentó Zumalde con algo de sorna.

—Berta debía de tener más familia por aquí. Sé que trabajaba conmigo para darles algo de comer. Maldita guerra...

—Bueno, llamaré a la policía, si es que queda alguien en alguna comisaría que pueda ocuparse del cadáver. ¿Un cigarro?

—¿Eso es lo único que va a hacer? —preguntó la mujer, aceptando el tabaco del comisario.

—Me temo que no va a resultar fácil capturar al asesino.

—Porque usted cree que es ese militar alemán, ¿no?

—Sí, eso creo. Y que tardará poco en regresar a su país.

—Creía que no quedaban alemanes en Bilbao.

—Ya ha visto que, al menos, uno quedaba.

—¿Y no va a buscarlo antes de que se escape?

—Lo intentaré, doña Paquita, lo intentaré.

En su fuero interno, Zumalde sabía que mentía. Aunque estaba seguro de que ese alemán tenía que ver con los crímenes, no le sería sencillo dar con él, ni demostrar su culpabilidad. Y mucho menos en la angustiosa situación en la que se hallaba la ciudad, preocupada por su propia supervivencia. No se le ocurría a quién acudir, porque Modesto Arambarri debía de estar ya batallando en el frente y no se atrevía a contarle sus cuitas a ningún desconocido. Se encontraba tan perdido que incluso le habría relatado sus sospechas a Victoriano Manzano; sin embargo, el inspector no daba señales de vida desde finales de julio. No le hubiese importado ver su cara de guasa al decirle que un teniente nazi asesinaba prostitutas pelirrojas a las que ataba y apuñalaba seis veces. Tampoco olvidaba el anónimo con las amenazas, ni cómo se habían ensañado con Casimiro Mochales. Acusaba su vejez... y sobre todo su cansancio. Aunque, en verdad, lo que le desasosegaba era sentirse cobarde.

43

Las primeras decisiones urgentes que adoptó el joven Gobierno de Euskadi pretendían paliar la precariedad de medios con que contaba para salvaguardar su territorio. Desde el Gobierno de la República apenas llegaba ayuda aérea, por lo que resultaba imposible protegerse de los bombardeos de la aviación enemiga. Así que José Antonio de Aguirre, que asumió personalmente las competencias de Defensa, decidió la creación de una fuerza naval propia y de un sistema de fortificación de búnkeres con baterías y trincheras de ochenta kilómetros de perímetro a lo largo de los montes que rodeaban Bilbao, bautizado como el Cinturón de Hierro, cuya construcción le fue encargada a Alejandro Goicoechea, un ingeniero de Elorrio especialista en ferrocarriles.

En su afán de mejorar la preparación de las fuerzas de orden público, se creó una policía militar cuyo germen fueron los integrantes de los guardias encargados de la vigilancia de la Zona Internacional, a la que se incorporaron militantes nacionalistas vascos y miembros de las brigadas motorizadas, hasta que el cuerpo de la Ertzaña llegó a contar con mil doscientos cincuenta efectivos al mando de Luis de Ortuzar, yerno de Wilhelm Wakonigg.

En cuanto a las medidas humanitarias, el lendakari Aguirre aceptó el intercambio —a petición de Marcel Junod, el delegado del Comité Internacional de la Cruz Roja— de las mujeres detenidas por motivos políticos. Sin embargo, mientras que el Gobierno vasco liberó a todas las presas de las cárceles de Euskadi, el franquista no cumplió con su parte del pacto aunque accedió a que los niños a quienes el fracasado golpe militar sorprendió en colonias de verano, ubicadas en territorio ocupado por los rebeldes, fuesen regresando a sus hogares. Por fortuna, la intermediación del doctor Junod sí sirvió para canjear al alcalde de Bilbao por su amigo Esteban Bilbao, los cuales, al abrazarse en el hotel La Poste de San Juan de Luz, se prometieron trabajar cada uno en su bando para que se acelerase la permuta de presos políticos.

Menos suerte corrieron los dieciséis sacerdotes vascos asesinados ese mes de octubre por las tropas franquistas, entre los que se hallaba José de Ariztimuño Olaso. Aunque la censura de los periódicos no les permitía publicar crónicas que pudiesen menoscabar la moral de la retaguardia ni la de los soldados en el frente —a los que también les llegaba la prensa—, los detalles de su fusilamiento corrieron de boca en boca provocando una especial conmoción, ya que era muy popular tanto por su apoyo al mundo obrero como por sus artículos periodísticos de corte nacionalista, en los que firmaba con el seudónimo de Aitzol.

Cuando la noticia llegó al *Euzkadi* se formó una

pequeña tormenta en su redacción, ya que Añibarro estaba empeñado en ensalzar públicamente su figura en tanto que Ramírez de Olano tuvo que apretar los dientes para evitarlo.

—Si lo hacemos, pasado mañana no sacamos el periódico nosotros. No te preocupes, le homenajearemos a su debido tiempo —sentenció el director, sin disimular su desazón.

El redactor jefe salió de su despacho con lágrimas de impotencia en los ojos.

—Otro de los nuestros, joder —musitó, dejándose caer en la silla para a continuación teclear con rabia en su máquina de escribir una semblanza de Aitzol a sabiendas de que no pasaría por la linotipia.

Ese afán de los mandatarios republicanos por sesgar y manipular la información se tradujo en el decreto que establecía los delitos de espionaje, de derrotismo y de desafección, entendida esta como la difusión de falsos rumores o noticias concernientes a la guerra; acaso creían los gobernantes que podrían erradicar mediante leyes los cotilleos y el pesimismo. De ahí que escuchar clandestinamente las emisoras controladas por los franquistas se convirtiese en una actividad peligrosa porque los chivatazos estaban a la orden del día.

Pero bastante tenía la población con buscar con qué alimentarse, puesto que a las continuas restricciones en el racionamiento de productos de primera necesidad se añadía el incremento de los precios por parte de algunos comerciantes, que trataban de mejorar sus beneficios a costa de las necesidades ajenas a pesar de que las autoridades locales pretendieran evitar estas prácticas abusivas mediante comunicados que solían caer en saco roto.

A medida que el otoño se enseñoreaba del paisaje bilbaíno, el temor a los bombardeos iba decreciendo, ya que todas las alarmas que sonaron en octubre resultaron falsas. En ocasiones porque el objetivo del ejército enemigo se situaba fuera de la ciudad, como cuando el 21 de octubre una pequeña escuadrilla atacó la inviolabilidad de la Zona Internacional y provocó varios muertos, entre ellos dos agentes de la Ertzaña y una niña inglesa de ocho años, y numerosos heridos. Ello conllevó que la ciudadanía extranjera que aún permanecía en territorio vasco dejase de sentirse segura y optase por regresar de inmediato a sus países de origen.

El encargado de trasladar a los componentes de la colonia foránea fue sir Harold Martin Burrough, capitán del Exmouth, un flamante destructor inglés anclado en Las Arenas. Una vez que todos los viajeros se encontraron a bordo, tocó el turno de los cónsules, obligados a mostrar sus valijas en el control montado por los agentes del Departamento de Gobernación. Los diplomáticos de Suiza, Bélgica, Argentina y Gran Bretaña accedieron al barco sin problemas, pero al llegarle el turno a Wilhelm Wakonigg, este se negó a enseñar su equipaje e incluso intentó salir del control y regresar a sus oficinas, donde supuso que gozaría de inmunidad consular. Sin embargo, los agentes no se lo permitieron. Finalmente, obligado por las circunstancias, Wakonigg abrió su maleta. En ella llevaba billetes del Banco de España, saquitos con joyas, dos planos de la ría y un gran número de cartas abiertas que fueron ojeadas por los policías vascos. El contenido de algunas que pudieron entender levantó sus sospechas, por lo que Wakonigg quedó detenido y, a pesar de sus ruegos para que el destructor inglés demorara la salida hasta que se aclarase aquel malentendido, el Exmouth tuvo que zarpar sin él.

Desde la cubierta, el teniente Adler Messner observaba cómo la costa vizcaína se iba alejando mientras se pasaba las yemas de los dedos por la mejilla, todavía dolorida por unos brutales arañazos que le dejarían marcado su rostro para siempre.

44

El mismo barco que se había llevado de Bilbao a los últimos miembros civiles de la colonia extranjera regresaba a aguas vizcaínas con pasajeros esperados durante meses. En la cubierta del Exmouth, el doctor Junod charlaba sonriente con el capitán Burrough, un tipo alto y fornido, de aspecto rubicundo. Apenas hacía unas semanas que ambos se conocían, pero su afán por humanizar una guerra ajena fue motivo suficiente para que pronto se convirtiesen en amigos, máxime después del mal trago compartido quince días atrás.

Al igual que entonces, sonaron las campanas de las iglesias en ambas márgenes de la ría en señal de júbilo por la llegada de los cuarenta niños retenidos desde julio en la colonia de verano de Laguardia. Sin embargo, al contrario que la última vez, ahora el doctor Junod sí llegaba con buenas noticias. A pesar del momento feliz, en su rostro se adivinaban atisbos de amargura porque sabía que aquella sería su última misión como intermediario en el canje de prisioneros en tierras norteñas. Y es que sus continuos encontronazos con las autoridades franquistas, que ya le tildaban de renegado y de pobre idiota, no le permitían continuar con su labor. Por suerte, los vascos confiaban en él aunque no hubiese podido llevar a cabo todo lo pactado por culpa de que los militares sublevados se empeñaban en faltar a su palabra. Quizá porque demostró su buena fe en su primera intervención en el conflicto al conseguir sacar de la cárcel de Pamplona al alcalde de Bilbao, que tras pasar unas semanas en Francia regresaba en el HMS Fearless, otro destructor inglés que navegaba junto a ellos.

—¿Estás bien? —le preguntó Burrough al delegado del Comité Internacional de la Cruz Roja.

—Bien, gracias. Solo un poco jodido.

—Has hecho lo que has podido —dijo el capitán del Exmouth, sabedor de lo que se le pasaba por la mente a su amigo. Este guardó silencio durante unos instantes para enseguida regresar al tema que le obsesionaba y del que ya habían tratado en otras ocasiones, pero sentía que hablarlo en voz alta le servía para desahogarse.

—¿Sabes por qué los franquistas se niegan a canjear presos? —preguntó Junod, dando una calada a su puro.

—Porque dicen que no piensan cambiar caballeros por rojos. —Burrough no disimuló que ya conocía la respuesta—. Por eso lo intentaste con las mujeres...

—Los vascos accedieron a liberarlas, y eso que entre ellas había muchas aristócratas, familiares de políticos y de militares franquistas que andaban de veraneo en San Sebastián cuando empezó el jaleo. Tú y tus marineros estuvisteis muy bien el mes pasado en Plencia llevándolas desde la carretera a las lanchas en plena noche.

—A algunas incluso en brazos —rio el capitán del Exmouth—. Estaban aterradas. Se pensaban que las íbamos a matar.

—Y ya ves, menudo recibimiento tuvieron en San Sebastián. Para que luego los franquistas se negaran a liberar a sus presas... Eso sí, se creyeron que agasajándome con un almuerzo lujoso en Burgos iban a quedar en paz.

—Me hubiese gustado verles la cara cuando les dijiste que los verdaderos caballeros no se encontraban en Burgos, sino en Bilbao —respondió el marino, mientras ponía una mano en el hombro del doctor Junod para procurar consolarle.

—Se levantaron todos a una de la mesa —sonrió el suizo, no sin amargor—. Parecía que hubiese estallado una bomba. Su vanidad no estaba acostumbrada a ese tipo de comentarios.

—Pero pudiste liberar a las familiares del ministro Irujo y a algunas mujeres más.

—Pocas para lo pactado. Y eso fue gracias a la buena voluntad del alcalde de San Sebastián.

—También has conseguido traer a estos niños —respondió Burrough, que no se veía capaz de aligerar esa sensación de fracaso que pesaba sobre las espaldas de Junod.

—Una vez más confié en la palabra del presidente de la Cruz Roja franquista y una vez más falté a la mía. Recuerda que prometí a sus familias traerlos de vuelta hace dos semanas.

—Pero tuviste el arrojo de venir sin ellos a darles explicaciones. No todo el mundo hubiese sido capaz. Y aguantaste sus improperios con una dignidad que para sí quisieran esos franquistas. Tranquilo, que hoy te vas a desquitar. Seguro que los que entonces te escupieron te abrazarán en un rato.

—Te agradezco tus ánimos, amigo. Confío en que podamos tomar un buen whisky en Las Arenas —concluyó Junod mientras contemplaba, ahora más sonriente, los numerosos pañuelos al viento que ondeaban en la orilla en señal de saludo.

No todos los que se agolpaban en el muelle de Ondarreta aguardaban la llegada de los niños de las colonias de verano. Entre el gentío también se encontraban familiares y amigos de los marineros de los barcos que escoltaban a los destructores ingleses. Entre ellos, Irene Lasa, que se había escapado de Bilbao para recibir a Koldo en su primer viaje como miembro de la tripulación del Vendaval desde que el Gobierno vasco hubiese requisado el bacaladero para incorporarlo a la Marina de Guerra Auxiliar de Euskadi, ideada con el propósito de proteger las aguas del Cantábrico. En tan solo un mes desde su creación, la pequeña flota ya contaba con dragaminas, embarcaciones auxiliares y pesqueros artillados bautizados con el nombre de bous.

Koldo Arteaga era uno de los trescientos cincuenta hombres seleccionados inicialmente entre los más de tres mil voluntarios presentados para integrarse en aquel singular cuerpo militar. Su arrojo en el frente de Eibar y su experiencia de *arrantzale* le sirvieron para ser uno de los elegidos. Y dado que ya pertenecía a su tripulación, se le asignó el Vendaval. Fue Irene quien le divisó al bajarse del barco, enfundado en su mono, su chaquetón, sus botas de pescador y su boina oscura. A su alrededor se extendía una algarabía de gritos de júbilo y de llantos de felicidad por el sinfín de reencuentros, postergados durante demasiado tiempo. Al ver acercarse a la muchacha, Koldo se abrió paso entre la muchedumbre para conseguir llegar hasta ella cuanto antes.

—¡Aúpa! —saludó él, con la naturalidad de quien se ve a diario a pesar de que hubiesen transcurrido semanas desde su último encuentro. Irene le sonrió y le abrazó con ternura, apoyando brevemente la cabeza en su pecho—. ¿Cómo adivinaste que andaría por aquí?

—¿Eso quiere decir que te alegras de verme?

—Claro que me alegro —respondió él, encogiéndose de hombros.

—Justo ayer recibí tu carta en la que me decías que te enrolabas en el Vendaval.

—Creo que soy más útil en un barco. Además, yo me siento más a gusto en la mar.

—Toda la ciudad estaba pendiente de la llegada de los niños. Así que supuse que no andarías muy lejos. Parece mentira que, estando a cien kilómetros de Bilbao, hayan tenido que llevar a los niños a Francia para embarcarlos allí.

—Es que el frente está muy cerca de aquí, Irene.

—Y no sabes cómo me alegra que te hayas alejado de él. Te sienta genial este uniforme.

—Los pantalones me quedan un poco cortos, aunque no se nota debajo de las botas.

—Es que eres un grandullón —replicó ella, esbozando una sonrisa dulce, mientras comenzaban un paseo al descuido en dirección a Neguri.

Durante el trayecto Koldo imaginaba un futuro junto a ella, con dos o tres hijos correteando por el caserío, si bien sabía que aquello no era más que una ensoñación porque jamás se atrevería a pedirle matrimonio. Sin embargo, no podía evitar que en su mente se acumularan imágenes no vividas pero deseadas: unas manos unidas en el altar de la iglesia de Kanala ante la aquiescencia del padre Andrés, un café al despertar con Irene en camisón, una excursión con sus hijos a la ermita de San Pedro de Atxarre...

Al descubrir su gesto serio, ella supuso que al muchacho le angustiaban los recientes recuerdos del frente y trató de contarle cosas que no tuviesen que ver con la guerra ni con lo dura que estaba siendo la vida en Bilbao. Pero lo que a Koldo le angustiaba realmente era no saber gestionar sus emociones cuando estaba junto a Irene.

45

Por primera vez en sus vidas habían decidido no darse el adiós en un muelle o en una estación de ferrocarril. Quizá porque también fuese la primera vez en sus vidas que la despedida no solo era obligada, sino que además podía ser definitiva. Sentados junto a una mesa del Moulin Rouge, en la zona de Las Cortes, Ignacio y Kepa jugaban a departir como si el mundo no hubiese cambiado, procurando abstraerse de cuanto acontecía al otro lado de las puertas de aquel pequeño cabaré, cuya decadencia transportaba a sus clientes a tiempos pasados, igual de recientes que de añorados.

Contraviniendo la normativa local sobre las restricciones de horarios nocturnos, los garitos de La Palanca permanecían abiertos hasta la madrugada sin que la policía molestase a sus dueños; en parte porque el Departamento de Asistencia Social incautaba sus beneficios, en parte porque a las autoridades les interesaba mantener lugares de desfogue para aquellos milicianos con días de licencia, que hacían caso omiso de algunos doctores que aconsejaban la castidad para transformar la energía sexual en ardor combativo. De cualquier modo, los alrededores de la calle San Francisco se convertían en pequeños oasis de diversión en una ciudad que iba perdiendo su alegría.

En un intento de aprovechar al máximo sus últimas horas a solas, los dos amigos habían acudido al cine igual que tantas veces desde su niñez. Y a pesar de que a ambos les atrajo el título de *La insaciable* —traducción castellana de *No one man*—, optaron por acudir al teatro Buenos Aires, donde se proyectaba *Anna Karenina*, principalmente porque a Kepa le resultaba más guapo Fredric March que Ricardo Cortez; claro que Ignacio no se quejó de que la protagonista del filme elegido fuese Greta Garbo, si bien tampoco le hubiese hecho ascos a Carole Lombard.

—Nuestra última película juntos —dijo el periodista, acercando su copa de coñac a la de su amigo.

—No te pongas melodramático. Y no te quejes, que tú podrás seguir yendo acompañado al cine —respondió el actor, imprimiendo cierto retintín a su voz.

—¿Lo dices por Irene?

—Ni se te ocurra escribirme para contarme lo que ves con ella —bromeó.

—No me digas que te ha dado un ataque de achares —comentó Ignacio, en tono de guasa.

—Y muy gordo, canalla.

—Entonces no te diré que la semana pasada estuvimos en nuestro querido Olimpia viendo *Tiempos modernos*, de Chaplin; ni que mañana iremos al Arriaga para ver actuar a Mari Luz Berastegui y a Los Bocheros.

—Lo dicho, eres un maldito canalla —afirmó, apurando su bebida casi de un trago.

—Joder, menudo lingotazo.

—Será que me quiero emborrachar deprisa.

—Te voy a echar de menos.

—¡Vaya! Creo que esperaba este momento desde que llevabas esos pantalones cortos que te permitían lucir tus bonitas piernas.

—Yo seré un canalla, pero tú siempre serás un gamberro. —Ignacio rio.

—Hablando en serio... Espero que te vaya de puta madre con Irene. Parece muy buena chica. Me gusta cómo te mira.

—¡Dame un abrazo, anda!

—¡Eh! Sin mariconadas —protestó jocoso Kepa, evidenciando con intención ese afeminamiento que tan bien ocultaba cuando quería.

—Retiro lo dicho. No eres un gamberro, eres un gilipollas —contestó Ignacio, sin dejar de reír.

Bebieron mucho esa noche. A su alrededor crecían las risas despreocupadas y las parejas de circunstancias que, a medida que avanzaba la madrugada, abandonaban el local en busca de un colchón alquilado en alguna casa cercana de mala muerte. Los dos amigos se negaron a hablar de cosas tristes. No dudaban de que salir de Bilbao con destino a Inglaterra, donde residían dos de sus hermanas, era lo más sensato para la familia de Kepa ante los últimos amagos de detención sufridos por el mero hecho de ser hijo de su padre. Pero tampoco olvidaban que aquella distancia podría resultarles insalvable.

No salieron del local hasta que se dieron cuenta de que estaban solos. La lluvia les pilló sin paraguas en la calle. Tras cruzar el puente de Cantalojas, sabían que sus caminos debían separarse y no únicamente de forma literal.

—El sombrero te sienta mejor que la *txapela* —dijo Kepa, al abrigo de una cornisa—. No tardes mucho en recuperarlo.

—Y me protege más del agua.

—Y con él te pareces más a Fredric March. Sobre todo cuando fumas en pipa.

—¡Ya empezamos!

Kepa ladeó la cabeza para adoptar un gesto de falsa inocencia en su rostro.

—¿Sabes lo que te dije antes sobre la manera de mirarte de Irene?

—Sí, que te gusta.

—Me gusta porque es la misma con la que yo te miro a ti —confesó Kepa, acaso porque ya no tenía nada que perder—. Yo sí que te voy a echar de menos, Ignacio.

Incapaz de reaccionar con lucidez, el periodista abrazó a su amigo y esta vez fue él quien le besó con suavidad en los labios.

—Cuídate... Cuídate mucho. Y vuelve pronto, gamberro —le rogó antes de emprender el regreso hacia el casco viejo.

Kepa se quedó aún un rato en la esquina viendo cómo su amigo se perdía entre la bruma de la mañana.

—¡Cuídate tú también, canalla! —le gritó desde lejos para a continuación marcharse.

Al volverse, Ignacio todavía tuvo tiempo de ver cómo Kepa no tomaba el camino hacia su casa sino que se volvía sobre sus pasos, quizá en busca de algún chapero que le consolara. Y se sintió triste. Terriblemente triste.

46

A Fernando Zumalde le extrañó no encontrar a Ignacio Segurola en las oficinas del *Euzkadi*. Fue su compañero Andima Orueta quien le dijo que ni siquiera había aparecido por la redacción, bromeando con que se le habrían pegado las sábanas por culpa de alguna bella damisela. No le faltaba parte de razón al bueno de Orueta porque, a esas horas del mediodía, la resaca de Segurola ganaba por nocaut a su sentido del deber; y de no ser por el ruido que retumbaba en su cabeza, provocado por los golpes que alguien daba a la puerta como si quisiese derribarla, no se habría levantado hasta el día del juicio final.

Tras una dura pugna ahora con su vejiga, consiguió incorporarse para llegar a su destino, no sin antes trastabillarse y maldecir la pata de la cama.

—Joder, comisario, qué escándalo —murmuró, casi sin fuerzas—. ¿Quién se ha muerto hoy?

Apoyado en el quicio, con un cigarro en la boca, Zumalde no contestó de inmediato. Era cierto que hacía tres semanas le había despertado tras dar parte a sus antiguos compañeros de la Guardia Municipal de la muerte de Berta, la pupila de doña Paquita, para relatarle enseguida los detalles de su asesinato. Sin embargo, moría demasiada gente cada día como para hacer ese tipo de bromas. Pero lo malo del caso es que acababa de acertar, aunque él solo pretendiese comentar lo acontecido en los últimos días, si bien la actitud malhumorada de Segurola le contagió.

—Pues mira, ayer ejecutaron en la cárcel de Alicante a José Antonio Primo de Rivera.

—No pensarás darme estos sustos de muerte cada vez que fusilen a alguien. Por desgracia es el pan nuestro de cada día.

—El fundador de la Falange no era uno más, coño. Pero confieso que venía a hablarte de otra cosa.

—¿No piensas entrar?

—No, te espero abajo, en el Gayarre. Te dejo que mees tranquilo, que parece que tienes el baile de san Vito.

Sin demasiadas ganas de protestar, el periodista se tomó su tiempo para salir de casa. Cuando entró en el café, Zumalde acababa de leer en *El Liberal* un artículo titulado «La guerra incivil de los facciosos».

—¿Algo interesante?

—Lo de siempre. No hacemos más que ganar batallas, conquistar plazas y derribar aviones enemigos, pero esto no avanza más que hacia el desastre. Mira... «La República es humana, tiene sentimientos. Los otros son unos dementes enfurecidos» —leyó el comisario en voz baja.

—No creo que la guerra entienda de sentimientos, en ninguna parte —respondió Segurola mientras tomaba asiento.

—Lo más gracioso es que bajo la columna hay publicado un anuncio del Moulin Rouge.

—¡Uf! No me hables. Que anoche me dieron las tantas allí.

—Así que ese es el motivo de tu resaca. Menudas ojeras tienes.

—Esa ha sido una deducción cojonuda. No me extraña que seas el mejor detective de Bilbao.

—¡Vaya! Veo que el reportero tiene ganas de guasa.

—No creas. Necesito un café con urgencia.

—¿Ves? Tú dirás lo que quieras, pero te has levantado gracioso. ¿Un café? Me da que vas a tener que conformarte con achicoria.

—No me fastidies.

—Haz como yo. Bebe vino antes de que nos lo racionen también —sugirió el comisario, dando un trago a su chiquito.

—¿Es que has dejado la Coca-Cola?

—Apenas se encuentra ya —contestó Zumalde, contrariado—. Oye, aquí dice que los espectáculos en el Moulin Rouge duran de cuatro a diez. Eso sí, no especifica si de cuatro a diez de la noche o de la mañana. ¿Qué pasa? Que se respeta poco el horario en La Palanca, ¿no?

—De sobra lo sabes. No me tomes el pelo —comentó el periodista antes de solicitar lo más parecido a un café a un camarero que se acababa de acercar.

—¿Y había motivo para la juerga?

—Kepa se va hoy —dijo Ignacio, mirando su reloj—. En realidad, habrá zarpado ya. Digamos que fue una fiesta de despedida.

—¿Muchas *varietés* frívolas?

—Solo puedo decirte que no nos aburrimos. Y, bueno, ¿qué me ibas a contar?

—Nada relevante. Hacía tiempo que no te veía.

—Tres semanas.

—Tres semanas sin novedades en el caso de las chicas asesinadas, más allá de que ese malnacido debió de irse en el Exmouth.

—Lo que es el destino. Es el mismo barco en el que estará navegando Kepa hoy.

—Y en el que no se pudo ir Wakonigg. Sabes que lo fusilaron anteayer, ¿no?

—Sí, junto al cónsul de Paraguay y un comandante de infantería. Todos acusados de traición. Han tardado poco en ejecutar la pena, porque el juicio empezó el lunes aquí al lado, en la Audiencia. Ya viste la expectación que despertó. Fui yo el encargado de cubrirlo.

—Lo leí, lo leí. Lo que ignoraba es que lo hubieses escrito tú.

—Trabajo para mi periódico, comisario. Pero se ve que todavía no tengo categoría para firmar lo que escribo. Y los deportes apenas interesan a nadie en estas circunstancias, por mucho que se empeñen en que no cesen los partidos de fútbol, ni de pelota.

—¿Crees que, tal como manifestó en el juicio, Wakonigg era un mero mensajero y no sabía lo que guardaban los sobres?

—No pondría la mano en el fuego. Y siempre cabrá la duda —dijo Segurola, bajando la voz y probando el contenido de la taza que acababan de servirle—. ¡Joder! Sí que es un asco esto —se quejó—. Pero si llevas un sobre con datos de las fortificaciones y de las fábricas de explosivos sabes a lo que te arriesgas. De haber llegado a su destino los informes habrían sido letales para Bilbao. Yo creo que Wakonigg confió en que se respetaría una inmunidad diplomática de la que no gozaba.

—Con las relaciones que tenía en el partido me extraña que el Gobierno no le haya indultado.

—Me temo que el hecho de que los alemanes hayan reconocido a Franco como jefe del Estado esta semana no ha ayudado mucho. Ya ves lo que han tardado en destituir a su yerno en la Ertzaña. Además, el juicio se celebró con todas las garantías procesales. El indulto hubiese cuestionado la actuación del Tribunal Popular. Y bastante precaria es la relación del PNV con sus socios de izquierdas. No podía permitirse cabrearlos por esto.

—¿Es verdad que se presentó ante el pelotón de fusilamiento fumando en pipa y que se despidió con un «*Heil Hitler!*»?

—A saber. No cabe duda de que era un caballero. En el juicio mantuvo la entereza a pesar de estar enfermo. Y como te decía, los *jeltzales* no se han arriesgado a parecer blandos, teniendo en cuenta que en el bando de los facciosos las ejecuciones son masivas y con juicios sumarios, si es que los hay.

—También en la zona leal.

—Pero nosotros somos vascos.

—En eso tienes razón. Y ahora, además de luchar contra facciosos españoles, tendremos que hacerlo contra italianos y alemanes. ¿Qué dice la comunidad internacional?

—Se indigna; eso sí, con los brazos cruzados. Tiene cojones que los únicos que vayan a ayudarnos sean los rusos. Bueno, si es que eso se puede llamar ayuda.

—Tengo entendido que han enviado material bélico, ¿no?

—Cañones con escasa munición, tanques renqueantes con ruedas de goma, ametralladoras inservibles y fusiles de un único tiro que les debieron de sobrar de la guerra de Crimea. Se salvan los quince cazas.

—¡Vaya! Sí que estás informado. Ya mismo te veo redactando artículos de opinión.

—Créeme que preferiría seguir escribiendo las crónicas de los partidos del Athletic. En cualquier caso, opino que los fusilamientos no son la mejor solución. Matarse los unos a los otros no sirve más que para avivar el odio y la venganza.

—Te olvidas de que estamos en guerra, muchacho. Y que en una guerra se mata o se muere.

Con la vista puesta en el artesonado del techo, Ignacio se recostó sobre la silla. No le faltaba razón a Zumalde. A esas alturas ya no cabía ningún tipo de diálogo. Solo la fuerza de las armas acabaría con aquel sinsentido. Por primera vez se le vino a la cabeza la posibilidad de que Bilbao estuviese en el bando que perdiese la contienda. Y si eso ocurría, esperaba, al menos, volver a vivir en paz. Ni por un instante imaginó que las represalias de los vencedores podrían ser aún más demoledoras que la propia guerra.

47

Para un periodista que únicamente ejercía su profesión en su tierra natal los corresponsales de guerra le parecían dignos de admiración. Así se lo andaba haciendo ver Ignacio Segurola aquella noche en el comedor del hotel Torrontegui a un tipo británico pelirrojo, menudo de estatura y bigote a lo Charlot, quc llevaba unos días cubriendo para *The Times* el conflicto en una ciudad que se les mostraba salpicada de luces mortecinas a través de los ventanales. Quizá por sus básicos conocimientos de inglés, o porque sabía manejar su información con prudencia, el director del *Euzkadi* le había encargado ofrecerse de anfitrión a sus colegas extranjeros. Estos no solían rechazar su compañía, si bien algunos eran reticentes a intimar más de lo debido; como aquel polaco que cenaba a solas en una mesa cercana, al que llevaba cediéndole ocasionalmente el cuarto oscuro del periódico desde que lo vio por primera vez tres meses antes realizando un reportaje sobre el lendakari Aguirre en su despacho del hotel Carlton, al que el presidente vasco se acababa de trasladar por considerar seguro el edificio, y más aún con la construcción de un búnker en los sótanos. Desde entonces, sentía admiración por sus fotografías tomadas con una Leica idéntica a la suya.

No estaba siendo un buen mes de enero para Bilbao. De hecho, a pesar de haber transcurrido solo nueve días, posiblemente era ya el peor de la historia de la villa. Nada más concluir aquellas tristes Navidades, marcadas por la reciente ejecución de los cabecillas del intento de sublevación en Bilbao, la aviación enemiga comenzó el año con un bombardeo que no causó demasiadas bajas, pero que hizo aflorar la desesperación de una población a la que el hambre no le permitía razonar y que no se conformó con linchar hasta la muerte a uno de los dos pilotos alemanes que consiguieron saltar en paracaídas de uno de los aviones derribados por los vascos, sino que, una vez más, vengaron aquel ataque asaltando las cárceles —junto a milicianos anarquistas— en las que se hallaban los presos políticos que el Gobierno vasco se veía incapaz de canjear, en lo que fue el episodio más dramático de la guerra en Bilbao. Y si en septiembre había sido la Junta de Defensa la que no supo reaccionar para detener la turba que llegó a los buques prisión, ahora toda la responsabilidad recaía en el Gobierno vasco, que optó por mandar un batallón ugetista para imponer el orden, el cual acabó uniéndose a la matanza de reclusos. Cuando, al enterarse de lo ocurrido, el lendakari envió a tres de sus consejeros con la sección motorizada de la Ertzaña, estos lograron detener los asesinatos... pero ya se habían cometido demasiados. Y mientras Monzón —consejero de Gobernación— amenazaba con fusilar a los oficiales del batallón sindicalista, el socialista Juan Gracia —consejero de Asistencia Social— se desmayaba ante aquella pavorosa visión.

Ese episodio pesaría para siempre en la conciencia del lendakari Aguirre, que reconoció la responsabilidad de un hecho que les «avergonzó ante el mundo». Tras la tragedia, lo único que pudo hacer el Gobierno vasco fue ordenar a su censor que autorizara a los corresponsales extranjeros a relatar con fidelidad lo acontecido y permitir los funerales públicos de los doscientos veinticuatro asesinados, entre los que se encontraban trece sacerdotes, el intelectual Pedro Eguillor o Adolfo González de Careaga, un exalcalde de Bilbao de afiliación monárquica. Por todos ellos repicaron las campanas de la villa.

Con un sucedáneo de whisky en las manos, Segurola comentaba lo sucedido en esos días con su colega británico.

—Es la *mystique* del aire, los bombardeos enloquecen a la población —explicó George Steer, que venía de presenciar las tropelías de los fascistas italianos en Abisinia.

—Supongo que la guerra nos trastorna y saca lo peor de nosotros —reflexionó Ignacio—. ¿Crees que perderemos?

—Me temo que sí. Los vascos sois entusiastas, pero no tenéis medios suficientes para enfrentaros a los facciosos. En cuanto Franco se olvide de Madrid y concentre sus fuerzas en el norte, se acabó. Además, Aguirre es un hombre de paz que lucha contra generales bregados en África. Parece el capitán de un equipo de fútbol que, aunque pierda, obedece las normas: nada de mordiscos, nada de cuchilladas, nada de zancadillas.

En ese momento el fotógrafo polaco, que escuchaba en silencio la conversación, asintió con la cabeza y se despidió.

—Buenas noches, Chim —dijeron Steer y Segurola al unísono. Ambos permanecieron luego un rato en silencio, como si tuviesen que rumiar sus cavilaciones con la mirada perdida en la oscuridad de la ría.

Minutos después fue el veterano chef del hotel quien se acercó. A Segurola le sorprendió la dignidad con la que Félix Echevarría, al que todo el mundo llamaba Salsamendi, les preguntó si aquella cena de circunstancias había resultado de su agrado, considerando que se veía obligado a suplir la escasez de materia prima con una prodigiosa imaginación. Atrás quedaban las angulas de la Isla, las setas de Orduña, el salmón del Bidasoa o las pulardas de Barua-Jauregui, criadas en la finca que los Torrontegui poseían en Arrigorriaga. Ahora, el bueno de Salsamendi debía ingeniárselas para recrear platos apetecibles para sus clientes a base de conservas. Al menos, él aún no tenía que echar mano de los gatos o de las gaviotas —sucedáneos de la liebre y del pollo—, que empezaban a estar presentes en las mesas de los bilbaínos, cada vez más famélicos. A medida que se vaciaba el comedor, por la mente de Ignacio —acaso nublada por el alcohol— fueron desfilando los fantasmas de quienes un día ocuparon alguna de esas mesas que le rodeaban, quizá incluso hasta la suya. Y por un instante se imaginó los versos sueltos de un poema escrito por Lorca en un cuaderno o los pensamientos contradictorios de Unamuno —que acababa de fallecer en Salamanca ante la incomprensión de los *hunos* y de los *hotros*— en torno a su querida ciudad, de nuevo sitiada al igual que en la época que relató en su *Paz en la guerra*.

—¿Tienes novia? —preguntó Steer, que fumaba un cigarro con suma elegancia.

—Sí —respondió Ignacio, sin dudarlo.

—¿Cómo se llama?

—Irene.

—Bonito nombre. Mi mujer se llama Margarita.

—¿Es española?

—No, es de Pau, pero su padre sí. Su madre es inglesa. Margarita Trinidad de Herrero y Hasset —pronunció con orgullo su nombre completo—. La conocí en Adís Abeba, donde ella trabajaba para *Le Journal*. Es la primera mujer corresponsal de guerra con la que me he topado.

—Y te enamoraste enseguida —sonrió Ignacio, mientras encendía su pipa con tabaco de mala calidad.

—Me costó ser correspondido —reconoció Steer, al que le brillaban los ojos por causa de una embriaguez provocada no solo por el whisky.

—¿Te costó? Tuviste suerte de que no fuera vasca.

—¿Qué quieres decir? ¿Que es difícil conquistar a una vasca?

—Difícil no, es imposible. Es la vasca la que te conquista a ti... si quiere y cuando quiere.

—Eso es por culpa de vuestro matriarcado —rio ahora Steer, que solicitó al camarero que rellenara los vasos—. Lo peor es que creo que no exageras.

—En absoluto.

—Bueno, espero que seas feliz con esa muchacha. Es increíble cómo nos aferramos al amor en tiempos de guerra. Realmente es lo que nos queda. ¿Sabes? Margarita está embarazada —reveló el británico, proponiendo un brindis a Ignacio—. ¡Por mi futuro hijo!

—¡Por que crezca en un mundo en paz! —dijo Segurola, chocando su vaso contra el de Steer, para a continuación desviar inconscientemente su mirada hacia el tilo desnudo en el que se había citado de nuevo con Irene.

Aquella noche Ignacio casi no pudo conciliar el sueño. La conversación con George Steer removió sus anhelos. La vida no solo era demasiado corta, sino que en época de guerra resultaba además impredecible. No consiguió quedarse dormido hasta tomar una decisión, una decisión que comunicaría en cuanto tuviese oportunidad a aquella chica pelirroja de ojos grises cuya presencia se le hacía cada vez más necesaria.

Ya comenzaba a oscurecer cuando el periodista del *Euzkadi* esperaba a Irene bajo un paraguas, junto al tilo, con la mirada puesta en la calle Correo. El reloj de la iglesia de San Nicolás daba las seis en el momento que vio salir del hotel a Steer con su maleta. Ignacio se acercó, antes de que el británico se subiese al coche que le esperaba, para interesarse por el motivo de aquella partida imprevista.

—Me acaban de telefonear. Margarita está muy enferma. Voy a ver si encuentro un dragaminas que me saque de aquí para irme a Londres —farfulló el corresponsal, con la voz entrecortada, sin que apenas le diera tiempo a oír los buenos deseos que le enviaba un desconcertado Segurola.

Con el corazón encogido, regresó al tilo sin darse cuenta de que Irene estaba ya a su espalda. Al oír su dulce «hola, Ignacio» se volvió y la abrazó en silencio con tanto sentimiento que la muchacha se estremeció.

—Si solo hace dos semanas que no nos vemos...

—Diecisiete días —corrigió él—. Toda una eternidad.

—Anda, vamos, tonto. Que llegamos tarde al cine.

—No sabía que fuésemos a ver una película. ¿Alguna comedia romántica?

—¡Una de miedo! —aclaró ella, muy segura de sí misma—. *El hombre y el monstruo*. La echan en el Gayarre, al lado de tu casa.

Al periodista le sorprendió aquella vehemencia de Irene. Le avergonzaba reconocer que le gustaban más las películas de aventuras o de gánsteres, incluso las de amor, que las de miedo. Pero no era cuestión de oponerse, así que aceptó resignado la propuesta. En realidad, estaba tan feliz a su lado que le daba lo mismo lo que hicieran. Además, durante la proyección de la película, ella quizá se asustase y él podría aprovechar para protegerla con abrazos. Sin embargo, una vez en el cine, y a medida que aumentaba la tensión, fue él quien buscó la mano de Irene, que parecía disfrutar especialmente en las escenas en que Fredric March dejaba de ser el doctor Jekyll.

—Es muy guapo. Me recuerda a ti —susurró ella en la toma que el actor contemplaba la lluvia desde la ventana de su laboratorio, con la pipa en la boca.

—Sí, claro. Cuando se convierte en míster Hyde —respondió Ignacio, algo enfurruñado, mientras se acordaba del día en que su amigo Kepa le había dicho algo similar.

La risa de Irene provocó algún siseo por parte del público y él aprovechó para besarla. A la muchacha le sorprendió aquella reacción, pero en cuanto él se separó, ella buscó de nuevo su boca con un ansia inusitada.

48

Desde la batería de Punta Galea, el lendakari Aguirre observaba, con una mezcla de tristeza y orgullo, cómo a diez millas de la costa uno de sus bous artillados le hacía frente al Canarias, el buque más moderno de la marina de guerra española, en poder del ejército sublevado.

Hacía una hora que el convoy marino que escoltaba al Galdames —que llegaba de Baiona con cinco toneladas de moneda, material sanitario y doscientos pasajeros— se había topado casi de bruces con el crucero pesado rebelde al levantarse de súbito la densa bruma que cubría el mar Cantábrico frente al cabo Machichaco. Nada más ser avisado, el lendakari decidió contemplar con sus propios ojos la heroicidad de sus marinos. Cuando llegó a Punta Galea, el Bizkaya se dirigía al puerto de Bermeo con un barco mercante de bandera estonia, en tanto que el Gipuzkoa se retiraba ardiendo a Bilbao y el Donostia parecía dudar si entrar en combate o ponerse a salvo. Del destructor José Luis Díez, que también debía formar parte del convoy, no se tenían noticias porque solía averiarse si venían mal dadas. No en vano, los vizcaínos lo llamaban jocosamente Pepe el del Puerto por su preocupante pasividad.

Los que sí estaban vendiendo cara su derrota eran los cincuenta tripulantes del Nabarra —nuevo nombre del antiguo bacaladero Vendaval—, que, a pesar de estar envuelto en llamas, seguía intentando hacer blanco en el Canarias con su limitada artillería, en comparación con los cañones de largo alcance de su terrible oponente.

El joven comandante del Nabarra, un teniente de navío del Campo de Cartagena, trataba de infundir ánimos a los hombres que aún aguantaban en pie.

—¡Aúpa, muchachos! —gritaba Enrique Moreno, secundado por su primer oficial, Ambrosio Sarasola, que acababa de dar un tiro de gracia a uno de sus marineros, horriblemente mutilado, apiadado por sus súplicas.

La situación era desesperada. Aunque todavía ondearan la *ikurriña* y la bandera española con la franja morada, las llamas se propagaban de proa a popa, el palo mayor se caía y la chimenea se inclinaba. Por la cubierta, tapizada de esquirlas y cascotes de metralla, corría la sangre de aquellos *gudaris* que resistían sobre una mar cada vez más agitada.

El Nabarra apenas tuvo un respiro cuando el Canarias se percató de que el Galdames trataba de huir y le dirigió una andanada de cuatro cañonazos que no le hundió de puro milagro pero que logró ponerlo a recaudo del Velasco, otra de las embarcaciones rebeldes, que lo llevó al puerto de Pasajes.

Mientras, el bou de la Euzkadiko Gudontzidia seguía disparando cada tres minutos desde el único cañón que le quedaba, y consiguió que un obús alcanzara al crucero y le provocara escasos daños. Su reacción no se hizo esperar. Cada salva lateral del Canarias lanzaba mil kilos de acero y explosivo por los once del Nabarra, que si aguantaba a flote era gracias a la destreza de su timonel, que esquivaba los cañonazos en medio de un tremendo oleaje. Finalmente, un proyectil atravesó las cubiertas del bou y estalló en su sala de calderas, lo que provocó una detonación a la que sucumbieron casi todos los maquinistas, fogoneros y paleros, algunos de los cuales pudieron salir de las profundidades del bou, con la piel quemada, para morir al aire libre.

De repente, del Nabarra se desprendió un bote con cuatro tripulantes que comenzaron a remar a duras penas en dirección al bou Donostia. Al acercarse, el comandante Francisco Elortegi intentó rescatarlos, pero estos se negaron aduciendo que solo querían vendas para los heridos y baldes para achicar agua y apagar el fuego. Ante su insistencia no le quedó más remedio que acceder a sus peticiones con el llanto en los ojos.

—Idos a casa. Si hay que perder un barco será el nuestro. Retiraos antes de que no os podamos cubrir. Son órdenes de nuestro comandante —dijo Xabier Basarte, el tercer oficial, un bilbaíno cuyo rostro y cuya voz inspiraban confianza.

—Vamos a terminar este partido de pelota —concluyó Koldo Arteaga desde el bote.

Los cuatro expedicionarios aún tuvieron arrestos de regresar al Nabarra. Pero nada más poner el pie en cubierta, un proyectil reventaba las entrañas de Koldo, que, no obstante, fue capaz de sentarse en el suelo sin ayuda.

—¿Queda *saltaparapetos*? —le dijo a Basarte, que

se agachó en su auxilio, refiriéndose al brebaje a base de aguardiente que les había preparado el cocinero antes de empezar el combate para infundirles valor.

—Nos lo bebimos todo —respondió el tercer oficial, procurando disimular el espanto que le producía mirar el pecho y el abdomen del muchacho.

—¿Y un cigarro? —preguntó el *arrantzale* con la naturalidad de quien va a jugar una partida de mus.

—Claro —contestó Basarte, que se encendió uno y se lo colocaó en la boca.

—Hazme un favor. Si sales vivo de esta, dale esto a una muchacha que trabaja en la librería Verdes de Bilbao. Se llama Irene Lasa —le pidió, mientras le entregaba una medalla de la Virgen del Carmen que consiguió arrancarse con las últimas fuerzas que le quedaban—. Recuerda... Irene...

A Xabier Basarte no le dio tiempo a decirle que no se preocupase, o mejor... que se recuperaría y que él mismo podría dársela. Los ojos de Koldo se cerraron con la segunda calada de su cigarro y su corazón dejó de latir para siempre.

El grito de Enrique Moreno supuso el principio del final.

—¡El que quiera, a los botes; el que quiera, que se quede!

La orden del comandante no se hizo esperar, y uno a uno fueron subiéndose a las embarcaciones salvavidas los supervivientes de la batalla, si bien algunos se ahogaron en su intento de alcanzarlas. En la cubierta del Nabarra, repleta de cadáveres, el comandante y su primer oficial, que se negaban a abandonar el barco, contemplaban con la pistola en la mano cómo se alejaban sus hombres mientras fumaban con tranquilidad en medio de los cañonazos que todavía les lanzaba el Canarias.

—Poca vida nos queda después de este cigarro —susurró Sarasola.

—Pero vamos a morir con honor, Ambrus. Con honor —respondió Moreno.

—Eres el mejor *gudari* que he conocido.

—Para alguien del Campo de Cartagena es todo un halago, máxime si se lo dice uno de Lekeitio.

A pesar de que intentaron escapar en dirección a la costa, los dos botes salvavidas con veinte marineros a bordo fueron rescatados por la tripulación del Canarias. Todavía tuvieron tiempo de ver la última explosión del Nabarra antes de hundirse en el fondo del mar, después de dos horas largas de combate, casi ya al atardecer de aquel 5 de marzo de 1937 en el que un puñado de marineros vascos escribieron una de las páginas más heroicas de la historia naval.

Desde su observatorio de Punta Galea, el lendakari Aguirre emprendía su regreso a Bilbao, con los ojos humedecidos.

49

La información de la batalla frente al cabo Machichaco había llegado a las oficinas del *Euzkadi* antes del cierre de la edición y, aunque la censura no les permitía publicar todos los detalles, Pantaleón Ramírez de Olano decidió incluir en la portada una noticia del combate naval, que tituló: «El Gipuzkoa y el Bizcaya burlan al acorazado pirata Canarias y le arrebatan un buque mercante que convoyaba».

—¿Qué ha pasado con el Nabarra? —le preguntó Segurola a Añibarro, preocupado por la suerte de Koldo, de quien Irene solía hablarle a veces.

—Hundido, pero ni una palabra de esto a nadie. Han dicho del Gobierno que mañana nos facilitarán un comunicado oficial.

—¿Se sabe si hubo supervivientes?

—Parece que sí, algunos. No los podemos cuantificar con exactitud porque se los llevó el Canarias.

Esa noche Ignacio apenas concilió el sueño. Se veía en la obligación de contarle a Irene lo sucedido antes de que leyera algún periódico al día siguiente o llegara a sus oídos el rumor. No soportaba ser portador de malas nuevas, pero consideró que resultaba preferible para Irene enterarse por él de lo ocurrido. Le pesaba la incertidumbre, el no saber realmente si Koldo estaba vivo —en algún hospital o presidio enemigos— o yacía en el fondo del mar. Aun así, todavía era de noche cuando Ignacio se apostó frente a la librería Verdes para esperar a que Irene saliese del portal. Al verle, a ella se le iluminó la cara y a él se le ensombreció el alma.

El abrazo que se dieron, después de que él le relatara lo poco que sabía, no fue igual que ninguno de los anteriores. Aquel gesto evidenciaba una necesidad de consuelo que Ignacio se veía incapaz de afrontar. Jamás la había sentido tan frágil. El periodista trataba de que Irene mantuviese la esperanza, pero ella estaba segura de la muerte de Koldo. Le conocía lo suficiente como para saber que nunca hubiera abandonado el barco. De haber combatido en cualquier otro lugar del planeta, cabía la posibilidad de que Koldo estuviese vivo; sin embargo, aquella maldita batalla tuvo que producirse justo en las aguas donde él quería morir. Cobijada en los brazos de Ignacio, que le atusaba su melena en silencio, a Irene le vino la imagen del *arrantzale* mirando pensativo hacia el mar desde la ermita de San Pedro de Atxarre. A la muchacha le costaba desasirse de Ignacio. Como si aquel abrazo de lágrimas mudas pudiera esconder la realidad. Como si abrir los ojos le agrandara la pena.

—Prométeme que cuando acabe la guerra me acompañarás a un lugar —dijo, dominando la congoja.

—Al fin del mundo si quieres, Irene... al fin del mundo —susurró Ignacio, enrabietado por la impotencia de no poder aliviar su angustia.

La trágica noticia le fue confirmada enseguida, aunque ella ya solo pudo sentir resignación. Aprovechando la amistad de los hermanos Verdes con el lendakari, les había rogado que la tuviesen al tanto de las posibles novedades sobre los supervivientes del bou hundido. Y en la relación con los dieciocho presos en la cárcel de Ondarreta en San Sebastián y los dos heridos graves aún en la enfermería del Canarias, facilitada por las autoridades franquistas al día siguiente, no figuraba el nombre de Koldo Arteaga.

Si esa información llegó con inusual rapidez a Bilbao fue porque un caballero de honor llamado Manuel Calderón, oficial del Canarias, quiso reconocer la tremenda valentía de los marineros del Nabarra mediante el envío al Gobierno vasco de aquella lista para que fuesen avisadas las familias tanto de los supervivientes como de los caídos heroicamente en combate.

Día tras día, Ignacio procuraba arropar a Irene con su cariño, asistirla en sus silencios, animarla a que recordase a su amigo con una sonrisa, dentro de que la situación en Bilbao solo permitía alegrías efímeras y esporádicas. En su asistencia en los hospitales, Irene pudo comprobar todo el horror que la guerra causaba y que parecía no tener final. A pesar de la cantidad de heridos que atendía a diario, no se acostumbraba a aquel sufrimiento ajeno. Algunos mutilados aguantaban semanas entre terribles dolores hasta morir. E Irene quería consolarse con que Koldo reposaba en paz.

Especialmente duro fue el día en que numerosas ambulancias pidieron paso urgente entre el tráfico para llegar cuanto antes al hospital de Basurto. Y es que Durango estaba siendo atacada sin piedad desde el aire, y los muertos y heridos se contaban por centenares. Muchos cayeron en las iglesias mientras asistían a misa. Tan brutal resultó la matanza que Queipo de Llano, para exonerarse burdamente de la misma, en una de sus famosas alocuciones desde Radio Sevilla culpó a los socialistas y a los comunistas de asesinar a balazos a los curas y a las monjas encerrados en los templos, que luego quemaron aprovechando que la aviación italiana atacaba objetivos militares. Por desgracia, el número de localidades bombardeadas iba creciendo: Etxebarria, Markina, Ermua, Elorrio, Axpe, Otxandiano, Arteaga, Amorebieta, Larrabetzu, Lezama, Galdakao, Mungia, Zaratamo, Arrigorriaga, Basauri, Erandio, Barakaldo, Sestao, Berango, Leioa, Getxo, Santurce, Portugalete, Eibar...

Pasaban las semanas y las fuerzas franquistas, centradas en el frente norte, recrudecían sus acciones y conseguían conquistar plazas a costa de matanzas sobre la población civil. El ejército vasco, con escasos efectivos, se veía incapaz de detener los raides cada vez menos esporádicos y más violentos. Las reiteradas peticiones de aviones, por parte del lendakari, para poder hacer frente a las incursiones aéreas de alemanes e italianos parecían no escucharse en el Gobierno de la República, que aducía la imposibilidad de hacerlos llegar a través del territorio enemigo ni tampoco cruzando Francia porque las autoridades galas, en su política de no intervención, no autorizaban el repostaje en su suelo, cuando era sabido que los aviones republicanos carecían de autonomía suficiente para llegar hasta Bilbao sin riesgo de quedarse sin combustible por el camino.

La única noticia alegre que tuvo lugar en aquellos días fue la llegada del Seven Seas Spray, un barco británico comprometido con la causa republicana que logró eludir el bloqueo de la flota franquista para llevar al puerto bilbaíno tres mil seiscientas toneladas de sal, vino, aceite de oliva, jamón, miel, harina, alubias y garbanzos. Con tal generoso cargamento, no resultó extraño que la gente se arremolinara a ambas márgenes de la ría para corear vivas a los marineros ingleses y a la libertad, si bien las mujeres más pragmáticas se limitaban a gritar «¡vino y aceite!». Desde la cubierta, saludaba la tripulación acompañada de la esposa del maquinista y de Fifi, la hija del capitán, una bella joven en busca de aventuras a quien todo aquello se le antojaba sumamente exótico. Cuando las dos mujeres saltaron a tierra para ir de compras, se llevaron una pequeña decepción ante la escasez existente en los comercios.

Lo más relevante de la arribada del Seven Seas Spray no fue ya que aliviara el hambre de los sitiados, sino que sirviese para demostrar que la entrada al puerto no se hallaba minada, por lo que en los siguientes días entraron en la ría del Nervión nuevos barcos británicos recibidos con idéntico entusiasmo por los vizcaínos. Los más aplaudidos fueron los que transportaban trigo, que provocaron el delirio de la población al oír que la marinería de las patrulleras que los escoltaban gritaban «¡pan!». Y es que en Bilbao se llevaba comiendo, desde hacía meses, un pan negro muy amargo elaborado con grano, cáscara y bálago.

La ayuda humanitaria británica al pueblo vasco no fue bien recibida por el general Mola, que se encargó de arrojar nuevas octavillas sobre la capital bilbaína en las que se podía leer:

> NOSOTROS DESTRUIREMOS A VIZCAYA, Y SU TERRITORIO DESNUDO Y DESOLADO PRIVARÁ A LOS INGLESES DEL DESEO DE

SOSTENER CONTRA NOSOTROS A LOS BOLCHEVIQUES VASCOS. ES PRECISO DESTRUIR LA CAPITAL DE UN PUEBLO PERVERTIDO QUE OSA OPONERSE A LA CAUSA IRRESISTIBLE DE LA IDEA NACIONAL.

Sin embargo, los bombardeos con pan se hacían más llevaderos, aunque comenzaban a ser tan continuos que las mujeres y los niños procuraban no alejarse demasiado de los refugios, en los que el ambiente se enrarecía ya tanto que se prohibió fumar en ellos.

«¡A esconderse! ¡Que vienen los tranvías!», decían los bilbaínos, sin perder su flema socarrona, al referirse a los aviones. «¡Mirad! ¡Por ahí llega un pajarito!», exclamaban si el que atacaba era un Junker 52 alemán, el más gigantesco de todos ellos.

Cuando sonaban las alarmas, Ignacio salía corriendo en busca de Irene para aguardar juntos a que pasara el peligro mientras, aprovechando la oscuridad, sus manos jugaban a aproximarse a las zonas vetadas de sus cuerpos mediante caricias cobardes que avivaban su deseo.

A medida que pasaban las semanas, la muchacha parecía ir recuperando la normalidad de su sonrisa e Ignacio se sentía reconfortado, sin poder imaginarse que algo terrible estaba a punto de marcar para siempre el carácter jovial de Irene. Y es que se avecinaba el más terrible de los bombardeos. Pero esta vez el objetivo era Gernika.

50

George Steer reaccionó a la pérdida de su mujer embarazada arriesgándose más de lo razonable, quizá porque el despertar de sus instintos suicidas le animase a coquetear con la muerte. Por eso, no le importaba acercarse a la primera línea de los campos de batalla para contar con información privilegiada de cuanto acontecía. Haber estado varias veces bajo el fuego de las ametralladoras le daba una experiencia de la que carecían la mayoría de los comensales con los que compartía mantel aquella noche en el hotel Torrontegui, entre los que se encontraban el capitán del Seven Seas Spray y su hija Fifi, que escuchaba a Steer con absoluta devoción.

—Creo que te debo la vida, George —comentó Noel Monks, el corresponsal del *Daily Express*, también bregado en los frentes.

—¿Qué ha ocurrido? —preguntó Steer—. Hoy no hemos estado juntos.

—Si antes me lo dices, antes me pasa. Esta tarde un Heinkel 51 alemán nos ametralló a mi chófer y a mí cuando íbamos a presenciar los efectos del último raid —explicó Monks, atusándose una sien que comenzaba a platearse a pesar de su juventud—. No nos quedó más remedio que hacernos los muertos en uno de los cráteres perforados por las bombas.

—Es que si los aviones van en picado a por ti lo mejor es tumbarse y no moverse. El ángulo es demasiado empinado para ellos. Pero si te levantas y empiezas a correr estás perdido —aclaró Steer en medio de la admiración de los presentes, asombrados por la naturalidad con que hablaban los dos británicos, como si estuviesen contándose la mejor manera de servir un té.

—Ya ves que hice caso al consejo que me diste ayer. Si no, a estas horas estaría criando malvas —dijo Monks, para a continuación relatar los desastres del bombardeo en Markina, Bolibar y Munitibar a petición de Mathieu Corman, el corresponsal belga del *Ce Soir*, un librero de Ostende con espíritu aventurero.

Además de los extranjeros, se repartían por las mesas algunos huéspedes del hotel, casi todos bilbaínos simpatizantes de la derecha, que habían hecho de aquel edificio su refugio en espera de que amainara el temporal para poder regresar a sus casas en el supuesto de que no hubiesen sido ocupadas por refugiados, o directamente confiscadas. Estos se movían con sigilo por las dependencias del Torrontegui, como espíritus en la noche, para procurar pasar desapercibidos. De hecho, algunos llevaban meses sin atreverse a salir de sus habitaciones, débilmente iluminadas, al igual que el comedor en el que los periodistas seguían departiendo sobre las novedades en el frente, hasta que una llamada del Gobierno vasco los alertó.

—Gernika está en llamas —se limitó a decir Anton

de Irala, el secretario del lendakari, quizá porque la voz no le salía de la garganta.

Los corresponsales se desprendieron de inmediato de sus servilletas, dejaron la comida en los platos y salieron en busca de algún vehículo que los llevara, a toda velocidad, a la villa que simbolizaba las tradiciones vascas. Muchos kilómetros antes de llegar ya se impresionaron por el color del cielo al otro lado de las montañas.

—Parecen venas de sangre inyectadas en el firmamento —susurró Steer.

A medida que se acercaban, la bóveda celeste que envolvía Gernika se tornó rosa. Sin embargo, el panorama que contemplaron en lo que hasta hacía unas horas habían sido las calles de la villa era dantesco. Sentados entre los escombros, algunos soldados del batallón Susaeta fumaban con la mirada perdida, como si se negasen a asimilar la consunción de cuanto les rodeaba, en tanto que numerosas mujeres y niños en estado de shock pululaban aturdidos tratando de averiguar el paradero de sus familiares, sin excesivo sentido de la realidad.

Tras sortear un rebaño de corderos inertes sobre un inmenso charco de sangre, los vehículos de los periodistas fueron adentrándose con suma prudencia en aquella villa que ya no era sino una maraña negruzca de vigas y maderos en combustión y coches calcinados, horadada por las bombas.

Numerosas personas se afanaban en hallar entre los escombros los cadáveres de sus familiares, algunos salvajemente mutilados. Otras traían desde las afueras los cuerpos acribillados por las balas enemigas de quienes intentaron huir durante las tres horas y media que tardaron los aviones en arrasar la villa.

—¿Habías visto algo parecido alguna vez? —le preguntó Corman a Steer, ofreciéndole tabaco.

—Nunca.

—Por espantoso, es increíble —terció Christopher Holmes, el apuesto corresponsal de la agencia Reuters.

—Han usado bombas explosivas y también incendiarias. Y luego se han dedicado a ametrallar cuanto se movía —conjeturó Monks—. Deben de ser los mismos que me atacaron esta tarde.

—Mirad —dijo Steer, mostrando unos tubos plateados en los que se veía una inscripción que rezaba «RhS», fechada en 1936, con el símbolo de un águila imperial con las alas extendidas.

—Alemanes... Esos cabrones de la Legión Cóndor se han despachado a gusto —apuntó Keith Scott Watson, un buscavidas que procuraba ganarse el pan con sus crónicas en el *Star* y en el *Daily Herald*, más aficionado a las mujeres que al trabajo.

Cuando llegaron a la plaza vieron a un centenar de personas, muchas de ellas con la piel y el pelo quemados, gimiendo a la espera de socorro. A su lado, se iban acumulando los cadáveres deformados que los soldados conseguían extraer de los escombros. Escaleras arriba, una brigada de bomberos se esforzaba con escasos medios en contener las llamas de la sala capitular de la iglesia de Santa María.

Casi por inercia, los periodistas se dirigieron a la Casa de Juntas, mientras por el camino se entretenían en preguntar por los detalles de la tragedia a cuantas personas en disposición de hablar se topaban. A veces ni siquiera se hacía necesaria la traducción del intérprete porque los ademanes de los testigos, con el horror impregnado en sus rostros, resultaban suficientes para acercarse a entender lo sucedido. Tuvieron que moverse con la máxima precaución por aquellas calles cubiertas de ascuas sobre las que caían cascotes de las casas que todavía permanecían en pie, cuyas paredes irradiaban un calor que les abrasaba las mejillas.

Al llegar a su destino, los corresponsales no pudieron por menos que sorprenderse. La Casa de Juntas —el lugar donde se erguía el roble de las libertades vascas— permanecía milagrosamente intacta en medio del desastre.

Tras un par de horas caminando sobre las ruinas de la villa foral, cuyo silencio solo era roto por los gritos de dolor de quienes encontraban los cuerpos sin vida de sus seres queridos, los periodistas decidieron emprender el viaje de regreso para enviar sus crónicas. El mundo debía conocer enseguida aquella matanza de civiles.

Entre la penumbra, los faros de sus coches iluminaban los camiones y carretas de bueyes que transportaban a numerosos heridos, en tanto que una hilera de personas sin equipaje caminaba despacio huyendo de la nada, con los ojos puestos en los caseríos que aún ardían en las colinas como velas encendidas.

Mientras, los supervivientes que quedaban en Gernika seguían trabajando sin aliento junto con la policía motorizada con la exigua ilusión de localizar a alguien con vida entre los edificios derribados. En el amasijo de escombros que era ahora la iglesia de San Juan, dos sacerdotes —con la cara tiznada y las sotanas cubiertas de polvo— participaban en la oscuridad en las tareas de recuperación de los cadáveres. Tanto el padre Eusebio Arronategui como Andrés Untzain, que estaba circunstancialmente en la villa con su batallón, conocían a la mayoría de los muertos identificables, sobre cuyas frentes solo podían ya dibujar con sus dedos una señal de la cruz. Junto a los castaños del atrio que todavía permanecían en pie, unas ancianas rezaban el rosario.

La noche se eternizaba, como si el amanecer se negase a iluminar los cuerpos inertes que reposaban entre los esqueletos de aquella ciudad fantasma. Hasta que por fin las primeras luces del alba se atrevieron a acariciar los rostros amoratados de los fallecidos. El propio Andrés Untzain se encargaba de agruparlos mientras las mujeres los cubrían con lo que buenamente encontraban, ya que las sábanas resultaban insuficientes para todos. Cuando consideró que no cabía la más mínima posibilidad de que apareciera nadie con vida, el cura de Kanala se dejó caer exhausto en el suelo, muy cerca del lugar donde yacían los cadáveres de la familia Lasa.

51

A primera hora de la mañana de aquel 27 de abril, no había nadie en Bilbao que no supiese lo acontecido la tarde anterior en Gernika. Sin embargo, las noticias eran confusas y, aunque preocupantes, no distinguían ese bombardeo de los sufridos en otras localidades con anterioridad de no ser por la simbología de la villa para los vascos. En cualquier caso, el presidente Aguirre emitió un comunicado de condena. Y si bien los periódicos anunciaban un «número de víctimas afortunadamente reducido», los corresponsales extranjeros enviaron sus crónicas con unas impresiones personales muy distintas. No en vano, acababan de ser testigos inmediatos de las consecuencias del ataque. Por otra parte, era lógico que quien no hubiese estado en Gernika no pudiese llegar a imaginar el desastre.

Aun así, Irene Lasa acudió enseguida a la redacción del *Euzkadi* no ya solo para recabar detalles de lo ocurrido, sino también con el propósito de que Ignacio le ofreciese el modo de llevarla hasta su pueblo, del que no tenía ninguna noticia más allá de las escuetas reseñas recogidas en la prensa matutina. Al no hallarle allí, decidió esperarle procurando dominar su angustia.

A esas horas Segurola deambulaba por el vestíbulo del Torrontegui poniéndose al corriente de cuanto contaban sus colegas extranjeros, horrorizado por lo que estaba escuchando, con el corazón roto por lo que podía haberle sucedido a la familia de Irene.

Noel Monks, que había llegado a Bilbao huyendo de Andalucía, donde el propio Franco le amenazó con fusilarle por hacerse eco de su derrota en Guadalajara, se mostraba particularmente indignado.

—Se ha cometido la mayor atrocidad de la guerra moderna. Calculo que habrán muerto unas mil personas. Odio a los pilotos que creían que cumplían con su deber matando a hombres, mujeres y niños inocentes; odio a los generales que dieron las órdenes, y odio a los propagandistas de boca pequeña que intentan negar los hechos. Menuda diferencia entre unos y otros. Desde luego que no es la mejor manera de evitar que tomemos partido. Los franquistas me pedían que no informara de nada sin su autorización y aquí nos ruegan que contemos al mundo lo que está ocurriendo.

—¿Lo niegan igual que en Durango? —preguntó Segurola.

—Yo todavía no he mandado mi crónica —respondió Steer—, quiero volver esta tarde a Gernika y luego redactarla con tranquilidad. Pero Monks, Holmes y Corman han recibido despachos similares de sus periódicos.

—Nos dicen que Berlín niega el bombardeo, que Franco afirma que ningún avión voló ayer debido a la niebla y que Queipo de Llano cuenta que los rojos dinamitaron Gernika en su retirada —explicó Corman, indignado.

—«¡Por favor, verifiquen!», nos piden —intervino Monks—. ¡Menudas pelotas!

—¿Y qué vais a hacer? —quiso saber Segurola.

—Regresar allí de nuevo después de comer. Y verificar, y verificar, y volver a verificar lo que haga falta para que todo el mundo sepa la atrocidad cometida por los nazis bajo las órdenes de Franco.

—Yo no tengo claro que Franco lo supiese —conjeturó Corman—. ¿Y si la Legión Cóndor atacó por su cuenta?

—No me seas ingenuo, Mathieu —respondió Steer—. ¿De verdad crees que es casualidad que se haya salvado la Casa de Juntas?

—¿Qué quieres decir? —inquirió el belga.

—El ataque duró más de tres horas. Tuvieron tiempo de recrearse y de realizarlo con precisión. Si no la destruyeron fue porque tenían órdenes de no hacerlo. No olvides que también es un símbolo para los carlistas —razonó Steer.

—Estaba en lo cierto esta mañana Still, el capitán del Hamersley, al decirme que los vascos estáis siendo aniquilados con la bendición del papa —comentó Monks con la mirada puesta en Segurola.

El periodista del *Euzkadi* salió del hotel, sobrepasado por lo que acababa de escuchar. Antes de doblar hacia la calle Correo miró de reojo el tilo del Arenal sin poder dejar de pensar en Irene. Y se congratuló de que estuviese en Bilbao. Tomó aire para entrar en la librería, donde Tere Verdes le comentó que la muchacha había ido en su busca a las oficinas del periódico, así que Ignacio salió raudo del comercio y aceleró el paso. Al verle, ella se le echó en brazos.

—¡Llévame a Gernika, por favor, llévame! —suplicó, entre sollozos.

Aunque Ignacio trató de disuadirla sin demasiado convencimiento, sus ruegos llegaron a oídos del jefe de redacción.

—Estaba a punto de decirte que te vinieras con nosotros, Segurola. En diez minutos, si no hay alarma de bombardeo, salimos para allá con Andima Orueta y Juanita Mir. Hay sitio para la chica —dijo Añibarro.

Cuando llegaron a Gernika seguían quedando rescoldos de los incendios. A la luz del día, el paisaje resultaba todavía más desolador. Al darse cuenta de la magnitud de la tragedia, Irene se cobijó en el pecho de Ignacio para no mirar por la ventanilla, sin dejar de llorar, mientras los otros pasajeros contemplaban horrorizados las ruinas de la villa foral, donde aún se podían ver restos humanos esparcidos por las calles. Segurola hizo una indicación a Añibarro para que atravesara el pueblo hasta llegar al final del paseo de Los Tilos.

—Déjanos aquí y da la vuelta —dijo—. Os buscaremos luego por los alrededores de la iglesia de Santa María.

Tras cruzar el puente vieron que el caserío no había sido alcanzado por las bombas y que se mantenía intacto en medio del desastre, por lo que Irene recuperó un hálito de esperanza que enseguida perdió al descubrir que sus vacas yacían muertas en el pradito donde solían pastar. Un poco más allá, la vivienda de los padres de Koldo resistía también después de que consiguiesen sofocar a tiempo un incendio, cuyas huellas se podían percibir a simple vista. Al detectar su presencia, Lur salió corriendo hacia su dueña, lo que alertó a la madre de Koldo.

—¡Irene! —Su alarido le anticipó la desgracia.

—¿Dónde están? —preguntó Irene con los ojos inundados de lágrimas—. ¿Dónde están? —insistió ante el silencio de la mujer, que la abrazaba ahogada por la congoja, en tanto que la perra saltaba a su alrededor, agitada.

—No lo sé —acertó a decirle su vecina entre sollozos—. El bombardeo les debió de pillar en el mercado. Ninguno de los cuatro ha regresado.

Irene no pudo reprimir un grito desgarrado de dolor ni que le flaquearan las piernas. De no ser por la atenta intervención del periodista, la muchacha hubiese caído desmayada sobre la hierba. Sin embargo, tras unos instantes abrazada ahora a Ignacio, trató de recomponerse.

—Vamos a buscarlos —dijo, secándose las lágrimas con el pañuelo que el muchacho le acababa de prestar para a continuación acariciar cariñosamente a Lur y rogarle a la madre de Koldo que se encargase de ella.

Ante la determinación de su novia, Ignacio asintió sin rechistar. Le hubiese gustado protegerla, sacarla de aquel infierno, pero se dio cuenta de que detrás de aquella aparente fragilidad se escondía un carácter valiente, posiblemente más que el suyo; así que solo le quedaba apoyarla cuanto pudiese. No obstante, sintió que hiciese lo que hiciese sería insuficiente.

Caminaron deprisa hacia el centro de la villa, preguntando a los pocos lugareños que se cruzaban, sin que ninguno fuese capaz de darles referencias de su familia, hasta que una anciana enlutada, amiga de su abuela, les dijo que le pareció ver a los Lasa entrando en la iglesia de San Juan, la cual ya no existía. Con el corazón acelerado, Irene se remangó el vestido para poder correr hacia allí. En efecto, ya no se veía su preciosa torre puntiaguda sobre los escombros de los edificios. Cuando llegaron, un *gudari* les informó de que podrían averiguar el paradero de los heridos en los conventos de las josefinas y de las carmelitas, ya que las bombas también habían destruido el hospital de la Calzada. A los muertos se les iba depositando en el cementerio de Zallo.

Irene sufrió otro ataque de congoja antes de llegar a la iglesia de Santa María, a la que Ignacio quiso acercarse tras recorrer los conventos para encontrarse con sus compañeros con la intención de decirles que regresaran a Bilbao sin ellos, porque pretendían quedarse en Gernika para continuar la búsqueda de la familia Lasa. Al llegar a las escalinatas, donde tantas veces había visto cómo Koldo la esperaba con disimulo, Irene alcanzó a distinguir a don Andrés Untzain en el atrio.

—¡Padre! —le llamó, mientras subía apresuradamente las escaleras.

Al verla, el párroco de Kanala cerró los ojos como si intentara concentrarse para hallar palabras de alivio con rapidez.

—Me alegra ver que estás bien —dijo Untzain, apesadumbrado.

—¿Y mi familia, padre? ¿Sabe usted dónde están?

—Hija... —respondió, ladeando la cabeza no en señal de negación sino de tristeza.

—¿Han muerto? ¿Los cuatro? —preguntó, angustiada pero con entereza.

—Sí, Irene. Solo nos queda rezar por ellos... y darles cristiana sepultura. Al menos a ellos podremos enterrarlos. Hay cientos de muertos que jamás aparecerán.

La muchacha permaneció inmóvil unos segundos, procurando aferrarse a algún pensamiento que le permitiese mantener la cordura. Con la cabeza baja, se volvió hacia Ignacio y le abrazó de nuevo para llorar sin consuelo.

52

Aquella noche Ignacio no permitió que Irene durmiese sola en su caserío. Después de hablar con el padre Untzain, ella se había mostrado dócil. Incluso no protestó en demasía cuando la convenció de que no era buena idea ver los cadáveres de su familia porque así podría recordarlos siempre con vida. El párroco de Kanala aceptó de buen grado darles sepultura a primera hora de la mañana siguiente en su cementerio, por lo que Ignacio calculaba que podrían regresar a Bilbao antes del mediodía si el coche del *Euzkadi* llegaba a recogerlos a la hora convenida. Lo cierto es que no le agradaba permanecer en Gernika, ya que las tropas franquistas podían presentarse en cualquier momento.

El bombardeo había dejado al caserío sin suministro eléctrico, pero a Irene no pareció importarle porque estaba acostumbrada al titilar de los candiles, cuya luz le guiaba por los laberintos de su imaginación.

Sentados en el *zizeilu*, Ignacio obligó a comer a la muchacha un trozo de queso con pan de maíz que encontró en la despensa. Ella se dejaba manejar, en estado de trance, y permitía que su novio se moviese por el caserío como si lo conociese de toda la vida.

Permanecieron largos ratos en silencio, únicamente interrumpidos por los pensamientos que a Irene se le escapaban a veces en voz baja.

—Si no hubiesen ido al mercado, estarían aquí con nosotros. Poco venderían porque es época de siembra.

—No pienses en eso, Irene. Nadie tiene la culpa. Solo quienes los mataron. Además, no estoy tan seguro de eso. Ya viste que dispararon también contra las vacas. Es un milagro que tu perra se salvara.

—Pobre Lur. Le dan miedo las tormentas. Cuando oye un trueno se acurruca en cualquier parte —dijo Irene, tratando inútilmente de que el agotamiento no le cerrara los ojos.

—Es hora de dormir.

—No, no quiero dormir.

—Sí —respondió Ignacio, con dulzura—. Mañana nos espera otro día largo. Anda, vamos —insistió, tomándola de la mano.

Subieron las escaleras hasta el desván, en donde se colaban los pálidos rayos de una luna casi llena, por lo que no les hizo falta encender el candil. Con una sorprendente naturalidad, Irene se descalzó y se dejó desabrochar el vestido como si la tristeza la condujera a la sumisión. Ignacio la observó obnubilado durante unos segundos, conteniendo a duras penas su excitación. En medio de la oscuridad, en combinación y con la melena despeinada, acariciada por aquellos tenues haces luminosos, Irene parecía un hada recién escapada de las profundidades del bosque. En ese preciso instante Ignacio fue consciente de que, por mucho que viviese, jamás podría borrársele aquella visión. Recuperando la cordura, el periodista la ayudó a acostarse para a continuación quedarse en ropa interior y tumbarse junto a ella con el propósito de estrecharla entre sus brazos durante toda la noche. Al sentirle pegado a su espalda, ella se dejó querer y pronto se quedó dormida. En ocasiones Irene sollozaba, pero Ignacio no sabía si lo hacía despierta o en sueños, por lo que se limitaba a apretarla un poco más fuerte y a apartarle con dulzura la melena para besarle los hombros y el cuello; entonces ella se callaba y él quería creer que, de algún modo, la calmaba.

En algún momento de la madrugada, Irene se giró y se aproximó tanto a Ignacio que la cercanía de sus labios alentó su deseo. Su familia acababa de morir, pero ella necesitaba ser amada, acaso porque era el mecanismo de defensa al que podía aferrarse, como si el amor físico pudiera aliviar el dolor de la muerte. Asaltada por la urgencia, se desvistió por completo y ajustó su cuerpo al de su amante, que se despertó con los besos que ella le daba, dominada por el ansia. Al sentirla desnuda, sus manos recorrieron despacio cada poro de su piel hasta que descubrió la humedad que afloraba entre sus piernas. A oscuras, iluminados solo por la claridad de la luna, ambos se dejaron llevar por un deseo que Ignacio no pudo dominar. Aun así, dejó que ella continuara rozándose con él hasta que emitió el gemido que aplacó su ansiedad antes de quedarse dormida de nuevo, acurrucada en sus brazos.

Cuando Ignacio abrió los ojos, con las primeras

luces del alba, ella le estaba mirando con esa sonrisa triste que a él tanto le conmovía.

—*Maite zaitut* —le susurró.

Y aquel «te quiero» le pareció la melodía más bonita del mundo.

53

La noticia de la detención de Lauaxeta en Gernika se clavó en lo más profundo de la redacción del *Euzkadi*. Acaso en un alarde de ingenuidad, el poeta reconvertido en *gudari* pecó de exceso de confianza en su afán de que el mundo conociera la matanza de la villa foral y se había ofrecido a acompañar hasta allí al periodista francés George Berniard, de *La Petite Gironde*, que acababa de volar desde Biarritz, sin imaginarse que los requetés ya entraban en Gernika, donde incluso custodiaron el legendario roble para evitar que sus compañeros falangistas lo talaran. Y mientras Lauaxeta era conducido a la cárcel de Vitoria, el francés —acusado de ser un espía al servicio de los rojos— negoció su liberación a cambio de publicar su gratitud a los generales franquistas por su «cortesía, espíritu humanitario y respeto a las leyes de la guerra».

Al enterarse, la reacción inicial de Ignacio no fue preocuparse por su compañero en el periódico, sino suspirar aliviado por haber regresado después del funeral de los Lasa, un día antes de la llegada de las tropas enemigas a Gernika. Por fortuna, consiguió que Irene renunciara a su intención inicial de quedarse en el caserío para poder aferrarse a sus recuerdos. También la convenció para marcharse enseguida puesto que, si bien no existía ningún sitio seguro, Bilbao ofrecía más garantías que Gernika en aquel momento. Así que le aconsejó que recogiera lo imprescindible, aduciendo que los recuerdos más preciados son los que se llevan en el corazón. Irene obedeció y llenó una maleta con unas cuantas fotografías y algún utensilio de cocina, como la cuchara de madera con la que su abuela extraía la nata de la leche hervida. En realidad, no había mucho más en aquel humilde caserío.

El único objeto voluminoso que se llevó fue su máquina de escribir.

—Me la regaló Koldo —explicó.

—Sin duda, ese chico te quería de verdad —reconoció el periodista.

—Nunca me lo dijo.

—Supongo que hay cosas que no hace falta decir.

—Todo el mundo necesita que le digan que le quieren. Ojalá se lo hubiera dicho a mi *aita*...

Antes de marcharse del caserío Irene recorrió todas las habitaciones, tal vez en un intento de comunicarse con los espíritus que las habitaban. Al entrar en la alcoba de sus padres, miró con recelo el crucifijo colgado sobre su cama y rompió a llorar.

Una hora después la máquina de escribir se hallaba en casa de Ignacio junto con algunos de los enseres de Irene, que, sin embargo, determinó seguir pernoctando en el domicilio de los Verdes, quizá porque ninguna de sus jefas hubiese visto con buenos ojos que la muchacha se fuese a vivir con él sin casarse.

Al salir a la calle, el periodista se encontró con Juanita Mir, que llegaba a la redacción.

—No estamos siendo muy sinceros con nuestros lectores —comentó ella.

—¿Qué quieres decir?

—Que estamos informando de manera muy sesgada. Hoy habéis publicado que se sigue luchando por defender Gernika, cuando todos sabemos que está ya más que perdida.

—En estos tiempos no somos periodistas, Juanita, sino soldados que defienden con palabras la moral de nuestra gente.

—No te falta razón, pero ¿qué pasa con la memoria de todos los inocentes caídos? Pretendo escribir un artículo contra esos malnacidos. Lo que me duele es que los facciosos intenten disimular su codicia con un barniz de religión. Si Gernika y Durango no hablaran tan claramente... —manifestó Juanita Mir, antes de entrar en el portal, rumiando las palabras que acababa de pronunciar.

De camino al hotel Torrontegui para charlar con los corresponsales extranjeros, ahora sí se lamentó por la suerte de Lauaxeta y por la de tantos otros que iban cayendo cada día. Y se preguntó si al padre Untzain le habría dado tiempo de abandonar Gernika, sin imaginarse que el párroco de Kanala se vio obligado a cruzar la ría para llegar a su Mundaka natal, muy cerca de Sukarrieta, donde los dirigentes del PNV habían decidido exhumar los restos de su fundador, Sabino Arana, para esconderlos en un lugar secreto y así evitar su profanación por parte de las tropas franquistas, cuya inminente llegada resultaba inevitable.

En aquellos momentos, Andrés Untzain se acababa

de embarcar rumbo al exilio, donde terminaría convirtiéndose en íntimo amigo de uno de los escritores más relevantes del siglo XX, que también estuvo cubriendo la guerra española como corresponsal. Y cuando, años más tarde, Ernest Hemingway regresó al País Vasco, quiso rendirle homenaje visitando los lugares de Urdaibai por los que había transitado su guía espiritual Don Black, apodo con el que el autor estadounidense llamaba cariñosamente al antiguo párroco de Kanala.

54

Semana a semana, mermaba la moral de los bilbaínos, cuyo tradicional carácter optimista estaba siendo puesto a prueba como nunca. Los bombardeos enemigos eran cada vez más frecuentes y las alarmas sonaban casi a diario. Para defenderse, el ejército vasco contaba con menos de una decena de cazas ya que, a medida que avanzaba la contienda, iban siendo abatidos sin que las bajas pudieran ser suplidas, a pesar de los dramáticos telegramas de petición de aparatos por parte del presidente Aguirre, en los que explicaba que su exigua flota aérea poco podía hacer contra el brutal despliegue franquista en el frente norte, donde solo en la matanza de Gernika habían intervenido cincuenta y nueve aviones.

Especialmente dura fue la pérdida del as Felipe del Río, un piloto de la localidad cántabra de Peñacastillo, que a la edad de veinticuatro años ya se había convertido en un auténtico héroe local tras conseguir siete victorias, incluida una sobre un Dornier Do 17 alemán, hasta entonces inexpugnable por su velocidad.

La tristeza iba apoderándose de una ciudad a la que, en los últimos meses, habían llegado casi cien mil personas en busca de refugio. También el número de periodistas extranjeros acreditados en Bilbao crecía cada día, quizá porque pretendían ser testigos de su caída, máxime después de lo acaecido en Gernika. Ignacio Segurola seguía con su costumbre de acudir a primera hora de la mañana al vestíbulo del Torrontegui, donde los corresponsales solían reunirse. Le gustaba ir no solo para recabar información, sino para conocer a aquellos tipos singulares que mezclaban aventura y periodismo. En la visita de aquel segundo domingo de mayo, le llamó la atención la presencia de una muchacha menuda y sonriente que departía con algunos colegas, entre los que se encontraba un joven moreno de aspecto agitanado, con maneras de dandi, que llevaba colgada al cuello una Leica, al que Steer presentó con inusual protocolo.

—Supongo que has oído hablar de Robert Capa.

Durante unos instantes Segurola se quedó inmóvil. Por supuesto que había oído hablar de aquel audaz fotógrafo, convertido en una celebridad mundial —gracias a la imagen de un miliciano, captada justo cuando caía abatido por un disparo en el frente—, cuya máxima era «si tus fotos no son lo bastante buenas, es que no estás lo bastante cerca».

—Es un placer, señor Capa...

—Llámame Robert, debo de ser más joven que tú —dijo, estrechando la mano del vasco.

—Y ella es Gerda... —prosiguió Steer.

—Gerda Taro, imagino —interrumpió Ignacio, en un intento de evidenciar sus conocimientos sobre aquel fotógrafo, más allá de su obra, pecando de imprudente.

Al oírle, la muchacha se echó a reír ante la mirada incómoda de Capa.

—Gerda Grepp, una periodista noruega —aclaró Steer, lo que provocó la vergüenza de Segurola por haberla confundido con la amante de Capa.

—Si me disculpáis, tengo que trabajar —se excusó el afamado fotógrafo, visiblemente molesto, para a continuación salir a la calle.

—¡Joder, vaya metedura de pata! —se lamentó Segurola.

—No tiene importancia. A mí me ha parecido gracioso —comentó la noruega, que aún reía.

—Perdona, Gerda. Sois muy pocas corresponsales de guerra, ¿y todas os llamáis igual? —La respuesta de Segurola tuvo más de coqueteo que de justificación—. Tenía entendido que Capa y Taro iban juntos a todas partes.

—Supongo que por eso ha reaccionado de ese modo —contestó Steer—. Me dijo esta mañana que su mujer debía ir a Cataluña.

—No sabía que estuviesen casados —comentó Gerda Grepp.

—Creo que no lo están, pero él se refiere a ella así... y no seré yo quien le contradiga —aclaró Steer.

Los motivos de Capa para estar contrariado por la ausencia de Gerda Taro no parecían banales. En realidad, el verdadero nombre de Capa era Endre Ernő Friedmann —de nacionalidad húngara— y el de Taro, Gerta Pohorylle —alemana, de origen judío—. Ella se había inventado el nombre de un supuesto fotógrafo estadounidense, bajo el cual ambos firmaban sus trabajos en un intento de aumentar su cotización, como realmente ocurrió. Pero la fama de las fotos de Robert

Capa, cuya autoría resultaba imposible discernir ya que ambos compartían seudónimo, conllevó que Gerda Taro se cansara de permanecer a la sombra de su amante, por lo que estaba optando por realizar su propio trabajo lejos de Bilbao con el fin de reivindicarse y, de paso, rehuir de las propuestas de matrimonio de un Endre Ernő, profundamente enamorado, ya que ella no albergaba intención alguna de perder su libertad.

Si bien ese domingo no sonaron las alarmas de bombardeo, el húngaro no tendría que esperar mucho para captar las imágenes de los bilbaínos corriendo para protegerse ya que, en esa semana, solo el martes y el jueves se libraron de algún ataque aéreo. Una de las veces, en medio del estallido de las bombas, Segurola pudo comprobar cómo Capa era el último en entrar en el refugio. Sin embargo, al verle, no le saludó.

Tras su indiscreto desliz con el húngaro, Ignacio cruzó la calle para entrar en la iglesia de San Nicolás, donde acababa de comenzar el funeral por Emeterio Verdes, fallecido el día anterior. El periodista buscó a Irene con la mirada y se acomodó muy cerca de ella. A pesar de su rostro demacrado, acentuado por el contraste con su indumentaria enlutada, le parecía preciosa. Al detectar su presencia, Irene esbozó de nuevo esa sonrisa triste que le removía las entrañas tanto como le cautivaba.

55

Aprovechando que ese último sábado de mayo no sonaban las sirenas, Zumalde fue en busca de Segurola a las oficinas del *Euzkadi* con la excusa de tomar un café, si bien su verdadero propósito era conocer de boca de su amigo la realidad de la situación en la ciudad, porque mientras que los periódicos informaban de que *gudaris* y milicianos estaban haciendo retroceder al enemigo en los frentes de batalla, cada día más cercanos a Bilbao, las autoridades vascas intensificaban las evacuaciones de la población civil —especialmente de los niños—, a la que se pretendía poner a salvo en el caso de que los combates llegaran a las mismas calles bilbaínas. Solo en ese mes, casi diez mil menores habían partido rumbo a Francia y el Reino Unido, y se esperaba que otros tantos lo hiciesen en los primeros días de junio.

Cada vez quedaban menos cafés abiertos. Uno de los que tuvieron que cerrar fue el Iruña, debido a las amenazas permanentes que recibía don Severo Unzue por su ideología carlista, extendida al resto de su familia hasta el punto de que sus hijos estaban unidos al

Requeté. Aun así, el veterano navarro seguía alimentando a los presos con menos recursos económicos a costa de un enorme desembolso personal.

—¿Adónde vamos? —preguntó Ignacio, al salir a la calle.

—El primer sitio al que voy a ir cuando acabe la guerra va a ser al Iruña —respondió Zumalde.

—Te acompañaré —comentó el periodista—. Yo también lo echo de menos. Si te parece vamos al Gayarre, o mejor a mi casa. No están los tiempos para que nos escuchen oídos indiscretos. Me quedan dos botellas de vino.

—¡No me digas que tienes vino!

—Pensaba reservarlo para alguna ocasión especial, pero me temo que a este paso se me va a poner malo. Hoy puede ser un buen día para tomarnos una.

—Pues acabas de alegrarme el día —reconoció Zumalde.

—Con poco nos conformamos ya.

—Hay que mirar el lado positivo. La guerra nos ha puesto a todos a dieta y tenemos un tipo estupendo —dijo en tono socarrón el comisario.

—Es cierto que no se ven gordos en Bilbao —rio Segurola.

Ya en su casa, Ignacio descorchó una botella de Marqués de Murrieta y, mientras esperaba a que se oxigenara, abrió una lata de sardinillas y cortó un par de rebanadas de pan duro.

—¿Cuánto crees que aguantará Bilbao? —inquirió Zumalde.

—Lo que quiera el enemigo —contestó el periodista, condicionado por la opinión de Steer—. Nos han tenido ya varias veces a su merced desde lo de Gernika.

Si no lo han hecho ya es porque no tienen prisa y van sobre seguro. Todo terminará en cuanto mejore el tiempo.

—¿Un mes a lo sumo, entonces?

—Como mucho.

—¿Y el Cinturón de Hierro?

—Lo que no consiguió Wakonigg lo hizo Goicoechea, el ingeniero. Sabrás que se pasó al otro bando con los planos. Además, el sistema de fortificación tiene debilidades, posiblemente propiciadas por el mismo Goicoechea durante la construcción.

—Debilidades que el enemigo conoce.

—Y que no se han corregido desde que se fue Goicoechea, a pesar de que Montaud se empeñara en decir lo contrario. De hecho, ya ha sido destituido. En los alrededores del Gaztelumendi las trincheras son demasiado rectas y las alambradas de púas, insuficientes.

—¡Joder! Imaginaba que estabas informado, pero no tanto.

—Steer no se está limitando a ejercer de corresponsal. Ya sabes que tengo buena relación con él. Está tan implicado en la causa que se ha erigido en asesor de Aguirre.

—No será un agente británico...

—Pues no lo sé —dudó Segurola—. Lo cierto es que se dedica a visitar el frente con un francés que, al parecer, fue oficial del general Foch en la Gran Guerra. Le llama Jaureghy, aunque evidentemente ese será su alias.

—En cualquier caso, no es cosa nuestra. Venga esa copa de vino. Al mal tiempo, buena cara. Y no vamos a quedarnos sin brindar. Si no podemos hacerlo por la victoria, lo haremos por la paz.

—Por la paz —aceptó Ignacio, con gesto sombrío, antes de beber el contenido de aquella primera copa casi de un trago.

—Menudo entusiasmo.

—Me cuesta creer que Euzkadi se desmorona.

—Euzkadi es más que un territorio. De hecho, mira... ahí tienes a nuestra selección de fútbol triunfando en su gira por Europa. He de reconocer que Aguirre estuvo listo al apoyar su creación. Es una bonita manera de llevar el nombre de Euzkadi más allá de nuestras fronteras.

—Otra cosa que estoy deseando es ver jugar de nuevo al Athletic —comentó Ignacio, un poco más animado por los efectos del vino.

—En eso coincidimos.

—Hablando de coincidencias... ¿Puedo preguntarte algo personal? —quiso saber Segurola mientras rellenaba las copas.

—Miedo me das, pero adelante.

—A ti la política no te interesa, ¿verdad?

—Me dejó de interesar en el momento en que la ineptitud de los políticos nos metió en esta guerra. Claro que simpatizo con el PNV, aunque no soy separatista. Y, desde luego, si el precio de la autonomía fue la guerra, nos la podríamos haber ahorrado. Tampoco he entendido que los nacionalistas peleen en el mismo bando que los comunistas, que empezaron la guerra quemando iglesias y matando a religiosos.

—Suenas a *carlistón* —bromeó el periodista.

—No me jodas, Ignacio. Aún entiendo menos que los carlistas vayan de la mano de los falangistas y del resto de esa morralla de Franco. Lo que está claro es que los vascos no tendríamos que haber participado en esta guerra, en ninguno de los dos bandos.

—No cabía la opción de la neutralidad, comisario.

—Pues entonces: lo dicho, que esto acabe cuanto antes.

De repente, sonaron unos golpes acelerados que los sobresaltaron.

—¡Vaya! Parece que has creado escuela aporreando mi puerta —dijo Segurola antes de acudir a abrirla.

Sin que le diera tiempo a reponerse de la sorpresa, Irene se le abrazó sollozando. Al oírla, Zumalde recogió sus cosas con intención de marcharse. Sin saber muy bien cómo reaccionar, acertó a despedirse de forma aturullada para, a continuación, bajar por la escalera.

La muchacha llevaba un sobre en la mano, que le entregó a Ignacio, sin dejar de llorar.

—Lee —le indicó, enjugándose las lágrimas.

—Anda, ven —respondió él tomando su mano para acompañarla hasta el coqueto sofá del salón, donde se acomodó para que ella se recostara en su regazo. Se disponía a leer la carta cuando al abrir el sobre vio que no podía hacerlo—. Irene... que está en euskera, mecachis.

Aquel desliz le sirvió de consuelo porque no solo dejó de llorar, sino que la reacción de Ignacio le provocó una leve sonrisa.

—¡Uy, perdón! Qué tonta estoy. Dame —dijo ella, cogiéndole la misiva de las manos para disponerse a traducirla, sin cambiar de posición—. «Mi querida Irene: Te escribo para darte malas noticias. Es como si Dios quisiera ponernos a prueba continuamente. Hace días que una familia entró a vivir en tu caserío. Se trata de los Urturi, con los que tu *aita* ya sabes que no se llevaba muy bien a cuenta de las disputas que mantenían por las lindes. El bombardeo les destrozó parte de su casa y mucho me temo que no tengan intención de arreglarla. Hablando del bombardeo, es terrible lo que está sucediendo. Nos obligan a mantener silencio. Hay un nuevo párroco que en sus homilías, día tras día, culpa del desastre a los rojos. La semana pasada dos mujeres le dijeron que habían sido los aviones alemanes y al día siguiente se presentó la policía en sus casas. Las raparon y las obligaron a beber aceite de ricino para pasearlas por el pueblo. A continuación se las llevaron a la cárcel. Disculpa que no firme la carta, pero tú ya sabes quién soy. Confío en que estas palabras lleguen a tus manos. Un abrazo muy fuerte, aún mayor que el que nos dimos aquel día en Bermeo.»

—¿La madre de Koldo?

—Sí, su *ama*. Me la ha traído esta mañana uno de los hermanos de Koldo, que ha conseguido llegar a Bilbao atravesando los montes. Acaba de cumplir quince años. Su intención es la de marcharse a América.

—Estoy muy orgulloso de ti —comentó él, sin dejar de atusarle el pelo.

—No creas que sufro mucho por el caserío. Lo daba por perdido. Es que es horrible todo lo que está pasando en mi pueblo. Nos matan y luego nos exigen que nos callemos. Como si tuviéramos que avergonzarnos por que hayan asesinado a nuestros seres queridos. ¿Sabes? A este paso se me van a secar todas las lágrimas. Y cuando eso ocurra no pienso quedarme de brazos cruzados.

—No estás de brazos cruzados, Irene. Te pegas unas palizas tremendas en los hospitales.

—Eso da lo mismo. Bilbao caerá pronto.

—Y se acabarán los heridos.

—Sí, Ignacio. Se acabarán los heridos, pero no se

acabará la guerra. No para mí, al menos. Voy a luchar hasta que me quede sin aliento.

—Es normal que el dolor te produzca rabia, pero estoy seguro de que el tiempo mitigará tus heridas —dijo él, buscando consolarla.

Irene estuvo a punto de contestarle que ese dolor la acompañaría de por vida y que jamás perdonaría a quienes habían matado a Koldo y a su familia. No obstante, prefirió callar y dejarse acariciar. Sus dedos la aliviaban más que sus palabras.

—Cántame —le pidió, con los ojos cerrados.

Y él tarareó «aunque te quiebre la vida, aunque te muerda un dolor, espera siempre mi ayuda, y mi mano, y mi amor» para que ella le respondiese un «así no es, tonto», antes de quedarse dulcemente dormida.

56

Jaureghy, el camarada francés de Steer desde que se conociesen en Abisinia, tenía razón y el Cinturón de Hierro acabó siendo quebrantado por donde él predijo, el sábado 12 de junio. En realidad, Jaureghy se llamaba Robert Monnier y era un oficial de la inteligencia gala que trabajaba para la causa republicana. Los dos amigos se implicaron tanto en la defensa de Bilbao que incluso intervinieron, pistola en mano, en las últimas escaramuzas que rompieron el sistema defensivo en el que tanto creían los bilbaínos.

Ambos participaron en la reunión de urgencia que el presidente Aguirre convocó el domingo por la noche en el hotel Carlton con la presencia de algunos consejeros del Gobierno, los jefes de su ejército y el general Vladímir Górev, agregado militar soviético, que se había destacado por la defensa de Madrid. Enseguida, el lendakari planteó el dilema de si resultaba posible defender Bilbao desde un punto de vista militar. Si bien no todos opinaban igual, sí coincidían en que una guerra en las calles terminaría por destrozar la ciudad, hecho que no le importaba al soviético, que comulgaba con las instrucciones del ministro de Defensa Nacional, Indalecio Prieto, de dejar inutilizada la industria para que el enemigo no se beneficiara de ella. También estaban de acuerdo en que sin aviación la caída de Bilbao era cuestión de tiempo. Llevado por su permanente optimismo, Aguirre todavía seguía asomándose al balcón para mirar al cielo en espera de la llegada de los aviones salvadores.

El lendakari formulaba las preguntas y Jesús María de Leizaola, el consejero de Justicia y Cultura, tomaba nota de cuanto se decía en un silencio que solo rompía para rogar a los interpelados que se ciñeran a lo cuestionado. Tras la reunión, los consejeros del Gobierno vasco se sentaron a cenar y a las cuatro de la madrugada tomaron la decisión de defender Bilbao hasta el final, procurando la evacuación de la población civil, para lo cual solicitarían al Gobierno británico la presencia de observadores neutrales con la intención de que las tropas franquistas no la atacasen durante su salida.

Al día siguiente el Gobierno vasco recomendaba la evacuación de todos los niños, ancianos y mujeres; en especial, a los habitantes de la margen derecha, a los que se les avisaba del probable riesgo de no poder cruzar la ría. Igualmente se prohibía salir a la calle desde las ocho y media de la tarde hasta las seis de la mañana. Sin embargo, a pesar de que decenas de miles de personas decidieron abandonar Bilbao en dirección a tierras cántabras, otras tantas optaron por permanecer en sus hogares.

Quienes también dejaron la capital vizcaína fueron los miembros del Gobierno vasco, que delegaron la defensa de Bilbao en un pequeño comité dirigido por

Leizaola, que, lejos de obedecer a los mandos del Frente Popular, procuró entregar la villa con la mayor dignidad posible, como no podía ser de otro modo debido a la nobleza que le distinguía, y, de paso, para no romper las negociaciones que se llevaban en secreto con los diplomáticos italianos de cara a una probable rendición. A medida que transcurrían las horas y acuciaba el peligro, Leizaola —siempre elegantemente vestido con traje y boina negros— daba las instrucciones pertinentes para evitar la aniquilación de la ciudad, para lo cual procuró el control de las milicias que tenían órdenes de destruir puntos estratégicos, entre los que se encontraban la Universidad de Deusto, la Alhóndiga y la iglesia de San Nicolás.

El bombardeo de los depósitos de los montes acabó con el suministro de agua, y los que se quedaron tuvieron que ir a buscarla a las fuentes próximas bajo el permanente fuego de los aviones enemigos, que realizaban vuelos rasantes sobre las calles.

Entre los que optaron por permanecer en Bilbao estaba Irene, que aprovechaba la confusión existente para acudir a casa de Ignacio en busca de encuentros amorosos que les mitigara la angustia de la guerra.

El periodista también había preferido quedarse. No solo amaba a Irene, sino que la necesitaba. Además, le podía la responsabilidad de sustituir a los compañeros de redacción que decidieron marcharse y seguir contribuyendo a la publicación del *Euzkadi*, que —aunque con cuatro páginas— era el único periódico que aún se imprimía a finales de aquella trágica semana, hasta que el viernes 18 de junio salió su último número a la calle, con el editorial titulado «Heroísmo y sacrificio», que servía para homenajear a los *gudaris* que la víspera habían logrado en Artxanda contener durante una jornada más la entrada de las tropas franquistas en Bilbao con el propósito de completar la evacuación, a costa de la pérdida de numerosas vidas humanas en la batalla más cruenta de la guerra.

Al igual que en los días anteriores, las calles bilbaínas estaban casi desiertas, pero no mudas. Aquel viernes Irene e Ignacio apenas salieron de la cama. Era como si supiesen que se acercaba el final y precisasen exprimirse. Fuera sonaban explosiones y disparos, cada vez más cercanos, que ellos parecían no oír, embriagados de una necesidad vital de caricias y de besos. Tan abstraídos se encontraban de cuanto sucedía más allá de su alcoba que conseguían dormitar después de mitigar el deseo que ocasionalmente los obligaba a abandonarse en aquella molicie infinita.

Al caer la tarde sobrevino de repente el silencio que antecede a la derrota. Leizaola se mantenía en su puesto en el hotel Carlton, a pesar de las recomendaciones de sus pocos subordinados de abandonar Bilbao antes de que las tropas enemigas lo rodearan. Sin perder la serenidad, Leizaola instruía sus últimas directrices a sabiendas de que, en el caso de ser detenido, sería fusilado de inmediato. Pero todavía le quedaban cosas importantes que hacer. Acababa de ordenar, siguiendo instrucciones del lendakari, la liberación del millar de presos que aún quedaban en la cárcel de Larrinaga para trasladarlos hasta la cuesta de Santo Domingo, donde les aguardaban los requetés del tercio de Begoña a las órdenes de José María Unibaso, y no quería marcharse sin saber si estaban a salvo de las milicias.

Además, debía volar los puentes que quedaban sobre la ría —porque el puente colgante ya había sido destruido dos días antes— con el fin de facilitar la huida de los batallones que continuaban en Bilbao, en especial de los nacionalistas que cuidaban de que los milicianos no llevaran a cabo su intención de dinamitar varios lugares emblemáticos. Sobre las dos de la madrugada se escucharon las estrepitosas explosiones de los puentes, que fueron cayendo uno a uno sobre el Nervión de manera que ya no podía ser atravesado por ninguna parte, y que provocaron el apagón repentino de todo el alumbrado al ser destruidas las tuberías de conducción de gas y de electricidad, posiblemente por la negligencia de los ingenieros que colocaron los explosivos, lo que sumergió a la villa en la más absoluta oscuridad. Desde las ventanas, los que todavía permanecían en la ciudad contemplaban las sombras que habitaban las calles, con la incertidumbre de lo que les depararía el amanecer. Al oír el estruendo también Irene se acercó a la coqueta terraza acristalada del dormitorio, mientras Ignacio le rodeaba la cintura por detrás, para fijar su mirada en las tinieblas, acaso intentando ver con el corazón donde no llegaban sus ojos.

Cuando creyó que no podía hacer más, Leizaola —acompañado de su pequeño séquito— salió de Bilbao después de abandonar el Carlton, donde Monnier y Steer atesoraban pequeños trofeos a modo de recuerdos de aquella guerra que estaba a punto de terminar para ellos y apuraban la última botella de champán. El francés aún tuvo la cordura de recoger la *ikurriña* que ondeaba junto a la bandera tricolor para llevársela al presidente Aguirre.

—No me extraña que te lleves esa. La republicana parece el envoltorio de una tableta de chocolate —le dijo Steer, ya bastante borracho.

En aquel momento llegó el responsable del batallón Otxandiano en busca de algún superior. Sin embargo, allí ya no quedaba nadie y se limitó a poner orden, ya que no solo aquellos dos extranjeros andaban bebidos, sino que algunos de sus *gudaris* se hallaban tirados en el vestíbulo tras asaltar la bodega del hotel. Entonces Steer pensó que su aventura vasca debía concluir y que estaba obligado a salir de una ciudad que se quedaba bajo el mando de aquel jefe *gudari* que le había regañado igual que una madre, lo que le provocó un ataque de risa que le costaba disimular.

—¿Habla francés? —preguntó Monnier en su idioma.

—Un poco.

—¿Cómo se llama?

—Pío de Maidagan, comandante accidental del batallón Otxandiano.

—¿Accidental?

—Un obús alcanzó a mi comandante y a su plana mayor entre el monte Arnótegui y el Malmasín. Yo era el capitán más antiguo.

—¡Qué batalla se libró ayer! ¡Son ustedes unos héroes! —comentó Monnier.

—Simplemente cumplimos con nuestro deber. No deberían estar aquí —respondió el *gudari*.

—Ni ustedes tampoco. En un rato estaremos rodeados. Les aconsejo que se deslicen por los astilleros de Euskalduna y que se trasladen por la vía del ferrocarril hacia Olabeaga y Zorroza.

—Se lo agradezco, pero nos quedaremos para defender Bilbao de posibles sabotajes —concluyó el *gudari* antes de despedirse.

—Ese vasco tiene razón, ya no deberíamos estar aquí

—le dijo Steer a su amigo cuando se quedaron solos, mientras daba rienda suelta a su risa, tan etílica como nerviosa.

—Yo me quedo. Un francés no se retira nunca. Además, me resta hacerle un favor al arte —contestó Monnier, tambaleante pero muy serio.

—¿Qué quieres decir?

—Hay un florero enorme y espantoso en el despacho de Leizaola. Voy a quedarme para tirárselo a los italianos —aseveró, lo que aumentó la hilaridad de Steer, al que una explosión cercana le cortó la risa de cuajo.

—Vámonos —dijo el británico, ahora circunspecto.

—Yo me quedo un rato más.

George Steer no insistió. Conocía la cabezonería de su amigo, así que decidió abandonar la villa a toda prisa, antes de que fuese demasiado tarde. Monnier lo hizo horas después, cuando las primeras luces de la mañana comenzaban a iluminar aquella ciudad de ojos grises cuya alma se adormilaba, en el día más triste de su historia.

57

Por primera vez en varios meses no sonaba la guerra. Ni sirenas ni explosiones ni disparos... Nada. Tampoco voces. Era sábado por la mañana y, sin embargo, no deambulaba un alma por las callejuelas del casco viejo, convertido en una gran ciudad fantasma que seguía viviendo entre las tinieblas a plena luz del día. Detrás de los visillos de las ventanas vigilaban sombras expectantes, entre el temor y el desconcierto, que permanecían ocultas a la espera de acontecimientos.

—¿Qué crees que ha pasado? —preguntó Irene, envuelta bajo la misma manta que cubría a Ignacio, contemplando la pequeña plaza que se extendía a los pies de las Calzadas de Mallona.

—Que hemos perdido la guerra —dijo él, resignado.

—¿Y ahora qué? Tantos muertos, tanto sacrificio... ¿para esto?

—Solo Dios lo sabe.

A medida que avanzaba la jornada iban desapareciendo las *ikurriñas* y las banderas republicanas colgadas en balcones donde ya no se asomaba nadie.

A esas horas los oficiales del batallón Otxandiano negociaban, de la manera más digna posible, la rendición de los *gudaris* que permanecían en Bilbao. Para ello habían usado como enlace al comandante rebelde Juan Aguilar, uno de los presos liberados de la cárcel de Larrinaga, que ante la imposibilidad de acompañar al resto de sus compañeros de presidio por carecer de fuerzas suficientes para caminar, optó por refugiarse en casa de su amigo Juan Larrazabal, el cónsul de Cuba, a quien conocía Matai de Maidagan, uno de los hermanos y ayudantes del comandante del batallón Otxandiano.

El comandante Aguilar había aceptado acercarse a la sede del ejército vasco, ubicada en la esquina de la Gran Vía con la calle Máximo Aguirre, para redactar el documento con el que informar al responsable de las tropas franquistas de que podrían entrar sin oposición, antes de que este ordenara el ataque sobre Bilbao. Tal era el nerviosismo de Aguilar que no se daba cuenta de que tenía un cigarrillo encendido en cada mano. Dadas las circunstancias, pocas condiciones podían imponer los *gudaris*, salvo rogar que no se usara la violencia ni sobre ellos ni sobre la población civil, prohibir la entrada de los indígenas marroquíes —habida cuenta del terror que infundían por su fama de sanguinarios durante los saqueos— y posponer la entrega de las armas a medida que las tropas enemigas fuesen entrando en la ciudad.

Los enlaces, que portaban bandera blanca, consiguieron llegar al alto de Santo Domingo, donde los requetés de las Brigadas de Navarra aguardaban al día siguiente para atacar la capital vizcaína, a las órdenes del teniente coronel García Valiño. Una vez enterado de las intenciones del Requeté, el comandante Aguilar —a petición de los *gudaris*— envió de nuevo a los enlaces para que transmitieran a García Valiño la necesidad de que adelantara la toma de la villa con el propósito de evitar posibles sabotajes e incluso asesinatos por parte de los milicianos que se resistían a dejar de luchar.

Horas después, pasadas las cinco de la tarde, los tanques franquistas penetraban por la Ribera en las desiertas calles de Bilbao, seguidos de una compañía de requetés que avanzaban con cautela, temerosos de una emboscada. No obstante, al ver cómo los *gudaris* apostados en los puntos indicados previamente por el comandante Aguilar deponían las armas, comenzaron los gritos de júbilo entre los soldados que tomaban la ciudad, los cuales —al percatarse de la imposibilidad de cruzar la ría— construyeron enseguida un puente de tablones sobre las gabarras atracadas en el muelle del Arenal.

Totalmente extenuados, desfilando hacia el cuartel de las Escuelas Cervantes, los hermanos Maidagan maldecían su suerte por sentirse desamparados por sus superiores, que les habían prometido que mientras se encargasen de garantizar el orden en la villa contendrían a las fuerzas enemigas en los montes que la rodeaban, lo suficiente como para que les diera tiempo a retirarse a las posiciones de retaguardia una vez concluida su labor.

—Nos han sacrificado —repetía una y otra vez Patxi de Maidagan ante el gesto abatido de sus hermanos, que acababan de declinar la invitación del comandante Aguilar de acompañarle en la recepción de las tropas rebeldes en el hotel Carlton, en cuyo balcón ya ondeaba una bandera rojigualda.

A pesar de la oposición inicial de Irene, carcomido por los nervios, Ignacio decidió salir a informarse. Las manecillas de su reloj aún no marcaban las seis.

—Ten mucho cuidado, por favor —dijo ella.

—No te preocupes, me pondré el sombrero para que no me tomen por rojo —respondió él, sonriente.

No tardó en darse cuenta de lo que pasaba. En el paseo del Arenal un grupo de mujeres y niños realizaba el saludo fascista a los tanques, camiones y automóviles que se iban acumulando en la explanada, de los que bajaba el numeroso séquito que acompañaba a los soldados. También algunos huéspedes del hotel Torrontegui tenían el brazo en alto. Llevado por su necesidad de retratar cuanto acontecía, procuró fotografiarlo todo con la máxima discreción.

No por esperada la derrota es menos angustiosa.

Con el corazón encogido, Ignacio caminó con cuidado sobre el tablaje improvisado, único lugar por el que se podía atravesar la ría, herida por los cascotes de los puentes derribados. Lo único que le consolaba era que el general Mola, fallecido un par de semanas antes en un accidente de aviación, no pudiese disfrutar de su victoria.

Subió por la calle de la Estación, esquivando las basuras generadas por las decenas de miles de personas evacuadas en los últimos días. A su alrededor se acumulaba la suciedad y reinaba el desorden.

No había demasiada gente en la plaza Elíptica, donde unos soldados descendían por unas escaleras de mano utilizadas para descolgar el rótulo que rezaba «LENDAKARITZA – PRESIDENCIA», que yacía en el suelo junto a montones de escombros y de sacos terreros. Ver la escena a través del objetivo, de algún modo, le alejaba fugazmente de la realidad.

En la balconada un puñado de militares sonrientes saludaba a la escasa concurrencia, en la que destacaban algunos ancianos con gorras rojas. Segurola se dio cuenta de que no identificaba a casi nadie. Parecía que la población que habitaba las calles hubiese mutado en unas cuantas horas.

De repente notó un suave roce en la espalda, acompañado de un «¿nos conocemos?». Al girarse le sorprendió ver al barman Perico Chicote, ataviado con un gabán y una boina carlista, con una botella de vino en la mano. También vio de reojo a José María de Areilza, el amigo de Pacho Herranz, que sería nombrado alcalde de Bilbao dos días después.

—Tiene buena memoria —dijo el periodista, estrechándole la mano—. Ignacio Segurola. Frecuentaba su local en mis viajes a Madrid. La última vez que nos vimos fue en las Navidades del 35, en Luciano.

—Me jacto de que no se me olvida una cara, y menos las de mis clientes. No tiene pinta de venir con nosotros. ¿Ha permanecido en Bilbao estos meses?

—Así es —respondió Ignacio, preocupado por que Chicote pudiera hacerle preguntas inoportunas.

—¿Sabe si la familia Aguirrebalzategui está bien?

—Creo que sí. Hace poco que vi a Amalia —contestó, aliviado.

—No sabe cuánto me alegra oírle decir eso —comentó el barman, exultante—. ¿Es usted reportero profesional? Con nosotros viene Campúa para inmortalizar nuestra gesta, supongo que también para ajustar cuentas. El Frente Popular le requisó el cine Actualidades y los milicianos mataron a su padre en septiembre solo por haber sido fotógrafo de la Casa Real.

—En realidad, no —mintió a medias Segurola.

—Pues lleva una buena cámara. Le aconsejo que haga buen uso de su trabajo.

—No se preocupe. Soy un simple aficionado.

—Ya... Bueno, es tiempo de celebración. Tenía guardada esta botella en espera de que llegara este día. Confío en que nos veamos pronto de nuevo... a ser posible en Madrid —prosiguió, guiñando un ojo—. Voy a ver qué se cuentan dentro.

—Un placer —se despidió Ignacio, tratando de disimular su disgusto.

Poco a poco aumentaba la concurrencia en la plaza, al igual que en la balconada del Carlton, donde a los oficiales españoles del ejército se unían caballeros de porte elegante y militares italianos y alemanes.

Segurola palideció al darse cuenta de que entre los nazis de la Legión Cóndor que festejaban la victoria se hallaba el teniente Adler Messner, y entonces comenzó a tomar conciencia realmente de que Bilbao ya no era un sitio seguro para él.

58

Ocupación o liberación. Dos maneras antagónicas de referirse a un mismo hecho según la ideología del narrador. Cuando se escribe la historia sin concederle la perspectiva del tiempo, los cronistas nunca son justos con los vencidos, a quienes se les inflige el doloroso castigo del silencio, antesala del olvido.

Aquellos primeros días posteriores a la entrada de las tropas franquistas en Bilbao sembraron de incertidumbre el destino de los que, siendo perdedores de la guerra, decidieron permanecer en sus casas sin imaginarse la violencia con la que serían represaliados.

Aún no había terminado el mes de junio cuando a los mentideros nacionalistas de Bilbao, ya clandestinos, llegó la noticia desde Vitoria del fusilamiento de Lauaxeta, el cual no dejó de escribir poemas en la cárcel, sin ser consciente de que sus versos constituirían su legado y de que el poeta sobreviviría al hombre tras su ejecución. La suya no sería la única entre los detenidos. A las penas de cadena perpetua se sucedían las condenas a muerte para los «rojo-separatistas», tal y como denominaban los franquistas a sus enemigos en el País Vasco.

A lo largo del mes de junio la única información pública con que contaba Bilbao era la facilitada por las emisoras radiofónicas, en particular la de Radio Requeté, que ahora emitía desde la frecuencia de Radio Bilbao una programación basada en himnos y discursos que exaltaban el fascismo. Las linotipias de los periódicos no volvieron a funcionar hasta que el 6 de julio reaparecía *El Pueblo Vasco* —tras varios meses de silencio forzoso—, reafirmándose en su línea cristiana y monárquica, y nacía *El Correo Español*, un nuevo diario editado en las oficinas requisadas del *Euzkadi*, que publicaba en su primera página una fotografía del general Franco, con el semblante sonriente, junto con el decreto que establecía el saludo nacional con el brazo en alto y otro que unificaba el Requeté con la Falange en una sola entidad política: la Falange Española Tradicionalista y de las Juntas de Ofensiva Nacional Sindicalista, a la que se obligaba a afiliarse a todo aquel que quisiese trabajar, cualquiera que fuese su oficio. Ambos periódicos terminarían fusionándose ocho meses después.

Ignacio Segurola salió a hurtadillas de su casa para comprar un ejemplar tras escuchar el vozarrón de Julia, la vendedora de periódicos, que anunciaba su reciente mercancía. Al periodista se le partió el corazón al ver el apartado de correos y el número de teléfono del *Euzkadi* en aquel diario convertido en instrumento de los falangistas y de los carlistas, a los que Franco trataba de asemejar. Se preguntó si la Goss hubiese preferido ser destruida a tener que trabajar para una causa ajena. Y se imaginó a la rotativa con alma propia, derramando sus lágrimas de tinta.

Aún no había pagado a Julia cuando se dio cuenta de que un grupo de jóvenes desconocidos, con camisas azules y boinas rojas, penetraba en el portal de su edificio, por lo que optó por esperar, discretamente apostado en las Calzadas de Mallona. Al cabo de treinta minutos, que le resultaron eternos, los falangistas volvieron a la calle con su botín. Al verlos, Ignacio se quedó paralizado por la rabia, la impotencia... y el miedo. Le estaban robando la máquina de escribir de Irene y las cajas donde guardaba todos sus negativos. Sin atreverse a regresar de inmediato a su casa, decidió ir a la librería Verdes en busca de la muchacha. Allí el ambiente también era de congoja.

—Los falangistas se han llevado a Juanita Mir. Nos acabamos de enterar —le dijo Irene, angustiada.

—¿A Juanita? ¿Cómo es posible? —se preguntó Ignacio casi para sí. Su ingenuidad todavía le llevaba a sorprenderse con cada nueva detención, como la de su colega en el *Euzkadi* Melchor Jaureguizar unos días antes en Barakaldo.

—Es horrible.

—¿Es que no van a respetar ni a las mujeres? —respondió Ignacio, con los ojos enrojecidos por la crispación. Dudó durante unos instantes antes de hablar—. Tengo que decirte algo. ¿Puedes salir un rato?

—Claro —contestó.

Con gesto serio ambos se dirigieron hacia el Arenal, como si la inercia de sus pasos los llevara siempre hacia el banco bajo el gran tilo.

—Han entrado en mi casa —dijo Ignacio, sin poder evitar que su voz sonara entrecortada.

—¡Oh, Dios mío! ¿Y estabas allí? —preguntó ella, tomándole de las manos.

—No. Ha sido un milagro. Acababa de salir. Se han llevado tu máquina de escribir...

—¿A quién le importa eso ahora? ¿Y tus negativos?

—También.

—Lo siento mucho, Ignacio. Eso sí, me consuela que no estuvieras.

—No creo que hubiese pasado nada. El otro día se llevaron los negativos de Cecilio de su estudio en la alameda San Mamés y a él lo respetaron.

—Pero él trabaja en *La Gaceta del Norte*. No es lo mismo. Tendrías que haberte ido ya de Bilbao. Lo han hecho casi todos tus compañeros del periódico.

—¿Y adónde voy a ir? Mi sitio está aquí, contigo.

—¿Y esperar a que te detengan?

—¿Vendrías conmigo?

Sin dejar de mirarle a los ojos, Irene suspiró. Aún no había encontrado la oportunidad de contarle que estaba embarazada. Lo sabía desde hacía una semana, cuando visitó en su consulta a la doctora portugaluja Ticiana Iturri, a la que conocía por haberle impartido clases en la escuela de enfermería del Centro Vasco y a la que acudió por el preocupante retraso en su menstruación. Irene la admiraba profundamente por haber sido la primera mujer en colegiarse en Bizkaia y además en la especialidad de ginecología; destacaba por su defensa de los derechos de las madres solteras a pesar de la desconfianza de los colegas, que no podían creerse que una mujer fuese médica y que, en ocasiones, llegaron a denunciarla.

En ese momento Irene no se hallaba con fuerzas para marcharse. Ahora se veía obligada a pensar en el hijo que llevaba en sus entrañas. Estimaba que lo mejor era quedarse en una ciudad inhóspita, pero conocida, en la confianza de que pronto mejorarían los tiempos. No obstante, estaba convencida de que Ignacio debía huir cuanto antes. Y creyó que hablarle del hijo que esperaba podría retenerle, por lo que prefirió ocultárselo.

—Es mejor que te vayas sin mí. Al menos hasta que todo se calme. Estoy segura de que las aguas volverán a su cauce enseguida. —El tono de su voz sonó más rotundo que sus palabras.

En el fondo, Ignacio sabía que ella tenía razón. Se sentía inseguro, sin dinero y sin trabajo. Y tampoco podía animarla a que le acompañara a un futuro poblado de incertidumbres. Incluso en algún instante se le pasó por la cabeza afiliarse al nuevo sindicato fascista; por fortuna, aquellos vaivenes desesperados de su imaginación resultaban pasajeros. No solo le removían sus principios, sino que el hecho de quedarse no le garantizaba su seguridad. Sin embargo, comprendía a todos aquellos que debían mantener a una familia y se doblegaban a las nuevas normas sin cuestionarlas. Se trataba de una mera cuestión de supervivencia. Y la mayoría de las veces los estómagos no entienden de dignidad.

Permanecieron bajo la sombra del tilo varios minutos sin hablarse hasta que, por fin, él tomó sus manos y se las acarició.

—Está bien. Me iré. Pero con una condición.

—Dime.

—Que te cases conmigo antes.

Ella le miró con dulzura y le pasó los dedos por ambas mejillas con esa sonrisa triste que él a veces no sabía interpretar.

—Ignacio...

—¿Lo harás?

—Sí, Ignacio. Lo haré —afirmó, clavándole los ojos grises en lo más profundo de su ser.

—No te he comprado un anillo, pero quiero que te quedes con esto en señal de compromiso —dijo él, mientras le entregaba la piedra de mármol con su nombre grabado.

De repente, alguien a sus espaldas los sacó de su ensimismamiento.

—¿Se puede saber qué haces aquí?

Al oírle, Ignacio creyó estar alucinando.

—¡Kepa! —gritó el periodista, arrastrado por la alegría, para a continuación fundirse en un abrazo que el actor acortó intencionadamente.

—Será mejor que nos guardemos nuestras muestras de afecto para cuando estemos solos. Y no me llames por mi nombre en público —respondió su amigo, procurando no aparentar descortesía—. Ve a mi casa en media hora. Y cerciórate de que nadie te ve entrar —le solicitó antes de sonreír a Irene y marcharse.

—¿Ves? Kepa tiene razón —susurró la librera—. Toda precaución es poca. Anda, ve. Y permite que te ayude.

Con el ánimo derrotado, Ignacio caminó perdido por unas calles que se le antojaban laberintos. Al llegar a la plaza de Albia cuidó de no atravesarla para no dejarse ver. El silencio causado por la ausencia de las palomas, que acababan en cualquier cazuela, le terminó de desasosegar. Ahora todo el mundo le parecía hostil. Creyó distinguir a Zumalde leyendo el periódico junto a la cristalera del Iruña, pero prefirió no entrar. Consideró que sería mejor despedirse en su casa, o mejor no, por si pudiese comprometerle.

Kepa le aguardaba impaciente. Nada más atravesar el umbral de la puerta, lo abrazó sin miramientos.

—Perdona lo de antes. Pero era por nuestro bien —se disculpó el actor.

—Lo entiendo perfectamente. Supongo que no acabo de asimilar lo que está ocurriendo.

—Siempre fuiste el más ingenuo de los dos. Vamos a la biblioteca a tomar algo.

El piso de la familia Herranz conservaba el encanto de los edificios decimonónicos bilbaínos aunque se encontraba desangelado, sin lámparas ni muebles ni cuadros ni ninguno de los valiosos objetos que lo decoraban meses atrás.

—¿Os han robado?

—Se lo han llevado casi todo, menos los muebles grandes y los libros. Y eso que varios estaban fuera de su sitio. Quiero creer que, al menos, han servido para algo, y que algunos de esos mendrugos tenían afán de cultivarse.

—¿Cuándo has venido?

—Me enteré de que podríamos recuperar nuestro patrimonio y llegué ayer por la tarde. Recuerda que soy el hijo de un mártir caído por la patria. No deja de tener gracia. Ahora pertenezco a un bando que no es el mío.

—¿Y qué vas a hacer?

—Formalizar las gestiones para restablecer la normalidad en mi familia. Mi padre jamás lo hubiese imaginado.

—Estaría orgulloso de ti.

—¿Sabes? No es algo que me preocupe —comentó Kepa, mientras llenaba dos copas con una botella de coñac—. Me la dio Severo esta mañana. «A la memoria de Pacho», me dijo. Quien debería estar preocupado eres tú. No sé qué demonios pintas en Bilbao. Si no estás en la cárcel es porque se te ha aparecido la Virgen. Ya puedes ir preparando la huida antes de que seas sospechoso por no incorporarte al glorioso ejército nacional —dijo Kepa, sarcástico.

—Esta mañana han entrado en mi casa y se han llevado los negativos. Por suerte acababa de salir.

—¡Joder! Lo que te he dicho. La Virgen de Begoña en persona. Supongo que necesitarás dinero y que algún barquito discreto te lleve a Francia desde Bermeo.

—Preferiría ir a Santander, donde están el Gobierno vasco y algunos de mis compañeros del *Euzkadi*.

—¿Santander? Eso es pan para hoy y hambre para mañana. ¿Cuánto crees que va a tardar en caer?

—Prefiero ir a Santander —insistió Ignacio.

—Tu cabezonería forma parte de tu dudoso encanto, Ignacio. ¿Se te ocurre algún motivo para brindar?

—Por que volvamos a reunirnos pronto... y en paz.

—Brindo por ello —respondió Kepa, alzando la copa—. Pero mientras, llámame Pedro si volvemos a cruzarnos en la calle.

—¿Pedro? —rio Ignacio de buena gana.

—¡Vaya! Me alegra que te haga gracia, porque menuda cara de mustio tienes.

—Supongo que no sé disimular tan bien como tú. Al fin y al cabo, tú eres el actor.

—¡Quién me iba a decir que tendría que hacer teatro en mi vida cotidiana! Tendrás que quedarte aquí hasta que encontremos la manera de que te vayas. Ve mañana por la noche a tu casa, si no está vigilada, para recoger tus cosas. Puedes invitar a Irene. Supongo que querrás despedirte de ella en condiciones.

—Te lo agradezco, Kepa. Prométeme que cuidarás

de ella. Su familia murió en el bombardeo de Gernika y luego le ocuparon el caserío.

—Prometido, Ignacio... siempre y cuando no se meta en líos. Antes de irte dile que sea buena chica.

—Claro, se lo diré. Una duda... ¿Crees que la librería está a salvo?

—Nadie está a salvo del todo. Aunque los Verdes tienen la ventaja de que una de las hermanas está casada con un nacional. Yo creo que les respetarán el negocio... y a ellos, si se comportan según quieren estos.

—¿Los tuyos? —bromeó Ignacio.

—Claro, los míos —rio Kepa en tono burlón, sin entrar al trapo.

—¿Sabes? Antes de irme me gustaría casarme con ella, y que tú fueses mi padrino.

—Eres un romántico. Y yo no soy celoso. Así que cuenta con ello. ¿Lo sabe ella?

—Se lo he pedido justo antes de que llegaras.

—Pues ya siento haberte estropeado el momento. Para compensarlo, me encargaré de encontrar un sacerdote que oficie la ceremonia con discreción y sin amonestaciones lo antes posible. Eso sí, en menos de una semana te quiero fuera de Bilbao.

—Me gustaría pedirte otro favor.

—A ver...

—Una pistola para mi amigo Zumalde. Tuvo que desprenderse de ella.

—¡Joder con tus peticiones! ¡Ni que fuera el rey Gaspar! ¿Sabes cuál tenía?

—Creo que una Walther. Quizá te resulte más fácil hacerlo cuando acabe la guerra —respondió Ignacio, con una sonrisa compungida—. Voy a echarte de menos.

—¿Ya empezamos con las mariconadas? Venga, vamos a ver si esta botella puede con nosotros. Y no te olvides de dejarme las llaves de tu casa... por si acaso.

Los días siguientes transcurrieron según lo previsto, y en la noche del 11 de julio Ignacio Segurola partía desde Bermeo en un bote de pescadores rumbo a Santander, dejando atrás todo cuanto amaba. Apenas un par de semanas antes, el lendakari Aguirre había pronunciado en Trucios unas palabras a las que necesitaba aferrarse: «El territorio habrá sido conquistado, pero el alma del pueblo vasco no lo será jamás». Y, sin embargo, sentía que la suya se quedaba en Bilbao.

59

La vida no era fácil en Santander, y mucho menos para los refugiados vascos, a los que se les acusaba de no haber defendido su territorio y de no destruir la ciudad de Bilbao en su retirada, entregándosela en bandeja a las tropas franquistas y facilitando su avance hacia el oeste.

Las casas particulares, los cines y los teatros resultaban insuficientes para acoger a la ingente cantidad de personas llegadas desde el País Vasco, y a muchas no les quedaba más alternativa que dormir a la intemperie y alimentarse a base de pan y de queso a la espera de que algún barco las trasladara a Francia antes de que fuese demasiado tarde. Al igual que ocurrió en Bilbao, este aumento repentino de población ociosa y apenas sin recursos provocó problemas de convivencia con los autóctonos, que tuvieron que crear brigadas para limpiar las calles de basuras y excrementos para evitar la propagación de la epidemia de tifus, cada vez más preocupante.

Tampoco ayudaban mucho las alocuciones de Belarmino Tomás, presidente del Consejo Interprovincial de Asturias y León, contra los símbolos religiosos que portaban los nacionalistas vascos, los cuales fueron objeto de una persecución tan angustiosa, sobre todo por parte de los anarquistas, que el presidente Aguirre se vio obligado a solicitar el amparo del Gobierno republicano, que nada pudo hacer al respecto debido a su nula influencia en los territorios del norte. Uno de los principales verdugos de los nacionalistas vascos era Manuel Neila, un antiguo dependiente de una tienda de textiles en el paseo de Pereda, responsable de la Comisión de Policía del Frente Popular, que estaba al mando de la checa de la calle del Sol, desde donde dirigía la represión de los enemigos de la República. Y si bien no desdeñaba los fusilamientos en las tapias del cementerio de Ciriego, su método favorito de asesinato consistía en lanzar a sus víctimas por los acantilados del faro de Cabo Mayor, por lo que raro era el día en que no aparecían cadáveres en las playas santanderinas. Muy cerca de este faro se encontraba la casa en la que el lendakari tenía fijada su residencia, por lo que pudo ser testigo casi directo de algunos de estos crímenes, los cuales quizá buscaban amedrentarle para que abandonara las tierras cántabras.

Gracias a una carta de recomendación de Kepa al director de su fábrica en Santander, Ignacio Segurola consiguió alojamiento en el piso que aquel poseía en Puerto Chico, muy cerca de la bahía. También ayudó que le entregara suficiente dinero, de parte de los Herranz, para poder sobrevivir en tanto lograran recuperar la fábrica que se les había requisado.

El periodista procuraba no salir demasiado a la calle, aunque a veces se arriesgaba a acercarse al Suizo, donde Andima Orueta solía tomar café a primera hora de la mañana con el propósito de informarse, ya que su colega estaba al corriente de las últimas noticias por frecuentar la residencia del lendakari.

—Esto no tiene remedio —dijo Andima—. Es cuestión de semanas que Santander caiga.

—Supongo que es inevitable —respondió Segurola—. ¿Qué tiene pensado hacer Aguirre?

—Pues pretendía que nuestros soldados cruzaran Francia para que combatiesen en el frente de Aragón, pero Prieto no lo ha autorizado por no tocar las narices a los gabachos y su política de no intervención, aunque lo que creo es que le puede el temor a las deserciones una vez que los *gudaris* se vieran a salvo en territorio francés.

—No le falta razón... Si es que es cierto que los franceses impidieron que nuestros aviones volaran sobre su territorio.

—Me temo que los franceses no son el mayor problema. Una parte importante de la ejecutiva del partido considera que la guerra ha finalizado para nosotros y busca rendirse de la manera menos traumática posible. Se está pactando con los italianos desde principios de mayo, por mediación de Onaindia.

—¿A espaldas de Aguirre?

—Lo sabe, pero no puede oponerse. En mi opinión, si todavía no se ha llegado a un acuerdo es porque el presi lo está dilatando. Me temo que terminará por trasladarse a Barcelona sin su ejército.

—¿Y tú qué vas a hacer?

—Ramírez de Olano pretende que el periódico se siga publicando allí donde se instale el Gobierno vasco y que yo me incorpore a la redacción.

—¿En Barcelona?

—Es muy probable. En cualquier caso, estoy dispuesto a ir adonde sea. ¿Y tú qué harás?

—La verdad es que no lo sé.

—Aquí no puedes quedarte. Puedo hablar con don Pantaleón para ver si necesita a alguien más. ¿No te gustaría?

—Me gustaría regresar a Bilbao.

—¡Joder! Y a mí. Pero allí duraríamos un suspiro.

—¿Sabes cómo están las cosas por el *Botxo*?

—Jodidas. Hay paqueos nocturnos para soliviantar los ánimos, y de paso sirven de excusa para seguir matando gente. Hace unos días fusilaron a Edilberto Estella, el santurrón de *La Tarde*, y ayer a Melchor... y a Juanita.

Las últimas palabras de Orueta noquearon a Segurola. Nunca había conocido a nadie con un espíritu tan antibelicista como Juanita Mir. De todas las muertes sin sentido que se producían a diario, esta era la más injusta de todas. Se la imaginó frente al pelotón de fusilamiento y se le humedecieron los ojos.

—Hace falta ser muy malnacido —acertó a decir Ignacio, con un hilo de voz—. ¿Cómo lo habéis podido saber tan pronto?

—Se está intentando recabar información por parte de los familiares de los presos que los visitan.

—Son un atajo de canallas. ¿Se puede saber de qué la acusaban?

—Según ellos, por ser propagandista de la causa «rojo-separatista». Y por injuriar a su «glorioso ejército» al atribuirle hechos falsos.

—¿Se refieren a lo de Gernika?

—Supongo.

—¡Joder! Lo vimos todos. ¡Estuvimos allí!

Al darse cuenta de lo que le había afectado la noticia a su compañero, Orueta pidió dos orujos lebaniegos a un camarero atildado que parecía haberse quedado anclado antes de la guerra.

—Anda, toma. No te vendrá mal. Dios ya la habrá acogido en su seno.

—¿Es que nadie va a parar esto? —se preguntó Ignacio a sabiendas de la ausencia de respuestas, y se bebió de un trago su orujo.

—Me temo que no. No cesan las detenciones en Bilbao. Al último que se han llevado es a Pepe Verdes. La verdad es que ignoro por qué no se marchó.

—Porque nadie piensa que le va a tocar. Y menos si no ha hecho nada malo. Yo mismo estuve a punto de quedarme.

—Pues ya ves que hiciste bien en largarte. Bueno, tengo cosas que hacer. *Agur*, amigo. Cuídate.

—*Agur* —se despidió Ignacio, con el corazón encogido.

Aquella fue la última vez que Segurola vio a Andima Orueta, quien a los pocos días tuvo la desgracia de cruzarse en el camino de los secuaces de Neila, que acabaron con su vida y con la de sus acompañantes, al acusarlos de contrarrevolucionarios, arrojándolos contra las rocas desde Cabo Mayor.

Ignacio tuvo constancia de los hechos cuando recibió un mensaje en su domicilio santanderino que le instaba a acudir a la residencia del lendakari, donde se le rogó que se trasladara a Barcelona para ocupar el puesto pensado inicialmente para Orueta.

Apenas faltaban un par de semanas para que, tras casi tres meses de negociaciones a espaldas del Gobierno republicano, se firmara por fin el Pacto de Santoña entre los militares italianos —a las órdenes del general Mancini— y las autoridades nacionalistas, acuciadas por la inminencia de la entrada de las tropas franquistas en Santander. En él se acordaba la rendición del ejército vasco a cambio de la evacuación de los oficiales, funcionarios y dirigentes políticos, y de la consideración de los *gudaris* como prisioneros de guerra bajo la exclusiva soberanía italiana.

Los batallones vascos aguardaron impacientes, acampados en las playas próximas, la llegada de los barcos británicos que los sacaran de aquel reducto ya dominado por los camisas negras de Mussolini, encargados de supervisar la operación. Sin embargo, su decepción fue mayúscula cuando —después de dos jornadas de espera— vieron que solo acudían un destructor y dos buques mercantes con capacidad insuficiente para todos los que aguardaban a ser evacuados. A primera hora de la mañana del 26 de agosto comenzó el embarque de refugiados comenzando por los heridos, los jefes políticos y los civiles con pasaporte del Gobierno vasco, entre los que estaba Ignacio Segurola. Quien no se encontraba era el presidente Aguirre, el cual conseguía salir de Santander con lágrimas en los ojos en una vieja avioneta que, junto a los dos consejeros que le acompañaban, tuvo que empujar hasta arrancarla en medio de un nuevo bombardeo de las tropas enemigas.

Al subir al Seven Seas Spray, Segurola se acercó a saludar a su capitán.

—Buenos días, capitán Roberts. ¿Me recuerda? —le dijo en inglés.

—¡Por supuesto! Nos presentó George Steer en el Torrontegui —saludó el galés, pronunciando a duras penas el nombre del hotel bilbaíno—. Celebro tenerle en mi barco.

—Veo que su valentía no se limitó a romper el bloqueo de Bilbao.

—Soy un hombre de aventuras —se limitó a decir, sonriente.

Desde la cubierta ambos contemplaban cómo los *gudaris* llegaban en formación al puerto para dispersarse tras acumular sus armas en pilas custodiadas por los camisas negras, a los que se conocía con el apodo de *macaroni* por su desmesurada afición a la pasta.

De repente, vieron que numerosos soldados italianos cercaban a los *gudaris* y colocaban ametralladoras en puntos estratégicos a su alrededor. Poco después un emisario español, con uniforme italiano e insignia falangista, comunicaba a los capitanes británicos no solo la suspensión de la evacuación, sino la orden de desembarque de todos los vascos que se encontraban a bordo. Con el rostro crispado, Roberts dio instrucciones a uno de sus oficiales para que acompañara a Segurola a su camarote personal. Acto seguido, los capitanes solicitaron una reunión con el coronel Fergosi, que ya mandaba en la plaza de Santoña, al que le manifestaron su indignación ya que todos los embarcados se hallaban bajo la protección del pabellón británico. No obstante, la respuesta del oficial italiano fue taxativa porque las órdenes procedían del mismísimo general Franco, y sus navíos tenían instrucciones de impedir la evacuación, mediante el uso de los cañones si fuese necesario.

Esa misma noche un grupo de oficiales falangistas registró minuciosamente los barcos británicos para cerciorarse de que solo se transportaría a los heridos. Desde su escondite, Ignacio Segurola escuchaba el crujir de las botas por todas partes, con el temor de ser apresado en cualquier instante.

—¡Aquí no pueden entrar! ¡Este es mi camarote! —La voz enérgica del capitán Roberts llegó a sus oídos, pero no sintió alivio hasta que desaparecieron los ruidos de las pisadas.

Al llegar de nuevo al muelle, los vascos fueron llevados en camiones a los centros de encarcelamiento. La mayoría acabó en el penal del Dueso, donde comenzarían las ejecuciones al día siguiente. Además de Fergosi, otros dos coroneles de las tropas de Mussolini vigilaban avergonzados la operación.

—Es lamentable que un general italiano incumpla su palabra. No hay en la historia un caso igual —le susurró uno al otro.

Cuando al fin zarpó el Seven Seas Spray rumbo a Baiona, a Ignacio se le olvidó enseguida el peligro que acababa de correr. En aquel momento, navegando por un Cantábrico en calma bajo un cielo inusitadamente estrellado, solo tenía un único pensamiento. Y era que se alejaba cada vez más de Irene, cuyo retrato llevaba en el bolsillo interior de la chaqueta, junto al corazón.

60

Detrás de la timidez aparente de Tere Verdes se escondía la valentía de quienes defienden sus ideales. Hacía unos meses que los falangistas habían detenido a su hermano en la librería y ahora se acababan de llevar a aquella muchacha embarazada de aspecto frágil que, sin embargo, poseía el coraje de los que se rebelan ante las injusticias.

Tere no tenía la menor idea de qué acusaban a Irene, aunque en realidad eso era lo de menos. Cualquier delación falsa bastaba para que alguien fuese detenido. La mayoría de ellas ni siquiera se basaban en asuntos políticos, sino que venían motivadas por antiguas rencillas o simplemente por la envidia. Tal vez, en el caso de Irene, hubiesen sido los usurpadores de su caserío en su afán de no ser molestados. Cuando la muchacha le contó que una tarde había ido a Gernika para ver si los Urturi se atrevían a mirarla a la cara, Tere le reprochó su osadía, además de que consideraba que no valía de nada. Significarse contra los franquistas implicaba quedar marcado y ser perseguido. Y en la cárcel es más difícil luchar.

Tere Verdes lamentó que su discreción no le permitiese ponerse de ejemplo.

Desde el día que encerraron a su hermano Pepe en Larrinaga, ella aprovechaba las visitas para conocer cuanto acontecía dentro de la cárcel acerca de las condiciones de vida de los presos, los juicios sumarios o las penas de muerte. Todo ello para que sus familias estuviesen informadas, pero también para que las autoridades vascas en el exilio recopilaran documentación con la que poder denunciar los desmanes de los franquistas ante la comunidad internacional, a la que estos pretendían hacer creer que trataban a los presos de guerra de acuerdo al Convenio de Ginebra. Por eso poca gente sabía que era ella quien se escondía detrás de Timotea Ariz, el alias con el que se la conocía en la incipiente red de espionaje creada al efecto —en la que las mujeres de Emakume Abertzale Batza desempeñaban un papel fundamental—, bautizada con el apellido de su máximo responsable: Luis Álava Sautu, un ingeniero nacionalista de Murgia.

Por desgracia, Tere aún no había podido contactar con Irene, encerrada en la Prisión Central de Mujeres de Saturraran, instalada en un edificio situado en una playa de Ondarroa, construido inicialmente para albergar un lujoso complejo hotelero en la desembocadura del río Mijoa, si bien luego fue seminario y cuartel del ejército vasco hasta que las tropas de Franco lo habilitaron como presidio de mujeres republicanas a las que los fascistas consideraban muy peligrosas, custodiado por soldados y vigilado por monjas mercedarias con tan escasa caridad cristiana que las reclusas llamaban a su superiora sor Pantera Blanca, porque bajo sus hábitos inmaculados albergaba un corazón demasiado negro.

Las condiciones de vida de las presas eran deplorables. Debían dormir en medio metro de suelo recostadas en sus petates —o con suerte sobre jergones de maíz—, hacer sus necesidades en cubos de zinc y usar latas a modo de recipientes para la comida, insuficiente y en malas condiciones, de tal manera que la única carne que comían procedía de los gusanos, que abundaban en las lentejas. Tal era el hambre que pasaban que escondían las mondaduras de las patatas que pelaban en la cocina para luego comerlas. Los pescadores de Ondarroa se apiadaban de las presas y les llevaban comida que no llegaba a su destino porque las monjas comerciaban con ella, al igual que con la enviada en paquetes por sus familiares. También se les solía retener la correspondencia, por lo que a su situación de indefensión se añadía la de incomunicación.

Además de la libertad se las privaba del patrimonio, gestionado por parte de los jueces delegados de la Comisión Central Administradora de Bienes Incautados, encargada de confiscar las posesiones de las personas —físicas o jurídicas— que no hubieran apoyado a los sublevados, aunque fuese por omisión. A pesar de que su caserío se encontraba ocupado, Irene Lasa lo incluyó en su declaración jurada, ya que no tenía nada que perder.

Aquel invierno fue tan frío en Bizkaia que se sucedieron las nevadas, incluso en Bilbao. Antes de que acabara enero, Irene dio a luz a una niña en la enfermería de la prisión, asistida por una monja que, horrorizada por la crueldad de sus compañeras, colgaría los hábitos poco después.

—Es chiquita pero muy linda —le dijo.

Sentir la piel de su hija mitigó el terrible dolor sufrido en el parto. Sin embargo, invadida por la tristeza de la soledad y la incertidumbre, le resultaba imposible disfrutar de aquel instante de efímera felicidad. La tranquilizó que la niña dejase de llorar al reposar en su pecho.

—Gracias, hermana.

—Tiene tus mismos ojos... ¡Oh! Debiste de tener un antojo en el embarazo. Mira esa manchita en el cuello bajo la oreja. ¿Cómo se va a llamar?

—Izarbe —respondió Irene, con el recuerdo de su abuela en la memoria. En realidad, el de toda su familia. Lo dichosa que hubiera sido aquella niña en el caserío de no haberse interpuesto esa maldita guerra.

—No te van a dejar bautizarla así —comentó la monja.

—¿Por qué no? No es un nombre vasco, es el de una virgen de Huesca —mintió a medias la muchacha.

—¡Ah! En ese caso... es posible... Izarbe. Es un nombre precioso.

—Sí... Hola, Izarbe. Soy tu mamá —susurró la librera en euskera antes de quedarse dormida, rendida por el agotamiento, con la niña en su regazo. Aquella noche Ignacio apareció en sus sueños jugando en el porche del caserío con Izarbe en sus rodillas.

Cuando al amanecer Irene se despertó, la bebé no estaba. A su lado se hallaba la superiora con una sonrisa de hiel, acompañada de dos monjas.

—Buenos días, Lasa. Tengo una noticia estupenda para ti.

—¿Dónde está la niña? —La voz de la joven sonó desgarrada por la pena.

—De eso quería hablarte. El cielo ha ganado un angelito maravilloso. ¿No estás contenta? —Sor Pantera Blanca parecía hablar con tal sinceridad que disimulaba su cinismo.

—¿¡Qué está diciendo!? ¡Quiero ver a mi hija!

—¡Vaya! Ya decía yo que no eras una buena cristiana. Siento que te hayas dejado influir por esa pandilla de rojas. Tu bebé murió esta madrugada. No te preocupes, porque el capellán la bautizó a tiempo de que pudiera llegar al cielo.

A Irene le costaba asimilar lo que escuchaba. Estaba hambrienta, dolorida y rota por el dolor. Aun así, tuvo arrestos para incorporarse y coger por el cuello a aquella monja escapada del infierno.

—¡Malnacida! ¡Devuélveme a mi hija!

Las dos religiosas que flanqueaban a la superiora tuvieron que emplearse a fondo para evitar que la muchacha la asfixiara. Sin fuerzas para resistir y golpeada por todas partes, no le quedó más remedio que aflojar los dedos. Ahora el dolor no era físico. Ni siquiera notaba la sangre que le resbalaba por la comisura de los labios. Se sentía desgarrada por dentro. Y por primera vez en su vida le puso cara al odio.

—¡Desgraciada! —gritó sor Pantera Blanca entre tosidos, con el rostro congestionado por la falta de aire y por la ira—. ¡Vas a acordarte de mí por el resto de tus días!

Solo el pundonor por no dar gusto a sus carceleras le hizo resistir los tres meses siguientes, incomunicada en una celda de castigo ubicada en los sótanos a la altura del río, que se quedaba anegada cuando subía la marea hasta el punto de que muchas veces le llegaba el agua por la cintura. Aterida de frío, sin apenas alimentación, su supervivencia se debió a una mera cuestión de coraje. Y si no se volvió loca fue porque en su imaginación tejía historias sencillas que anhelaba poder vivir algún día.

De aquel encierro salió escuálida, enferma y con la conciencia anulada por el terror y la extenuación. Le costó varios meses recuperarse, en la medida que las precarias condiciones de Saturraran lo permitían. Las atenciones que le prestaban sus compañeras de presidio, unidas ante la desgracia, la ayudaron a no sucumbir. Sin embargo, no todas conseguían sobrevivir y, puesto que no había fusilamientos, la muerte llamaba a la puerta de las más débiles. También a la de muchos de los niños que vivían allí con sus madres, las cuales apenas dormían por miedo a que se los robaran, como solía suceder mediante engaños contra los que solo cabía la impotencia. Al cerrar los ojos, cada noche, Irene imaginaba que algún día se reuniría con su hija.

61

Ya antes de que la tragedia impregnara de melancolía para siempre la plaza de San Felipe Neri, los pasos de Ignacio solían conducirle hasta ella. Poco podía imaginarse al redactar la noticia del bombardeo en el corazón del barrio gótico de Barcelona que la muerte de las cuarenta y dos personas —la mayoría de ellas, niños de corta edad— sepultadas en el sótano de la iglesia coincidía en el tiempo con el nacimiento de su hija, de una hija que él ni siquiera sabía que existía.

Ahora corría el mes de abril y la moral de Segurola se desmoronaba a la vez que los territorios de la República, que acababa de ser partida en dos por la entrada de las tropas franquistas en Vinaròs, al norte de la provincia de Castellón, con lo cual llegaban al Mediterráneo por la zona del Levante.

Apoyado en una pila de sacos terreros, bajo un suave sol de primavera, con la mirada perdida en los agujeros causados por la metralla en la fachada de la iglesia, el periodista se lamentaba por haberse ido de Bilbao, de donde apenas le llegaban noticias. En realidad, no se trataba exactamente de arrepentimiento. Su angustia tenía que ver con el cargo de conciencia que le suponía que Irene estuviese en la cárcel sin que él hubiera hecho nada por impedirlo. En las largas noches en que le costaba conciliar el sueño, su mente se enredaba elucubrando sobre situaciones pasadas, imposibles de cambiar. Procuraba consolarse con que quizá le hubiesen matado enseguida y la suerte de su esposa habría sido la misma, o incluso peor. Sin embargo, aquellos pensamientos recurrentes jugueteaban con su cordura, resquebrajada por el remordimiento.

Lo que ocurría en Barcelona, él ya lo había vivido en Bilbao: bombardeos, racionamiento, escaparates vacíos, miedo, hambre, periódicos con información sesgada... Incluso el Gobierno vasco estaba instalado en la capital catalana con el fin de intentar atender a las decenas de miles de compatriotas refugiados en Cataluña en condiciones más que precarias y, de paso, evidenciar su compromiso con las autoridades republicanas. No obstante, existían diferencias para él. En Bilbao tenía con quien compartir las vicisitudes. En cambio, en Cataluña le invadía la soledad, porque carecía de ánimo para combatir el retraimiento de su carácter y le costaba tanto hacer vida social que sus aires taciturnos comenzaban a acarrearle la fama de huraño en la redacción. Otra cosa que no resultaba semejante era su percepción con respecto al futuro de la guerra. En Bilbao le quedaba la incertidumbre de saber si la ciudad resistiría. En Barcelona, no. Su experiencia le dictaba que la Ciudad Condal caería tarde o temprano. Y no podía evitar que le desasosegara aquella maldita sensación de precariedad, que se extendía a su lugar de trabajo.

Se cumplía un mes desde que uno de los bombardeos más cruentos de la guerra no solo había acabado con la vida de un millar de personas, sino con numerosos edificios, como la casa Batlló de la calle Cortes, en la que se ubicaban las oficinas del *Euzkadi*, que tuvieron que trasladarse con carácter provisional a la sede de Emakume Abertzale Batza en la plaza del Pino, en tanto se adecuara su próximo emplazamiento en la calle Roger de Lauria. Por suerte, todos los miembros de la redacción pudieron refugiarse antes del ataque. La que sí sucumbió al desastre fue su cámara Leica, que no le dio tiempo a rescatar. Tampoco los negativos de sus últimos reportajes en Barcelona. Parecía que su trabajo estuviese maldito, destinado a no perdurar.

Ahora se sentía igual que si le hubiesen amputado un miembro. Y lo que era peor, comenzaba a creer que carecía de sentido continuar haciendo fotos. Dudaba que a las generaciones venideras les preocupase su pasado porque la historia no aprende de sus errores. A lo mejor debía ser así. Perpetuar el dolor a través de las imágenes o de la memoria posiblemente no contribuyese a la reconciliación. Tal vez la única manera de convivencia pacífica no fuese la impuesta, sino la creada por individuos educados con valores propios, dictados por la tolerancia.

Ignacio no dejaba de preguntarse cuánto le duraría su instinto de supervivencia, porque a veces sentía la necesidad de no tener que protegerse de los bombardeos. Solo la ilusión de reencontrarse con Irene le empujaba a apretar los dientes y no rendirse.

62

El decreto de mayo de 1938 publicado en Vitoria —sede del Ministerio de Justicia franquista— prohibía el uso de nombres vascos y catalanes porque «entrañaban una significación contraria a la unidad de la patria» y, además, obligaba a los Registros Civiles a traducirlos al castellano e incluso cambiarlos con carácter retroactivo, por lo que pronto los funcionarios se afanaron en eliminar todos los nombres eusquéricos.

A Kepa no dejaba de hacerle gracia que su nombre figurase expresamente en aquel decreto, que le parecía ridículo. Acomodado en un sillón de su biblioteca, con un vaso de coñac en la mano, leía: «Tal ocurre en las Vascongadas, por ejemplo, con los nombres de Iñaki, Kepa, Koldobika y otros que denuncian indiscutible significación separatista».

No solo cambiaron los nombres de las personas en Bilbao. Al igual que en el resto de lugares ocupados por las tropas franquistas, el nomenclátor de las calles igualmente sufría variaciones en un intento de eliminar cualquier vestigio de la época republicana. Coincidiendo con el primer aniversario de la conquista de la ciudad, se inauguraron algunos puentes para sustituir a los destruidos por el ejército vasco en su huida, bautizados de forma muy distinta; así, el puente de la Ribera pasó a llamarse Coronel Ortiz de Zárate, el de Isabel II —también del Arenal— empezó a ser conocido como puente de la Victoria, y el de la Merced, puente del General Sanjurjo. Únicamente el de San Antón mantuvo su antigua denominación.

Por aquella época, Kepa Herranz —don Pedro Herranz en público— no solo había recuperado los negocios familiares, sino que contaba con nuevas empresas procedentes de confiscaciones de hacendados republicanos, si bien los beneficios de estas los destinaba a realizar obras de caridad. En esta labor le ayudaba Pieter Janssen, un experto economista holandés al que había conocido durante su exilio británico en un pub del Soho y que además de asesorarle en su contabilidad se colaba en su cama.

—¿Has visto, Pieter? —dijo Kepa, al ver a su amante entrar en batín en la biblioteca con un plato de queso y pan blanco, depositado en una bandeja de plata—. Ya soy oficialmente Pedro. Todo por darle la razón a mi *aita* y su manía de llamarme Pedrito. —La perra iletsua, que dormitaba a sus pies, emitió un ladrido de asentimiento.

—Brindemos en su memoria, pues —respondió Pieter, sirviéndose coñac después de besar a su amante en los labios.

—¡Qué guapo eres, jodido! —exclamó Kepa, cautivado por aquellos ojos azules que le miraban siempre con una mezcla de cariño y deseo cuando estaban a solas.

—Las palabrotas fueron lo primero que me enseñaste en castellano. —Rio el holandés—. Ya sabía de ese decreto. Y he oído que en Baracaldo los funcionarios borran los nombres vascos con tampones de «¡Viva Franco!».

—La madre que los parió... —respondió Kepa, que no parecía muy afectado, quizá porque el amor le dulcificaba la realidad.

Sellos bien distintos al que usaban los empleados encargados de cumplir con aquel decreto eran los que clandestinamente se habían falsificado en Sondika por mediación de Primitivo Abad, uno de los colaboradores de la Red Álava. Con este sello, y gracias a la intervención de Federico Gurtubay Esteban —un galdacanés destinado a la Auditoría de Guerra con sede en Burgos—, se consiguió modificar numerosos expedientes, conmutando penas de muerte por las de inferior grado.

Y es que, poco a poco, esta red de espionaje pasó de ser un mero servicio de atención básica a los presos a realizar acciones arriesgadas que les salvaran la vida, como las que protagonizaba Aniceto Antón, un antiguo empleado de la Sociedad Bilbaína, que usaba su cervecería burgalesa como tapadera de sus actividades. En una de las ocasiones, y puesto que el Gobierno franquista hacía creer a la comunidad internacional que solo se fusilaba a los condenados por delitos de sangre, Antón —con la colaboración de Gurtubay— logró la copia de doscientos expedientes de penados a muerte que fueron enviados al Foreign Office, con lo que se evitaron sus ejecuciones.

La labor de transporte de este tipo de informes estaba encomendada a cuatro mujeres que, aprovechando su aspecto inofensivo, llevaban por relevos los documentos hasta Francia por la muga de Elizondo para entregárselos a las autoridades vascas en el exilio. Las *emakumes* se cuidaron de que sus familiares desconociesen su labor, por lo que Bittori Echeverría, Itziar Múgica, Delia Lauroba y la propia Tere Verdes realizaban su peligroso trabajo con absoluta discreción, necesaria tanto para proteger a los que les rodeaban como para salvaguardar el éxito de su empresa.

Las procedentes de la Red Álava no eran las únicas buenas noticias para los presos vascos, en su mayoría castigados por la brutalidad de la represión. A finales de 1938, y gracias a la intercesión ante Franco de Manuel Calderón, uno de los oficiales del Canarias, fueron liberados todos los supervivientes del bou Nabarra, que se encontraban a la espera de la ejecución de sus penas de muerte. El Generalísimo, atendiendo a las peticiones de súplica de su ayudante naval basadas en el valor de los marineros, no solo le autorizó a sacarlos de la cárcel de San Sebastián, sino que le instó a invitarlos a cenar chipirones; eso sí, pagando de su bolsillo y con la condición de que no le molestasen con papeleo.

Además de su libertad, la tripulación del Nabarra recuperó sus escasas pertenencias. Cuando a Xabier Basarte le fue devuelta la medalla de la Virgen del Carmen confiada por Koldo Arteaga, se limitó a apretarla con fuerza sobre su pecho con el propósito de cumplir con su promesa.

63

Decenas de miles de hombres, ateridos de frío, se agolpaban a primeros de febrero en la frontera gala, cerrada a finales del mes anterior en un intento baldío de las autoridades francesas de contener el aluvión de exiliados que huían de la represión que a buen seguro les aguardaba de haberse quedado en sus ciudades de origen. No en vano, conocían los métodos franquistas en los lugares conquistados y preferían eludirlos a costa de enfrentarse a un futuro incierto y mísero, pero en libertad... o al menos eso creían. Una semana antes, movidos más por el miedo a una avalancha descontrolada que por la caridad, los franceses habían dejado pasar a las mujeres, a los niños y a los ancianos. Sin embargo, las jornadas transcurrían y la desesperación crecía entre los soldados y civiles todavía retenidos en los puestos de Le Perthus y de Cerbère, donde se encontraba Segurola, temerosos de que las tropas franquistas llegasen en cualquier momento.

Sin comida ni tabaco ni suficiente ropa de abrigo, el periodista una vez más se veía abocado a lidiar con una situación desconocida. Había aguantado de nuevo hasta el final, con la publicación del último ejemplar del *Euzkadi* el día 22 de enero, cuando Barcelona estaba a punto de ser tomada. Al recorrer sus calles vacías, con el ejército enemigo asomándose a la ladera del Tibidabo, le invadieron las emociones ya vividas en Bilbao. Pero ahora, en el paso fronterizo, rodeado de hombres tan malolientes como él, no se formulaba preguntas ni le preocupaba lo que le depararía el destino más allá de esa noche, en la que solo pensaba en paliar el anquilosamiento glacial de sus huesos con una sopa caliente. Acurrucado en una manta cubierta de hielo, sus deseos se confundían con sus ilusiones y si cerraba los ojos se imaginaba al amor del lar junto a Irene.

Poco podía imaginarse Ignacio que su pesadilla como exiliado no había hecho más que empezar. Cuando por fin se abrió la frontera, el Gobierno francés se vio desbordado por un éxodo que no se esperaba y para el que no se encontraba preparado, ya que en pocas semanas tuvo que acoger a medio millón de refugiados españoles en campamentos sin ninguna infraestructura.

El periodista fue llevado inicialmente a Argelès-sur-Mer, un campo de internamiento al aire libre rodeado de alambradas de espinos, custodiado por las tropas coloniales, ubicado en una enorme playa a la que llevaron a ochenta mil personas, que tuvieron que vivir en unas condiciones tan infrahumanas que se acumulaban los muertos por frío, hambre o por las múltiples enfermedades nacidas de la falta de higiene. En los primeros días allí, Ignacio ayudó a levantar un barracón construido con madera y lona, en el que al menos pudo dejar de dormir a la intemperie después de bastante tiempo, y tuvo que pelearse por alguno de los chuscos de pan que les lanzaban desde camiones que circulaban al otro lado de la alambrada.

Con aquella dejación de funciones por parte de las autoridades francesas se pretendía fomentar las repatriaciones voluntarias de los exiliados, muchos de los cuales aceptaron volver acuciados por la desesperación. Ignacio fue uno de los que dudaron cuando le llegó el momento de tomar una decisión. Sabía con certeza que regresar significaba arriesgarse a enfrentarse a un pelotón de fusilamiento, lo que carecía de toda lógica, pero aquella guerra se escapaba a la razón. La alternativa no parecía mejor, porque tenía la sensación de que estaba muerto en vida en un infierno de miseria y humedad.

—¿A España o a un campo de trabajo? —insistió un funcionario altanero, al que no le hacía ninguna gracia lidiar con aquella chusma harapienta.

—Me quedo en Francia —respondió Ignacio, tratando de comportarse con una dignidad que se diluía en su semblante.

Al día siguiente un camión los llevó, siguiendo la costa hacia el norte, hasta otro campo muy similar al que acababan de abandonar, igualmente rodeado de alambradas, aunque menos masificado. Los refugiados en la playa de Le Barcarès de nuevo tuvieron que dormir sobre la arena mientras les fabricaban barracas, si bien no dejaron de acostarse en el suelo. Poco después también les instalaron grifos e Ignacio pudo seguir el ejemplo de algunos de sus compañeros de infortunio, que consiguieron tablas con las que hacer fuego para calentar agua donde desinfectar las ropas infestadas de piojos. Totalmente desnudo, con la vista puesta en la calma del Mediterráneo, Ignacio quiso creer que aquel acto de purificación escondía un significado simbólico... el de su pronta libertad.

Durante aquellos meses finalizó la guerra española con la victoria de las huestes de Franco, pero comenzó otra de mayor magnitud. Ahora el Gobierno francés tenía sus propios problemas que pasaban por defenderse de un poderoso ejército alemán que amenazaba su territorio, por lo que poco les importaba la suerte de los refugiados venidos del sur de los Pirineos. A los campamentos llegaban más rumores que noticias, siempre escasos y confusos. Al igual que el resto de sus compañeros, Ignacio Segurola pensaba que un conflicto bélico europeo los obligaría a regresar a España, los llevaría a tener que combatir o, en el mejor de los casos, a quedarse atrapados en aquellos lugares diseñados por el mismísimo demonio.

El comienzo de la Segunda Guerra Mundial coincidió con el traslado de Irene Lasa a la cárcel de Ventas en Madrid y con el nombramiento como ministro de Justicia de Esteban Bilbao, quien pronto se olvidó de las promesas hechas a Ernesto Ercoreca después de su canje en el sentido de mejorar la calidad de vida de los presos.

El momento del interrogatorio cada vez que llegaban a un nuevo presidio era más temido por las reclusas que sus propias sentencias. Parecía que los policías amedrentaban a las nuevas inquilinas por el mero disfrute del sufrimiento ajeno. Lo primero que recibió Irene en aquel cuartucho lóbrego fue un bofetón de tal virulencia que le abrió una herida en la mejilla, posiblemente por los añicos en que se acababan de convertir los cristales de sus gafas. Sin embargo, no emitió un solo quejido. Aquellos dos malnacidos sonreían mientras le hacían preguntas para las que no necesitaban respuesta.

—Guapa, ¿no vas a decirnos los nombres de tus amigos separatistas de Bilbao?

—No tengo —respondió ella en voz baja, secándose la sangre con la manga de la chaqueta desgastada que llevaba sobre el vestido.

—Venga, mujer, levanta esa carita, que no se te ve —dijo el más veterano de los dos, subiéndole la barbilla bruscamente.

—Yo creo que tiene demasiado pelo en la cara y se la tapa —comentó el otro—. Le vendrá bien un buen corte —prosiguió, mientras sacaba unas tijeras de un cajón, con las que trasquiló la melena de Irene a la altura de la nuca. La muchacha apretó los dientes, pero no se inmutó al ver su pelo rojizo en el suelo—. A lo mejor así se te refrescan las ideas. Dinos los nombres de los separatistas que conozcas.

Entre la débil iluminación de la estancia y su miopía, Irene apenas podía distinguir los rostros de aquellos dos hombres, a los que de buena gana hubiera escupido.

—Los que conozco ya están todos en la cárcel —susurró.

—O exiliados, ¿no? —inquirió el policía veterano.

—No conozco a nadie que se fuera de Euzkadi por sus ideas.

—¿Qué hostias dices de Euzkadi? ¡Las Vascongadas! —gritó el que llevaba la voz cantante.

—No conozco a nadie que se fuera de... las Vascongadas por sus ideas —contestó la joven, con los ojos enrojecidos por la rabia, sin darse cuenta de que se acentuaba el escozor de su mejilla. Su aparente docilidad terminó por aburrir a los dos policías.

—Anda, lárgate. Imagino que ya tendrás la habitación del hotel preparada —concluyó el veterano con toda la sorna que atesoraba.

Las condiciones de vida en la cárcel de Ventas no eran sustancialmente mejores que las de Saturraran. A causa del hacinamiento, las presas no podían estirar las piernas para dormir y tenían que hacerlo de lado en el suelo; su rancho consistía en zanahorias o habas cocidas; debían lavarse con agua fría —que solía helarse en invierno— recogida en calderos, y hacer largas colas para acudir a retretes que carecían de intimidad. El único instante en que sabían la hora eran las nueve de la mañana, cuando se hacía el recuento; durante el resto del día perdían la noción del tiempo hasta que antes de acostarse les hacían cantar el *Cara al sol* o el himno del Requeté, dependiendo de la ideología de la carcelera de turno.

En ocasiones, las primeras luces del amanecer llegaban acompañadas de las ráfagas disparadas por los pelotones de fusilamiento, a las que seguía un silencio siniestro, antesala de los tiros de gracia que se colaban por los oídos de las presas y les desgarraban las entrañas. Algunas condenadas guardaban un vestido especial para afrontar el momento con la mayor dignidad posible, pensando en recogerse el pelo para que al caer no les cubriera la cara. La única defensa de las reclusas consistía en tratar la pena de muerte con la máxima naturalidad, hasta el punto de que la llamaban Pepa y le cantaban canciones al ritmo de chotis: «Es la Pepa una gachí, que de moda está en Madrid, y que *tié* predilección por las rojillas...».

Irene no dejaba de admirarse por el valor de estas mujeres, algunas más jóvenes que ella, sin ser consciente del suyo propio. Por suerte, en Ventas podía entretenerse con la lectura de los libros de su vasta biblioteca, que devoraba uno tras otro. Parecía que su vista miope no pudiese ver más allá de las páginas de aquellas novelas que la ayudaban a evadirse. No obstante, su mejor método para mantener su resiliencia seguía siendo la imaginación, esa que la llevaba hasta los verdes montes de su patria chica para purificarle el alma.

64

La cómoda entrada de las tropas alemanas en París pilló por sorpresa a casi todo el mundo, que esperaba este desenlace pero no tan inminente. También a los miembros del Gobierno vasco, ubicado en el número 11 de la avenue Marceau, en un edificio comprado con las aportaciones económicas de los vascos residentes en América. En aquellos días el lendakari Aguirre se encontraba visitando a su familia en Bélgica y no pudo regresar a la capital gala, por lo que se vio obligado a esconderse para evitar su detención por la Gestapo, que sí conseguiría capturar a Lluís Companys —presidente de la Generalitat— para entregárselo a las autoridades franquistas, que terminarían por fusilarle.

Fueron meses de clandestinidad para Aguirre, que, tras refugiarse en un convento y en varias casas de allegados, tuvo la audaz idea de ocultarse en el territorio de quienes le estaban buscando. Para ello contó con la ayuda de su amigo Germán Gil Guardia Jaén, el cónsul panameño en Amberes, que le facilitó un pasaporte de su país con el nombre del doctor José Andrés Álvarez

Lastra, para lo cual el lendakari cubrió su rostro con un enorme mostacho y unas gafas de diez francos sin graduar. Con su nuevo aspecto y su falsa identidad, Aguirre se presentó en las oficinas de la Gestapo en Bélgica, que le concedió el permiso para viajar a Berlín, ciudad en la que permaneció casi medio año antes de poder llegar a Gotemburgo —donde se reunió con su familia— para tomar un barco rumbo a América.

A pesar de que la delegación vasca trató de evacuar los archivos y quemar papeles antes de su huida, su trabajo no fue suficiente para que la fulgurante entrada de los nazis en París evitara su total desaparición, por lo que la embajada española —cuya sede, por esos burlones avatares del destino, lindaba con la del Gobierno vasco— pudo incautarse aún de un elevado número de informes con el beneplácito de las autoridades alemanas. Entre otros, los concernientes a la Red Álava.

La negligencia por el escaso celo en la destrucción de documentación comprometida se vio agravada porque nadie tuvo la delicadeza de advertir a sus responsables del peligro que corrían, y eso que tardaron en ser apresados.

En la mañana del 20 de diciembre de 1940 se presentó en Elizondo una brigada de policías, procedente de Madrid, para detener a Bittori Echeverría junto con sus compañeros del valle de Baztán. Uno a uno, irían cayendo a lo largo de las Navidades casi todos los componentes de la red, quienes fueron trasladados a Madrid en los primeros días de enero.

La sorpresa de Irene Lasa al encontrarse con su jefa en la prisión de Ventas provocó que derramara lágrimas que creía olvidadas. Tras pronunciar su nombre en un tono de amarga alegría, la muchacha se abrazó a

Tere Verdes como si llevase esperándola durante años. Y a pesar de los intentos de Tere por calmarla con caricias en su pelo desmochado, Irene solo podía llorar con desconsuelo.

Ante la presencia de otras reclusas que contenían la emoción a duras penas, ambas permanecieron en silencio durante varios minutos hasta que Tere se separó con ternura y clavó su mirada en la profundidad apagada de los ojos grises de Irene, para a continuación pasarle los dedos por la mejilla.

—¿Qué te han hecho?

—No es nada. Las heridas del cuerpo cicatrizan.

—¿Y tus gafas?

—Se me cayeron al suelo —dijo la muchacha para no preocupar a Tere, que la observaba con una sonrisa desconfiada—. Y mi corte de pelo es la última moda en París —añadió, lo que provocó la hilaridad de las presentes.

Tere volvió a abrazarla, con el alma dolorida, mientras pensaba que aquella muchacha distaba de ser la chica apocada que hacía más de un lustro había entrado por primera vez en su librería para trabajar. Supuso que las dos tendrían muchas cosas que contarse... o quizá no. En cualquier caso, tiempo habría de ponerse al día con palabras, o tal vez solo con cariño.

65

Con la conclusión de la guerra española comenzaron a retornar los alemanes residentes en Bilbao. Al agradecido estómago de Fernando Zumalde le hizo especial ilusión el regreso de Hermann Thate, que tuvo que volver a empezar tras encontrarse con sus locales destrozados. Sin embargo, no le hacía tanta gracia ver cómo los simpatizantes del nazismo campaban a sus anchas por la villa, amparados por el régimen franquista. Aun así, se había acostumbrado a tomar café en la terraza del hotel Excelsior, regentado por Pablo Klinkert, donde era frecuente toparse con oficiales nazis y con compatriotas suyos que realizaban dudosas actividades al margen de sus negocios.

Bilbao constituía un punto estratégico para controlar los convoyes que transitaban por el golfo de Vizcaya, y la red de espionaje nazi se encargaba de recabar información para facilitar los ataques de sus submarinos. Para ello contaba con más de sesenta agentes infiltrados en las navieras vascas, en su mayoría marineros represaliados en busca de rehabilitación, que realizaban detallados dosieres de los barcos que avistaban para que los oficiales de la marina nazi cartografiaran las rutas del tráfico marítimo aliado con el propósito de que sus submarinos pudiesen sabotear aquellas misiones.

El comisario algo intuía de lo que se cocía en algunos de los lugares frecuentados por los alemanes, en particular porque sabía que seguían celebrándose reuniones en la trastienda del negocio de máquinas de escribir de Otto Hinrichsen, a la que acudían algunos empresarios afincados en la villa, que también solían visitar la cervecería de Georg Demmel, otro de sus viejos conocidos. No obstante, los tejemanejes que se trajesen los alemanes no eran asunto suyo, salvo aquella vez que volvió a ver al teniente Adler Messner abandonando el Excelsior justo cuando él salía de la terraza. Al cruzarse, el oficial nazi le dirigió una mirada que le heló la sangre, máxime al darse cuenta de que tenía una pequeña cicatriz alargada en la mejilla consecuencia, sin duda, de un brutal arañazo.

Por fortuna, en aquellos días no se cometió ningún asesinato en Bilbao, tal y como se temía Zumalde. Tampoco es que él pudiese hacer nada por evitarlo. Carecía de pruebas contra Messner y, además, no se atrevía a ir con el cuento a José María Unibaso, el nuevo responsable de la Guardia Municipal, que aunque leía el *Euzkadi* se unió al Requeté. Y es que ignoraba su reacción, ya que solo le conocía de topárselo en San Mamés viendo al Athletic, que ahora debía llamarse Atlético de Bilbao en cumplimiento del decreto que prohibía los extranjerismos. Aun así, a pesar de que los periódicos tuviesen que atenerse a la nueva ley, ningún aficionado dejó de llamar Athletic a su club, que tuvo que echar mano de su cantera y buscar jugadores jóvenes que despuntasen en campos de segunda fila para empezar desde cero después de la guerra con el fin de recuperar su hegemonía en la liga de fútbol, ya que su vieja plantilla se encontraba exiliada, repartida por equipos de toda Latinoamérica. También el Athletic tendría que recomponer su masa de socios, reducida de tres mil a menos de seiscientos. Por su parte, Unibaso —con el seudónimo de Joma— terminaría por ser uno de los más populares cronistas deportivos en la prensa escrita de las andanzas de los leones, a los que seguía en todos sus desplazamientos.

El que tampoco había desperdiciado la oportunidad de regresar a Bilbao era Victoriano Manzano, con su cargo de comisario recuperado. A Zumalde le sorprendió gratamente que le pagara un vino en el Iruña en su primer reencuentro, pero no se fiaba de que aquella invitación no fuese un mero gesto de cortesía, sino un medio para ganarse su confianza. Sin embargo, el comisario prefirió no contarle nada sobre Messner, no al menos mientras los oficiales alemanes gozasen de la consideración de las autoridades franquistas.

A quien también veía a veces en el Iruña era a Kepa Herranz, el amigo de Segurola, del que ninguno de los dos tenía noticias desde hacía años. Cada vez que se cruzaban su saludo se repetía.

—¿Sabes algo de Ignacio? —preguntaba uno al otro, siempre con la misma respuesta negativa.

A pesar de que el Iruña ya no parecía el mismo tras la muerte el año anterior de su propietario Severo Unzue, ambos solían frecuentarlo. Kepa, aunque le costara asumirlo, para continuar con la costumbre de su padre; Zumalde, para retrotraer sus recuerdos a la época anterior a la guerra.

El comisario sospechaba que el amigo de Ignacio no se limitaba a gestionar sus negocios, sino que realizaba actividades clandestinas. Lo que desconocía era que el empresario disfrutaba con su doble personalidad y que detrás de la responsabilidad asumida por don Pedro Herranz se escondía el alma gamberra de Kepa, al que le gustaba jugar a hurtadillas por simple divertimento, como en aquella ocasión —al poco tiempo de que los franquistas entraran en Bilbao— en que le pidió a Pieter que le llevara una Walther a Fernando Zumalde, con la única indicación de que se trataba del encargo de un amigo. El comisario no descubriría la mano que se hallaba detrás de aquel peligroso regalo hasta que semanas después se los encontró juntos y consiguió atar cabos.

No obstante, a Kepa le dolía haber fallado a su amigo al no poder evitar la detención de Irene y, de algún modo, aquello le pesaba sobre la conciencia. Tampoco estaba seguro de que animarle a huir hubiese sido una buena idea, habida cuenta de cómo se venían desarrollando los acontecimientos en Europa. Por suerte, Pieter se percataba de los instantes en que los fantasmas acechaban a su amante y procuraba rescatarle a base de carantoñas. Entonces Kepa recobraba su tradicional optimismo y quería creer que, más pronto que tarde, Irene e Ignacio regresarían a Bilbao. Y cuando eso ocurriese, él estaría preparado para recibirlos con los brazos abiertos.

66

En la madrugada del 6 de mayo de 1943, los disparos que llegaron desde la cercana cárcel de Porlier retumbaron en los oídos de Tere Verdes, Delia Lauroba, Itziar Múgica y Bittori Echeverría, las cuales aguardaban con angustia el cumplimiento de la pena de muerte de Luis Álava, el cerebro de su organización, que se presentó ante el pelotón de fusilamiento en paz por poder reunirse con Dios, tras pasar toda la noche rezando junto al capellán del penal y algunos de sus compañeros de ejecución. En apenas unos segundos, los treinta y ocho verdugos que componían el pelotón descargaron sus fusiles sobre su cuerpo, respetándole la cabeza con el fin de que los familiares que esperaban para llevárselo al panteón de su Murgia natal pudieran ver su rostro sereno e intacto.

Las cuatro *emakumes*, al igual que otros quince implicados de los veintiún detenidos, también habían sido condenadas a morir por el consejo de guerra celebrado contra todos ellos por «adhesión a la rebelión y espionaje» seis meses después de su encarcelamiento.

Sin embargo, tras intensas gestiones del Gobierno vasco con su homólogo francés, el general Pétain escribía al ministro español de Asuntos Exteriores solicitando clemencia para los integrantes de la red; y en la vista celebrada el año siguiente, se conmutaría la pena capital por la de prisión mayor. Así, Bittori e Itziar deberían pasar treinta años en la cárcel; Tere, veinticinco, y Delia, seis. Una suerte similar corrió el resto de los componentes, salvo Luis Álava, a quien no se le concedió el indulto solicitado por el Ayuntamiento de Vitoria, la Diputación, la Acción Católica, los obispos de Vitoria, Pamplona y Valladolid, e incluso por el nuncio del papa Pío XII, que llegó a hablar en persona con el mismísimo Franco.

Apelando a su profunda religiosidad, continuaron los trámites para conseguir la libertad de las cuatro mujeres, las cuales fueron saliendo una a una de la cárcel, si bien se les mantuvo la pena de destierro, que les prohibía fijar su residencia en el País Vasco y en Navarra, «dadas sus muy exaltadas ideas separatistas».

Irene Lasa recibió con una alegría inmensa la noticia de la libertad condicional de Tere Verdes en la mañana del 31 de marzo de 1944, tras más de tres años viéndose prácticamente a diario.

—Haré todo lo posible para que tú también salgas pronto, *maitea* —comentó Tere, que la trataba casi como a una hija.

Sin quejarse por los dolores que sufría, Irene abrazó a Tere con escepticismo. De no haber sido por sus atenciones quizá se hubiese dejado morir en aquella prisión donde los días eran iguales, las semanas eran iguales, los meses eran iguales y los años eran iguales. Ni su ánimo ni su debilidad la empujaban a redimir su pena por el trabajo, tampoco su rebeldía. Prefería pasarse las horas enfrascada en sus lecturas —y eso que cada vez tenía que acercarse más a los libros para poder distinguir las letras—, abstraída de cuanto la rodeaba, acompañada de Dostoyevski, Unamuno, Azorín, Goethe, Tagore, Voltaire... Aunque su novela preferida era *el Quijote*, que releyó varias veces, identificada con sus dos personajes. Tal vez porque la abundancia de viandas en el episodio de las bodas de Camacho saciaba imaginariamente su hambre crónica.

—No te preocupes por mí, estoy bien.

Pero Tere Verdes sabía de sobra que no lo estaba, que Irene llevaba una pena en el alma que no la ayudaba a seguir adelante. Si al menos hubiese cultivado su fe en Dios... No obstante, sus intentos por que la muchacha se refugiase en la palabra de Cristo habían resultado infructuosos.

—No me dejan volver a Bilbao, así que pienso estar pendiente de ti. Vendré a verte. Ya sabes que me quedaré aquí en Madrid, en casa de unos amigos que viven en la calle María Panés —dijo Tere, a la que de alguna manera le apenaba dejar sola a la joven—. Rezaré por ti —se despidió, abrazándola de nuevo, para a continuación emprender el camino de la libertad.

A pesar de su pena de destierro, la librera obtuvo un permiso extraordinario ese verano para visitar Bilbao durante ocho días, que exprimió para impregnarse del aire de la ciudad en previsión de que tardara en regresar. Tampoco se olvidó de cumplir el encargo realizado por Irene de preguntarle a Kepa Herranz por la suerte de Ignacio, a quien todo el mundo daba por muerto.

Fueron días de reencuentros e intensas emociones que Tere Verdes quiso agradecer acudiendo a orarle a la

Virgen de Begoña, antes de su vuelta a un Madrid que no dejaba de ser una enorme cárcel para ella. Kepa no había podido facilitarle noticia alguna sobre su amigo, pero quiso entregarle una importante cantidad de dinero para que tratara de asistir a Irene en la medida de lo posible, con el ruego de que le informara de cuanto le aconteciese a la muchacha. También llevaba la medalla de Koldo, entregada en la librería por Xabier Basarte al salir de la cárcel, y que su hermana Rosario custodiaba a la espera de podérsela hacer llegar con garantías a su nueva propietaria.

Aún remoloneaba agosto cuando Tere consiguió visitar a Irene en la prisión de Ventas. Apenas pudo disimular su gesto de amarga sorpresa al verla tan desmejorada. Se le notaban todos los huesos de su cuerpo, su rostro estaba más lívido que nunca y no dejaba de toser con flemas.

—¿Qué tienes, *maitea*?

—Estoy bien. Cuéntame cosas de nuestro *Botxito*. ¿Hablaste con Kepa? —respondió Irene, con la voz entrecortada por la fatiga.

—Sí, me ha dado dinero para que te traiga cositas. Mira... —dijo Tere, enseñándole una cesta con comida.

Tiempo atrás a Irene quizá le hubiera hecho ilusión, pero en ese instante apenas echó un vistazo a su contenido.

—¿Te contó algo de Ignacio?

—Nadie sabe nada de él.

—Tiene que estar muerto —elucubró Irene, con un halo de tristeza resignada—. Si no, ya tendría que haber dado señales de su existencia... ¿Sabes, Tere? Confío en que esté vivo y lo que le pase es que haya empezado una nueva vida lejos de esta asquerosidad de país, aunque sea con otra mujer.

—No hables así... Tengo otra cosa para ti —comentó Tere, que depositó la medalla en la mano de la joven.

—¿Una medalla? —Irene volvió a toser con fuerza, apretándose su pecho dolorido. Aprovechó un breve intervalo de recuperación para acercarse la medalla a los ojos—. ¡Oh, Tere! Pero ¿cómo...? ¿Es la de Koldo?

—Sí, *maitea*. Antes de morir, le pidió a uno de sus compañeros que te la hiciera llegar. Tu nombre fue lo último que pronunció.

Irene sonrió durante unos segundos en los que sus ojos se inundaron de lágrimas. Sin embargo, no rompió a llorar.

—Koldo era... —acertó a decir, ahogando un suspiro—. Koldo era Koldo. ¿Cuántos años hace de aquello?

—Más de siete.

—Y no pasa un solo día sin que me acuerde de ellos. Gracias por venir.

—No me voy tranquila. ¿Te han visto en la enfermería?

—Estoy bien. Ya he pasado por esto otras veces. No te preocupes —respondió Irene para a continuación darse un abrazo de despedida.

Apenas una semana después, Tere Verdes recibió el aviso de que el estado de salud de Irene resultaba tan preocupante que incluso había recibido la extremaunción. A sus dificultades para respirar se unía una fiebre elevadísima que le provocaba temblores y la hacía delirar. Neumonía estreptocócica fue el fatal diagnóstico, para el que no cabía solución salvo la administración de un medicamento extremadamente caro que, además, no se comercializaba todavía en España: la penicilina. Aun así, la joven no soltaba de la mano aquella medalla de la Virgen del Carmen.

Tere no se lo pensó dos veces y telefoneó a Kepa para informarle de la situación. Este, acompañado de su inseparable Pieter, tomó el primer tren para Madrid y, usando sus influencias, se propuso conseguir una dosis suficiente en el único sitio en el que todo era posible: la trastienda del local de Perico Chicote, un oasis de lujo y ostentación dentro de la miseria madrileña, adornado de Lupes Sino en busca de su Manolete, donde con dinero podía obtenerse cuanto se comercializara de estraperlo, o lo que era lo mismo: cualquier cosa.

Fue Pieter quien se ocupó de realizar los contactos necesarios para que la penicilina estuviese enseguida preparada. Siempre que entraba en el bar, Kepa sentía un ligero cosquilleo en el estómago porque recordaba las veces que lo había frecuentado con Ignacio en aquellos tiempos en los que, con las bebidas más baratas de la carta, se pasaban horas conversando en aquel selecto zoo de glamur.

Escoltado por Pieter, Kepa atravesó el local hasta llegar a la discreta puerta que conducía a la estancia vetada para el común del público. Entre la fauna que bebía y fumaba alegremente, distinguió algunos rostros conocidos e incluso creyó ver a un esquivo vecino bilbaíno, acompañado de una rubia de aspecto alemán, con el que hacía años que no se cruzaba por la escalera de su edificio en la plaza de Albia y que, no obstante, parecía haber pactado con el diablo porque mantenía intacto su atractivo.

La transacción se realizó con rapidez habida cuenta de la urgencia. Un par de llamadas y unos cuantos billetes deslizados oportunamente fueron suficientes para que la penicilina llegara a su destino. Kepa y Pieter permanecieron unos días en el hotel Palace en espera de la mejoría de Irene, que, por suerte, comenzó a percibirse enseguida.

—Esta noche volvemos a Chicote, pero esta vez para emborracharnos de verdad... ¡y con agua de Bilbao! —le dijo Kepa a su amante cuando les comunicaron que la muchacha se encontraba muy débil aunque fuera de peligro, sabedor de lo cariñoso que se ponía Pieter con el champán.

Al día siguiente Tere Verdes quiso despedir a Kepa en la estación de ferrocarril para transmitirle su infinito agradecimiento.

—Se lo debía... y aún estoy en deuda —comentó el bilbaíno—. Te ruego que no le comentes una sola palabra a Irene de lo que ha pasado.

—Tienes mi palabra —contestó la librera—. Espero que algún día podáis celebrarlo todos en Bilbao.

—Dios te oiga, Tere. Ojalá... algún día... —susurró Kepa para disimular que le traicionaba la emoción al recordar a Ignacio.

El silbato del jefe de estación, que a continuación anunció con un grito la partida del tren con destino a Bilbao, se burló de sus pensamientos. «Tren con destino a Bilbao», repitió Kepa para sí... como si todo el mundo pudiese regresar a Bilbao con la facilidad con que él lo hacía. «Pero ¿dónde carajo estás, Ignacio?»

67

A Ignacio le sorprendió el inicio de la Segunda Guerra Mundial todavía en el campo de refugiados de Le Barcarès, donde permaneció hasta el comienzo de la primavera de 1940, en que le llevaron a construir una pequeña vía de ferrocarril oculta en un bosque cercano al pueblecito de Cerdon, ya próximo a París. Y a pesar de que seguía vigilado, al no haber alambradas la sensación de reclusión era distinta. Además, por primera vez desde que salió de Barcelona, pudo dormir en un colchón y comer con dignidad.

La fulgurante entrada de los alemanes, que tardaron poco más de un mes en invadir Francia, provocó la desbandada de los trabajadores en Cerdon, e Ignacio se vio huyendo rumbo al sur; aunque comenzaba a no tener conciencia de su situación geográfica exacta dentro de la inmensidad del territorio galo, que tras el armisticio del 22 de junio de 1940 quedó dividido entre el ocupado por los alemanes y el denominado Estado Francés —al suroeste del país, de ideología igualmente totalitaria—, conocido como la Francia de Vichy, que si bien era gobernada en apariencia por franceses, en la práctica se encontraba controlada por el ejército nazi.

Regresaron las penurias para Ignacio, sin posibilidad de trabajar ni saber adónde ir. Durante semanas estuvo caminando de pueblo en pueblo hasta que fue detenido en Villeneuve-sur-Lot por unos gendarmes que le pidieron la documentación. Hacía tiempo que el periodista había decidido desprenderse de ella porque pensaba que así estaría más protegido y podría evitar su deportación a España. Tras unos días en el calabozo le condujeron a Saint-Lon-les-Mines, una aldea de las Landas, tan cercana a la costa que cuando soplaba el viento del este Ignacio creía percibir los olores del Cantábrico. Allí tuvo que sacar a relucir sus desconocidas dotes de *aizkolari*, porque su labor consistía en talar los árboles marcados con los que hacer leña destinada al combustible de los vehículos que tuvieron que adaptar su motor debido a la carencia de gasolina. Y aunque al principio le dolían las manos por esa combinación maldita de rozamiento y de frío, las heridas y los sabañones terminaron por encallecérselas. Peor que las bajas temperaturas, que se podían combatir con las hogueras que encendían en aquellos barracones gélidos, era el hambre, que les obligaba a realizar escapadas nocturnas para robar las patatas que los campesinos guardaban en el campo bajo tierra y paja. Esas patatas asadas entre las cenizas del fuego le resultaban tan suculentas que en aquellos momentos no las hubiera sustituido por ninguno de los menús de los mejores restaurantes de Bilbao.

Un año después, Ignacio y sus compañeros sufrieron un cambio de destino, aunque no de trabajo. Pero, al menos, en Courgoul a los leñadores se les permitía faenar los domingos en alguna de las granjas cercanas, donde les pagaban con pan, queso y algún que otro franco. A veces conseguían juntar dinero suficiente para comprar un ternero. Los granjeros preferían vendérselos a ellos antes que a los alemanes, que solían acercarse en busca de carne. Sin embargo, aquel invierno fue aún más crudo que el anterior y con frecuencia la nieve no les permitía salir de los barracones.

A Ignacio le quedaba demasiado lejos su vida anterior. Incluso decidió adoptar un nombre distinto y se hacía llamar Antonio Gallego. Parecía que siempre se hubiese dedicado a cortar leña en bosques tan gélidos como su esperanza. Con el transcurso de los meses, los recuerdos se difuminaban y crecían en su imaginario las idealizaciones de un mundo al que quizá no volvería. Lo que no podía olvidar eran los ojos grises de Irene mirándole en el altar de la iglesia de San Nicolás, junto al tilo que tantas veces les había amparado. No dejaba de ser una broma macabra que ahora tuviera que talar árboles para sobrevivir, o acaso solo para vegetar en un hábitat no apto para los pusilánimes.

Le preocupaba que quienes le querían pensaran que estaba muerto. Por eso, aunque sin demasiada confianza de que llegaran a su destino, cada vez que encontraba un buzón nuevo depositaba una carta dirigida al domicilio de Kepa y otra al de la librería Verdes. La resignación comenzaba a apoderarse de él, y le angustiaba no ser capaz de regresar a Bilbao. Se lamentaba de no intentarlo, de no tratar de escaparse, pero también sabía que toda Francia era una inmensa prisión en tanto los alemanes la domeñaran. Además, cruzar la frontera se le antojaba imposible. En las largas noches en las que no podía conciliar el sueño, su mente solo alcanzaba los Pirineos. Más allá su imaginación se paralizaba por el miedo no ya a ser detenido o fusilado por el régimen franquista, sino por el de no ser bien acogido en Bilbao por los suyos, o peor todavía, por no reconocerse a sí mismo en una ciudad a la que ya no sabía si pertenecía. Y se preguntaba si un exiliado algún día dejaría de serlo, por mucho que retornara a sus raíces.

A Courgoul le seguiría Aurillac, donde estuvo ingresado en el hospital por una grave infección de oído que le acarreó una ligera pérdida de audición, y luego Mérignac, junto a Burdeos. Por aquel entonces, Alemania ya dominaba directamente la Francia de Vichy, a pesar de que esta se hubiese implicado en el reclutamiento obligatorio de trabajadores para los alemanes. Al igual que en el resto de campos de trabajo, a Mérignac acudieron los nazis en busca de voluntarios para faenar en Alemania. A los que se negaban se les encarcelaba y se les obligaba a realizar trabajos de extrema dureza. Ante su negativa de salir de territorio francés, a Ignacio le destinaron a limpiar de cieno las bases utilizadas para la reparación de submarinos. Para ello tenía que bajar por las escaleras rotas de un estrecho boquete a una profundidad de veinte metros y soportar una presión en sus maltrechos oídos, que terminaron por dañarse para siempre. Para mermar aún más la resistencia de los trabajadores, todas las madrugadas entraba en las celdas un soldado que los despertaba haciendo restallar su látigo mientras soplaba con fuerza un silbato que sonaba tan agudo que perforaba los tímpanos.

Tras seis infernales semanas, un buen día dos soldados alemanes sacaron a Ignacio de la cárcel. Por un momento creyó que aquello suponía el fin y que, en breve, se vería ante un pelotón de fusilamiento. Y se lamentó de que después de tantas vicisitudes para evitarlo en España fuese a morir en un sitio en el que nadie le hallaría nunca. Sin embargo, se dirigieron a la estación de ferrocarril, donde había más trabajadores aguardando la salida de un tren. Ahora Ignacio pensó que no tenía manera de evitar ser trasladado a Alemania. Pero su siguiente destino fue Tours y su labor, reparar los boquetes de las pistas del aeródromo que a menudo era bombardeado por la aviación del ejército aliado, el cual —tras el desembarco de su infantería en Normandía en junio de 1944— avanzaba inexorablemente por toda Francia, obligando a retroceder a los alemanes, por lo que estos tuvieron que abandonar sus posiciones y, por supuesto, la custodia de los campos de internamiento.

Y así, un buen día de verano, Ignacio Segurola se vio por primera vez en absoluta libertad desde que cruzó la frontera francesa, sin más pertenencias que lo puesto y un retrato tan deteriorado que apenas se distinguía a la muchacha que sonreía con timidez. Después de más de cinco años de vejaciones y penurias, sentía que antes de plantearse su regreso a España debía recuperar su dignidad, por lo que, siguiendo a algunos de los compañeros de fatigas en su último destino, decidió unirse al maquis francés con el propósito de expulsar hasta el último nazi de Francia. Especialmente emotiva fue la entrada en Burdeos el 28 de agosto en medio de una algarabía de gente que agitaba las banderas francesas al son de *La Marsellesa*.

Ignacio Segurola se encontraba a tan solo trescientos kilómetros de su casa y tuvo la tentación de presentarse en el consulado español de Burdeos para legalizar su situación e intentar atravesar la frontera; no obstante, le pudo el vértigo y lo que cruzó fue Francia de oeste a este con su brigada hasta la base de Carcassone donde recibió instrucción militar y se vio forzado a custodiar a prisioneros franceses encarcelados por simpatizar con los alemanes. Tanto le desasosegaba ejercer de carcelero que no le importó ir con su brigada a Foix, en las estribaciones de los Pirineos, para participar en una operación que consistía en invadir el valle de Arán en un intento de provocar un levantamiento popular contra el régimen de Franco. En realidad, lo que pretendía Ignacio no era combatir, sino aprovechar las escaramuzas para atravesar la frontera. Pero el azar quiso que sufriese un fuerte esguince en la subida del primer pico y tuviera que regresar al campamento de Foix, al que también volvieron sus compañeros al día siguiente con seis carabineros detenidos y numerosas bajas que evidenciaban el fracaso de la misión.

Aún permaneció en la base de Carcassone hasta que el 8 de mayo de 1945 se dio por finalizada la guerra. Tras ser desmovilizado, los pasos de Ignacio le llevaron casi por inercia a Bidarray, a tiro de piedra de la frontera con Navarra. A esas alturas, Ignacio ya estaba convencido de que debía buscar el sistema de regresar a Bilbao, así que se empleó de nuevo como leñador, al tiempo que trataba de granjearse la confianza de los lugareños en su afán de que le pusieran en contacto con algún contrabandista que le ayudara a llegar al valle de Baztán.

Por aquel entonces el trasiego de personas que procuraban entrar en España de manera clandestina había cesado prácticamente. Atrás quedaban las épocas de guerra en las que soldados y refugiados se veían abocados a huir para salvar sus vidas. Y si muchos de ellos lo consiguieron fue gracias a las redes organizadas que operaban en este sentido con la colaboración de los *mugalaris* autóctonos, perfectos conocedores del terreno.

Una mañana septembrina de domingo, mientras Ignacio tomaba una cerveza en el único bar del pueblo, se le acercó un hombre canoso de frente despejada, con la barba muy recortada. Vestía de modo un tanto estrafalario si bien calzaba unas buenas botas. En cierta forma, le recordaba un poco a su amigo Kepa.

—Me han dicho que quieres cruzar la frontera —dijo, con acento navarro.

—Así es —confesó Ignacio sin rodeos, tal vez porque aquel hombre le pareció franco enseguida.

—¿Por qué? —preguntó, mostrando la chispa de sus ojos claros.

—Salí huyendo de Barcelona en febrero del 39. Las he pasado putas en Francia. Y hace seis años y medio que no sé nada de los míos.

—¿De dónde eres?

—¿Importa?

—Mi nombre es Juan Mari... pero todo el mundo me llama Ondikol —se presentó con un apretón de manos.

—Ignacio... Ignacio Segurola —respondió el periodista, ahogando un suspiro emocionado al escuchar su nombre por primera vez después de tanto tiempo, aunque fuera de sus propios labios, que no pasó inadvertido para el *mugalari*.

—Puedes confiar en mí. ¿Y yo en ti?

—También.

—Pues está todo dicho.

—¿No vas a preguntarme nada más?

—No necesito saber nada más.

—Soy de Bilbao.

—Menuda sorpresa. Ya lo imaginaba.

—Entonces aceptarás que te invite a una cerveza.

—Mejor en Elizondo.

—¿Cuándo nos vamos? No tengo mucho dinero, pero algo he ahorrado.

—¿Quién ha hablado de cobrar? Nos vamos a medianoche. Son unas seis horas de camino. Quedaremos en el puente sobre el río Nive. Procura no ir muy cargado —recomendó de carrerilla, como si hubiese relatado aquel discurso decenas de veces.

Una semana más tarde, después de recorrer ciento cincuenta kilómetros a pie, Ignacio Segurola llamaba de madrugada a la puerta de Kepa Herranz, quien, al abrir, tras escuchar su voz al otro lado del umbral, creyó estar viendo un fantasma.

—¿Es que no piensas darme un abrazo, gamberro? —tuvo que decir el recién llegado ante la estupefacción de su amigo.

68

La perra iletsua olisqueaba a Ignacio pero no le ladraba. Kepa tampoco dejaba de observarle. Había soñado despierto tantas veces ese momento que no estaba seguro de si aún dormía, y no se sentía capaz de articular nada coherente. A su lado, en el sofá, Pieter sonreía porque parecía que, de tanto escuchar a su amante hablar sobre él, conociera a aquel hombre de mirada penetrante y aspecto de pordiosero que se mostraba igual que si se hubiese ido el día anterior.

—Me has dejado sin palabras, canalla —dijo Kepa.

—Si me permitís interrumpir, eso sí que tiene mérito —intervino Pieter, al que su amante acababa de presentar.

—¿Se puede saber dónde carajo te habías metido?

—Me pediste que me fuera y eso hice. He estado una temporada de vacaciones —bromeó Ignacio, procurando disimular la emoción que le embargaba.

—¡Joder, de vacaciones! ¿Y no has podido dar señales de vida en todo este tiempo?

—Es que anduve entretenido cortando leña —respondió Ignacio, en tono de guasa—. En serio... te escribí muchas veces, al igual que a Irene.

—Pues aquí no ha llegado ni una sola carta.

—¿Y ella? ¿Sabes cómo está?

—Sigue presa en Madrid, pero está bien. Tere Verdes va a verla con frecuencia y me tiene informado —contestó Kepa. Al escuchar la noticia, a Ignacio se le ensombreció el semblante—. Está bien —insistió—. Y es de suponer que salga pronto. ¿Te acuerdas de Esteban Bilbao, el amigo de mi *aita*? Fue ministro de Justicia y ahora es presidente de las Cortes. Vino hace unos días e intercedí de nuevo por Irene. Me dijo que se estaba preparando un indulto general, por lo que es de esperar que en breve la tengas aquí.

—Supongo que tenemos mucho que contarnos. Ni sé por dónde vamos a empezar.

—Tienes que estar agotado. ¿Qué tal si empiezas por darte un baño y luego nos tomamos un coñac para celebrarlo? ¡O mejor champán francés!

—No quiero saber nada de Francia en una temporada —dijo Ignacio—. Prefiero un bocadillo de chorizo.

—Pues que así sea. Nos pegaremos el homenaje aquí hasta que podamos celebrarlo en La Palanca.

—¿Sigue existiendo?

—Creo que es lo único que no ha cambiado en Bilbao. Anda, ya sabes el camino del aseo, aunque si quieres te ayudo a desvestirte. Tienes pinta de estar muy débil.

—Yo también puedo desnudarle —se ofreció Pieter.

—¡Vaya! Veo que te has echado un amigo igual de gamberro que tú —comentó Ignacio en tono jocoso.

—Yo no diría que Pieter es mi amigo. Más bien mi

asistente... multidisciplinar —afirmó Kepa, dándole una palmada en el culo al holandés—. Anda, báñate mientras preparamos algo para comer.

Con el ánimo agitado por el cúmulo de sensaciones que le desbordaban, Ignacio caminó por el pasillo con la perra pegada a sus talones. Este se agachó para acariciarla y al verla de cerca creyó reconocerla.

—¿Eres Lur? —le susurró. Y la perra le contestó con un ladrido de asentimiento—. ¿Y qué haces tú aquí? ¡Kepa! ¿Me puedes decir qué hace Lur aquí? —le gritó desde lejos.

—¡Que te bañes, carajo! ¡Que apestas! —Kepa elevó la voz, pero sus palabras apenas llegaron a los oídos de Ignacio.

Veinte minutos más tarde salió del baño con la toalla anudada a la cintura. Kepa y Pieter le aguardaban en la puerta con los brazos cruzados.

—Lo cierto es que le vendría fenómeno un bocadillo de chorizo; o mejor, unos cuantos —comentó Pieter.

—¿Qué hacéis aquí?

—No queríamos perdernos ese cuerpo, moreno —dijo Kepa, sonriente—. Anda, ponte algo decente, que no somos de piedra. Te he dejado una bata y unas zapatillas en la habitación de invitados. Luego tendrás que asegurarte de cerrarla bien, no sea que alguien se confunda esta noche.

—Pero vosotros... —acertó a decir Ignacio.

—Nosotros no somos celosos, ¿verdad, Pieter?

La velada se alargó hasta el amanecer. Kepa le contó a su amigo que efectivamente la perra era la de Irene. Y que se la había traído de Gernika, adonde acudió para tomar posesión del caserío de los Lasa, porque andaba medio abandonada después de que a la madre de Koldo la hubiesen internado en el psiquiátrico de Bermeo tras perder uno a uno a sus tres hijos. Kepa estaba parlanchín y se le veía feliz. De algún modo se justificaba por no haber podido cuidar de Irene en su ausencia, tal y como Ignacio hubiera deseado. Pero, a cambio, sus gestiones en la Comisión Central Administradora de Bienes Incautados habían fructificado, de tal manera que consiguió que le vendiesen el caserío. También el piso de Ignacio se encontraba listo para ser habitado. Sin embargo, le aconsejó que se quedara en su casa hasta saber qué pasaba con ese decreto de indulto.

—A mí no se me ha acusado nunca de ningún delito —protestó el periodista.

—Tú hazme caso. Es preferible un poco de prudencia. Has estado pasándolas canutas un montón de años. No pasa nada por que te quedes con nosotros una temporada. Y, de momento, no es necesario que nadie sepa que has vuelto. Así cuando salgas a la calle no parecerás el espíritu de la golosina.

Ignacio apuró su copa de coñac para controlar sus silencios. De buena gana le hubiera dicho a su amigo que no viviría lo suficiente para agradecer sus desvelos por Irene, y eso que Kepa consideró reservarse el episodio de la penicilina. Pero sabía que Kepa se hubiese reído de sus palabras, porque ese maldito gamberro no buscaba agradecimiento sino corresponder a su amistad.

Sin soltar la copa, ya vacía, Ignacio se asomó a la cristalera, oculto tras los visillos. Las primeras luces del alba acariciaban las ramas de los árboles de los jardines de Albia. Estuvo unos minutos recorriendo con su mirada cada rincón de la plaza. Allí estaba la estatua de Antonio Trueba, la iglesia de San Vicente, el café Iruña... allí estaba Bilbao. Y él se encontraba de vuelta. Entonces, sin importarle que Pieter y Kepa le escuchasen, rompió a llorar como un niño, implorando al cielo el regreso de Irene, justo en el momento en que comenzaba a llover. Lur se acercó para consolarle.

69

Al concluir la Segunda Guerra Mundial, los alemanes que habían desempeñado labores de espionaje para su país en Bilbao optaron por quedarse en la villa, amparados por el régimen franquista; lo cual resultaba lógico porque, si bien se enviaron agentes de inteligencia desde el extranjero, la mayoría de ellos fueron reclutados entre los miembros de la colonia germana existente, por lo que estos tenían fuertes vínculos profesionales y familiares con el País Vasco.

No obstante, una de las finalidades del Consejo de Control Aliado consistía en la repatriación de los agentes más activos durante la contienda para que fueran juzgados en Alemania. Y así, el consulado estadounidense en Bilbao y la Oficina de Servicios Estratégicos —precursora de la CIA— se encargaron de aportar nombres a la lista de nazis reclamados por el nuevo organismo de ocupación militar, compuesto por los países vencedores, que gobernaba ahora en Alemania y en Austria.

En esa lista figuraban doce alemanes afincados en Bilbao, entre los que se encontraban viejos conocidos de Zumalde como Otto Hinrichsen, Pablo Klinkert o Georg Demmel, los cuales seguían viviendo con normalidad sin ser molestados por las autoridades franquistas, que hacían oídos sordos a las peticiones de extradición. Otros, dados sus lazos familiares, optaron por solicitar la nacionalidad española; ese fue el caso de Friedrich Lipperheide —antes de ser Federico—, que incluso viajó a Madrid para defenderse de las acusaciones ante los interrogadores de la embajada estadounidense, la cual también sospechaba que algunos fugitivos alemanes pudieran estar refugiados en los conventos al amparo de las órdenes religiosas.

Algunos de los nombres de la lista fueron aportados por un infiltrado en las navieras vascas llamado José Laredogoitia. Este agente doble —de tendencia nacionalista— había decidido viajar a América detrás de los pasos de su hermano, cansado de pastorear en su Urduliz natal. Sin embargo, su afición al juego y a las mujeres provocó que pronto se adentrara en el mundo del hampa en Idaho y Nevada hasta que las autoridades norteamericanas optaron por expulsarlo del país. Y así Joe Gezurrak —«José Mentiras»—, como le llamaban los vascos del salvaje Oeste, se vio embarcado rumbo a la España de Franco, donde se integró en la red nazi de espionaje para evitar ser juzgado por su ideología.

Laredogoitia era uno de los clientes del Excelsior, en quien el comisario solía fijarse por lo pintoresco que le resultaba su aspecto. También el teniente Adler Messner había regresado, por lo que Zumalde solía pasar sin detenerse por la esquina de la calle Hurtado de Amezaga en un pueril intento de vigilancia sin que el oficial nazi se sintiera amenazado. No obstante, a medida que transcurrían las semanas, el comisario fue disminuyendo la frecuencia de sus paseos, en parte por culpa del deterioro físico con que empezaba a castigarle la vejez. Además, tampoco contaba con el aliciente de tomar una Coca-Cola en algunos de sus cafés favoritos porque después de la guerra había dejado de comercializarse, y de nuevo acudía al mercado de contrabando para hacerse con algunas botellas que debía racionar más de lo deseado.

Zumalde recibió una nueva llamada de doña Paquita al caer la tarde del primer lunes de octubre mientras se encontraba en su sillón leyendo *El misterio de la pensión Florrie*, una de esas novelas policiacas de quiosco a las que comenzaba a aficionarse, quizá para suplir su creciente inactividad.

—¿Comisario? Creo que está aquí otra vez —susurró una voz al otro lado de la línea.

—¿Quién llama? —preguntó el detective, tratando de situar en el pasado aquella voz nerviosa.

—Paquita, comisario. Venga pronto, por favor. Ha vuelto...

Tras superar unos segundos de perplejidad, Fernando Zumalde se puso la gabardina, se enfundó la pistola y salió de su casa con toda la celeridad que le permitían sus setenta años. En menos de un cuarto de hora, en medio de la lluvia, se plantó en la calle San Francisco sin dejar de meditar si lo más sensato no hubiese sido ponerlo en conocimiento de la policía o de la Guardia Municipal. No sabía a ciencia cierta por qué doña Paquita había decidido llamarle a él y no a una comisaría... A lo mejor estaba asustada y solo tenía su número a mano, o a lo peor se trataba de una trampa. En cualquier caso no pensaba morirse con esa espina clavada, y le pudo su necesidad de sentirse joven aunque fuese por última vez.

Tomó aire antes de emprender la subida de las escaleras. Al llegar al rellano del segundo piso apenas le dio tiempo a recuperarse, pero tampoco a darse cuenta de la protesta de sus maltrechas rodillas, porque doña Paquita ya le franqueaba el paso con sumo sigilo. Con el corazón acelerado como no recordaba, atravesó el pasillo hasta llegar a la puerta de la habitación indicada por doña Paquita, donde puso el oído; sin embargo, únicamente pudo oír ese maldito sonar de caracolas con que le martirizaban sus incansables acúfenos. Una luz muy tenue se escapaba por las rendijas.

No se lo pensó más. Con el arma en la mano, volvió a respirar hondo y de una sola patada abrió la puerta. A partir de ese momento no asimiló casi nada, aunque logró ver a una muchacha pelirroja que se hallaba amordazada y atada en la cama con el camisón hecho jirones. Pero, desde luego, estaba viva. El fuerte golpe que recibió en la cabeza a su espalda resultó insuficiente para noquearlo. Con unos reflejos que creía marchitos, se volvió con rapidez y apretó el gatillo. Por desgracia, Messner consiguió girarle la muñeca justo antes de disparar, por lo que la bala restalló contra el cristal de la ventana. Ambos mantuvieron el pulso durante unos instantes, mirándose a la cara a menos de un palmo de distancia, pugnando por la pistola. De cerca, se podía apreciar mejor la cicatriz en la mejilla de Messner. Pero eran sus ojos fríos y seguros de sí mismos los que veía el detective, como si pretendieran dominarle con la mirada.

—Comisario, he de reconocer mi admiración por su perseverancia —dijo el nazi.

No parecía momento de responder. Bastante tenía Zumalde con concentrar sus fuerzas en conservar el arma. Enseguida se dio cuenta de que tenía la batalla perdida en aquella lucha desigual. A Messner ni siquiera le hizo falta usar su repertorio de artes marciales. Cuando se cansó de forcejear, fijó una mano en la muñeca de su contrincante y pasó la otra por delante de su cara para asestarle un codazo en la nariz que le hizo tambalearse, lo que aprovechó el nazi para darle una patada en la entrepierna y arrebatarle la pistola antes de que Zumalde cayera de rodillas al suelo.

—¡Ay, comisario! —se burló Messner, agarrándole del pelo mientras le introducía el cañón en la boca—. ¿Cree que esto ha merecido la pena? ¡Vaya manera más estúpida de morir! ¿No ve que es demasiado viejo para hacer de héroe? —Desde el suelo, Zumalde sabía que había llegado su hora y que, en el fondo, aquel bastardo llevaba razón. Iba a padecer una muerte inútil, absurda e indigna, y todo por demostrarse a sí mismo que todavía tenía facultades. Ahora solo pensaba en cerrar los ojos y desear que todo pasara cuanto antes—. Lo que más siento es que no va a poder asistir al funeral de su mujer y de sus hijas. Espero que ya le esté contando a Dios que va a reunirse con él a la de tres. Cuente conmigo: una... dos...

El disparo desparramó los sesos por toda la habitación, salpicando a la joven, que observaba la escena aterrada. Doña Paquita se desmayó en el pasillo.

—Ese cabrón llevaba razón, Zumalde. Estás demasiado viejo.

Con el pulso desbocado, el comisario abrió los ojos, entre aliviado y perplejo. El que le hablaba con aquella condescendencia era Victoriano Manzano, a quien, desde luego, había subestimado.

—Pero ¿cómo...? —acertó a decir el detective, casi

sin aire en los pulmones, al tiempo que tomaba la mano tendida del policía para ayudarle a levantarse.

—Anda, toma —respondió Manzano, mientras le ofrecía un pañuelo, en tanto que los dos agentes que le acompañaban se encargaban de desatar a la chica—. Tienes la cara hecha un cromo. A lo mejor te pensabas que eras el más listo de Bilbao. Nosotros ya andábamos sobre la pista de Messner desde que el vecino de Mochales nos dio el chivatazo. Por suerte para ti, doña Paquita también nos llamó.

—Pues que sepas que me has hecho una putada. Se supone que voy a tenerte que estar agradecido por salvarme la vida —respondió Zumalde, que iba recuperando poco a poco el color y el sarcasmo.

—No tienes nada que agradecer. Me vale con el gustazo que me acabo de dar —rio Manzano, dejando ver su inmensa dentadura.

De repente, una vez desatada, la muchacha se echó en brazos del detective.

—¡Gracias, señor! —exclamó, rompiendo a llorar.

—Tranquila, hija —contestó, conmovido—. ¿Cómo te llamas?

—Priscila —susurró ella.

—Ya pasó, Priscila... —dijo, atusándole el pelo.

—¡Joder! Por eso digo yo que el mundo es injusto. Nosotros arreglamos tu desaguisado y al final eres tú el héroe —se quejó sonriente Manzano.

—No te engañes. No soy el héroe, soy el viejo.

—¡Es usted el héroe! —protestó la chica.

—Es posible, pero por viejo —se ratificó el detective—. Lo que no entiendo es la fijación enfermiza que tenía este malnacido por las chicas pelirrojas.

—Hombre, muy bien de la cabeza no debía de andar. Menos mal que se la he arreglado —volvió a reírse el policía de su propia broma macabra—. Los nazis consideran a los pelirrojos un mal del demonio. Llevaron a todos los que pudieron a los campos de exterminio. De hecho, Hitler prohibió el matrimonio entre ellos para que no se reprodujeran.

El comisario no contestó. Con la cabeza de la joven apoyada en su pecho, pasó la mirada a su alrededor. Doña Paquita se acababa de despertar; los dos policías registraban las pertenencias de Messner, que yacía bocabajo en medio de un gran charco de sangre, y el agua se colaba por la ventana en la habitación. Porque era lunes y Zumalde tenía la percepción de que en Bilbao llovía los lunes. Eso le empujó a palparse el bolsillo de la gabardina donde llevaba la medalla al valor entregada por Federico Moyúa, el alcalde de entonces, por haber detenido a dos asesinos un lunes en que llovía, hacía ya demasiado tiempo. Decididamente, siempre llovía los lunes en Bilbao.

Fue la voz de Manzano la que le sacó de su fugaz ensimismamiento.

—¿Un cigarro, detective?

Zumalde asintió con la cabeza, aún con Priscila abrazada a él.

—¿Qué le habéis encontrado? —preguntó, señalando el cadáver, como si exhalar la primera fumarada le hubiese devuelto a la realidad.

—Poca cosa: documentación falsa, dinero... y un par de fotos. La de Priscila y la de otra chica que también parece pelirroja, aunque no tiene pinta de dedicarse a..., bueno, ya sabes —respondió Manzano, procurando evitar ofender a la muchacha—. ¿Te suena? —prosiguió, mostrándole la fotografía.

No hizo falta que Zumalde respondiera. El brillo húmedo de sus ojos le delató. Ver el rostro sonriente de Irene Lasa saliendo de la librería Verdes supuso la invocación de todos sus fantasmas. Sin duda, Messner la tenía en su punto de mira y si no era una víctima más posiblemente fuese porque se encontraba en la cárcel. Pero estaba claro que ese nazi no la olvidaba y quizá estuviese esperando su regreso. Y Zumalde quiso creer que había conseguido salvarla, sin poder evitar un suspiro redentor por Izarbe, aquella otra chica de ojos grises cuya memoria ni siquiera el implacable paso del tiempo podía borrar.

70

Sin más equipaje que una vieja maleta de cartón revestida con desamparo, Irene Lasa regresaba a Bilbao tras perder su juventud en la cárcel de mujeres de Ventas. Durante el trayecto en aquel vagón de tercera, apenas había apartado de la ventanilla su mirada empañada por unas lágrimas que seguían prisioneras entre sus párpados. Ni siquiera el avistamiento de los primeros montes vascos en el horizonte fue capaz de humedecer sus mejillas. Llevaba tantos años soñando con volver que verse rodeada de bosques de pinos y encinas la hizo dudar. A lo peor, aquella lluvia borrosa que verdeaba el paisaje no era más que otro de esos sueños de los que despertaba en medio de una celda hacinada, tan oscura como la época que vivía. Sus ojos miopes, necesitados de unas gafas que quedaron reducidas a añicos demasiado tiempo atrás, tampoco la ayudaban a vislumbrar la realidad con nitidez.

La vieja locomotora resoplaba en busca de su destino, dejando tras de sí una estela de humo, carbonilla e incertidumbre. A veces, su rostro reflejado en el cristal le recordaba a Irene que ya no era aquella jovencita de veinte primaveras llena de sonrisas e ideales a la que detuvieron por culpa de una delación anónima en los meses posteriores a la ocupación franquista de Bilbao. Una cicatriz bajo su ojo derecho perpetuaría en su memoria aquellos primeros días en Madrid en los que fue maltratada, después de casi dos años de calvario en Saturraran, aquel infierno enclavado en las paradisiacas playas del Cantábrico.

Desde entonces no dejaba de preguntarse si no hubiese sido mejor morir fusilada al igual que algunas de sus compañeras de presidio. Perder la libertad y la dignidad es no vivir. Y ella no había vivido en los últimos ocho años. Ahora debía volver a aprender a hacerlo, a adaptarse a aquella libertad de circunstancias y, sobre todo, a recuperar su dignidad. Le resultaba imposible ordenar sus ideas. Cuando los pensamientos son traicionados por las emociones se pierde la noción de la realidad. Eso en el caso de que la realidad no fuera más que una quimera inventada para revestir de cordura los deslices de la razón.

El valor era otra de las cosas que tenía que tratar de recobrar. Sentía vértigo. Y miedo, demasiado miedo. Miedo a lo desconocido, a un futuro que se le presentaba tan lleno de sombras como su pasado reciente, en donde todos los instantes de solaz se reducían a los momentos de camaradería con sus compañeras de prisión, unidas ante la adversidad.

Ahora se encontraba a punto de llegar a una ciudad que ya no era la misma que ella dejó. Acaso fuesen ciertas las noticias que le llegaban a la cárcel de que se habían retirado los escombros de los edificios destruidos por las bombas o que modernos puentes unían de nuevo las dos orillas de la ría, pero decían que Bilbao estaba triste, incapaz de contener sus lágrimas de sirimiri por todos aquellos que se fueron, muchos de los cuales no habrían de regresar jamás.

Ella al menos sí lo hacía. Y quería confiar en que, poco a poco, retornarían todos los presos, los exiliados y los desterrados. De ese modo, quizá la ciudad podría recobrar parte de la alegría perdida. Desde luego, los que no volverían serían los que murieron en un conflicto que pilló a los bilbaínos por sorpresa. Tal vez porque creían que los efectos de una guerra nunca llegarían a las calles de su invicta ciudad. Tal vez porque se negaban a renunciar a la apacible existencia que llevaban hasta entonces.

Irene cerró los ojos para verse junto a sus padres, su hermana y su abuela durante la cena de una noche cualquiera antes de aquel fatídico día de abril de 1937. Suspiró con una nostalgia desgarrada. No. Ella no conseguiría ilusionarse de nuevo. No con todos los miembros de su familia enterrados en el cementerio de Kanala, anexo a la iglesia de Nuestra Señora de Legendika. Debió haber muerto con ellos, así ahora estaría acompañándolos en aquel precioso lugar con vistas a los bellísimos arenales del estuario del río Oka, en el valle de los jabalíes; así se habría ahorrado el sufrimiento de los últimos años; así no tendría que enfrentarse a una soledad que le compungía el ánimo, a esa sensación permanente de vacío provocada por la orfandad.

Lo único que la consolaba era que pronto finalizaría el destierro de esa especie de ángel de la guarda que llevaba el nombre de Tere, su jefa en la librería Verdes, por lo que podría regresar a Bilbao... y, sobre todo, volver a ver a Ignacio, a quien no fue capaz de olvidar ni una sola noche. Aunque la desasosegaba pensar que él ya no la quisiera igual que antes. Y a lo mejor ella tampoco se conmovía con él. Le había idealizado tanto en sus recuerdos que temía decepcionarse en el reencuentro. Por eso no quiso avisar a nadie de su puesta en libertad. Necesitaba llegar a Bilbao en soledad. Como si su ausencia no hubiese sido más que un trágico paréntesis que tuviera que cerrar por sí misma.

Cuando el tren ralentizó su marcha para entrar en la estación de Abando, las lágrimas de Irene Lasa volvieron a brotar de sus preciosos ojos grises, que no se percataron de la sonrisa de un viejo detective que la observaba desde el andén.

71

Gracias de nuevo a la intercesión de Kepa Herranz, Ignacio Segurola consiguió regularizar su situación legal después de la publicación del decreto de indulto a los condenados por delitos de rebelión militar cometidos antes del 1 de abril de 1939, siempre que el delincuente no hubiese perpetrado actos violentos. Para ello había tenido que presentarse ante el tribunal competente con el fin de ser juzgado. Y aunque fue condenado a veinte años y un día de reclusión mayor por adhesión a la rebelión, el decreto establecía la concesión simultánea del indulto. No dejaba de ser una paradoja que se les imputara este tipo de delitos a quienes decidieron mantenerse leales al régimen establecido de modo legal.

—La justicia al revés —protestó Ignacio, al salir del juzgado.

—Consuélate con que te han procesado ahora. De haberlo hecho durante la guerra, no te quepa duda de que la pena hubiera sido de muerte —respondió su amigo, jocoso.

—Así que... no te «quepa» duda. Ya no sabes qué hacer para recordar tu verdadero nombre —bromeó Ignacio, quien realmente se sentía feliz por volver a caminar en libertad por Bilbao.

—Muy gracioso.

—¡Venga ya! Te gusta decir «no te *kepa* duda», así..., con ka. ¿No es cierto, Pieter?

—Tienes razón. Yo tampoco termino de verle la gracia. Pero parece que él se divierte.

—¡Lo que me faltaba! ¡Mis dos hombretones contra mí! No pretenderéis excitarme...

—Gilipollas —dijo Ignacio, casi entre dientes, lo que provocó la risa de Pieter.

—¡Uy! Desde que eres libre estás muy crecido, canalla. Y eso que no sabes que esta tarde tienes una cita.

—¿Una cita?

—Esta mañana se ha acercado a mis oficinas una bella dama que me ha pedido que te diera un recado.

—¿Quieres dejarte de misterios y decirme qué pasa?

—¡Uy, Pieter! El hombretón se nos ha puesto nervioso.

—¡Kepa!

—Se llama Pedro —corrigió Pieter, atento al quite.

—Ya, ya. Pieter y Pedro, sois una pareja muy graciosa. Tanto que os apedrearía.

—Menos mal que ya puedes volver a tu casa —rio Kepa—. Estás de muy mal humor. ¿Has visto, Pieter? Nos ha llamado pareja. Menuda osadía.

—Bueno... dos somos —respondió el holandés, encogiéndose de hombros.

—¿Vas a aclararme de una maldita vez lo de esa cita?

—Irene llegó ayer de Madrid. Te espera a las cuatro y diez donde siempre. Me dijo que tú lo entenderías.

«Donde siempre», repitió Ignacio en su cabeza, ahora con un estremecimiento que fue incapaz de controlar. Ya no pudo articular palabra. Ni siquiera abrió la boca para preguntarle a Kepa cómo estaba ella. Tras unos segundos de desconcierto en los que se le arremolinaron un sinfín de emociones contenidas, se llevó la mano a la cara y rompió a llorar una vez más.

72

Las hojas se soltaban de las ramas de los árboles del Arenal, seducidas por un ligero viento del norte que las mecía hasta el suelo para conformar una alfombra ocre por la que Ignacio Segurola llevaba paseando más de una hora, acompañado por Lur. La iletsua se mostraba inusualmente inquieta, como si intuyera la excepcionalidad del momento. El reloj de la iglesia de San Nicolás acababa de marcar las cuatro cuando, de repente, salió disparada hacia la esquina de la calle Correo antes de que Irene Lasa la doblara. Ante la sorpresa de la muchacha, la perra se le echó encima sin dejar de gemir de alegría.

—¿Lur? —A pesar del tiempo transcurrido, Irene creyó reconocerla—. ¿Qué haces aquí, pinturera?

Irene se agachó para abrazarse a su perra sin importarle que le manchara la gabardina con las patas.

De pie junto al tilo, Ignacio observaba emocionado la escena. De buena gana él también habría corrido hacia su mujer, pero decidió aguardarla en el lugar exacto de la cita. No le importó su palidez. Le pareció que estaba más bella que nunca. Ella alzó la mirada y, aunque no le veía la cara a esa distancia, sí le distinguió por los ademanes.

—Vamos, Lur. Hay un hombre muy guapo que nos está esperando —susurró, manteniendo el tipo.

Al verla cruzar, Ignacio se restregó los ojos. En parte para asegurarse de que no le traicionaban las lágrimas, en parte para cerciorarse de que no soñaba como tantas otras veces en cualquier barracón inmundo.

A partir de ese instante los pensamientos de ambos se fundieron en uno solo. Habían deseado tanto que llegara ese momento que tenían miedo de que no fuese real. Sus únicos ratos felices de los últimos años los habían disfrutado únicamente en sueños y temían despertar para retornar a la pesadilla de su vida cotidiana. Pero esta vez el sueño duraba demasiado e incluso iba acompañado de sensaciones. Podían verse, oírse, olerse, tocarse...

Se miraron de cerca, en silencio, quizá para terminar de asimilar que aquello era real. Lur se sentó en el suelo, observando los cautelosos movimientos de ambos. La pareja enseguida entrelazó sus manos sin dejar de mirarse y sus ojos parecieron recobrar el brillo escondido en algún lugar de sus almas. Entonces Irene, con suma dulzura, reposó su cabeza entre el cuello y el hombro de Ignacio, reclamando un abrazo que llevaba aguardando tanto tiempo que ya había perdido la esperanza de recibirlo.

—Irene...

—Dímelo otra vez.

—Irene...

—Otra vez, por favor.

—Irene, Irene, Irene...

—Te advierto que vengo dispuesta a pedírtelo hasta que me desgastes el nombre.

A la muchacha no le hizo falta preguntarle si la seguía queriendo. Sus dudas se disiparon en cuanto cruzaron sus miradas. Ahora precisaba recrearse despacio entre los brazos que la rodeaban. Casi sin darse cuenta, sus respiraciones se acompasaron y ambos sintieron que su soledad amagaba con diluirse.

—Te quiero... Te quiero, Irene. Jamás he dejado de quererte —musitó él con suavidad, acaso leyendo el pensamiento de aquella mujer que le proporcionaba paz a la vez que despertaba su deseo. O tal vez porque también a él le hubiesen corroído las dudas sobre los sentimientos de ella.

—Ignacio...

Volvieron a sentir la necesidad de mirarse y separaron sus rostros apenas unos centímetros, sin dejar de abrazarse. Él la contemplaba embelesado mientras le deslizaba las yemas por sus mejillas. Se detuvo brevemente en la cicatriz para mimársela al descuido. Ella acentuó su sonrisa. Notó la delicadeza de los dedos de Ignacio a pesar de que hubiesen perdido su suavidad.

—Estás preciosa. —Al escucharle, ella le cubrió la nariz con una mano—. ¿Qué haces?

—Perdona, me asusté. Es que te estaba creciendo, mentiroso. ¿Cómo puedes decir eso? ¡Pero si estoy horrible! —respondió ella, atesorando toda la coquetería desperdigada de los últimos años.

—Estás preciosa... eres preciosa, boba —insistió él, con un tono nasal que provocó que ella riera—. Anda, quita la mano...

No le dio tiempo a concluir la frase, porque ella la desplazó ligeramente hacia su cara para dejar libre aquella boca que le urgía besar. Ignacio enmudeció en espera de que Irene le ofreciese sus labios. Ella se acercó deleitándose con el instante. Como por encanto, sus mentes se desprendieron de los recuerdos tristes igual que se desprendían las hojas del tilo. Y entonces se besaron. Se besaron con una ternura infinita, bajo el manto de nubes grises que dormitaba sobre Bilbao.

73

Fueron días de paseos y de noches abrazados. A pesar de los largos años de ausencia no se prodigaron en conversaciones. Habían permanecido callados tanto tiempo que preferían relacionarse con los silencios. Antes de dormir ella solía pedirle que le cantara, y a él solo le venían estrofas del *Volver* de Carlos Gardel, casi de forma recurrente. Quizá porque se le empezaba a platear la sien o porque resultaba cierto que la vida era un soplo.

Ignacio cumplió con su promesa de acompañar a Irene al lugar que ella le pidió, que no era otro que la ermita de San Pedro de Atxarre, desde la que divisaron el Cantábrico sobre el que brotó un arcoíris que nacía en Mundaka y moría en la inmensidad del mar. E Irene quiso creer que Koldo lo trazaba para ella.

A la vuelta se detuvieron en el cementerio de Kanala, sobre la serena belleza del estuario, antes de pernoctar en el caserío. Kepa y Pieter se habían encargado de adecentarlo con sumo gusto y ahora se parecía más a un coqueto hotel que a la casa de labranza de antaño. Aun así, conservaba la esencia de los que la habitaron con anterioridad. Al fuego de la chimenea, Irene se atrevió a confesar por fin el nacimiento de Izarbe y su convicción de que estaba viva. Fue el único momento en el que le afloraron las lágrimas. Ignacio la escuchó en silencio. En realidad, no solían formularse preguntas. Cuando surgía la aflicción, se limitaban a abrazarse hasta que percibían el regreso de la calma. Sin embargo, esta vez Ignacio le aseguró que algún día la encontrarían. Y ella le sonrió con resignación, sin atreverse a rogarle que no le prometiera imposibles.

Casi sin darse cuenta, se sucedieron los meses y luego los años sin que las múltiples gestiones que ambos realizaban, con la ayuda de Kepa y de Pieter, llegasen a buen puerto.

Tuvieron que aprender a vivir con sus cicatrices, como la que Ignacio acariciaba cada día en la mejilla de Irene, como las que perdurarían para siempre en Bilbao, que, no obstante, trató de embellecerlas. Y, donde antes hubo un edificio derribado por un bombardeo, ahora había una nueva entrada a la plaza Nueva, por la que seguía correteando otra generación de niños, ajenos a la tragedia del pasado, entre los que se encontraba una parejita de gemelos que llamaba *ama* y *aita* a Irene y a Ignacio. Ellos, con sus risas, serían los encargados de devolver la ilusión a Bilbao, de despertar de su tristeza a la ciudad de los ojos grises... a la ciudad del alma dormida.